Baía dos Suspiros

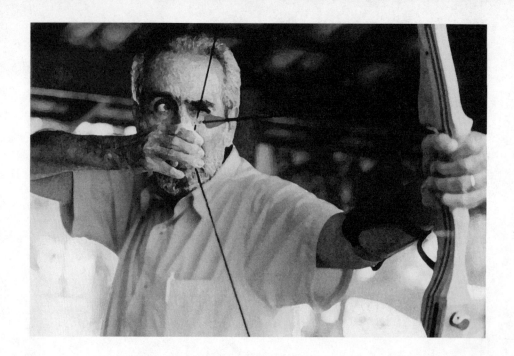

O Arqueiro

GERALDO JORDÃO PEREIRA (1938-2008) começou sua carreira aos 17 anos, quando foi trabalhar com seu pai, o célebre editor José Olympio, publicando obras marcantes como *O menino do dedo verde*, de Maurice Druon, e *Minha vida*, de Charles Chaplin.

Em 1976, fundou a Editora Salamandra com o propósito de formar uma nova geração de leitores e acabou criando um dos catálogos infantis mais premiados do Brasil. Em 1992, fugindo de sua linha editorial, lançou *Muitas vidas, muitos mestres*, de Brian Weiss, livro que deu origem à Editora Sextante.

Fã de histórias de suspense, Geraldo descobriu *O Código Da Vinci* antes mesmo de ele ser lançado nos Estados Unidos. A aposta em ficção, que não era o foco da Sextante, foi certeira: o título se transformou em um dos maiores fenômenos editoriais de todos os tempos.

Mas não foi só aos livros que se dedicou. Com seu desejo de ajudar o próximo, Geraldo desenvolveu diversos projetos sociais que se tornaram sua grande paixão.

Com a missão de publicar histórias empolgantes, tornar os livros cada vez mais acessíveis e despertar o amor pela leitura, a Editora Arqueiro é uma homenagem a esta figura extraordinária, capaz de enxergar mais além, mirar nas coisas verdadeiramente importantes e não perder o idealismo e a esperança diante dos desafios e contratempos da vida.

NORA ROBERTS

Baía dos Suspiros

Os Guardiões
Livro 2

Título original: *Bay of Sighs*

Copyright © 2016 por Nora Roberts
Copyright da tradução © 2018 por Editora Arqueiro Ltda.

Todos os direitos reservados. Nenhuma parte deste livro pode ser utilizada ou reproduzida sob quaisquer meios existentes sem autorização por escrito dos editores.

tradução: Maria Clara de Biase

preparo de originais: Sheila Louzada

revisão: Flávia Midori e Victor Almeida

diagramação: Abreu's System

capa: DuatDesign

imagens de capa: Wessel Wessels/ Arcangel Images (mulher); gowithstock/ Shutterstock (praia); Vibrant Image Studio/ Shutterstock (céu); Jacqueline F Cooper/ Shutterstock (Faraglioni)

impressão e acabamento: Lis Gráfica e Editora Ltda.

CIP-BRASIL. CATALOGAÇÃO NA PUBLICAÇÃO
SINDICATO NACIONAL DOS EDITORES DE LIVROS, RJ

R549b   Roberts, Nora
        Baía dos Suspiros/Nora Roberts; tradução de Maria Clara de
    Biase. São Paulo: Arqueiro, 2018.
        288 p.; 16 x 23 cm.   (Os Guardiões; 2)

        Tradução de: Bay of sighs
        Sequência de: Estrelas da Sorte
        ISBN 978-85-8041-865-1

        1. Ficção americana. I. Biase, Maria Clara de. II. Título. III. Série.

18-49646   CDD: 813
                                     CDU: 82-3(73)

Todos os direitos reservados, no Brasil, por
Editora Arqueiro Ltda.
Rua Funchal, 538 – conjuntos 52 e 54 – Vila Olímpia
04551-060 – São Paulo – SP
Tel.: (11) 3868-4492 – Fax: (11) 3862-5818
E-mail: atendimento@editoraarqueiro.com.br
www.editoraarqueiro.com.br

Para meus netos –
minha magia e meus milagres

Meu coração é como um pássaro cantante
Cujo ninho fica em um junco;
Meu coração é como uma macieira
Com o tronco vergado de frutos.
– CHRISTINA ROSSETTI

A sorte favorece os corajosos.
– TERÊNCIO

PRÓLOGO

A HISTÓRIA FOI CONTADA AO LONGO DAS GERAÇÕES, EM CANTO E PROSA, até o tempo transformá-la em mito e lenda. Alguns queriam acreditar nela, pois lendas trazem conforto.

Outros sabiam que a história era verdadeira.

Que em outro tempo, em um mundo tão antigo quanto o mar, três deusas da lua criaram três estrelas para honrar e celebrar uma nova rainha. Uma estrela de fogo, uma estrela de água e uma estrela de gelo, destinadas a brilhar sobre todos os mundos, estrelas que criaram vida a partir dos desejos de um coração forte, uma mente forte e um espírito forte.

Essas deusas guardavam os mundos, vigiando deuses e semideuses, mortais e imortais. Embora fossem da luz, conheciam guerra e morte, sangue e batalhas.

Havia também outra deusa, da escuridão, de coração envenenado pela cobiça insaciável. Nerezza, a mãe das mentiras, amaldiçoou as estrelas, embora as desejasse. Na noite em que foram criadas, lançou-lhes um feitiço enquanto eram alçadas ao céu. Um dia as estrelas cairiam do arco brilhante que desenhavam ao redor da lua.

Quando possuísse todas as três e detivesse seus poderes, a lua morreria, a luz findaria e Nerezza reinaria sobre a escuridão.

Então as deusas da lua – Celene, a vidente; Luna, a gentil; Arianrhod, a guerreira – uniram seus poderes mágicos para proteger as estrelas.

Tarefas como essa, porém, exigem sacrifício e coragem, além de uma grande carga de esperança.

As estrelas cairiam; elas não podiam impedir esse destino. Mas cairiam sem serem vistas, e permaneceriam ocultas em outro mundo até o momento em que aqueles que vieram delas se uniriam para buscá-las e protegê-las.

Seis guardiões, que arriscariam tudo para mantê-las longe das mãos diabólicas de Nerezza.

Para salvar a luz e a todos os mundos, os seis se uniriam e dedicariam tudo que eram a essa busca e a essa batalha.

Agora, vindos de terras distantes, os seis haviam se encontrado. Tinham criado laços de lealdade, derramado sangue e dado o seu próprio para encontrar a primeira estrela.

Por isso, as deusas se reuniram na mesma praia de areia branca onde haviam conjurado as estrelas a partir de alegria e esperança. Dessa vez, viram-se sob uma lua cheia e branca como neve despontando no céu escuro.

– Eles venceram Nerezza. – Luna segurou a mão das irmãs. – Encontraram a Estrela de Fogo e a afastaram.

– Esconderam-na – corrigiu Arianrhod. – E muito bem. Mas nenhuma das estrelas estará de fato fora do alcance dela enquanto não voltarem para casa.

– Eles a derrotaram! – insistiu Luna.

– Sim, por enquanto. Lutaram bravamente, arriscaram tudo, dedicaram-se por inteiro à busca. Mas…

Ela olhou para Celene, que assentiu.

– Sim, vejo mais sangue, mais batalha, mais medo. Luta e escuridão, em que dor e morte terríveis podem surgir em um instante e durar uma eternidade.

– Eles não se renderão – disse Luna.

– Provaram que têm coragem. E a coragem é mais real quando há medo. Não duvido deles, irmã. – Arianrhod olhou para a lua, para o lugar onde, tanto tempo antes, três estrelas brilhantes estiveram dispostas em curva. – Mas também não duvido da avidez e da fúria de Nerezza. Ela vai caçá-los e atacá-los sem descanso.

– E aliciará um mortal. – Celene olhou para o mar, que mais parecia vidro preto, e viu as sombras do que poderia acontecer. – Um mortal cuja avidez se equipara à dela. Ele já matou, e matará novamente por bem menos que as Estrelas da Sorte. É como veneno no vinho, uma lâmina na mão estendida para um cumprimento e dentes cortantes por trás de um sorriso. E, sob a influência de Nerezza, será uma arma rápida e afiada.

– Precisamos ajudá-los – ponderou Luna. – Concordamos que eles provaram seu valor. Precisamos ter meios de ajudá-los.

– Você sabe que não podemos – lembrou-lhe Celene. – Todas as escolhas devem ser feitas sem nossa interferência. Por enquanto, fizemos tudo que podíamos.

– Aegle não é a rainha deles.

– Sem Aegle, sem este lugar, sem a lua e sem nós, que a honramos, eles não teriam nenhum mundo. O destino deles e o nosso, todos os destinos, estão nas mãos dos seis.

– Eles são nossos. – Arianrhod apertou a mão de Luna, num gesto reconfortante. – Não são deuses, porém são mais que mortais, cada qual com seu próprio dom. Eles lutarão.

– E, tão importante quanto lutarem, eles pensarão e sentirão. – Celene deu um suspiro. – E amarão. Mente, coração e espírito são armas tão importantes quanto espadas, presas e até mesmo magia. Estão bem equipados.

– Então, confiemos. – Entre suas irmãs, Luna ergueu o rosto para a lua. – Que nossa confiança lhes sirva de escudo. Tal como somos guardiãs dos mundos, eles são guardiões das estrelas. São esperança.

– E coragem – acrescentou Arianrhod.

– E inteligência. Vejam. – Sorridente, Celene apontou para o redemoinho de cor que riscava o céu naquele momento. – Eles passam por nós, por nosso mundo, dirigindo-se ao próximo. A uma outra terra, à segunda estrela.

– E que todos os deuses de luz os acompanhem – murmurou Luna, e enviou sua própria luz.

1

⁓

POR UM INSTANTE BREVE COMO UM ÚNICO BATER DE ASAS, ANNIKA sentiu o cheiro do mar e ouviu vozes entoando uma canção. Logo essas sensações se extinguiram, fugazes em meio àquele borrão de cor e velocidade, mas as impressões cresceram em seu coração como o amor.

Em seguida veio um suspiro, ecos de suspiros, outro tipo de música. Agridoce. Que a banhou como lágrimas.

Assim, com alegria e tristeza mescladas no coração, ela sentiu que caía. O corpo se dobrando e girando, a uma velocidade que gerava ao mesmo tempo um arrepio de euforia e um breve pânico.

Então, soou um bater de milhares de asas, que formava um vento fustigante e uma parede de som. As cores se apagaram de repente quando ela aterrissou, o impacto repentino lhe tirando o fôlego.

Temeu ter ido parar nas profundezas escuras de uma caverna cheia de aranhas e, pior ainda – muito pior –, com Nerezza à sua espera, pronta para atacar.

Então sua visão clareou. Distinguiu sombras e o que conhecia como o luar. Sentiu o corpo firme embaixo de si, os braços fortes que a envolviam. Conhecia aquele corpo, aquele cheiro, e quis se aninhar nele, estivesse Nerezza por perto ou não.

Era incrível, uma emoção irradiante, sentir o coração dele batendo tão rápido e forte.

Ele se ajeitou um pouco, uma das mãos subindo pelo corpo dela, depois descendo pelos cabelos. A outra roçou deliciosamente sua bunda.

Ela se aconchegou.

– Hã… – Então as mãos a seguraram pelos ombros, mas a voz estava perto de seu coração. Dava para sentir no peito a respiração dele. – Você está bem? Não se machucou? Estão todos bem?

Só então ela se lembrou dos amigos. Não que os tivesse esquecido, de jeito nenhum; mas é que nunca havia se deitado com um homem – com Sawyer – daquele jeito tão íntimo e estava achando muito, mas muito bom mesmo.

Ouviu resmungos, breves gemidos, alguns xingamentos. A voz de Doyle, próxima e irritada:

– Merda!

Não se preocupava com Doyle. Afinal de contas, ele era imortal.

– Respondam! – Era Bran. Devia estar a alguns metros dela. – Todos aqui? Sasha está comigo. Riley?

– Que viagem louca!

– Tão louca que você acabou dando com o joelho no meu saco – acrescentou Doyle.

Annika ouviu um baque, que interpretou como Doyle se desvencilhando de Riley e de seu joelho. Ela aprendera que "saco" também podia ser uma região sensível do corpo masculino.

– Estou aqui! – gritou ela, e experimentou se mexer um pouco debaixo da região sensível de Sawyer. – Caímos do céu?

– Quase isso. – Sawyer pigarreou e, para o desapontamento de Annika, saiu de baixo dela, sentando-se. – Não consegui desacelerar. Nunca levei seis pessoas, muito menos a uma distância dessas. Acho que perdi o controle na descida.

– Estamos todos aqui, isso é o que importa – disse Bran. – Resta saber se chegamos aonde queríamos.

– Estamos em um lugar fechado – observou Sasha. – Vejo janelas e o luar vindo lá de fora. Seja onde for, é noite.

– Espero que Sawyer e sua bússola do tempo tenham nos trazido para o tempo e o local corretos – disse Riley, e se levantou. – Vamos descobrir.

Riley, a cientista… a *arqueóloga*. Annika pronunciou a palavra mentalmente, porque em seu povo, o das sereias, não tinha nada com que compará--la. Tampouco tinha licantropos, lembrou. Não existia nada nem ninguém como Riley no mundo de Annika.

A Dra. Riley Gwin – aquela mulher magra, porém de músculos definidos, com um chapéu de abas largas, que, sabe-se lá como, permanecera em sua cabeça – seguiu resoluta até a janela.

– Vejo água, mas não é a vista de nossa villa em Corfu. Estamos a uma altitude maior. Vejo uma estrada estreita e íngreme. A alguns degraus daqui. Tenho certeza de que é Capri e de que esta é a casa. Na mosca, Sawyer. Parabéns ao piloto e à sua bússola mágica.

– Obrigado.

Ele se levantou e, após hesitar por um instante, estendeu a mão para Annika. Embora tivesse pernas fortes e ágeis, ela aceitou a ajuda para ficar de pé.

– Vou ver se encontro os interruptores – disse Riley.

– Posso ajudar.

De pé e com um braço ao redor de Sasha, Bran estendeu a mão e fez surgir um globo de luz, que iluminou o ambiente.

Ver seus amigos alegrou o coração de Annika, como a canção fizera. Sasha, a vidente de cabelos da cor do sol e olhos celestiais; Bran, o bruxo, tão bonito, iluminado por sua magia; e Riley, a mão na coronha do revólver que trazia à cintura, de prontidão, os olhos de um tom escuro de dourado atenta a tudo ao mesmo tempo; Doyle, o eterno guerreiro, já com a espada desembainhada.

E Sawyer, sempre Sawyer, com a bússola do viajante na mão.

Ainda que carregassem os ferimentos da última batalha, estavam a salvo e juntos.

– Esta é nossa nova casa? – perguntou Annika. – É linda.

– Se Sawyer não errou o endereço, eu diria que, sim, esta é nossa nova base – respondeu Riley, afastando-se da janela, embora mantivesse a mão na arma.

Havia almofadas coloridas sobre uma cama comprida; cama, não, lembrou Annika: sofá. E cadeiras e mesas, com belas luminárias. O piso tinha grandes ladrilhos da cor da areia banhada pelo sol.

Riley foi até uma das luminárias e a acendeu com a magia da eletricidade.

– Preciso me situar, ter certeza de que estamos no lugar certo. Não queremos uma visita da *polizia*.

Ela saiu da sala por uma larga passagem em arco. Segundos depois, mais luzes foram acesas. Doyle embainhou a espada e foi atrás dela.

– Ao que parece, todas as nossas coisas estão aqui – comentou Annika. – Pelo visto, tiveram um pouso mais suave que o nosso.

Riley espiou pela abertura. Não sabia como chamar aquele espaço, com uma grande porta de frente para o mar e arcos que levavam a outros ambientes, mas as malas e as caixas deles estavam todas reunidas no centro.

Murmurando um xingamento, Doyle ergueu sua moto.

– Tive que largar nossas coisas primeiro para não cairmos bem em cima delas ao aterrissarmos – explicou Sawyer. – E aí, Riley?

– Tudo se encaixa na descrição que me passaram – respondeu ela. – O entorno também. Deve ter uma sala de estar grande em algum lugar, com portas de vidro levando a... Ah, aí está.

Mais luzes foram acesas, revelando, como Riley acabara de dizer, uma sala ampla, com mais sofás, cadeiras e belos objetos. Mas o melhor de tudo era a grande vidraça que praticamente trazia para o interior da casa o céu e o mar.

Annika foi correndo abri-la, mas Riley a impediu.

– Não! Ainda não. Tem um sistema de alarme. Eu tenho a senha, precisamos desativá-lo antes de abrir qualquer janela.

– Aqui está o painel – disse Sawyer, tamborilando na caixinha.

– Só um segundo – pediu Riley, pegando um papel do bolso. – Não quis confiar na memória, porque a viagem podia embaralhar meu cérebro.

– O teletransporte não confunde o cérebro.

Sorrindo, Sawyer bateu com os nós dos dedos na cabeça de Riley enquanto ela digitava o código.

– Agora pode abrir – anunciou Riley.

Annika saiu para um amplo terraço onde havia noite e lua, mar e cheiro de maresia, tudo perfumado com o aroma de limão e de flores.

– É lindo! Nunca tinha visto do alto.

– Já tinha visitado Capri? – perguntou Sawyer.

– Só o mar, onde há cavernas azuis e destroços antigos de navios. Flores! – Ela estendeu a mão para tocar as pétalas de cores vívidas que transbordavam de grandes vasos. – Posso regá-las e cuidar delas. Pode ser minha tarefa.

– Combinado. Este é o lugar. – Satisfeita, Riley pôs as mãos na cintura. – Parabéns de novo, Sawyer.

– Por via das dúvidas, é melhor a gente dar uma conferida.

Bran estava à porta do terraço, examinando o céu com seus intensos olhos escuros.

Nerezza geralmente vinha do céu.

– Vou colocar uma proteção mágica por cima do sistema de alarme. Ela ficou ferida, então é improvável que já tenha se recuperado, nos encontre e venha de novo esta noite. Porém, vamos dormir mais tranquilos tendo algo mais que o sistema de alarme.

– Vamos nos separar – disse Doyle, concordando. Seus cabelos escuros se encontravam revoltos ao redor do rosto belo e sério. – Temos que dar uma olhada na casa, conferir se está mesmo tudo limpo.

– Pelo que sei, são dois quartos aqui embaixo, mais quatro no andar de cima e outra sala. Nada tão grande e luxuoso quanto o que tínhamos em Corfu, e sem toda aquela área externa.

– E sem Apolo – lembrou Annika.

– Sim. – Riley sorriu. – Vou sentir falta daquele cachorro. Mas é espaçosa e bem localizada. Vou dar uma olhada lá em cima.

– Você quer ser a primeira a escolher o quarto, né? – provocou Sasha.

Riley respondeu com um sorriso, mas logo estranhou a palidez da amiga.

– Tudo bem com você, Sash?

– Só uma dor de cabeça. Dor de cabeça comum – ressaltou, quando todos os olhares se voltaram para ela. – Não tento mais resistir às visões. É que foi um longo dia.

– Foi mesmo – confirmou Bran, puxando-a para seu lado e sussurrando em seu ouvido algo que a fez sorrir: – Também vamos subir.

E literalmente desapareceu com Sasha.

– Ah, assim não vale! Não é justo usar magia! – reclamou Riley, e correu escada acima.

– Já são três lá em cima, então nós três vamos dar uma olhada neste andar – afirmou Doyle, olhando ao redor. – Prefiro me instalar aqui. Acesso mais fácil à área externa.

– Então nós dois nos instalamos no térreo – decidiu Sawyer, para a frustração de Annika. – Mais perto da cozinha e da comida. Vamos ver o que temos.

Os dois quartos daquele andar ficavam um ao lado do outro. Não eram tão grandes quanto os da casa de Corfu, mas havia camas boas e janelas com uma bela vista.

– Está ótimo – constatou Doyle.

– Ótimo – concordou Sawyer, depois de abrir uma porta que dava para um banheiro.

Era uma porta de deslizar que saía da parede. Annika ficou maravilhada, abrindo e fechando várias vezes, até Sawyer ter que puxá-la dali.

Seguiram para um cômodo com o que Sawyer chamou de bar, uma grande televisão na parede (ela *adorava* televisão) e uma mesa larga, com bolas coloridas organizadas formando um triângulo sobre o tampo verde.

Annika passou a mão pela superfície.

– Não é grama.

– É feltro – explicou Sawyer. – Uma mesa de bilhar. Excelente! Você gosta de jogar, Doyle?

– E qual homem com séculos de idade nunca jogou bilhar?

– Tenho só algumas décadas de vida, mas já joguei bastante. Vamos ter que disputar uma partida.

Havia um lavabo, depois a cozinha e uma sala de jantar – um local onde também podiam almoçar, como ficou sabendo. Ela notou que Sawyer estava satisfeito ao entrar na cozinha.

Ele perscrutou o cômodo. Alto e magro, movia-se como se nunca tivesse pressa, observava Annika. Teve vontade de passar os dedos por aqueles cabelos dourados com mechas produzidas pelo sol, revoltos e desgrenhados da viagem. E os olhos, cinzentos como o mar à primeira luz prateada do alvorecer, a faziam suspirar.

– Os italianos entendem de cozinha… e de comer.

Agora ela entendia um pouco de cozinha, havia até aprendido a preparar alguns pratos, por isso reconheceu o fogão grande, de muitas bocas, e os fornos. Havia uma ilha central com uma pia, o que a encantou, e outra pia maior, sob uma janela.

Sawyer abriu a caixa que mantinha os alimentos frios; a geladeira, lembrou.

– Geladeira cheia – comentou Sawyer. – Riley não esquece nada. Quer cerveja?

– É claro!

– Anni?

– Não gosto muito. Tem outra coisa?

– Refrigerante e suco. Espere. – Ele apontou para um porta-garrafas. – E vinho.

– De vinho eu gosto.

– Seu desejo é uma ordem.

Sawyer escolheu uma garrafa, passou uma cerveja para Doyle e pegou outra para si. Foi até uma porta.

– Despensa cheia também. Estamos bem servidos.

Ele vasculhou as gavetas até encontrar um saca-rolhas. Saca-rolhas: palavra engraçada.

– Não sei quanto aos outros, mas eu estou morrendo de fome – disse Sawyer. – Transportar tantas pessoas e a uma distância dessa deixa a gente sem forças.

– Eu também comeria agora – disse Doyle.

– Vou preparar alguma coisa rápida. Riley tem razão, também achei Sasha pálida. Vamos comer e beber, dar uma relaxada.

– Está bem. Vou dar uma olhada lá fora.

E, com a espada ainda às costas, Doyle saiu por outra porta de vidro.

– Posso ajudar você na cozinha – ofereceu-se Annika.

– Não quer escolher um quarto?

– Eu gosto de ajudar na cozinha.

Principalmente com você, pensou ela.

– Muito bem. Então vamos apostar no simples. Coisa rápida: uma massa na manteiga, temperada com ervas. Temos… sim, temos tomate e muçarela. – Ele tirou o queijo da geladeira e lhe passou um tomate de uma tigela que estava no balcão. – Sabe cortar?

– Sim, e muito bem.

– Corte umas rodelas e depois procure um prato ou uma travessa – pediu ele, erguendo as mãos e afastando uma da outra para indicar o tamanho que queria.

Sawyer tinha mãos grandes, mas não era bruto. A gentileza também era um tipo de força, refletiu Annika.

– Jogue o queijo por cima do tomate – continuou ele, interrompendo seus pensamentos. – E regue com azeite. – Ele pôs um recipiente no balcão.

– Regar, como fazemos com as plantas. Mas só um pouco.

– Isso aí. Depois, pegue isto. – Sawyer foi até a janela, onde havia alguns pequenos vasos de hortaliças, e colheu um ramo. – Manjericão.

– Eu lembro. Realça o sabor.

– Isso. Pique um pouco e polvilhe. Depois, é só moer um pouco de pimenta, e *voilà*.

– Voar lá?

– "E aqui está", em francês – explicou ele.

– Voar lá!

Animada, Annika fez uma trança para afastar do rosto os cabelos pretos que desciam até a cintura e começou a trabalhar. Enquanto isso, ele colocava a água para ferver e lhe servia o vinho, enquanto tomava cerveja.

Ela gostava daqueles momentos de tranquilidade com Sawyer e aprendera a apreciá-los. Sabia que haveria mais luta, mais sofrimento. Aceitava isso. Mas recebera uma dádiva: pernas, que lhe permitiam viver na terra, ainda que por um breve tempo; amigos mais valiosos que ouro; a busca pelas estrelas, que era seu legado e dever.

E, acima de tudo, Sawyer, a quem já amava antes mesmo de ele saber de sua existência.

– Você tem sonhos, Sawyer?

– O quê? – Ele se virou para pegar um escorredor de macarrão e, distraído, olhou de relance para Annika. – Ah, sim. Claro, todos sonham.

– Você sonha com o futuro, quando tivermos cumprido nossa missão, quando tivermos as Estrelas da Sorte? Quando todas as três estiverem a salvo de Nerezza e não precisarmos mais lutar?

– É difícil ver tão longe quando estamos no meio do turbilhão, mas eu penso, sim, sobre isso.

– Qual é o seu maior desejo para quando tudo terminar?

– Não sei. Isso faz parte da minha vida há tanto tempo… Mesmo antes da batalha, já havia a busca.

Ele parou o que estava fazendo para refletir. Também aquilo, o cuidado em prestar atenção, era força.

– Acho que, bem, quando soubermos que fizemos tudo que era preciso, talvez eu só queira que estejamos numa praia, olhando para o céu, contemplando as estrelas. Vendo as três em seu devido lugar, com a satisfação de que conseguimos. Esse é meu grande sonho, um belo sonho.

– Não sonha com riqueza ou com uma vida longa? – Annika olhou para ele antes de acrescentar: – Ou com uma mulher?

– Se eu tivesse uma lâmpada mágica, seria um idiota se não pedisse tudo isso. – Ele parou por um momento e passou a mão pelos cabelos louros bagunçados. – Mas já seria ótimo ter ao meu lado os amigos que lutaram comigo, numa praia quentinha… com uma cerveja gelada. Estaria perfeito.

Annika ia continuar o assunto quando Doyle surgiu na cozinha.

Embora fosse alto e musculoso, ele tinha um andar elegante.

– Aqui não temos todo aquele espaço externo como em Corfu, mas há um bosque de limoeiros que podemos usar para os treinos e há mais privacidade do que eu havia pensado a princípio. Se bem que Bran pode dar uma reforçada. Tem também uma horta, mas também é menor que a de Corfu. E alguns vasos de ervas e tomates no terraço. Vi uma mesa grande lá fora, para refeições, debaixo de um caramanchão coberto de videiras. Fica à sombra, mas as abelhas podem ser um problema. E tem piscina.

– Sério?

– Também menor que a de Corfu. Logo ao lado do pátio. Provavelmente foi por isso que plantaram árvores dos dois lados do terreno: queriam privacidade. Vocês não vão escolher seus quartos?

– Não – respondeu Sawyer. – Pode escolher.

– Está bem. Tenho mesmo que guardar meu equipamento.

No instante em que ele saiu, Riley entrou.

– Vocês leram a minha mente – comentou ela, aproximando-se de Annika e a abraçando pela cintura. – Estou morrendo de fome. O que estão preparando?

– Sawyer está cuidando do macarrão e eu estou fazendo tomate e queijo com azeite e ervas. Vamos comer, beber e dar uma relaxada.

– Maravilha.

– Seu "amigo de um amigo" deixou a cozinha cheia para nós – disse Sawyer.

– Sim, vamos ficar lhe devendo essa. Será que vou de cerveja ou vinho? – Para se decidir, ela tomou um gole da garrafa de Sawyer e outro da taça de Annika. – Difícil escolher. Já que o menu é massa, vou optar pelo vinho. Bran e Sasha já se apropriaram do quarto principal. Como são um casal, achei justo.

– Doyle e eu vamos ficar aqui no térreo. Dois quartos e um banheiro. Está bom.

– Sim, muito bom. Annika, você escolhe entre os outros dois lá de cima. O que sobrar vai ficar para Sasha usar como estúdio e para Bran praticar as magias dele. Aqui tem varandas também. Não dá para ir a pé até a praia, mas podemos pegar o teleférico.

– O que é um teleférico? – perguntou Annika.

– É como um trem, mas no ar. Você paga pela passagem e pode descer na cidade, ou na praia, ou…

– Quero andar de teleférico! Podemos fazer isso amanhã?

– Talvez. Daqui até as lojas em Anacapri é uma descida íngreme e, na volta, vamos ter que subir tudo de novo. De lá até Capri, só de ônibus ou táxi, se não quisermos penar indo a pé, porque não há carros para alugar em Anacapri. Se a gente precisar de um, até posso arranjar, mas deixaríamos estacionado em Capri. Ou seja, vamos ter que nos virar a pé mesmo ou usar o transporte público. Agora vou dar uma olhadinha lá fora para avaliar o nível de segurança.

– Doyle já fez isso – informou Sawyer, colocando o espaguete na água fervente.

Riley hesitou, olhando de relance para a porta, então deu de ombros.

– Bom, não tem por que eu fazer o que já foi feito.

– A casa tem piscina! – disse Annika.

– É, eu vi. Bem que eu poderia dar um mergulho antes de dormir. Tem uma mesa do lado de fora, não tem? Por que não comemos lá, ao ar livre? – sugeriu Riley.

– Eu topo – respondeu Sawyer. – Leve as coisas.

Riley pegou um pouco de vinho e ergueu a taça para Sawyer.

– Estou dentro. – Ao ver Sasha entrando na cozinha com Bran, pegou mais uma taça e a ofereceu. – Aqui, Sasha, tome. Vai ajudar você a recuperar a cor.

– Vinho e comida! Sawyer e Annika, vocês são os melhores.

– Isso é cerveja italiana? – perguntou Bran. – Vai cair bem. – Ele pegou uma na geladeira. – E Doyle, onde está?

– Nosso imortal está guardando o equipamento dele – comentou Sawyer, mexendo a panela que exalava vapor. – Vamos ficar com os dois quartos aqui de baixo.

– Então você escolhe o seu lá em cima, Annika.

– Riley pensou em deixar um espaço para você pintar e outro para Bran praticar magia, então é melhor escolherem. Qualquer um está bom para mim.

– Já que você não se importa, vamos ficar com o quarto em frente ao nosso – disse Sasha. – É o menor dos dois que restaram, mas o suficiente para nós. Assim, você ocuparia o que dá vista para a praia. Vai lhe fazer bem dormir e acordar olhando para o mar.

Comovida, Annika a abraçou.

– Obrigada!

– Vou ficar no quarto em frente ao seu – disse Riley. – Mesmo não sendo sereia, adoro uma vista para o mar, mas contemplar um bosque de limoeiros também não é nada mau.

– E dali você ainda vigia a retaguarda – acrescentou Bran.

– Sim – concordou Riley. – Vamos comer lá fora. Assim que eu pegar os pratos.

Encontrou pratos tão coloridos quanto as almofadas do sofá e, com a ajuda de Sasha, saiu para pôr a mesa, enquanto Annika colocava as ervas meticulosamente na travessa.

– É assim? Fiz certo?

Sawyer deu uma olhada rápida.

– Perfeito. Só mais alguns minutos e eu termino por aqui.

– Precisamos de velas! – lembrou ela. – E flores.

Saiu correndo em busca do que considerava essencial a uma refeição.

Sawyer experimentou um fio de espaguete. Satisfeito, apagou o fogo.

– Sasha está bem? – perguntou a Bran.

– Um pouco mais atordoada que nós, eu acho. Nada que um pouco de comida e de descanso não resolva.

Nesse momento, Doyle voltou à cozinha.

– Lancei um feitiço de proteção básico sobre a casa e o terreno – contou Bran –, mas quero colocar mais uma camada ainda hoje. Mais cedo ou mais tarde ela vai nos encontrar, e estará furiosa.

– Sim, ela vai nos encontrar – repetiu Sawyer, despejando o macarrão no escorredor. – Mas vai ser um pouco mais difícil encontrar a Estrela de Fogo, considerando onde e como a escondemos.

– Por isso acho que ela virá com mais força desta vez. – Doyle terminou sua cerveja em um gole só. – Se eu fosse Nerezza, concluiria que subestimei meu inimigo. Ela é orgulhosa. Pensando assim, virá com mais sede de sangue.

– E talvez com mais cautela – acrescentou Bran. – Muito do que ela fez até agora foi movido por raiva e violência. Ficamos baqueados, mas ela ficou mais. Se ela realmente for mais cautelosa desta vez, vai investir mais em estratégia do que em força. Precisamos nos preparar para isso.

– Precisamos comer, isso sim. – Sawyer despejou o macarrão em uma tigela grande, acrescentou a manteiga e as ervas e misturou. – E dormir.

– Tem razão – concordou Bran. – E precisamos fazer uma comemoração, mesmo que curta, por estarmos todos bem, inteiros e juntos.

– E prontos para procurar a próxima estrela – completou Doyle.

Bran assentiu.

– Exato. Se vai ser a de água ou a de gelo, ainda não temos como saber, mas o destino nos enviou para cá, onde a inestimável Riley novamente nos conseguiu um teto, cama e comida. Amanhã podemos planejar nossa estratégia, não?

– Sim. Neste momento, nosso foco é o jantar, que já está pronto. Pode pegar aquela bandeja, por favor? E o vinho. E mais uma cerveja para mim.

Sawyer saiu para a noite perfumada pelos limoeiros, uma fatia de lua projetando uma luz azul suave sobre terra e mar.

Annika, como era de seu feitio, havia montado um buquê de flores com os guardanapos e encontrado algumas velas na casa.

– Não encontrei os... – A palavra lhe fugiu, então ela fez o gesto de riscar um fósforo.

– Os fósforos – completou Sawyer.

– Deixe comigo.

Com um simples estalar de dedos, Bran acendeu as velas.

Sempre animada, Annika deu uma risada e bateu palmas. Depois, correu para abraçar Bran.

– Já abracei Sasha e Riley. Estamos todos juntos neste novo lugar. – Ela se virou para abraçar Doyle, conseguindo arrancar dele um sorriso. – Temos boa comida e bons amigos.

Por último, virou-se para abraçar Sawyer, deliciando-se com o cheiro que lhe era único.

– Nerezza não está com amigos e não pode ter o que temos.

– Ela não *quer* o que temos.

O corpo de Sasha oscilou, mas logo ela se aprumou. Seus olhos, escuros e profundos, viam mais que o mar e a lua.

– Ela não deseja amigos, amor nem afeição. É feita de mentiras, cobiça e ambição, apenas escuridão. Ela é a escuridão. Agora, está enfurecida e conhece a dor, mas em breve voltará a caçar, a tramar, e com certeza virá. Tem sede de sangue. Do nosso sangue. Nada mais pode saciá-la. Ela virá, por mais que encubramos nosso mundo. O Globo de Todos nos encontrará. E Nerezza encontrará alguém, e eles se unirão na caçada. Cegos pela ganância, unidos pela ganância. O deus leva o homem; o homem leva o deus em uma barganha selada com sangue. Nesta ilha, nestas águas, nas canções, nos suspiros, haverá novas batalhas. Sangue derramado, dor fulminante. E a traição virá com sorrisos.

Após uma pausa, Sasha prosseguiu:

– Nesta ilha, nestas águas, nas canções, nos suspiros, a estrela aguarda, azul e pura, os bravos e inocentes. Não é formada por lágrimas, a Estrela de Água, mas haverá lágrimas antes que ela seja descoberta.

Ela oscilou de novo, pálida como um fantasma. Bran a puxou para si e a amparou.

– Apenas respire, *fáidh*.

– Não bloqueei. Juro que não tentei resistir. Eu só… Ficou tudo meio distante.

– Foi a viagem. Nunca tinha levado uma vidente nem nada parecido – disse Sawyer.

– A tal embaralhada no cérebro? – perguntou Riley.

Sawyer a olhou de esguelha.

– Não exatamente, mas talvez a visão apenas precisasse… bem, se ajustar. Quer água, Sasha? Vou buscar.

– Não, não, estou bem. Agora me sinto melhor – respondeu ela, ofegante. – Bem melhor. Antes, era como se eu não estivesse conseguindo recuperar o equilíbrio. Agora passou. Pode ter sido mesmo a viagem até aqui. Nossa, foi um dia e tanto também! Só preciso me sentar.

– E comer. – Rapidamente, Annika preparou um prato de macarrão e jogou por cima o tomate e o queijo. – Você precisa comer.

– Vou comer, sim. Todos nós. Isso veio muito rápido! Como se… como se chegasse a toda velocidade e me atingisse com força. A carga é brutal! O sentimento que vem por dentro. A fúria dela, a necessidade de nos destruir. Agora, ela não quer só nos ferir ou nos matar. Ela quer nos destruir.

– Você disse que ela vai encontrar alguém – lembrou Riley. – Um homem.

– Sim, só não sei se é de fato um homem ou apenas um humano. Mas ela encontrará alguém, com quem unirá forças.

– Já não enfrentamos uma deusa? – perguntou Doyle, pondo comida em seu prato. – Um mortal vai ser moleza.

– Falou o imortal – retrucou Riley. – Os humanos são ardilosos e perigosos. Se Nerezza quer se unir a alguém como nós, é porque ele ou ela lhe será útil. Não cante vitória antes do tempo.

Sawyer passou o macarrão para Annika.

– Bem, pelo menos agora sabemos qual estrela estamos procurando em Capri ou na região. Água. Um mistério a menos para solucionar.

– Ela é azul, e linda. De um azul sobrenatural. Não sei se consigo reproduzir o tom com tinta. A Estrela de Fogo brilhava e ardia. Já esta… – Sasha fechou os olhos por um segundo. – Esta brilhava e parecia… ondular. A Estrela de Água, certo? Talvez seja por isso.

Sasha enrolou um pouco de espaguete no garfo e provou.

– Hum, está muito bom, Sawyer – disse, fechando os olhos. – Simplesmente perfeito. Fico encarregada do café da manhã.

– Não, deixe por minha conta. Tire a manhã para descansar.
– Posso ajudar de novo – ofereceu-se Annika.
– Viu? Tenho minha *sous chef*, muito disposta e eficiente.
– Eu que fiz esse. – Annika mordeu com cuidado a salada. – E ficou bom.
– Bom pra cacete – concordou Riley, e resolveu repetir. – Vou entrar no meu "modo pesquisa" amanhã. Pode até ser óbvio supor que a Estrela de Água estará no mar, mas a primeira, de fogo, estava na água. Conheço algumas cavernas daqui, tanto em terra quanto no mar. Vou descobrir outras.
– Você mencionou terra e mar – lembrou Bran. – Canções e suspiros.
– Como o que ouvi quando estávamos voando – disse Annika.
– O quê?
– Não voando – corrigiu-se Annika. – Era como voar, ou como imagino que seja. A viagem. As canções e os suspiros quando chegamos aqui.
– Do que você está falando, Annika? – perguntou Bran, seus olhos escuros se voltando para ela.
– Você não ouviu?
– Não. – Ele olhou para os outros. – Acho que mais ninguém ouviu.
– Só ouvi o tornado – disse Riley, que continuava a comer. – Já vi alguns tornados, e é como o teletransporte de Sawyer soa para mim. Quer dizer que você ouviu canções e suspiros?
– Foi muito rápido. Lindo. Fez… – Ela levou a mão em concha ao coração e a abriu, como um desabrochar. – Fez meu coração se dilatar. Senti vento, vi cores e luz. Foi incrível. Depois veio a música, apenas música, com palavras que eu não distinguia muito bem. E suspiros. Mas não tristes, pelo menos não todos. Doces, mas com certa tristeza. Um pouco de tristeza misturada à alegria. Isso faz algum sentido?
– Ouvidos de sereia, talvez? – especulou Riley. – Estrela de Água, sereia… Interessante. – Ela deu mais uma garfada e sorriu. – Vamos precisar de um barco. Vou providenciar.

Mais tarde, quando o silêncio reinava na casa e todos os outros dormiam, Annika saiu para a varanda de seu quarto. O mar a atraía. Ela pertencia a ele, viera dele. Desejou poder voar até lá, nadar um pouco no coração das águas.
Mas o mar teria que esperar.

Ela tinha pernas, e gostava delas. No entanto, agora que havia contado aos outros o que era – não tivera escolha –, seu tempo entre eles estava terminando.

Desejou para a fatia de lua acima do mar poder cantar e suspirar dentro do coração de Sawyer. Desejou que, nesse tempo que lhe restava, ele sentisse o mesmo por ela, ainda que apenas por um dia.

O dever vinha em primeiro lugar, e ela jamais se esquivaria dele, mas podia nutrir em seu coração a esperança de não só cumprir seu legado, mas também de conhecer o amor antes de voltar ao mar para sempre.

2

ANNIKA ACORDOU CEDO. ESCOLHEU UM DE SEUS BELOS VESTIDOS QUE ondulavam ao redor das pernas – um adorável lembrete de que as tinha – e desceu correndo até a cozinha.

Queria preparar o café. Havia aprendido a fazê-lo em Corfu, e gostava de realizar coisas comuns, próprias das pessoas comuns. Mas aquela nova casa tinha uma máquina diferente, e ela ainda precisava descobrir como usá-la.

Gostava de descobrir coisas novas também.

Queria flores de verdade na mesa, por isso saiu e se dirigiu ao jardim. Então viu a piscina, com sua água azul-clara sob a suavidade dos primeiros raios de sol.

O mar estava muito longe para um mergulho matinal, mas a piscina... estava bem ali. Árvores margeavam o pátio, formando uma espécie de muro verde. Ela ansiava por água e não via por que voltar ao quarto só para pegar um traje de banho, então tirou o vestido, atirou-o em uma cadeira e mergulhou.

Não entendia a preocupação humana com a nudez. Se ninguém se preocupava em esconder cabelos, olhos e dedos das mãos e dos pés, por que se preocupar com as outras partes do corpo?

A água a abraçou, gentil como uma mãe, envolvente como um amante. Annika deslizou pelo fundo, os olhos verde-mar abertos e brilhando de prazer. Encantada, nadou de um lado para outro, depois pegou impulso no fundo e subiu à superfície, erguendo as pernas para o ar e o sol.

E as mergulhou de volta na forma de uma cauda.

Sawyer, que vinha com uma xícara de café na mão, parou de repente na beira da piscina.

Tinha saído para ver quem acordara e fizera o café. Identificou Annika ao ver suas pernas despontando da água – longas, bronzeadas e perfeitas.

Então surgiram cores contornando aquelas pernas, brilhando, emitindo um brilho intenso como o de pedras preciosas, pedras que se tornaram líquidas para, em seguida, formarem a cauda de uma sereia.

Sawyer ficou sem fôlego. Saber que ela era uma sereia era bem diferente de vê-la se transformar. E simplesmente ficou sem fôlego. Antes que pudesse se recuperar, Annika veio à tona em um salto, os cabelos pretos compridos escorrendo, os braços estendidos, a cauda brilhante, o rosto lindo e radiante.

Ela se dobrou em pleno ar – Deus do céu, não usava *nada* além da cauda – e mergulhou de novo.

O corpo dele reagiu na hora. Mas qual homem não se excitaria ao ver uma maravilhosa sereia nua? Tentou, em vão, pensar nela como uma irmã. Só ajudou um pouco quando pensou nela, com firmeza, como uma parceira de time.

Mais do que tudo, ela tinha que parar de exibir aquela linda cauda. Havia vizinhos ali.

Annika veio à tona de novo, rindo, e começou a boiar. Ele tentou se impedir de fitar os seios dela – tarde demais –, mas conseguiu rapidamente desviar o olhar para o rosto. Ela boiava de olhos fechados, com um sorriso tranquilo, mexendo apenas a ponta da cauda.

– Annika!

Ela abriu os olhos e sorriu para ele.

– Sawyer! Bom dia. Quer nadar comigo?

Ah, e como!

Não podia, não deveria, não aceitaria.

– Agora não. Aliás, é melhor você não ficar, ahn, você sabe, ficar aqui fora de casa. Com sua cauda. E nua. Alguém pode vê-la.

– Mas há árvores em volta e é muito cedo.

– Existem janelas acima das árvores. Se por acaso alguém olhar para cá só um segundo…

– Ah. – Ela deu um pequeno suspiro e afundou a cauda na água. Sawyer viu as pernas dela ressurgindo devagar. – Foi sem querer. Estava tão bom que eu nem pensei.

– Tudo bem, só não… Não! Não saia!

Ele entrou em pânico ao vê-la se dirigir à parte rasa e ficar de pé. Aquele corpo longilíneo, perfeito e… molhado. A água brilhava na pele dela como diamantes sobre uma camada de pó de ouro.

Aquela visão era uma tortura.

– Eu vou... buscar uma toalha para você. Não saia sem... Me espere.

Sawyer entrou correndo na casa. O café não ajudaria muito a aliviar a garganta subitamente seca diante daqueles cabelos descendo sobre os seios lindos.

Ele tentou contar até mil de trás para a frente, de três em três, e ainda precisou de mais um minuto para se acalmar – era homem, afinal. Pegou uma toalha na lavanderia que ficava junto à cozinha.

Ao voltar à piscina, encontrou-a esperando no mesmo lugar.

– Você precisa... – Ele girou o dedo no ar. – Vire-se. E... coloque o vestido depois.

Sawyer não via nenhuma outra peça de roupa além do vestido, ou seja, ela não estava usando nada por baixo. Mais um pensamento que era prudente evitar.

Ficou olhando para os limoeiros enquanto segurava a toalha estendida.

– Por que as mulheres sempre cobrem a parte de cima e os homens não?

– Porque não temos...

– Seios – completou ela, saindo da piscina e se enrolando na toalha. – Às vezes nós, sereias, usamos conchas nos seios. Como enfeite.

Sawyer arriscou um olhar e ficou aliviado ao ver que ela estava de toalha.

– A moda das sereias?

– Sim, também gostamos de nos enfeitar. Fiz café.

– Sim, ótimo. Obrigado. – Ele pegou a xícara na mesa e tomou um gole. Estava tão forte que levantaria qualquer um, mas ele achava ótimo. – É sério, quando você for nadar, use um traje de banho e mantenha as pernas.

– Desculpe.

– Não precisa se desculpar. – Ele arriscou outra olhada. Ela tinha colocado o vestido, e os longos cabelos molhados escorriam e brilhavam como pele de foca.– Sua cauda é linda. Maravilhosa. Deve ser estranho para você nadar sem ela.

– Eu gosto das pernas.

– Sim, são muito bonitas também. Quando conseguirmos um barco, poderemos nos afastar bastante, então você vai poder mergulhar bem fundo, e vai poder usar sua cauda à vontade. Mas aqui, na piscina e à luz do dia, é melhor não.

– Por alguns momentos foi apenas uma manhã qualquer, com uma piscina ao sol e o aroma das árvores.

– Um dia vai ser assim.

Annika olhou no fundo dos olhos dele.

– Você acredita mesmo nisso?

– Acredito.

– Então não vou ficar triste. Vou ajudar você a fazer o café. E posso pôr a mesa. O que vai preparar?

– Com a despensa que temos, posso cozinhar praticamente qualquer coisa. O que você quer?

– Posso escolher?

– Claro.

– Pode fazer… Qual é mesmo o nome? Não são panquecas, porque são… – Ela fez um gesto de enrolar. – E dentro tem sempre algo delicioso.

– Crepes?

– Isso! Você pode fazer crepes?

– Fechado.

Annika gostava de trabalhar na cozinha. Tantos aromas, cores e sabores! Sawyer decidiu preparar também ovos com bacon, e os crepes seriam doces, com recheio de pêssegos com mel por cima.

Ela o ajudou a misturar a massa, e ele lhe ensinou a despejá-la na frigideira. Annika estava tentando fazer um crepe sozinha quando Sasha entrou.

– Cheguei em uma boa hora! Já estão fazendo o café. Meu Deus, que cheiro bom!

– Estou fazendo crepes.

– Que chique! – Sasha se aproximou e a abraçou. – E está se saindo muito bem.

Ela pegou uma xícara de café.

– Querem que eu ponha a mesa?

– A mesa! Esqueci de colher as flores. Precisamos de pratos, copos, guardanapos e…

– Posso levar os pratos – ofereceu-se Sasha.

Mordendo o lábio, Annika assentiu enquanto deslizava o crepe cuidadosamente para um prato.

– Fiz certo?

– Perfeito – respondeu Sawyer.

– Agora preciso colher as flores.

Enquanto ela saía em disparada, Sasha se recostou no balcão.

– Se depender de Annika, nossas refeições nunca vão ser sem graça.

– Talvez você possa falar com ela para não nadar nua, pelo menos não durante o dia.

– Ela fez isso?

– Sim. A menos que a cauda conte como roupa de banho.

– Ah!

– Não vi nenhum mal, e ela pensou que estivesse sozinha. Acho que entendeu quando falei que era melhor não fazer isso, mas talvez, sabe como é, sendo outra mulher... Acho que em Corfu ela descia para a praia cedo todo dia para nadar, mergulhar bem fundo, como se cumprisse um... ritual. Tipo isso. Mas aqui...

– Vou falar com ela, sim. Precisa de ajuda aqui?

– Não, eu me viro.

– Café, café, café – murmurou Riley ao entrar, ainda trôpega de sono. Ela pegou uma caneca, se serviu, cheirou e tomou um gole. – Ah, que maravilha! Isso é que é café.

– Está tão forte que vai fazer crescer pelos no seu peito – disse Sawyer. – Opa, a lua já faz isso por você.

– Engraçadinho. – Ela pegou o crepe recém-feito e comentou, de boca cheia: – Ficou bom.

– Em quinze minutos você vai ter crepes mais do que bons.

Sasha levou os pratos para fora e, ao voltar para pegar os copos, ganhou um beijo de Bran, que entrava. Quando saiu de novo, Annika estava decorando a mesa.

Ela havia disposto os pratos em um semicírculo ao redor de uma pequena torre de vasos de planta vazios. Do vaso de cima saíam guardanapos em cores vivas, com dobras e ondulações, como se fossem botões de flores e folhas, e, embaixo, algumas pedrinhas bonitas formavam uma piscina.

– Uma cachoeira com arco-íris – adivinhou Sasha.

– Sim! E a água alimenta o jardim. Uma fonte que jorra flores.

– Que linda imagem.

– É um lugar alegre, onde a escuridão não entra. Deveria haver um lugar assim. – Annika olhou para os braceletes mágicos que usava, os que Bran fizera para ela. – Um lugar onde ninguém tivesse que lutar.

– Vamos conseguir afastar a escuridão, Anni. Talvez não possamos fazer mais que isso, mas já é algo importante.

– Sim, é importante. E amigos são importantes. Por isso teremos um belo café da manhã em nosso primeiro dia de busca pela Estrela de Água.

E uma cachoeira com arco-íris.

Durante a refeição, o grupo falou sobre questões práticas: reconhecimento do terreno... e do mar, além da divisão das tarefas domésticas.

– Não estamos tão isolados aqui – salientou Bran. – É melhor termos um disfarce simples. Férias entre amigos?

– No meu caso, estou fazendo um trabalho nas férias. – Riley pegou mais um pouco dos ovos mexidos. – Ficar perto da verdade sempre ajuda. Sou arqueóloga e estou escrevendo um ensaio, pesquisando. Assim tenho uma justificativa para sair perguntando por aí. Falo italiano melhor do que grego, então posso ser convincente. Mais alguém?

– *Io parlo italiano molto bene* – disse Doyle, cortando um pedaço de crepe.

Riley arqueou as sobrancelhas.

– Ah, é?

– *Si*. Tive um tempo considerável para aprender idiomas.

– Isso vai vir a calhar se tivermos necessidade de outro intérprete. Vou dar uns telefonemas e mexer alguns pauzinhos. Vamos precisar de um barco e de equipamento de mergulho.

– Providencie o que for necessário. Você é boa nisso.

– É uma das minhas especialidades.

– Seria bom termos um carro ou uma van à nossa disposição – disse Bran. – Talvez tenhamos que ir mais longe.

– Vou ver o que posso fazer.

– Pensei em deixar minha moto dentro da casa, onde está, se não precisarmos dela. Vou definir uma área para treinos no bosque. As árvores podem nos dar cobertura – especulou Doyle. – Há muitas colinas para caminhadas.

– Eu gosto de caminhar. – Annika comeu seu último pedaço de pêssego com mel. – Podemos dar uma caminhada até a praia?

– Mais tarde – respondeu Bran. – Se Sawyer puder ajudar Doyle a preparar a área de treino, tenho uma tarefa a fazer.

– Posso, sim.

– Annika, você poderia me ajudar enquanto Sasha e Riley tiram a mesa – sugeriu Bran. – Temos que nos reabastecer de remédios. Riley, vá dar seus telefonemas, fazer sua própria magia.

– Precisamos estudar os mapas da área – lembrou Doyle. – E definir algumas estratégias.

– Concordo. Sasha, pode atualizar a tabela com a divisão de tarefas?

– Assim que limparmos a cozinha.

– Muito bem, pessoal! – Riley bateu palmas. – Mãos à obra!

Annika gostava de ajudar Bran, não só por ele ser paciente, como também por ela achar fascinante a magia. Ela não tinha nenhum dom do tipo, mas, em Corfu, ele lhe ensinara a esmagar folhas e pétalas e a medir quantidades.

Bran sabia criar armas, como as poções de luz e poder que derrotaram Nerezza e suas feras em Corfu. Podia evocar o raio e usá-lo com a mesma habilidade dos outros ao usar uma arma de fogo, um arco e flecha ou uma espada. Annika havia testemunhado o poder dele e o julgava maior que o de qualquer bruxo que já conhecera. Maior até que o da feiticeira dos mares.

Por outro lado, Bran também dedicava muito tempo às artes da cura. Embora Annika entendesse o medo ou o mal-estar que algumas pessoas sentiam ao ver sangue, ela só enxergava a necessidade de ajudar. E ficou orgulhosa quando Bran lhe disse que ela tinha jeito para a cura.

Annika não tinha nenhuma vontade de ser uma guerreira, embora aceitasse a guerra. Suas armas eram a rapidez e a agilidade, tanto dentro da água quanto fora dela. E os braceletes mágicos, que irradiavam ou bloqueavam poder.

Quando Sasha chegou, Annika arranjou uma desculpa para deixá-los a sós. Estavam apaixonados, e o tempo juntos era precioso. Foi perambular pela casa, familiarizando-se com as câmaras – os cômodos, corrigiu-se.

Seguindo a voz de Riley, entrou em um aposento iluminado, onde a encontrou andando de um lado para outro e falando muito rápido ao celular, misturando italiano.

– *Che cazzo,* Fabio! Que tipo de negócio é esse? No mínimo duas semanas, provavelmente quatro ou seis. *Stronzate.* Não tente me passar a perna. Eu poderia procurar um estranho e conseguiria um preço melhor. Tudo bem, vou procurar outra pessoa, então. Ah, e vou entrar em contato com sua mãe, já que estou aqui. Preciso ter uma boa conversa com ela, porque acho que minha lembrança daquela noite em Nápoles está voltando. Para você também, *amico*.

Depois disso, Riley ficou um bom tempo só ouvindo, e seu sorriso ia ficando maior e mais satisfeito.

– *Quanto?* Já melhorou um pouco, mas... realmente estou com saudade da sua mãe. Ah, pelas duas semanas? Agora estamos começando a nos entender. Talvez. Você fica com o depósito de qualquer maneira. O quê? – Ela jogou a cabeça para trás e riu. – Querido, assim você está *pedindo* para ser pressionado. No mínimo quatro semanas. Vamos buscar amanhã. É melhor que esteja em boas condições, senão... Lembra que salvei sua pele em Nápoles? Posso decidir não fazer isso de novo. *Ciao*.

Ela desligou com um gesto exagerado e foi bamboleando alegremente até Annika.

– Toca aqui!

Annika pareceu não entender, e Riley riu.

– Bata a palma da sua mão na minha. É um cumprimento. Notícias quentíssimas: consegui um barco, e por um preço ótimo. – Ela parecia orgulhosa de seu feito. – Mostrei a ele quem é que manda.

– Manda em quê?

Riley fez um gesto de desdém.

– Deixa pra lá. Olha, o equipamento de mergulho foi fácil. A prima do Fabio, Anna Maria, vai se encarregar disso, por uma mixaria. Eu até teria aceitado a proposta inicial do Fabio se ele não tivesse tentado dar uma de esperto para subir o preço. – Ela guardou o celular no bolso e esfregou as palmas das mãos, animada. – Bom, tudo acertado. E, se precisarmos, a irmã do namorado de uma amiga pode nos emprestar uma van em troca de gasolina e cerveja. Cadê o resto do pessoal?

– Sasha e Bran estão praticando magia. Acho que Sawyer e Doyle ainda estão no bosque, preparando o espaço para treinos.

– Certo, então vamos lá. Você vai ter que usar uma bermuda.

– Bermuda?

– Sim, tipo uma calça, só que vem até aqui – explicou Riley, dando um tapinha logo acima do joelho. – Aquela cheia de bolsos. E uma regata. Quero treinar alguns movimentos, e você é a melhor nisso. Você precisa treinar também. Com aquele vestido, não tem como dar saltos mortais, ainda mais sem nada por baixo.

– Eu prefiro vestidos.

– Tudo bem, mas para dar saltos mortais e estrelas, é melhor cobrir as coisas.

– Que coisas?

– As partes femininas, Anni. As partes que mantemos cobertas, com ou sem razão. Talvez um short de ciclismo já resolva. Você poderia usar por baixo do vestido.

– Short de ciclismo?

– Vamos ver. Por enquanto, vá trocar de roupa. Vou ver se Bran pode dispensar Sasha para ela treinar com a gente.

– Ela está melhorando.

– Sim – concordou Riley, enquanto subiam a escada. – Você é uma boa treinadora.

– Obrigada. Gosto de ajudar.

Satisfeita, mesmo tendo que usar uma bermuda, Annika se trocou e prendeu os cabelos em uma longa trança.

Deixou as janelas do quarto abertas. Embora já fosse sair de novo, inclinou--se para fora e respirou fundo, saboreando o cheiro do mar e a vista.

Lá embaixo, na rua estreita, viu pessoas de short e bota subindo a íngreme colina. Será que eram aqueles os tais shorts de ciclismo? Mas ela sabia o que era um ciclista, e eles não tinham uma bicicleta.

Viu árvores e arbustos floridos e, mais além, pessoas na curva da praia e barcos deslizando na água azul.

Às vezes ela gostava de nadar sob os barcos, olhar para a sombra que projetavam na água e tentar adivinhar para onde iam.

Viu uma mulher subindo devagar a estrada íngreme, empurrando um bebê bochechudo em um… caminho, carinho… carrinho! Um carrinho. Sacolas plásticas pesadas estavam penduradas de cada lado, e mais uma no pequeno cesto.

O bebê ria e batia palmas com as mãozinhas gorduchas enquanto a mãe cantava.

Annika desejou saber pintar como Sasha. Pintaria o bebê rindo e a mulher, com a longa estrada se estendendo adiante.

A mulher olhou para cima e a viu à janela. Annika acenou.

– *Buongiorno!* – saudou a mulher.

Annika entendia determinadas palavras em alguns idiomas, porque gostava de ouvir e aprender.

– *Buongiorno!* – gritou de volta. Como não sabia o suficiente de italiano para formar frases, misturou os idiomas: – Você e sua *bambina* são *bella*. – Acenou e repetiu: – *Bella*.

A mulher riu e inclinou a cabeça em um cumprimento.

– *Grazie, signorina. Grazie mille.*

E, voltando a cantar, a mulher retomou a subida.

Animada com a bela cena, Annika desceu a escada saltitando e saiu para treinar para a guerra.

Encontrou Sasha e Riley na faixa de gramado entre a piscina e o bosque de limoeiros. Belas plantas e arbustos davam um toque de cor ao entorno, marcado por uma parede de grandes árvores de tronco fino.

O espaço não era grande. Teriam que adaptar os exercícios.

Mesmo assim, Riley e Sasha faziam um belo treino de corpo a corpo. Soco, giro, chute. Como uma dança.

Com uma corrida curta, Annika tomou impulso para um salto mortal duplo e pousou com suavidade, fingindo que as surpreendia com socos.

– Exibida – brincou Sasha.

– O espaço aqui é pequeno, mas muito bom – disse Annika. – Você pode treinar o movimento de rolar no chão, Sasha. – Demonstrou o movimento com gestos das mãos. – Depois os saltos.

– Vamos de rolamento duplo – decidiu Riley. – Salto, chute lateral, golpe com as costas da mão.

– Está falando sério?

– Você precisa começar a combinar os saltos e as cambalhotas com outros movimentos – explicou Riley. – Com a besta você é ótima, meu bem, mas a gente sabe que nem sempre dá para lutar a distância. Agilidade, mobilidade, potência. Certo, Anni?

– Certo.

– Neste caso, deixe que ela mostre como faz – disse Sasha, apontando para Riley.

– Quer que eu faça primeiro? Está bem.

Riley bateu as palmas das mãos e flexionou os joelhos algumas vezes. Em seguida, saltou para a frente, pousou sobre as mãos e emendou num rolamento, depois num segundo, e se levantou dando um chute para a direita e um soco para a esquerda.

Annika aplaudiu.

– Não dê corda – murmurou Sasha.

– Você consegue – respondeu Annika. – Lembre-se: contraia, contraia. Força aqui – ela tocou a barriga de Sasha – e nas pernas.

– Está bem. – Sacudindo os braços, Sasha exalou o ar com força. – Certo. Força, potência, salto, giro, chute. Meu Deus.

Ela deu uma corrida curta e lançou o corpo em um salto mortal.

Annika primeiro assentiu, mas logo depois fez uma careta quando Sasha caiu de cara no chão. O salto tinha sido muito bom, mas ela se desequilibrou na primeira cambalhota e mais ainda na segunda.

– Droga!

– De cara!

Sasha se virou para ela enfezada.

– O salto foi muito bom – afirmou Annika, agachando-se e afagando os ombros de Sasha.

– É, até que essa parte você fez direito.

– Não, acho que ela foi para a esquerda. Esta é a esquerda, não é? – Annika ergueu a mão esquerda e mexeu os dedos. – Você foi ótima no mortal, mas deu uma inclinada para a esquerda quando foi girar. Saiu do eixo e por isso perdeu o equilíbrio. Vou lhe mostrar, mais devagar do que Riley.

Ela ficou em pé e nem se deu ao trabalho de correr para pegar impulso. Mesmo assim, se curvou com fluidez, como água sendo derramada.

– Força, força no centro – disse, dobrando-se e dando a cambalhota. – Mantenha-se firme, mas não trave os joelhos, para poder esticar as pernas no final.

Ela finalizou o movimento com fluidez, caindo sobre os pés, e esticando uma perna e um braço. E manteve a posição perfeitamente, como uma estátua.

– Não posso só atirar pedras?

– Às vezes, sim. – Annika sorriu. – Vai conseguir fazer isso também. Vou ajudar você. Força, força. Contraindo. Tente.

Annika se manteve de pé, acompanhando os movimentos de Sasha. No fim, deu um empurrãozinho para a cambalhota.

– Contraia! Força! Contraia... Impulso!

Sasha completou o movimento. Cambaleando, mas completou. Então recuperou o equilíbrio e deu o chute e o soco com as costas da mão.

– Muito bom! – Annika aplaudiu mais uma vez.

– Fui caindo para a esquerda de novo. Eu senti.

– Dessa vez foi menos.

– Você conseguiu – disse Riley. – Faça de novo.

– Tá bem, tá bem. Não me ajude. Se eu cair de cara, caí. Mas vou aprender esse maldito movimento.

– Assim é que se fala! – Riley lhe deu um tapinha no ombro.

Sasha repetiu. Mais uma vez, cambaleou e quase caiu, mas conseguiu recuperar o equilíbrio.

– Vamos juntas – decidiu Annika. – No três.

– Ai, céus... Vamos.

– Força. Barriga dura que nem pedra.

– No três – disse Riley. – Um, dois, três!

Sawyer parou à saída do bosque.

– Olhe só.

Doyle e ele ficaram observando as três treinando saltos, giros, impulsos.

– A morena é rápida e está em boa forma – comentou Doyle. – A loura tem jeito e está se desenvolvendo. Mas a sereia... é de uma naturalidade que faz parecer um passeio na praia.

– Pode até ser uma adaptação natural: Annika se movimenta na terra como se movimenta na água. O fato é que ela simplesmente flui.

– E tem belas pernas.

Doyle retomou seu caminho, enquanto as três discutiam algo, Annika gesticulando para explicar. Então parou de novo para observar quando Riley balançou a cabeça em reprovação, mas se colocou em posição, entrelaçando os dedos.

Annika correu na direção dela e, com um salto, apoiou o pé nas mãos unidas de Riley, que lhe deu impulso para dar um mortal perfeito para trás, culminando numa posição que Sawyer batizou de Pouso do Super-Herói: abaixada, uma das pernas dobrada e a outra estendida para o lado, com uma das mãos no chão.

– Eu devia filmar isso – comentou Sawyer.

Quando os viu, Annika se levantou e foi correndo até eles.

– Venham treinar com a gente!

– Mesmo se eu treinar a vida inteira, não vou conseguir fazer isso.

– Posso ensinar a você.

– Não duvido – disse Doyle –, mas precisamos dar uma volta para ter uma noção melhor de onde estamos, definir nossa posição e identificar os pontos que precisam de reforço.

– Sim – concordou Riley e, olhando para o vasto céu azul, acrescentou: – E essa exposição toda é um grande ponto fraco.

– Precisamos estar prontos para ele.

– Bran está tentando algumas soluções. Seria bom ele fazer uma pausa. Vou avisar a ele que vamos sair – disse Sasha. – Daqui a dez minutos?

– Por mim, ok – respondeu Sawyer e, com um sorriso, dirigiu-se a Annika: – Você vai precisar calçar um sapato.

Levando mochilas pequenas, começaram a caminhada subindo a estradinha estreita. O clima estava quente. Do alto, se via um sol abrasador incidindo sobre o mar, a areia e as casas que desciam a longa ladeira em tons suaves de rosa, branco e ocre.

Enquanto caminhavam, Sawyer traçava mapas mentalmente. Era bom nisso, já que aprendera ainda menino com o avô. A bússola – um presente, uma responsabilidade, um legado – exigia que conhecesse bem o tempo e o lugar. A mão que a segurava, a do viajante, precisava de mais do que sorte e magia.

Passaram por bosques de oliveiras e limoeiros, que Sawyer ia acrescentando a seu mapa mental. Os jardins, as casas com venezianas, as de janelas abertas para o mundo.

Riley apontou para o continente ao longe.

– Capri nem sempre foi uma ilha e é habitada desde o Neolítico. Colonizada pelos teleboi, depois pelos gregos de Cumas, e em 328 a.C. conquistada pelos romanos. Mas foi Augusto, no século IX, que desenvolveu o lugar. Construiu templos, jardins, villas e aquedutos. Tibério o sucedeu e construiu ainda mais. As ruínas da villa em que ele morou ficam no alto do monte Tibério. Estamos indo nessa direção, embora ainda esteja longe.

– Você já foi lá? – perguntou Sasha.

– Sim, há um tempo. Fui com meus pais. Villa Jovis, até hoje um lugar incrível e que vale muito a pena explorarmos.

– Uma deusa iria gostar de instalar seu quartel-general na antiga moradia de um imperador romano – especulou Bran.

– Sim. – Riley pensou sobre isso enquanto continuavam a subida. – Ainda possui certa grandeza, mas está longe de ser um lugar reservado. Estão vendo aquelas pessoas subindo e outras descendo? Provavelmente indo e voltando de lá. É uma grande atração da ilha.

– Capri é cheia de cavernas – observou Doyle.

– É mesmo. – Riley lhe lançou um olhar curioso. – Você também já esteve aqui?

– Sim, e muito antes de você. Guerras mesquinhas. Os ingleses e os franceses queriam Capri.

– Em 1806, os ingleses puseram fim à ocupação francesa. Em 1907, a França reconquistou a ilha. De que lado você estava? – perguntou Riley.

– Dos dois. – Doyle deu de ombros. – Era uma distração. Em dois séculos, as coisas mudaram muito por aqui: as estradas, as casas, o teleférico. Mas a terra leva mais tempo para mudar, então conheço algumas das cavernas e grutas.

– A Gruta Azul – anunciou Annika, radiante. – É tão linda! Fui lá com minha família para me banhar na água e na luz.

– A Gruta Azul seria o esconderijo óbvio para a Estrela de Água – supôs Sawyer. – Por isso mesmo, provavelmente não está lá.

– Sua luz arde azul apenas quando ela é erguida. Por ora, ela espera, fria e inerte.

Todos se viraram para Sasha.

– O que mais você vê? – perguntou Bran, tocando seu braço.

– Ela. Eu a vejo através de fumaça e de espelhos quebrados. Nerezza, a mãe das mentiras. Construirá seu palácio na escuridão, e será feito da própria escuridão. Forjará uma nova arma contra nós. Promessas de poder lançadas como sementes em solo fértil e ávido. Ela o rega com sangue. Um novo cão para um novo dia.

Sasha procurou a mão de Bran.

– Como eu me saí?

– Bem. Dor de cabeça?

– Não. Estou bem. Apenas deixei que viesse. Não posso invocar a visão, mas posso permiti-la.

– Você está pálida – disse Annika, pegando uma garrafa na mochila. – Beba um pouco. Água sempre ajuda.

– Sim.

– Comida também, e tem coisa boa aqui por perto – disse Riley. – Sinto cheiro de pizza.

– Faro de loba – comentou Sawyer.

– Exato. Voto por almoçarmos.

O faro de Riley se revelou preciso. Menos de 500 metros adiante, encontraram uma pequena *trattoria* à beira da estrada. Sentaram-se na área externa.

– Trouxe seu bloco de desenho? – perguntou Sawyer a Sasha.

– Nunca saio sem ele.

– Pode me emprestar por um minuto? Quero registrar uma coisa enquanto está fresca na minha mente.

Intrigada, Sasha lhe passou o bloco e o estojo de lápis.

– Não sabia que você desenhava.

– Não como você.

Enquanto escolhiam o sabor da pizza e lhes serviam cerveja e vinho, ele rascunhou o mapa que registrara na memória. O litoral em curva, a extensão de mar e praia, a elevação das colinas. Em seguida, acrescentou a estrada pela qual tinham subido, os pontos em que tinham casas, bosques e campos.

Riley se inclinou para observar.

– Mandou bem, caubói.

– Sempre temos que saber onde estamos. No momento, aqui. Quer dizer, a casa é aqui. Subimos por aqui, andamos um pouco e chegamos aqui.

Ele desenhou a rosa dos ventos na parte inferior da folha.

– O que tem no final dessa estrada se descermos em vez de subirmos?

– A Piazzetta. Ou *chiazz*, como chamam os habitantes locais. Uma praça pequena, como o nome indica. É o centro social e turístico. Tem cafés, bares, e dali se segue para ruazinhas cheias de lojas...

– Lojas? – interrompeu Annika. – Podemos fazer compras?

– Se precisarmos, sim – respondeu Riley. – Comida, munição. Aí você aproveita e compra umas bugigangas. Para lá fica a Marina Grande.

– Anotado – disse Sawyer.

– É onde vamos pegar o equipamento e o barco amanhã de manhã. Daqueles infláveis de casco rígido, como o anterior. Temos uma van à nossa disposição se precisarmos, mas não recomendo dirigirmos por aqui, nem de moto. O transporte público é bom, e Sawyer pode nos levar se for algo urgente. O teleférico vai do centro até a marina. Mas acho que, para nós, o melhor é ir de ônibus.

– Como vamos levar armas em um ônibus? – questionou Doyle.

– Vou dar um jeito – garantiu Bran.

Nesse momento a pizza chegou, quente e borbulhante, interrompendo a discussão. Mas Sawyer, pressentindo o início de outra, não demorou a se manifestar:

– Sempre podemos ir a pé. Quando não der para usar o transporte público, nossas pernas servem.

– Um meio-termo sensato – declarou Bran. – Vamos ver o que acontece. De qualquer modo, vou resolver a questão das armas, e a caminhada até a marina seria um bom exercício de calistenia matinal.

– Eu gosto de calistenia – disse Annika. – Gosto de pizza e esse vinho é muito bom. Posso ir às lojas a pé. – Ela deu um sorriso sedutor para Sawyer. – Você podia ir comigo.

– Ahn...

– Vamos terminar de comer – interpôs Doyle – e fazer uma hora de treino com armas. Aposto que há comércio perto da marina, linda. Você terá sua chance para fazer isso depois.

– Eu gosto das minhas armas – disse Annika, observando os braceletes, e sorriu para Bran e Sasha. – São lindas. É bom passarmos um dia juntos. Para treinar e planejar, sim, mas também para caminhar ao sol, no meio de todas essas flores e árvores. E comer pizza. Apenas...

– Apenas viver? – completou Bran, e materializou no ar uma florzinha vistosa.

Com uma risada, Annika a pôs no cabelo, atrás da orelha.

– Isso. Apenas estarmos juntos. Neste lugar que Sasha viu como nosso destino. Aonde chegamos graças a Sawyer. Bem aqui.

Ela levou a mão ao coração.

– Sabedoria da sétima filha da sétima filha? – perguntou Riley.

– Talvez. Mas eu sei. E sinto com muita intensidade que encontraremos a Estrela de Água, que, sejam quais forem as armas que usarem contra nós, nunca serão suficientes. A escuridão não pode vencer a luz.

– Você é uma luz, Anni – disse Sawyer, e o coração dela se alegrou.

– Somos seis luzes. É bom ser uma de seis. Posso comer mais?

Sawyer pegou uma fatia de pizza e a pôs no prato dela.

– Quanto quiser.

Ao voltar, o sexteto foi praticar com armas. Annika gostou de usar seus braceletes mágicos e ainda mais de usá-los no bosque de limoeiros. Bran conjurou para ela bolas mágicas que fugiam, surgiam atrás de árvores e tentavam se esconder, obrigando-a a ser rápida e ágil para rebatê-las... e a tomar cuidado para não as destruir, pois, quando isso acontecia, Bran tinha que interromper o próprio treino para conjurar novas.

Annika não se importou que outros treinassem arco e flecha junto com ela no bosque – os limoeiros tinham um aroma tão bom! –, mas, quando chegou a hora das armas de fogo, não teve como fingir não ouvir aquele som horrível.

Bran disse que havia lançado um feitiço para que o som não fosse ouvido fora dali, mas, dentro do bosque, os disparos soavam fortes e brutais. Assim, ela decidiu sair dali.

Continuaria depois, sozinha, para evitar aquele barulho e o mau cheiro produzidos pelas pistolas.

Como fora dispensada de usar armas de fogo, decidiu compensar sendo útil em alguma tarefa.

Sentia falta do cachorro e das galinhas que havia na casa da Grécia – tanto de tê-los como companhia quanto de cuidar deles –, mas o jardim ali, embora fosse menor, ainda precisava ser limpo das ervas daninhas. E a casa tinha que ser arrumada.

Foi à cozinha procurar os ingredientes para o chá que Sawyer lhe ensinara a fazer. Aprendia rápido, lembrou a si mesma, e podia realizar aquela pequena tarefa sozinha. Estava ali para aprender tanto quanto para lutar e encontrar as estrelas. Estava ali para ajudar.

Sabia que a água na panela tinha que ferver e que levava tempo. Enquanto esperava, separou as roupas para lavar. Algumas ainda estavam manchadas de sangue da última batalha em Corfu. Podia limpá-las.

Isso também demorava, considerando que a máquina não era igual à da villa. Seguiu no preparo do chá fazendo como achava que era o certo, pôs o grande jarro de vidro na água quente. Ficou aborrecida por não lembrar como Sawyer chamava aquele processo, mas sabia que era para evitar que coisas ruins se misturassem à bebida.

Bran lhe ensinara sobre ervas. Saiu para o jardim e cortou algumas como vira Sasha fazer.

Lavou-as e as colocou no jarro. Após acrescentar a água, tampou e o levou para fora.

Agora era esperar o sol fazer seu trabalho.

Enquanto isso, poderia tirar as ervas daninhas da horta e colher os legumes maduros, como a haviam orientado.

Seria tão bom viver assim, pensou, sem treinar nem lutar. Cuidar de uma casa, um jardim, fazer chá com a ajuda do sol. Encontrar um cachorro que gostasse de brincar. Uma casa à beira-mar, para estar sempre perto da água. Um lugar onde pudesse viver com os amigos e dividir a cama com Sawyer.

Ah, queria tanto saber como seria acasalar com ele!

Não custava nada sonhar. Sonhar com uma casa à beira-mar, onde viveria com seu verdadeiro amor e seus amigos, todos os mundos a salvo da escuridão.

Sabia que a maior parte desse sonho nunca poderia acontecer. Só lhe restavam três mudanças de lua antes de as pernas não mais lhe pertencerem e o mar voltar a ser seu único lar.

Mas podia sonhar, e podia fazer todo o possível para derrotar a escuridão.

Quando Sasha atravessou o gramado, Annika apoiou na cintura o cesto de tomates e pimentões.

– Estes já estão maduros.

Sasha deu uma olhada.

– É, estão. Você ficou bastante ocupada.

– O sol está fazendo o chá. Eu usei hortelã, a planta que tem cheiro de limão e camomila.

– Ótima combinação – elogiou Sasha.

– Já parece bom, mas precisa ficar mais tempo ao sol.

– Talvez, mas, quando os outros vierem, duvido que queiram esperar. Esses treinos dão uma sede! Acho que eles vão fazer um intervalo na piscina. Jardinagem também dá sede, então aposto que você gostaria de nadar.

– Sempre. Ah, eu… coloquei roupa na máquina, mas não é igual à outra. Pode ver se eu fiz certo?

– Vou ver quando subir.

– Para vestir seu traje de banho?

– Não. Na verdade, vou fazer um intervalo diferente. Preciso pintar.

– Teve uma visão?

– Não, apenas preciso pintar. Assim como você precisa nadar.

Annika assentiu, sorrindo.

– Porque é da sua natureza.

– Exatamente. Pensando bem, posso trazer meu cavalete aqui para baixo. Não preciso mais ficar sozinha como antigamente.

– Então vou trazer os copos e o gelo.

Sasha entrou na frente e se dirigiu à pequena lavanderia.

– Deixei de molho com sal, por causa do sangue – explicou Annika. – E com a mistura que Bran fez para purificar.

Ela relatou tudo que havia feito, enquanto puxava as roupas para a inspeção de Sasha.

– Está tudo certo.

– Quando secarem, posso dobrá-las como você me mostrou. Depois do intervalo. Vou pegar minha roupa de banho para nadar.

– Depois do intervalo, Bran quer que todos ajudem no feitiço de proteção, como você fez em Corfu. Fechando as cortinas e contribuindo na segurança.

– Temos vassouras na casa.

– Ótimo. Desta vez você pode me ensinar, porque da última eu estava dormindo. Depois que estivermos protegidos, faremos nosso primeiro conselho de guerra em Capri.

– Os homens e Riley.

– Eles são mais experientes, mas você e eu também somos guerreiras, Annika. Lutamos e sangramos. Desta vez, todos nós vamos participar.

Annika pôs a mesa, pegando copos e um grande balde de gelo. Juntou os ramos de hortelã em um buquê, que colocou em um pequeno vaso, como Sawyer lhe mostrara. Em seguida, dispôs num pratinho rodelas de limão formando uma flor. E, como sempre havia alguém com fome, fez um arranjo de frutas, queijos e biscoitos salgados.

Satisfeita, subiu correndo para colocar um maiô. Comprara apenas um, pois não fazia muito sentido nadar vestida. Agora, achava melhor pegar um pouco de seu dinheiro e comprar outro. Talvez mais dois.

Usar roupas era uma das melhores coisas em ter pernas. Tão divertido, todas tão bonitas! Quando Annika ia saindo do quarto, deu com Riley abrindo a porta para o dela.

– Hora do mergulho – anunciou Riley. – Sawyer e Doyle já estão lá embaixo.

– Ah! Deixe eu ver?

Riley deu de ombros e apontou para as portas da varanda.

– Fique à vontade.

Annika se precipitou para a frente. Lá estavam os dois, sentados um de frente um para o outro na borda da piscina, conversando. No gramado, Bran e Sasha montavam o cavalete.

Annika gritou, irradiando alegria pura:

– Olá!

Sawyer ergueu os olhos, sorriu – ela adorava aquele sorriso fácil e radiante – e acenou.

Movida pela alegria do momento, Annika subiu no peitoril e saltou.

Ouviu Sawyer gritar algo. Girou o corpo com facilidade e mergulhou alegremente na piscina.

– Merda! – Ele mergulhou também, pronto para resgatar o corpo inconsciente de Annika, mas ela veio à tona, rindo. – Meu Deus! Você podia ter quebrado o pescoço!

Depois de deixar a água alisar seus cabelos para trás, ela pestanejou, intrigada.

– Como?

– A piscina é rasa em comparação com o mar. Pulando dessa altura, você podia ter batido com a cabeça no fundo.

– Por que eu faria isso? Minha cabeça sabe onde é o fundo.

– Deve ser divertido – disse Riley, do alto, debruçada na janela.

– Muito! – respondeu Annika.

– Os humanos sabem onde é o fundo – continuou Sawyer –, mas não conseguem desacelerar na queda nem parar quando atingem a água, como você faz.

Annika olhou preocupada para Riley.

– Não mergulhe daí!

– Pode deixar.

Annika pegou a mão de Sawyer e o puxou mais para o fundo.

– Vamos apostar uma corrida, é divertido.

– Como se algum de nós tivesse alguma chance contra você.

– Eu nado de costas.

– Mesmo assim – disse Sawyer, e Doyle deu um riso. – Mas, tudo bem, desafio aceito.

Ele voltou para a extremidade da piscina e esperou que ela se posicionasse.

– Pronta? Já!

Sawyer tomou impulso, contando mentalmente os segundos, mas, quando tocou na outra extremidade, ela já estava sentada na borda, espremendo água da trança tranquilamente.

– Exibida.

– É divertido se exibir.

Ele a surpreendeu puxando-a de volta para a água.

Hummm, pele nua... As mãos dele tocando seu quadril... Os olhos dele sorrindo para os seus e depois sérios. Como o roçar de mãos, por apenas um momento, os olhos a fitaram profundamente.

E o rosto dele tão próximo que seus lábios poderiam se tocar.

Então ele a soltou e deixou a água separá-los.

– A próxima corrida será com pernas e na terra.

– Minhas pernas são muito fortes e rápidas.

– Vamos ver, Aquagirl.

Quando Sawyer mergulhou, Annika passou por cima dele e desceu até o fundo, onde nadou até acalmar o desejo. Ao voltar à tona, esticou o corpo para boiar.

Ficou escutando as vozes dos outros, ouviu Riley mergulhando.

Como seu sonho, pensou. Todos os seus amigos reunidos, junto com sol e água. Seu dia estava completo.

Mesmo os momentos de obrigação eram como um sonho. Todos unindo forças para o feitiço de Bran. A magia dele era tão bela, tão forte e brilhante! Eles varreram toda a escuridão e criaram luz com cristais energizados e água encantada. Então, usando um bloqueio mágico para evitar ser visto além do limite demarcado pelas árvores, Bran se elevou no ar para lançar a proteção do alto da casa até o chão.

– Eu não sabia que seria tão lindo – murmurou Sasha, impressionada, vendo-o levitar.

– O irlandês tem estilo. – Riley pôs o braço nos ombros dela. – Fizemos tudo isso em Corfu, mas devo dizer que não me canso de assistir. Muito bem: o conselho de guerra será aqui ou lá dentro?

– Em termos de proteção, tanto faz, e aqui fora está bom demais, muito melhor que nos trancarmos numa sala, mesmo sendo um conselho de guerra.

– Concordo.

– Preciso concluir a nova divisão de tarefas. Vou fazer isso ainda hoje, mas posso me encarregar do jantar. Seria bom se já tivéssemos terminado o assunto antes de comer.

– Vou pegar alguns mapas lá em cima – avisou Riley.

– Vou dobrar a roupa limpa – disse Annika. – Vocês vão querer vinho?

– Querida – Riley tirou o braço dos ombros de Sasha e o colocou nos de Annika –, vinho é sempre bem-vindo. Vamos começar.

Riley apresentou as cavernas que conhecia ou que descobrira em suas pesquisas, e Doyle mostrou outras mais, que visitara muito tempo antes.

– Você conhece alguma caverna submarina, Annika? – perguntou Sawyer. – Alguma que ainda não marcamos?

– Só esta – respondeu ela, esticando o braço sobre o mapa para tocar um ponto no norte da ilha. – A Gruta Azul. É uma tradição nossa nos banharmos à luz azul do lugar. Não procuramos outras grutas. Gente demais, sabe? Existem lugares menos… habitados?

– Quando você esteve lá com sua família, ouviu os sussurros e as canções? – perguntou Sasha.

– Não, mas não prestei atenção. Eu era nova, então era tudo lindo e empolgante… Não tinha nenhum objetivo em mente. Posso ir lá e dar uma olhada, de dentro do mar.

– Não sozinha. – Bran tocou na mão dela. – Ninguém aqui vai se aventurar sozinho. Sabemos que Nerezza virá atrás de nós e que enviará seus cães. E, considerando tudo que ela já fez, os ataques vão ser tanto por terra quanto pelo ar e pela água. Temos que estar preparados. Nenhum de nós vai fazer algo por conta própria.

– Estamos numa área mais fechada do que era a villa. – Doyle olhou ao redor, examinando árvores e telhados. – É uma vantagem e uma desvantagem ao mesmo tempo. Menos território para defender, mas menos espaço de manobra. As bombas de luz deram conta de uma matilha… Aliás, chamá-los de cães é um insulto aos animais.

– Gosto de como Sasha os chama: subordinados – disse Riley.

– Subordinados. Perfeito. Nerezza vai usá-los de novo. Perdê-los não significa nada para ela; simplesmente enviará mais. Bran, você acha possível embutir bombas de luz nos arcos, nas balas e nas facas?

Bran se recostou e arqueou as sobrancelhas.

– É uma ideia interessante. Posso tentar. Claro.

– Você feriu o… Aquilo era um cérbero, Riley? – perguntou Sasha.

– Um maldito cão de três cabeças. Sim, parecia um cérbero.

– Você o feriu, Bran – continuou Sasha. – Também feriu e assustou Nerezza. Você a fez envelhecer. Não sei qual será a nova arma dela, mas ela vai precisar de algo capaz de combater com força total o seu poder.

– O *nosso* poder – corrigiu Bran. – Eu não teria sido tão forte sem você.

– Sorte a sua que continuarei ao seu lado, então. Na verdade, foi só unindo todas as nossas forças que conseguimos nos defender de Nerezza.

– E acabamos com a raça dela – acrescentou Sawyer. – Ela fugiu. Vocês venceram uma deusa. Ou melhor, vencemos uma deusa e seus subordinados. Não é pretensão dizer que vamos fazer o mesmo aqui, não importam as armas que ela trouxer. Mesmo assim, eu não recusaria algumas balas de revólver mágicas.

– O bosque pode nos dar uma boa cobertura – observou Doyle. – Vamos assumir nossas posições ali, em vez de lutar em campo aberto.

– E deixar algumas surpresas em campo aberto. Assim eliminaremos alguns deles – sugeriu Riley.

– Nerezza espalhou no chão aquela névoa que mordia – lembrou Sasha, e fez uma pausa para estimar a distância de onde estavam até o bosque. – Podemos lançar bombas de luz daqui, com flechas, revólveres, facas e magia.

– Posso usar meus braceletes – salientou Annika.

– Já é um plano – afirmou Riley, pegando sua taça. – Conseguimos cobrir terra e ar. Falta a água.

– Arpões, facas... uma ajudinha da magia? – acrescentou Sawyer. – E uma sereia.

Annika sorriu.

– Os braceletes também funcionam na água, e é onde sou mais rápida.

– Nunca perguntamos uma coisa – começou Sasha. – Como você se comunica com sua família? Com seu povo?

– Ah. Isso é... – Annika tocou na cabeça e, em seguida, no coração.

– Você pensa. Você sente.

– Também falamos, mas geralmente sem voz.

– Sei como é – disse Riley, e se inclinou na direção de Annika para perguntar: – E quanto aos outros seres da vida marinha? Peixes, baleias e tal?

– A gente se dá bem. Eles não pensam como nós, embora as baleias sejam sábias, e os golfinhos, espertos e inteligentes. Os peixes é que esquecem tudo.

– Tipo a Dory – comentou Sawyer.

Annika fez cara de quem não entendeu.

– É de um filme. A gente devia assistir qualquer dia desses. O que Riley quer saber é se você conseguiria detectar a presença de inimigos debaixo d'água.

– Ah, não sei. Não seriam peixes, mamíferos ou humanos. É diferente. Posso tentar. Vou tentar – disse ela, com determinação. – Seria útil.

– Um sistema de alerta. Fora isso, faremos o de sempre? – Sawyer olhou para os outros, reunidos ao redor da mesa. – Usar o esquema de duplas, ficarmos juntos, trabalhar em grupo. Se chegarmos a um ponto de perigo extremo, posso nos transportar. Para isso, precisamos de um segundo local. Se estivermos na água, viremos para esta casa, mas e se tivermos que sair daqui?

– Que tal o monte Tibério? – sugeriu Riley. – Um lugar alto.

– Vou buscar as coordenadas. Enquanto isso…

Sawyer pegou a bússola e abriu o estojo de bronze.

Quando a pôs sobre o mapa, a bússola brilhou sobre Capri, mas não se moveu.

– Tenho que trabalhar nisso – disse ele, e a guardou de volta no bolso.

– É o que vou fazer: trabalhar. – Bran se levantou. – Balas, flechas e lâminas. E braceletes. Interessante.

– Vou me aprofundar nas minhas pesquisas – afirmou Riley, também se levantando. – Vou ver se consigo descobrir alguma coisa sobre suspiros, canções e mais cavernas submarinas. Você vai precisar do mapa? – perguntou a Doyle.

– Talvez mais tarde.

– Vou fazer o jantar – prontificou-se Sasha, ajeitando um grampo que se soltara do coque. – Pode me ajudar, Annika?

– Sim, eu gosto de ajudar.

Quando as duas entraram na casa, Doyle se recostou com sua cerveja e olhou para Sawyer.

– A sereia mais feliz que eu já vi. Ninguém o julgaria se tentasse algo com ela.

– Ela não… Acho que ela não entende isso. Aquilo. Seria como seduzir a irmã mais nova de alguém.

– Ela me parece bem adulta, mas você que sabe. Que tal fazermos uma caminhada para fora do bosque? Ver se há algum ponto que precise de um reforço na proteção.

– Boa ideia.

Enquanto eles comiam sob as estrelas, Andre Malmon acertava a gravata. A noite seria entediante, mas o dever o chamava. Ele raramente atendia a esse chamado, e já lamentava tê-lo feito desta vez.

No entanto, havia um potencial para novos contatos naquele tal evento de caridade. Contatos nunca eram entediantes. E ele queria algo novo, algo estimulante.

Infelizmente, pouquíssimas coisas o deixavam estimulado nos últimos tempos.

Afinal de contas, o que ainda não havia feito? O que ainda não vira? O que não poderia ter com um estalar de dedos?

Suas duas últimas aventuras – nunca se referia a tais experiências como trabalho, embora cobrasse preços exorbitantes pelos serviços – mal lhe proporcionaram diversão. Tão pouco desafiadoras.

A mulher com quem estava saindo começara a irritá-lo apenas por existir, assim como a prostituta a quem ele recorria para algo com mais criatividade. Sabia que se livraria das duas muito em breve.

Recebera outras propostas, é claro, mas nenhuma que lhe enchesse os olhos. Assassinato? Fácil, mas ele não matava mais por dinheiro – a menos que lhe desse prazer.

Roubo? Às vezes era até interessante, mas por que roubar para outra pessoa? Preferia fazê-lo para si mesmo – e no momento não lhe ocorria nada que valesse o esforço.

Sequestros, lavagens cerebrais, mutilações… Zzzzzz.

É claro, ainda poderia aceitar os 50 milhões de dólares por um unicórnio, ou apenas o chifre.

Dinheiro não compra sanidade mental.

Se o tédio se prolongasse, talvez empregasse algum tempo e esforço encomendando um chifre falso. Só em último caso.

Passou a mão nos cabelos louros, as ondas emoldurando um belo rosto de boca perfeitamente esculpida, nariz fino e olhos azuis que emitiam uma placidez enganosa.

Talvez matasse Magda – seu *amore* atual. Não a prostituta, porque não valia a pena eliminar prostitutas. Magda, a herdeira com uma gota de sangue real. A bela e serena Magda.

Poderia encenar um assassinato por mutilação, com toques de ocultismo e perversão sexual. Que escândalo seria!

Poderia ser excitante.

Bufou de irritação ao ouvir a batida à porta do quarto. Virou-se quando alguém a abriu.

– Lamento interromper, Sr. Malmon.

– Vai lamentar mais ainda. – Sua voz, inglesa e fria, tinha um tom mal-humorado. – Avisei expressamente que não me perturbassem.

– Sim, senhor. É que uma mulher deseja vê-lo.

Malmon avançou um único passo.

– Qual parte de "não perturbem" você não entende, Nigel?

– Ela está esperando na sala.

Nigel, discreto e impassível, estendeu um cartão. Furioso, Malmon fez menção de afastá-lo sem delicadeza, mas algo no olhar do mordomo o fez parar.

Um olhar vazio. Quase morto. O homem estava apenas parado ali, sem expressão, o cartão estendido.

Malmon arrancou da mão dele o pequeno retângulo preto com uma única palavra, um nome em grossas letras vermelhas.

Nerezza

– O que ela quer?

– Falar com o senhor.

– Ela passou pelo portão, por Lucien e por você?

– Sim, senhor. Ofereço alguma bebida?

– Nem pensar. Vá arranjar o que fazer, Nigel.

Passando pelo mordomo, Malmon se dirigiu à escada para descer.

Estava irritado, claro. Mas também curioso. O que não acontecia havia *dias*.

Conferiu a pequena pistola escondida na manga direita do paletó. Nunca ia a lugar algum desarmado, nem dentro de casa. E, como Lucien se mostrara tão inútil quanto Nigel, foi sozinho até a sala de estar.

Ela se virou. Sorriu.

Era uma boa visão. Não podia dizer que era linda, mas sua beleza o cegava. Os cabelos pretos se derramavam em cachos sobre os ombros, e a mecha branca lhe dava um efeito ainda mais marcante.

E os olhos – grandes olhos pretos, hipnotizantes em contraste com a pele tão alva. Um sorriso presunçoso se insinuava nos lábios vermelho-sangue.

Também usava preto, um vestido que se moldava a seu corpo alto e majestoso.

– Monsieur Malmon.

Ela se aproximou a passos velozes e silenciosos. Sua voz levemente exótica fez o coração dele pular.

– *Je m'appelle Nerezza.*

– Mademoiselle.

Ele tomou sua mão estendida e, ao depositar um beijo, sentiu um intenso arrepio de emoção.

– Podemos falar em inglês? Afinal, estamos na Inglaterra.

– Como quiser. Sente-se, mademoiselle.

– Nerezza, por favor. – Com um deslizar de saias, ela se sentou. – Seremos bons amigos, você e eu.

Malmon tentou se manter altivo e indiferente, mas seu coração batia acelerado e seu sangue latejava nas veias.

– Seremos? Comecemos com um drinque, então.

– Claro.

Ele se dirigiu ao bar e serviu uísque para dois. Assumiu o comando e o controle, pensou, ao não perguntar o que ela preferia.

Acomodou-se diante dela. Brindaram.

– E o que a traz até mim, Nerezza?

– Sua reputação, claro. Você é o homem que procuro, Andre. – Ela tomou um gole, observando-o. – Você será aquele de quem preciso. E, em troca de ter minhas necessidades atendidas, posso lhe oferecer mais do que você jamais teve ou sonhou ter.

– Eu tenho muito e sonho com ainda mais.

– Tenho todo o dinheiro que quiser. Mas algumas coisas valem mais que outro e prata.

– Por exemplo?

– Vamos tratar disso em outra ocasião. Esta noite falaremos sobre estrelas. O que sabe sobre as Estrelas da Sorte?

– Um mito. Três estrelas: fogo, água e gelo, criadas por três deusas para honrar uma jovem rainha. E amaldiçoadas por uma outra deusa.

O sorriso de Nerezza ao ouvir aquilo foi afiado como diamante.

– E o que você pensa sobre os mitos?

– Muitos são perfeitamente reais.

– Essas estrelas são, posso lhe garantir. Elas serão minhas. Você vai encontrá-las e trazê-las para mim.

Os olhos dela o tragavam para sua escuridão insondável. O orgulho o forçava a resistir.

– Trarei?

– Sim. Há seis em seu caminho.

– Ninguém fica em meu caminho por muito tempo.

– Foi o que observei, ou não perderia meu tempo nem o faria perder o seu. Se aceitar o desafio, se quiser saber o que lhe darei em troca, esteja amanhã à meia-noite no endereço que lhe dei.

– Não há nenhum endereço em seu cartão.

Nerezza sorria ao se levantar.

– Lá você saberá sua sorte. Até breve.

Ela se foi antes que Malmon tivesse a presença de espírito de ficar de pé. Quando alcançou a porta, não a viu em parte alguma. Desaparecera como num passe de mágica.

Malmon pegou o cartão do bolso e viu que se enganara.

Havia, sim, um endereço, perfeitamente claro.

Fascinado, confuso e ainda mais exasperado, chamou Lucien pelo interfone.

– Senhor?

– Para onde ela foi?

– Desculpe, de quem o senhor está falando?

– A mulher. A mulher de preto, seu idiota. Quem mais seria? Por que a deixou entrar sem permissão?

– Senhor, não veio ninguém aqui esta noite. Não deixei ninguém entrar.

Furioso, Malmon procurou Nigel às pressas, sua raiva só aumentando enquanto descia a escada e se dirigia aos aposentos do mordomo.

Parou de repente ao ver o corpo de Nigel pendendo do lustre.

E riu.

Não estava mais entediado.

3

O AMANHECER TROUXE CONSIGO A LUZ ETÉREA E GOTAS DE ORVALHO, que brilhavam como diamantes na grama.

E os exercícios físicos.

Annika gostava dos treinos. Gostava dos comandos de Doyle: "No chão! Vinte flexões!" Os agachamentos, pranchas e polichinelos eram como uma dança – e os gemidos e resmungos (principalmente de Sasha) sempre a faziam rir.

Sawyer chamava Doyle de "sargento tirano desgraçado", o que também a divertia. Ela aprendera a palavra "desgraçado", aprendera "tirano". Quanto aos sargentos, só conhecia os peixes listrados que gostavam de nadar nos recifes, assim batizados pelas pessoas da terra.

Imaginar o grande e belo Doyle como um peixinho nadando em um recife de coral lhe rendeu mais algumas risadas durante as puxadas na barra improvisada.

– Do que tanto você ri? – perguntou Sasha, suada e com o rosto vermelho, preparando-se para as puxadas.

– Sawyer é um peixe-sargento. Doyle que disse.

– Um... Ah!

Divertindo-se com a ideia, Sasha olhou para Doyle, que gesticulava, incitando-a a começar logo.

– Você podia ser um peixe-palhaço! – gritou para ele, e depois murmurou: – Que Deus me ajude.

Ela executou uma boa primeira puxada, uma segunda não tão boa e uma terceira péssima, o rosto cada vez mais vermelho e molhado de suor. Seus braços tremiam visivelmente.

Annika começou a aplaudir.

– Shhhhh – fez Sasha. – Ainda falta uma. Droga.

Annika levou um susto com o terrível lamento de dor que se seguiu, quase um grito, mas Sasha conseguiu concluir a série, mesmo com os braços trêmulos, antes de desabar no chão, ofegante.

– Muito bom – elogiou Doyle. – Um tanto desajeitado, mas teve empenho. Tente cinco amanhã.

– Vai se ferrar. Amanhã eu tento matar você, isso sim.

– Assim que eu gosto. – Ele se abaixou para ajudá-la a se levantar. – Sua vez, Riley.

Riley fez doze tranquilamente no tempo em que Sasha levara para suas dolorosas quatro.

– Mato você também – falou Sasha, inconformada. – Um duplo homicídio não seria má ideia.

– Você fez quatro puxadas! – lembrou Annika. – Na primeira vez, não conseguiu completar nem a primeira, e hoje fez quatro!

– Eu sei, eu sei. – Sasha deu um longo suspiro. Seu tom era firme ao continuar: – É mesmo. E amanhã vou tentar cinco.

Terminado o treino, tomaram o café da manhã e se dedicaram a cumprir a nova distribuição de tarefas domésticas feita por Sasha. Por fim, chegou a hora de ir para a marina.

Annika segurava a vontade de ir correndo. Mal podia esperar para mergulhar, mas gostou de caminhar com o grupo, observando Bran e Sasha de mãos dadas e Doyle e Riley discutindo sobre quem conduziria o barco.

O ar era delicioso, a brisa trazendo os aromas de mar, flores, limões e relva. O caminho os presenteava com jardins para apreciar, o voo dos pássaros. E, para Annika, a companhia de Sawyer.

– Você vai tirar fotos debaixo d'água?

– Sim, vim preparado para isso.

– Se me ensinar a usar a câmera, posso tirar fotos suas. Para você aparecer nelas.

– Eu posso tirar algumas selfies. – Ele estendeu o braço e fingiu clicar.

– Ah! Que inteligente.

– Posso lhe ensinar de qualquer forma. É bom contar com mais alguém para os registros.

– Assim vou poder ajudar você a fotografar dentro e fora do mar. Podemos fazer uma caminhada. – Ela apontou para as montanhas. – Sei que corremos o risco de encontrá-la e ter que enfrentá-la nas colinas, e a busca é o mais importante, mas a caminhada seria algo novo e empolgante a se fazer. São tantas coisas que ainda não vimos...

Ele lhe deu uma cutucada com o ombro. Ela sabia que isso era um sinal de camaradagem.

– Você sempre vê o lado bom das coisas – disse Sawyer.

– O lado bom nos ajuda a enfrentar a escuridão.

– Sem dúvida.

– Na última batalha, eu tive medo. Acredito que vamos vencer e cumprir nossa missão. Mesmo assim, tenho medo.

Em um gesto que ela conhecia como demonstração de apoio, Sawyer lhe acariciou o braço. Ela teve vontade de suspirar.

– Todos nós temos medo, Anni.

Surpresa, Annika ergueu os olhos para ele.

– Ninguém além de mim parecia assustado.

– Todos nós – reforçou ele. – Só um louco não sentiria medo. Você entende o que é coragem. – Foi uma afirmação, não uma pergunta, mas ela assentiu.

– É bravura. É enfrentar a escuridão.

– Sim. É enfrentar a escuridão mesmo com medo. É o que todos estamos fazendo.

Annika apoiou a cabeça no ombro de Sawyer, sabendo que, se ele a considerava corajosa, ela poderia ser ainda mais.

– Por que você não tem uma fêmea?

– Uma o quê? Ah, bem, é que precisei viajar muito. Não foi fácil chegar até aqui.

– Havia sexo?

Sawyer tirou o chapéu e passou os dedos pelos densos cabelos louros que Annika tanto desejava tocar. Depois, pôs o chapéu de novo e enfiou as mãos nos bolsos.

– Sabe, se você quer falar sobre esse tipo de coisa, é melhor conversar com Riley ou Sasha.

– Ah, eu sei o que é sexo. Não é muito diferente no meu mundo. Podemos fazer sempre que quisermos. É algo bom.

Sawyer teve que rir.

– Definitivamente.

– Mas quando encontramos um companheiro e assumimos compromisso, não buscamos nenhum outro. Como Bran e Sasha: só há um.

– Isso é bom. É com isso que a maioria das pessoas sonha.

– Então você tinha sexo, mas não uma companheira.

– Tipo isso.

O caminho ficou estreito, com a proximidade de prédios. Ele mudou de assunto apontando para uma vitrine:

– Ah, podemos voltar aqui depois! Estou doida para fazer compras.

– Não diga! Você está sempre querendo fazer compras.

Embora sorrisse, Sawyer pôs o braço nos ombros dela para desviá-la de uma vitrine.

– Certo.

– Veja que comidas bonitas!

Os doces, pães e bolinhos atrás do vidro, todos muito bem confeitados, eram uma tentação.

– Precisamos levar alguns. E lá na frente tem *gelato*!

– O que é isso?

– É sublime.

– Sublime – repetiu Annika enquanto seguiam pela rua íngreme e estreita.

Sawyer segurou a mão dela. As lojas podiam ainda estar fechadas, mas já tivera a experiência de ir às compras com Annika, em Corfu, e sabia que ela era capaz de correr de um lado para outro impulsivamente, como um cachorro atrás de um esquilo.

– Vou comprar um *gelato* para você na volta – prometeu.

– Obrigada.

– Agora temos que ir para o barco.

– É tudo muito grande e muito pequeno nessa cidadezinha. Ali tem legumes e frutas… – Ela apontou para uma barraca. – Veja as cores, as formas. Não conheço alguns. São todos de comer?

– Sim, mas alguns precisam ser cozidos primeiro.

Annika olhava para todos os lados, assimilando tudo. Sawyer considerava aquilo parte de seu encanto. Ela passava os dedos pelas paredes dos prédios para sentir a textura e certamente teria corrido atrás de um gato de rua se Sawyer não a houvesse segurado. Conseguiu fazê-la seguir em frente, acompanhar os outros, passando por pessoas comendo bolo e tomando café forte em mesas ao ar livre, por um aglomerado de casinhas coloridas, deixando para trás os hotéis com toldos e guarda-sóis rumo aos embarcadouros e às docas.

– Ali.

Riley apontou para um barco muito parecido com o que tinham usado em Corfu.

Era um... Annika teve que vasculhar a memória atrás do nome: barco inflável de casco rígido.

Então Riley indicou um homem magro que vinha na direção deles com um sorriso enorme cheio de dentes.

Ele parece um tubarão, pensou Annika.

– Eu cuido disso – anunciou Riley.

Ela acelerou o passo e engatou uma animada conversa em italiano com o sujeito. Annika reconheceu algumas palavras, algumas delas rudes.

Sasha pegou o bloco de desenho e começou a fazer esboços rápidos do mundo ao redor da marina, toda a extensão de toldos, mesas e prédios, as casinhas empilhadas subindo, subindo as colinas.

– O cara quer mais dinheiro – explicou Doyle ao grupo. – Ela está insistindo de todas as formas para ele manter o preço. – Obviamente confiante na capacidade de persuasão de Riley, entrou no barco.

– Ela disse... – Annika tentou encontrar as palavras. – Alguma coisa como "vai se morder". Essa parte ela não falou em italiano.

Com uma risada, Sawyer a conduziu para a embarcação.

– Ela disse o que ele merece por ser um idiota.

– Um idiota por fazer um acordo e depois voltar atrás – concluiu Annika.

– Exatamente.

Riley retornou com o homem, que já não mostrava mais tantos dentes.

– Fabio, essa é minha equipe. Pessoal, este é Fabio. O clube de mergulho é bem ali. Fabio concordou gentilmente em me ajudar com o equipamento, mas seria bom ter mais ajuda.

– Eu vou com vocês – prontificou-se Sawyer. – *Come va,* Fabio?

De novo os dentes.

– *Bene.*

– Vou com eles – avisou Bran, dando um beijo na testa de Sasha antes de se afastar com Sawyer.

Não demoraram a voltar com os cilindros de oxigênio, os macacões de mergulho e o restante do equipamento necessário para os cinco sobreviverem debaixo d'água. Além de um isopor cheio de gelo, água e até sucos de que Annika gostava. E Coca-Cola – ela gostava também.

Enquanto colocavam tudo no barco, tomando as devidas precauções de segurança, a conversa em italiano prosseguiu, agora sem palavras rudes.

Finalmente – *finalmente* –, todos estavam a bordo, e Fabio soltou as amarras.

– *Ciao*, Fabio – disse Riley, levando dois dedos ao chapéu, em um gesto de despedida. E completou, baixinho: – Babaca.

– Um babaca é um idiota?

Riley abaixou os óculos escuros, seus olhos castanhos sorrindo para Annika.

– Um babaca é um idiota muito idiota. Bom, minha amiga Anna Maria, que não é idiota nem babaca, falou que podemos atracar no clube de mergulho. Vai facilitar nossa vida com esse monte de equipamento que precisamos levar.

Riley foi até a cabine de comando, onde Doyle operava os controles.

– Quem pilota hoje sou eu, esqueceu?

– Só estou tirando a gente de perto do babaca – justificou ele, já cedendo o comando a ela.

Partiram deslizando sobre a água, o que era quase tão bom quanto estar dentro dela. Doyle saiu da cabine para conferir o equipamento.

– Não preciso do cilindro – começou Annika.

– É melhor usar para não chamar atenção.

– Podemos encontrar outros mergulhadores – explicou Sawyer.

– Então é só para fingir?

– Isso.

– Tudo bem.

– Vamos ficar juntos – lembrou Bran a todos.

Sawyer tentava não olhar para Annika, que se despia para colocar o traje de mergulho.

– Mesmo sendo improvável que Nerezza nos encontre tão rápido – continuou Bran –, não podemos arriscar. Mantenham-se à vista.

Ele olhou de relance para Sasha.

– Não estou sentindo nada estranho, mas agradeço se ficarem de olho em mim, para o caso de eu ter uma visão.

– Vou cuidar de você – prometeu Annika.

– Obrigada.

– Como deu certo antes, Sawyer e Annika podem ir na frente, seguidos por mim e Sasha, com Doyle e Riley por último. Tudo bem por vocês?

– Por mim, sim – respondeu Sawyer, fechando o zíper da roupa de mergulho. – Dessa vez vou nadar com uma sereia *sabendo* que estou nadando com uma sereia. – Ele sorriu para Annika. – Torna tudo melhor.

– Mas fique com as pernas, linda – alertou Doyle.

Estavam virando na direção dos penhascos.

– Pode deixar. A menos que nos ataquem.

– Falando nisso, você teve sorte com as flechas, balas e lâminas? – perguntou Doyle erguendo um arpão.

– Consideravelmente, mas ainda preciso trabalhar nisso. Daqui a alguns dias, veremos. Por enquanto, seria um arpão para cada dupla? No nosso caso, pode dar para Sasha, já que ela é tão boa com a besta.

– Ah.

Doyle passou o arpão para ela.

– Consegue manejar?

Sasha testou o peso.

– Acho que sim.

– Não quero usar isso – Annika se apressou em avisar.

– Pode deixar comigo – disse Sawyer.

– Ok, então: Sawyer, Sasha… – Doyle olhou para Riley, na cabine de comando. – Quer discutir de novo sobre qual de nós deve ficar com o arpão?

– Vamos alternar. Eu piloto, você assume o arpão. Depois a gente troca.

– Bastante justo.

Riley parou o barco.

– A primeira caverna da lista de hoje fica ali à direita – anunciou ela, apontando. – A entrada fica a uns 4 metros de profundidade. Um canal estreito se abre em uma garganta a uns 12 metros. É um mergulho difícil para novatos.

– Vou ficar bem – disse Sasha, vestindo a roupa de mergulho.

– Você passou da fase de novata em Corfu. – Riley se despiu para vesti-la também. – A entrada é pequena, temos que ir um de cada vez. É difícil achar.

– Posso me encarregar disso.

Equipada, Annika se sentou na amurada e enfim fez o que tanto queria: jogou-se para trás e caiu na água.

Embora seu impulso fosse descer logo, veio imediatamente à tona. Por enquanto, bastava sentir o mar envolvendo seu corpo. Ela acenou para os outros.

– Precisamos de um minuto aqui.

No deque, Riley prendeu os cilindros.

Satisfeita, Annika nadou ao redor e debaixo do barco, apreciando o prazer de estar em seu ambiente, mas tomando o cuidado de se manter atenta e à vista.

Quando circundou o barco de novo, viu Sawyer. Ele apontou a câmera para ela e Annika fez uma pose, virando de cabeça para baixo, como se plantasse bananeira.

Sentiu o movimento na água quando Sasha mergulhou, seguida por Bran. Logo depois vieram Riley e Doyle. A um sinal de Bran, ela se virou para a frente e deu início ao percurso.

Não vá rápido, lembrou a si mesma, acompanhando o ritmo de Sawyer e dos outros como faria com um cardume de peixes ou com outras sereias. Como sabia fazer.

Os peixes passavam indiferentes por eles. Annika sentiu a lenta pulsação de uma estrela-do-mar que dormia em uma rocha e ouviu o farfalhar das ervas marinhas.

Sentia o coração de Sawyer batendo – não tão devagar quanto o das estrelas-do-mar, mas regular e tranquilo. Os movimentos dele e dos outros chegavam até ela como sussurros.

Ainda mais fundo, viu a boca da caverna, mas percebeu que os outros não podiam enxergá-la como ela. Então gesticulou para eles e continuou a descer. Esperou os outros para entrar.

Destemida, pensou Sawyer. Na água, ela não tinha medo nenhum. E era incrivelmente graciosa. Fluía pelo canal estreito como a própria água. As paredes da caverna se estreitaram, mal permitindo a passagem de uma pessoa, e a luz ficou turva. No espaço reduzido e à luz tênue, ela se virou e nadou de volta. Embora não visse seu rosto, Sawyer sabia que ela estava sorrindo e que provavelmente conferia quem estava ali antes de se virar de novo e prosseguir.

Ele viu uma enguia ondulando numa fenda na rocha e torceu para que ficasse onde estava. Não gostava de nada que se parecesse com cobras.

As paredes se alargaram e desembocaram numa garganta, ligeiramente mais clara. Ele viu, lá no alto, as fissuras no rochedo que deixavam a luz entrar.

Dois a dois, eles se espalharam na busca. Mais na esperança, pensou Sawyer, de que Sasha sentisse algo, como acontecera quando encontraram a Estrela de Fogo. Ele procurou algo incomum: uma formação rochosa, uma alteração na água, um bruxulear.

Quase entrou em pânico quando perdeu Annika de vista. Deu a volta, depressa, pegou sua faca e começou a bater com o cabo na rocha para atrair a atenção dos outros. Então a viu surgir das águas escuras mais abaixo.

Annika tomou suas mãos, tranquilizando-o, e acariciou seu rosto.

Com um gesto, Doyle indicou que era hora de voltar. Annika pegou a mão de Sawyer de novo, puxou-o na direção do canal e seguiu na frente.

Quando ele embarcou, ela já havia tirado a máscara.

– Seu coração bateu tão rápido!

– O quê?

– Na garganta, no final. – Ela levou a mão ao coração, dando batidinhas rápidas. – Por quê?

– Não consegui encontrar você.

– Eu estava logo embaixo. Para olhar mais no fundo. Em momento algum o perdi de vista.

– Eu… – Ele se corrigiu: – A gente perdeu você.

– Ah! – Ela soltou seu cilindro. – Eu esqueci que vocês não enxergam tão bem na água. Desculpe.

– Pelo quê? – perguntou Riley, que subia naquele momento.

– Fui mais fundo e não fiquei à vista. Sinto muito. Não vai acontecer de novo. Estava vendo todos vocês, mas devia ter tomado mais cuidado. Sawyer ficou com o coração acelerado, e por minha culpa.

Enquanto a ajudava a tirar o cilindro das costas, Riley sorriu para Sawyer ao comentar:

– Aposto que não foi a primeira vez.

– Engraçado – comentou ele. – Como sabe que meu coração acelerou se você nem estava tão perto assim?

– Eu sinto. Quando estou na água, posso… Não é como tocar – explicou ela, segurando a mão dele –, mas posso sentir.

– Interessante. – Olhando para ela, Bran abriu o isopor. – Você consegue sentir o coração dos seres vivos quando está na água?

– Sim.

– E enxerga muito mais longe que nós.

– Também me esqueci disso. Naquele dia em Corfu, senti o coração de Sasha, por isso consegui encontrá-la. E vê-la. Como as pernas não são tão rápidas para nadar, tive que trocar para a cauda.

– Mesmo com as pernas você consegue sentir o coração dos outros e enxergar mais longe? – perguntou Riley, pegando uma Coca-Cola e jogando uma garrafinha de suco para Sasha.

– Na água, sim. Você está zangado comigo, Sawyer?

– Não, não. Foi só um susto. Lembre-se de que somos uma dupla lá embaixo.

Annika se sentou ao lado dele e apoiou a cabeça em seu ombro.

– Vou ser melhor na próxima vez.

– Você já é ótima. Sasha, foi tudo bem para você?

– Sim, embora não goste muito de passagens estreitas. Mas deu tudo certo. Ao contrário de Annika, não senti a presença de nada diferente.

– Vamos riscar essa caverna da lista. – Riley alisou os cabelos molhados. – Qual é a próxima? Devemos conseguir ir a mais três hoje, todas nesta área. Há outras na costa leste e ao sul, mas podemos terminar esta parte hoje.

Annika parecia ser capaz de passar o dia inteiro e parte da noite mergulhando, mas os outros conseguiram umas boas cinco horas, na água ou no barco, fazendo apenas um breve intervalo para o almoço.

Não encontraram nada além da beleza da vida marinha, formações rochosas e, em uma caverna, uma tosca inscrição com os nomes Greta e Franz dentro de um coração e a data de 15 de agosto de 2005.

Sawyer gostou de pensar que Greta e Franz haviam ficado juntos, que agora talvez morassem numa casinha rural no Reno.

Não esperava mesmo encontrar a estrela no primeiro dia. E achava que nenhum deles tivesse essa expectativa. A busca exigia tempo, esforço, suor e risco.

E, quando havia deuses envolvidos, sangue.

Era um caminho a percorrer, e tinham dado alguns passos naquele dia. O melhor de tudo era não terem encontrado nenhum subordinado de Nerezza. Um dia sem derramar sangue era, a seu ver, um bom dia.

Depois que atracaram e devolveram os cilindros, Sawyer pôs a mochila nos ombros, pronto para a caminhada de volta para casa – que seria longa, mas no fim haveria cerveja.

– Agora podemos ir às compras – disse Annika.

Todos olharam para ela ao mesmo tempo.

– Aqui tem muitas lojas com coisas bonitas, e tantas pessoas! Sawyer disse que podíamos comprar um sublime.

– Uma cerveja me parece sublime – comentou Doyle.

– Ela quer dizer *gelato*. – Novamente encantado, Sawyer trocou a mochila de ombro, desconfortável. – Annika não esquece nada.

– Um gelato seria ótimo – considerou Riley.

– E eu preciso de outro biquíni – acrescentou Annika. – Só tenho um.

Riley arqueou as sobrancelhas.

– E o seu nem parece inteiro.

– Para mim está perfeito – interpôs Doyle, fazendo Annika sorrir.

– Acho que um *gelato* é uma ótima ideia – concordou Sasha, com os cabelos úmidos presos em um rabo de cavalo, observando a marina. – Aposto que vamos encontrar uma sorveteria no caminho.

– Vamos procurar – disse Bran, e segurou a mão dela.

Cinco minutos depois, já tendo puxado Annika para longe de algumas vitrines de objetos brilhantes, depararam-se com sua determinação ferrenha ao chegarem a uma loja de roupas.

– Aqui tem biquínis! Preciso comprar!

– Vá com ela, Sawyer – disse Riley.

– Ah, não. – Também ferrenho em sua recusa, ele balançou a cabeça. – Isso é coisa de mulher.

– Nisso eu concordo com Sawyer. – Em solidariedade, Bran deu um tapinha no ombro dele. – Sugiro que vocês, garotas, se encarreguem disso, enquanto nós três vamos comprar mais cerveja.

– Eu vou com eles – anunciou Riley, passando para o lado masculino.

– Esperem um minuto – começou Sasha.

– Vou comprar os ingredientes para fazer Bellinis. Definitivamente precisamos de Bellinis – disse Annika.

– Bellinis... – Sasha suspirou, olhou para a loja e pensou se Bellinis eram recompensa suficiente após o caos das compras. – Você me ganhou. Vou com você, mas não experimente tudo que tem na loja. Mantenha o foco.

– Não vou experimentar. Vou manter o foco. Depois a gente toma o sublime *gelato*.

E entrou correndo.

– Espero que os Bellinis sejam sensacionais – murmurou Sasha, entrando também.

Annika encontrou um lindo biquíni com estampa de flores vermelhas e outro de um verde muito, muito vivo, além de um vestido envelope leve que servia de saída de praia – que Sasha achou quase tão fino quanto o ar – e uma sandália decorada com bonitas conchas que deixava a maior parte dos pés descoberta. Com a ajuda da amiga, comprou tudo isso, e uma segunda saída de praia, branca com desenhos de ondas azuis.

– Para você – disse Annika, oferecendo a Sasha a sacolinha. – Por me ajudar.

– Ah, não, Anni, não precisa comprar nada para mim só porque a acompanhei.

– É um presente – insistiu Annika, enfiando a sacola nas mãos de Sasha. – É o azul dos seus olhos. Fico feliz em dar para você. De verdade. Não precisa ficar envergonhada.

– Obrigada. É lindo. Agora, precisamos ir. Não esqueça que vamos ter que carregar tudo isso.

– Coisas bonitas nunca pesam muito.

Ao pensar que biquínis que mal cobriam o essencial de fato não pesavam praticamente nada, Sasha conseguiu tirar Annika da loja.

– Lá estão eles.

Sasha tomou o cuidado de continuar segurando Annika pelo braço enquanto elas subiam a rua. Os outros estavam distribuindo garrafas entre si, para carregarem.

– Você está dispensada – disse Riley a Sasha, erguendo sua pesada mochila. – É justo.

– Posso levar mais coisas – ofereceu-se Annika, virando-se. – A minha não está pesada.

Doyle pôs algumas cervejas na mochila dela.

– Isto já ajuda. O resto a gente leva.

– Ali o *gelato*!

Annika subiu correndo a rua íngreme, como se sua sandália nova fosse alada.

Quando os outros a alcançaram, ela já havia entabulado uma animada conversa com um casal de turistas americanos.

– Jessica gosta do de chocolate, Mark prefere o de pistache. É um tipo de noz.

– Sei – respondeu Riley. – Olá, tudo bem?

Fez um sinal para Sawyer se afastar com Annika enquanto ela distraía o casal com amenidades.

– Eles foram muito simpáticos, mas não sei se sigo a sugestão de Jessica ou a de Mark. Ah, e são tantas cores lindas!

– Peça dois sabores.

Ela arregalou os olhos.

– Posso?

– Duas bolas na casquinha.

– Duas bolas na casquinha – repetiu Annika. – Qual você vai escolher?

– Você primeiro. Não tem como errar.

– Acho que vou querer... o rosa e este verde. Eles ficam bonitos juntos. Parecem uma flor.

– Morango e menta. Boa combinação. – Sawyer avisou aos outros: – É por minha conta.

Depois de ele pagar, Annika ficou apenas admirando o sorvete. Sawyer deu uma lambida no seu próprio para mostrar a ela.

– É assim que se faz.

Ela deu uma lambida de leve, depois outra.

– Ah, é como comer alegria!

Era estranho, pensou Sawyer, enquanto eles caminhavam com as mochilas, sacolas e sorvetes, mas ela o fizera se sentir um herói por ter lhe apresentado o sabor da alegria.

Por causa disso, a volta foi fácil.

Quando chegaram à casa, se espalharam. Sawyer foi mais rápido e conseguiu entrar no banho antes de Doyle. Lavou do corpo o sal, o mar e o suor e se restabeleceu por completo ao beber metade de sua primeira cerveja do dia debaixo do chuveiro.

Quando saiu, ouviu risadas vindas da cozinha. Risadas de mulher. Embora tentado a ir até lá, achou mais sensato ficar um tempinho longe de Annika.

Sua libido continuava crescendo, por mais que se empenhasse em contê-la.

Levando o restante da cerveja, saiu para o jardim, onde arrastou uma espreguiçadeira para uma área com sombra e se instalou com seu tablet. Precisava dar notícias para a família e talvez ler um ou dois capítulos de um dos e-books que havia comprado.

Verificou os e-mails e prometeu enviar fotos em breve. Pensou que seria bom tirar uma hora para ler ou tirar um cochilo, o que lhe desse vontade, depois fazer algumas pesquisas.

Riley era a rainha dos contatos, mas ele também tinha alguns pauzinhos para mexer.

Então a sereia surgiu, com um de seus vestidos esvoaçantes e os cabelos soltos, um pouco frisados pela trança. Trazia uma bandeja com taças cheias de um líquido borbulhante cor de pêssego.

– Riley disse que está na hora dos Bellinis. – Annika pôs a bandeja na mesa e pegou duas taças. – Ela que fez. Sasha e eu provamos. – Então lhe entregou uma e se sentou na grama, cruzando aquelas suas pernas incríveis. – O *gelato* é a alegria para se comer, e isto é a versão de beber.

Para agradá-la, Sawyer tomou um gole.

– Interessante. Bom. Bom e interessante.

– Sasha contou que foi um monge que descobriu o champanhe, e que ele disse que é como beber estrelas.

– Também ouvi essa história.

– As estrelas trazem luz e beleza a todos os mundos. Nerezza não vai bebê-las.

– Nem ferrando. Não mesmo! – exclamou Sawyer, e brindou com Annika.

– Nem ferrando!

Sasha e Bran apareceram em seguida, com seus drinques, ela com o bloco de desenho. Também se instalaram à sombra. Riley preferiu ficar ao sol, com um Bellini e um tablet, tal como Sawyer. Doyle foi o último a chegar; olhou com desconfiança para as taças, depois deu de ombros e pegou uma. Escolheu o sol.

– Eu gosto quando estamos todos juntos – murmurou Annika. – Mesmo cada um em seu canto, como agora, mas ainda assim juntos. Vou sentir falta disso. Vou sentir saudade de todos, quando tivermos devolvido as estrelas para a Ilha de Vidro.

– A gente marca um reencontro – disse Sawyer.

– Você iria?

– Claro. Aposto que Bran poderia providenciar algum lugar reservado, perto do mar. Teremos *gelato* e Bellinis.

– E pizza.

– Nem é preciso dizer. – Sawyer não se conteve e acariciou os cabelos dela. – Vamos acabar com Nerezza, mas isso não vai acabar conosco.

4

À MEIA-NOITE, SEM CONSEGUIR CONTER A CURIOSIDADE, MALMON observava a casa localizada no endereço que constava no cartão. Naquele mesmo dia, havia mandado um de seus homens fotografar o local e encarregado outro de levantar toda a informação possível sobre a mulher.

Ficou furioso e ao mesmo tempo intrigado quando retornaram com absolutamente nada.

Achou que a casa combinava com ela. Mesmo a observando através do vidro fumê da limusine, podia imaginá-la ali dentro. Era uma construção misteriosa, com pedras antigas, árvores cobrindo parte da fachada e gárgulas nas calhas.

Assim como a dele, ficava recuada, protegida por um portão. Malmon prezava a privacidade e o poder necessário para preservá-la.

O que Nerezza lhe ofereceria? Precisava saber.

Não se surpreendeu quando, ao ordenar que o motorista parasse diante da casa, o portão se abriu. O motorista abriu a porta do carro e ele desceu – um homem confiante em seu terno feito sob medida e que acreditava já ter visto e feito tudo que havia para se ver e fazer.

A grande porta de entrada em arco se abriu à sua aproximação. Um homem de rosto pálido e olhos escuros o recebeu em silêncio.

O vestíbulo era iluminado por dezenas de velas. À luz bruxuleante, o homem pálido fechou a pesada porta. O coração de Malmon se acelerou.

– A senhora está à sua espera.

A voz do homem era áspera como a língua de um lagarto. Malmon o acompanhou escada acima – mais velas, e vasos cheios de lírios de um vermelho tão escuro que pareciam quase pretos à meia-luz. Lírios inebriantes, tão intenso era o perfume que exalavam.

Chegou a uma ampla sala de estar. Nerezza estava sentada em uma cadeira ornada, quase um trono, de brilho dourado. O encosto, que ultrapassava a cabeça, era encimado por um entalhe de cobras entrelaçadas.

Sua roupa era do mesmo tom de vermelho dos lírios. No pescoço e nas orelhas, ela usava uma série de rubis que lembravam gotas pesadas de sangue.

Um pássaro estranho – nem corvo nem coruja, mas uma estranha combinação dos dois – estava pousado, como as gárgulas, no largo braço da cadeira.

A beleza dela o atingiu como uma flecha: feroz e terrível. Assim era, naquele momento, o desejo que ela lhe despertava.

Nerezza sorriu, como se soubesse disso.

– Que bom que você veio. Deixe-nos a sós – disse ao criado, sem desviar os olhos escuros de Malmon.

Levantou-se, seu vestido farfalhando como asas de papel, e caminhou a passos ágeis até uma garrafa de vinho. Despejou o líquido vermelho-escuro em taças.

– Um brinde. A novas amizades.

Embora com a garganta seca e o pulso acelerado, Malmon tentou manter a voz tranquila e casual:

– Seremos amigos?

– Já temos muito em comum, e teremos mais ainda. – Ela o observou por cima da borda da taça enquanto bebia. – O desejo por algo novo o trouxe até mim, pois pouco há de novo em sua vida no momento. E ficará porque vai querer o que tenho a oferecer.

O perfume de Nerezza pareceu envolvê-lo, evocando tudo que há de misterioso e proibido.

– E o que vou querer?

– Vou lhe dizer. E então a escolha será sua. – O olhar de Nerezza lhe transmitia que ela já sabia qual seria a decisão dele. – Venha.

Ela não voltou ao trono, mas se sentou em um divã curvo. Esperou por ele para começar:

– As Estrelas da Sorte.

– Você acredita que são reais.

– Sei que são. A primeira, de fogo, foi descoberta há poucos dias, em uma caverna submarina em Corfu.

O interesse de Malmon cresceu, mas também certa irritação, pois aquela informação deveria ter chegado até ele. Se é que era verdadeira.

– Está com você?

Algo sombrio e muito mais terrível do que a beleza passou pelos olhos de Nerezza.

– Se estivesse, eu não precisaria de você. Como falei, há seis no caminho. Eles a encontraram. A estrela está fora do meu alcance... por enquanto. Agora, estão atrás da segunda, e eu, atrás deles. Digamos que... subestimei a engenhosidade deles. Não vou cometer esse erro outra vez.

Só então ele sorriu, acreditando-se em uma posição vantajosa.

– Você quer minha ajuda.

– Suas habilidades, sua avidez, para somar às minhas. A força pura se revelou insuficiente. Preciso de malícia e ambições humanas.

– Humanas?

Ela não explicou, apenas tomou mais um gole do vinho, que o inebriava, tal como o perfume dos lírios.

– Dois deles você já conhece.

– Quem são?

– Riley Gwin.

– Ah, sim. – A simples menção do nome o fez apertar os lábios. – Conheço a Dra. Gwin. Uma mulher inteligente, com muitos recursos.

– Ela é mais do que isso. E Sawyer King. Hum... Vejo que não morre de amores por ele.

– King tem algo que eu quero e que ainda não consegui obter.

– A bússola pode ser sua. Não é útil para mim.

Fascinado, Malmon instintivamente inclinou o corpo para mais perto dela.

– Você sabe sobre a bússola? Sabe de seu suposto poder?

– Ele é o viajante, por enquanto – respondeu Nerezza. – Enquanto tiver a bússola, é capaz de viajar através do tempo e do espaço. Você quer esse poder.

– Eu o terei. É só uma questão de tempo. De um modo ou de outro, sempre consigo o que quero.

– Como eu – concordou ela. – Esses dois estão unidos a outros quatro, e nenhum deles é apenas o que parece. Se você decidir fazer o que eu lhe pedir, vou lhe mostrar o que são e o que possuem. E tudo que eles são e possuem pode ser seu. Eu só quero as estrelas.

A bússola. Ele cobiçava a bússola, mais ainda porque não conseguira... obtê-la.

Já Nerezza cobiçava as estrelas. Por isso, queria fazer um acordo.

– Se o que diz é verdade e as estrelas existem – começou Malmon –, nada que essas seis pessoas sejam ou possuam se igualará ao valor delas.

– Não são apenas os guardiões, esses seis, o que lhe darei. A oferta de dinheiro é banal demais para nós dois, Andre, embora eu possa lhe dar mais do que qualquer homem poderia ter. Você pode desejar mais riqueza, mas acho que sua escolha será outra.

– O que mais você me oferece?

Nerezza ergueu a mão, fazendo surgir uma esfera de vidro.

– Truques de mágica?

– Olhe e veja. – A voz de Nerezza sussurrava sobre a pele dele, fria como gelo. – Olhe para o Globo de Todos, e veja.

– Você pôs algo no vinho – murmurou Malmon quando nuvens e água se agitaram dentro do vidro.

– Claro. Para ajudá-lo a esquecer tudo caso rejeite minha proposta.

E, pensou ela, para torná-lo suscetível à sugestão, tal como fizera com o criado.

Sua sugestão, se ele a desapontasse, seria de que ele voltasse para casa, pegasse a arma que trazia agora mesmo escondida nas costas, a enfiasse na boca e puxasse o gatilho.

Se a rejeitasse, ele seria inútil para Nerezza.

– Olhe e veja – repetiu ela. – Veja os seis. Guardiões das estrelas. Inimigos de Nerezza. Veja quem são.

Ele viu Riley à luz da lua cheia, transformando-se em loba, uivando para o céu e, em seguida, correndo para as sombras.

Viu Sawyer, com a bússola, desaparecer em uma luz dourada e reaparecer em outra.

Viu um homem segurando um raio, uma mulher que falava de visões e do que estava por vir. Viu outro homem ser transpassado por uma espada e se erguer intacto.

E a mulher, a beldade mergulhando no mar à noite e vindo à tona com uma bela cauda que parecia cravejada de joias.

– Você está vendo a verdade – disse Nerezza, em voz suave, observando o olhar deslumbrado de Malmon. – Tudo que eles possuem pode ser seu. Para usar como bem entender. Imagine caçar a loba, como será excitante! Ela tem uma matilha. Mais caçadas. Imagine possuir a sereia. A bússola. Ou usar o mágico e a vidente para seus interesses. – Ela fez uma pausa, então prosseguiu: – Ou imagine destruí-los. Como seria excitante destruir todas essas criaturas. A escolha é sua: escravizá-los ou destruí-los... E o imortal?

Nerezza sorriu quando ele voltou o olhar para ela, pois viu no rosto dele o que sabia que veria. A avidez pela vida.

– A imortalidade pode ser sua.

– A imortalidade.

– Como pagamento, se assim decidir. Posso conceder isso.

– Como? Como pode me conceder a imortalidade?

– Eu sou Nerezza.

– A deusa que amaldiçoou as três estrelas.

Ela se levantou e ergueu os braços. As chamas das velas se ergueram em paredes de fogo. Sua voz foi como um trovão que o fez cair de joelhos.

– Eu sou Nerezza. A deusa da escuridão.

O pássaro estranho deu um grito quase humano e se precipitou para Malmon, que sentiu uma rápida bicada no pescoço, mas não emitiu nenhum som. Tremia de medo, de desejo.

– Rejeite minha proposta e vá embora, para nunca voltar a ver tais maravilhas. Aceite-a, e pode escolher seu pagamento. Riqueza, poder? Vida eterna?

– Vida eterna! Conceda-me a imortalidade.

– Traga-me as estrelas e a terá.

O fogo voltou aos pavios; ela se sentou. Estendeu um papel e uma pena prateada.

– Um contrato.

As mãos de Malmon tremiam – medo, excitação. Havia esquecido como era sentir algo com *tamanha* intensidade. Para se acalmar, bebeu o restante do vinho na taça. Pegou a pena.

– Está em latim.

– Uma língua morta para a imortalidade.

Ele entendia latim, assim como grego, árabe e aramaico, mas sentiu o coração bater com força enquanto lia. Queria mais tempo. Uma noite para pensar, para acalmar os nervos.

Nerezza se levantou e, passando as mãos de leve pelo corpo, fez o vestido desaparecer, deixando-a nua e magnífica.

O nervosismo dele deu lugar à luxúria.

– Uma vez assinado, selaremos nosso contrato. Faz tempo que não tenho um homem em minha cama. Um homem que valha a pena.

Ele podia possuir uma deusa, ser imortal, ter todos os poderes que vira na bola de vidro.

Assinou, e Nerezza também. Viu aqueles nomes sangrarem e se incendiarem no pergaminho.

Nerezza tomou sua mão.

– Venha comigo e faremos tudo um com o outro até o sol raiar.

Ela se fartou de Malmon, com uma voracidade quase equiparável à dele. Satisfeita o suficiente, ela o usaria de novo na cama.

Quando ele adormeceu, Nerezza sorriu na escuridão.

Os machos de todos os mundos, de todas as naturezas e de todas as espécies eram as mais simples das criaturas. Capazes de agir com mais violência, ferocidade e rapidez do que as fêmeas, mas as fêmeas eram mais astutas e mais inteligentes.

E eram governados pelo sexo. Pela oferta, pelo ato em si e pela necessidade dele.

Quando ele hesitara, bastara oferecer sexo para ele assinar o contrato, e com o próprio sangue. Agora, aquele sangue queimava e o aprisionava para sempre.

Agora, Malmon lhe pertencia. Quando a ajudasse a recuperar as estrelas e recebesse em troca a imortalidade, ele seria seu – como sempre quisera – por toda a eternidade.

Como não conseguia dormir, Annika desceu. No térreo, viu a luz debaixo da porta do quarto de Sawyer e desejou entrar. Apenas se sentar para conversar ou, melhor ainda, ficar deitada com ele na cama, tranquila e aquecida.

Mas sabia que quando a porta está fechada é porque a pessoa quer ficar sozinha.

Então, saiu para ver as flores na estradinha íngreme em que vira a mulher cantando e empurrando o carrinho de bebê, para ver o mar.

Aqui e ali na encosta e na terra abaixo, luzes brilhavam na escuridão. Ouviu uma música; fraca, bem baixinha. Será que havia alguém dançando por perto?

Acima do mar anil, contemplou a lua. Quando ela era criança, a mãe contava que as fadas do céu absorviam aos poucos o luar até se encherem, e depois o sopravam de volta. Era quando a lua se tornava cheia.

Uma história bonita, pensou, para uma criança perder o medo do escuro. Pensou na família – será que estariam dormindo? Sabia que estavam orgulhosos por ela ter sido escolhida para a busca. Confiavam nela e acreditavam que seria bem-sucedida.

Por isso, não podia falhar. Não falharia.

A mãe entenderia sua parte sonhadora, saudosa e amorosa e a consolaria quando voltasse para casa. Annika prometeu para si mesma não chorar por muito tempo. Quando voltasse, teria cumprido sua missão: proteger as estrelas, devolvê-las à Ilha de Vidro. E teria tido aquele tempo com os amigos, que eram sua família neste mundo.

Guardaria as lembranças deles. De Sawyer, que era e para sempre seria seu único amor.

Mas podia desejar – nunca era errado nutrir desejos que não causavam mal. Assim, escolheu a estrela mais brilhante naquela noite e fez um pedido: antes de cumprir seu dever e de voltar para casa, queria conhecer o amor de Sawyer e que ele conhecesse o dela. Que aquele amor trouxesse alegria para ambos.

O desejo se alojou em seu coração e a tranquilizou. Então ela ouviu os suspiros. Distantes, como a música. Pouco mais do que um sopro no ar. Mesmo assim, faziam sua pele formigar.

Ela deu um passo indo na direção daquele som. Então ouviu outro.

Um passo, um farfalhar nas sombras. Virou-se já pronta para lutar, os joelhos flexionados.

– Relaxe, linda. Sou eu, Doyle.

– Ah. – Ela se endireitou e baixou os braços. – Pensei que você estivesse dormindo.

– Só fazendo uma última ronda.

Ela ouviu o resvalar da espada sendo embainhada antes de ele sair para a luz.

– Sem sono? – perguntou ele, subindo a escada até Annika.

– Pois é. Você ouviu? Os suspiros?

– Não. – O olhar de Doyle se tornou afiado como sua espada. – Quando?

– Ainda há pouco. Agorinha. Como a brisa agitando as folhas… Só que não era isso. Vinha do mar, mas… Não sei.

– Tudo tem um significado. – Ele pôs a mão no ombro dela. – Aposto que você ainda vai ouvir isso de novo.

Ele olhou para cima quando uma porta se abriu. Annika olhou também, ao ouvir vozes: Sasha e Bran.

– Só preciso de um pouco de ar fresco.

Preocupada, Annika deu um passo para a frente até ver Sasha. Estava apoiada na grade do terraço, com as mãos de Bran em seus ombros.

– Sasha! – chamou ela. – Está passando mal?

– Não. Está tudo bem.

– Ela teve um sonho – explicou Bran. – Pesado. Vocês precisam ouvir. Como estamos quase todos acordados, podem chamar os outros? Vamos descer quando ela estiver recuperada.

– Vou chamar Sawyer – disse Annika.

Ela entrou correndo e foi ao quarto dele. Na pressa, esqueceu-se de bater à porta.

Ele estava sentado de pernas cruzadas no meio da cama, rodeado por mapas e livros, a bússola na mão.

– O que foi? – Em um movimento rápido, ele rolou na cama até a mesa de cabeceira e, levantando-se de um pulo, pegou a arma. – É Nerezza?

– Não, não. Sasha teve um sonho, e Bran disse que precisamos ouvir.

– Que susto! – Ele passou a mão pelo rosto e pousou a arma, com cuidado. – Está bem.

– Você estava indo nadar? Eu teria ido com você.

– Nadar? Não. Estava trabalhando em uma coisa.

– Então por que está de sunga?

Ele baixou os olhos para sua cueca boxer e ficou constrangido por um momento.

– Não, isto não é… é outra coisa. Só um minuto e já vou. Ah, lembra como se faz chá?

– O chá do sol? Mas é noite.

– Não, chá quente.

– Ah, sim! Tem que ferver a água no bule.

– Por que não prepara um pouco para nós? Aposto que faria bem a Sasha, não acha?

– Vou fazer agora mesmo.

Ela saiu apressada, deixando a porta aberta. Sawyer a fechou e tomou fôlego. Primeiro, ela quase fizera seu coração sair pela boca entrando daquele jeito. Pensou que Nerezza e seus cães infernais estavam atacando.

Depois, quase fizera seu coração parar ficando em pé ao luar com aquela camisola branca quase transparente esvoaçando.

Deveria ter pedido que ela se trocasse, pensou, pegando uma calça jeans para vestir. Alguma roupa com quatro ou cinco camadas. Se bem que duvidava de que qualquer coisa que ela usasse fosse capaz de acalmar o que se agitava dentro dele.

Agora era tarde demais. Colocou uma camisa e foi se certificar de que ela não incendiaria a casa fazendo chá.

Annika tinha tudo sob controle. Apoiado na ponta da mesa, Doyle a observava.

Sentiu uma irritação com o olhar que Doyle dedicava a ela, como uma coceira debaixo da pele.

Também estava irritado por ter sido interrompido ainda mais porque já ia dar a noite por encerrada. Agora, teriam outra reunião, enquanto Annika andava ao redor com aquela coisa branca que deixava à mostra cada curva de seu corpo.

Então, quando Riley surgiu à cozinha parecendo cinco vezes mais irritada que ele, por alguma estranha razão, sentiu-se mais calmo.

– Eu tinha pegado no sono fazia exatamente três minutos quando o Cavaleiro Negro bateu à minha porta. Cadê o café?

– Estou fazendo chá – disse Annika, sempre alegre.

– Chá é para gente doente ou para as visitas da sua tia. Reuniões em plena madrugada pedem café ou álcool.

– Vou de café – disse Doyle.

– Pelo visto, vocês não pretendem voltar a dormir quando terminarmos.

Riley lançou um olhar de estranhamento para Sawyer enquanto pegava duas canecas.

– Se café basta para tirar seu sono, você não sabe dormir.

A irritação no rosto dela desapareceu quando Sasha e Bran chegaram.

– Ei. Você está bem? – perguntou Riley.

– Sim, sim. Lamento ter acordado todo mundo, mas acho… nós dois achamos que é importante.

– Só Riley estava dormindo. – Com muito cuidado, Annika despejava a água fervente no bule. – Sawyer estava trabalhando. Doyle e eu estávamos lá fora.

Sawyer não se conteve:

– Você e Doyle? O que estavam fazendo?

– Conversando – respondeu Doyle, tranquilamente, e puxou uma cadeira. – Sente-se, Sasha.

– Acho que preciso mesmo, obrigada. Foi intenso.

– Se você sonhou de novo que mergulhava sem cilindros, vou amarrá-la – disse Riley, se aproximando.

Colocou uma caneca na frente de Doyle, quase a batendo na mesa, e se sentou com a outra nas mãos.

– Não, não foi nada desse tipo.

Annika trouxe xícaras, o bule e o pequeno coador para as folhas.

– Ainda precisa… Não é "deitar"…

– Descansar – sugeriu Sawyer.

– Isso, descansar. Quando estiver bom, eu sirvo para você.

– Obrigada, Anni. Está bem. – Sasha tomou fôlego e começou: – Havia um quarto iluminado por centenas de velas, ao que parecia. A mobília era requintada, de estilo europeu, bem antigo. Exceto pela cadeira. A cadeira de Nerezza, aquela parecida com um trono, em que a vi sentada na caverna.

– Mas esse lugar não era a caverna – deduziu Riley.

– Não. Tenho certeza de que não era. Havia janelas, com cortinas elaboradas. E pelas janelas dava para ver algo como um jardim, a maior parte escuro. E árvores. Ela estava sentada, e no braço da cadeira havia um pássaro preto estranho. Não era como as criaturas que nos atacaram. Era menor, mas havia algo letal nele. Os olhos eram mais como os de um lagarto do que como os de um pássaro. E havia um homem que… parecia humano. Uns 40 anos ou pouco menos. Atraente, com um terno escuro.

Fazendo uma pausa, ela afastou do rosto os cabelos ainda revoltos do sono.

– Nerezza se levantou e encheu duas taças com algum líquido que não era vinho. Senti o cheiro no sonho, um cheiro de sangue, fumaça e algo enjoativo. O homem bebeu mesmo assim.

Ela estremeceu. Annika se aproximou e despejou a água quente no pequeno coador.

– Você precisa de chá.

– Ainda estou com frio. Ainda sinto o cheiro daquilo. – Grata, Sasha aqueceu as mãos na xícara. – Não ouvi o que eles conversavam. Era como se houvesse insetos zumbindo por perto. Vi que ela mostrou ao homem o Globo de Todos, e vi todos nós nele, tão claramente quanto estou enxergando vocês agora. Riley se transformando em loba na lua cheia, Annika com a cauda de sereia brilhando ao sol. Bran com o raio nas mãos, Doyle voltando dos mortos, Sawyer com a bússola. Eu sonâmbula. Ela sabe tudo que somos, e agora ele também. O medo me apertava a garganta. Chamas se ergueram ao redor deles. Eu via os dois através do fogo, mas não senti calor. O fogo era frio. Eu queria ir embora, fugir dali, mas não consegui. O pássaro gritou, voou até o homem e bicou o pescoço dele.

Sasha passou os dedos na lateral do pescoço, indicando o que vira.

– O homem mal piscou. Continuava olhando para ela, para Nerezza. Eu sentia o desejo e a cobiça dele. Mesmo quando ela pegou uma cobra prateada e a segurou junto ao ferimento, ele não se mexeu.

– Estava enfeitiçado – disse Bran.

– Foi o que pareceu. Sibilando e se contorcendo no dedo dela, a cobra bebeu o sangue do homem. Então ele pegou a cobra e a usou como uma pena, a cabeça e as presas numa espécie de pergaminho.

Para se acalmar, ela tomou um pouco do chá.

– Nerezza se levantou e fez suas roupas desaparecerem. A luxúria do homem era intensa. Sei que ele assinou seu nome. Não vi o que escreveu, mas sei que assinou. E o que ele escreveu começou a queimar, verteu sangue e produziu fumaça. O sangue ficou preto como a fumaça, e a fumaça, vermelha como o sangue. Em seguida...

Sasha fechou os olhos e tomou, lentamente, mais um gole de chá.

– Então a fumaça se ergueu, serpenteando como a cobra, e deslizou para dentro do ferimento no pescoço do homem. Ele fazia um som horrível enquanto sofria convulsões e se contorcia com violência, e a casa em que estavam tremia tão forte que eu caí. Mas ele continuou sentado. Nerezza lambeu o sangue no pescoço do homem e o ferimento se fechou. Deixou uma cicatriz, mas se fechou. E aprisionou o que havia entrado no homem. Ela tem uma marca aqui. – Sasha pôs a mão no coração. – Um símbolo vermelho-escuro: um morcego com cabeça de cobra. Juro que aquilo abriu as asas quando ela saiu da sala com o homem. Então o pássaro se precipitou na minha direção, gritando meu nome. Foi quando acordei.

Riley se aproximou para segurar a mão dela.

– Eu diria que você precisa beber algo mais forte.

– Não, o chá está me fazendo bem – respondeu Sasha. – Nerezza não sabia que eu estava vendo tudo, tenho certeza disso. Ela ficou tão concentrada no homem, no que queria dele e no que pretendia fazer com ele, que não me notou. E ele estava obviamente enfeitiçado.

– Por que um homem? – perguntou Sawyer. – Um humano?

Sasha estremeceu de novo.

– Acho que, no final de tudo, ele já não era apenas um homem.

– Concordo – disse Sawyer. – Está claro que eles fizeram algum tipo de acordo. Um contrato?

– Nerezza mostrou a ele quem e o que somos – observou Doyle. – Um homem, mesmo que tenha se tornado algo mais, pode viajar sem ser notado. Seria um espião?

– Ou outro tipo de arma. – Bran desceu a mão pelo braço de Sasha e pôs mais chá na xícara dela. – Como Sasha previu.

– Ela lhe fez mal – murmurou Annika. – Se ele é inocente, temos que ajudá-lo. Bran, você pode descobrir um meio de reverter o que ela fez com ele?

– Não sei. Até porque não sei o que exatamente ela usou nele.

– A primeira coisa a fazer é tentar descobrir quem ele é. Você o reconheceria se o visse de novo, não? – perguntou Sawyer.

– Sem dúvida – confirmou Sasha.

– Consegue desenhá-lo? – perguntou Riley. – Se conseguir produzir um desenho fiel, vou mexer alguns pauzinhos. Tenho um ou dois contatos capazes de fazer reconhecimento facial. Talvez a gente dê sorte.

– Consigo desenhar o homem, o pássaro, a sala, tudo. Está gravado na minha mente, pode acreditar.

– Vou buscar seu bloco – disse Sawyer.

Quando ele fez menção de se levantar, Bran agitou a mãos e fez surgir na mesa o bloco de desenho e os lápis de Sasha.

– Mais rápido – disse ele.

– Sem dúvida.

Sawyer se sentou de novo.

– Ele parecia bem-sucedido, sofisticado. – Mais calma, Sasha começou a desenhar. – *Inocente* não é a palavra que me vem à mente, embora Annika tenha razão em dizer que precisamos salvá-lo. Cerca de 1,80 metro, eu diria, e em boa forma. Não como Doyle, mas com bom preparo físico. Mesmo antes de beber, ele transmitia nervosismo, um calculismo, tinha um olhar duro.

Maçãs do rosto proeminentes, queixo quadrado, nariz afilado, boca bem definida. Cabelos fartos e ondulados.

Antes mesmo de ela terminar, Riley ergueu os olhos do desenho e encontrou os de Sawyer. Viu o mesmo reconhecimento.

– O maldito Malmon – disse ela.

– O maldito Andre Malmon, e ele não é inocente.

Sawyer se levantou. Lembrava-se muito bem da emboscada no Marrocos. Se tivesse sido um pouco menos rápido, estaria morto, com a garganta cortada de orelha a orelha.

– Como ela chegou até ele? Justo Malmon?

Riley deu de ombros, mas seu olhar se tornou duro.

– Os iguais se atraem.

– Tem certeza de que é ele? – perguntou Doyle.

– Absoluta. Dane-se o café. Pegue uma cerveja para nós, Sawyer. Malmon envolvido com a rainha dos condenados! Sim, ela forjou uma arma, conforme o profetizado.

– Seja lá o que ele tenha se tornado, não tem como ser muito pior que o original. – Sawyer pôs cervejas na mesa.

– Mas ele era humano… – começou Annika.

– Defina "humano". – Riley pegou uma cerveja. – Ele tem o sangue-frio de uma cobra, mata por esporte e por dinheiro, rouba por diversão. E caça qualquer tipo de ser vivo. Inclusive humanos.

– Achava que isso fosse uma lenda urbana – disse Sawyer.

Riley balançou a cabeça.

– Não conte com isso. Minhas informações são de que a cada três anos ele promove um torneio. Seu próprio torneio. O Jogo Mais Perigoso. Pessoas cruéis, ricas e entediadas pagam 5 mil dólares para caçar por uma semana em uma ilha que ele tem na costa da África. Uma dúzia de pessoas como presas. No final da semana, quem matar mais ganha um troféu. Um maldito troféu!

– Mas isso não é… humano – disse Annika.

– Tem razão. – Riley ergueu sua cerveja, concordando. – Então não vamos nos preocupar em ajudá-lo a se livrar desse contrato. Ele virá atrás de nós e é inteligente e habilidoso. Não virá sozinho.

– Ele tem seus mercenários exclusivos – confirmou Sawyer. – Do tipo que estriparia um bebê por dinheiro. – Annika ofegou. – Desculpe. Só precisamos saber o que está por vir.

– Ele tem aliados. Nós temos mais. – Doyle acabou optando por uma cerveja. – Conseguimos vencer o que ela lançou contra nós em Corfu. Venceremos o que vier agora.

– Mas… – Sasha pousou o lápis e logo em seguida o pegou de novo. – Isso é diferente, não? Nós matamos monstros, criaturas que ela havia criado, que não eram naturais. Agora, estamos falando de pessoas.

– Vamos ter que superar isso. Inimigo é inimigo.

– Doyle tem razão. – Bran pôs a mão sobre a de Sasha. – Não temos escolha. Ele sabe o que Riley e Annika são. Acho que, a princípio, não as mataria.

– Venderia a quem pagasse mais – disse Riley, com uma voz irritada, e deu um longo gole. – Provavelmente não mataria Doyle. Pensem nas horas de diversão que ele teria com alguém que não morre nunca. É o sonho de um sádico.

– Não entendo… – começou Annika.

Sasha se levantou, interrompendo-a:

– A escuridão chamou a escuridão, e ela veio. Promessas feitas e aceitas com sangue. O que ela o tornou dá mais força a ambos. Agora, ele é sua nova criatura, o homem e a besta. A caçada começa e termina com sangue humano. Bebida de magia negra, queima de magia branca. Enquanto isso, a estrela espera para se reunir e brilhar nas mãos dos puros. Com batalha e dor, através da água, feita de água. Coragem, filhos e filhas, ainda que a cobra ataque. Arrisquem tudo por todos, e vençam.

Sasha se sentou de novo e tomou fôlego.

– Uau.

– Uau mesmo. Quer algo mais forte agora? – perguntou Riley.

– Não, isso foi forte o suficiente.

– Parece que a vidente se manifestou. – Riley ergueu sua cerveja de novo. – Coragem, time. Bran vai fazer um pouco de fogo e vamos queimar o traseiro de Nerezza de novo. O dela e o daquele canalha do Malmon.

– Então sugiro que a gente durma um pouco. – Doyle se levantou. – Vamos começar o treinamento de combate ao amanhecer. Ele deve demorar alguns dias para montar seu time, chegar aqui, se instalar e vir atrás de nós. Devemos estar muito bem preparados.

5

Annika não gostou do novo treinamento, que tinha algo de mesquinho: atacar uns aos outros, jogar uns aos outros no chão, aprender a esfaquear uma pessoa.

Teve vontade de se negar a tomar parte naquilo, como fizera em relação às armas de fogo, mas sabia que era necessário. Dessa vez, não haveria como Bran criar uma arma mágica.

Não gostou de ver Doyle dando uma rasteira em Sasha, fazendo-a cair, ou Riley dando um chute na barriga de Bran. Seus amigos se golpeavam com facas e, embora Bran as tivesse enfeitiçado para que não se ferissem, ver aquilo ainda lhe doía por dentro.

Evitando o máximo possível, ela se esquivava de todas as formas, em vez de atacar. Quando não havia jeito, travava, temendo machucar aqueles que amava.

– Vamos lá, Annika. Você é mais rápida do que isso. – Com os pés plantados no chão, Doyle deu um soco no próprio peito. – Venha me atacar, manda ver.

Tentando satisfazê-lo, Annika correu para dar um salto mortal, mas ele pegou seu pé e a empurrou. Por pouco ela não caiu.

– Ei, Doyle, vá com calma – interveio Sawyer, interrompendo seu treino com Riley, e acabou levando um soco na barriga. – Ai! Você também.

– Tapinha de amor não dói – disse ela.

– Ainda bem que você não está apaixonada. – Ele começou a ir na direção de Doyle. – Vá um pouco mais devagar.

– Quem vai devagar acaba ferido. O problema é justamente que ela está indo devagar. Você está se refreando, linda. Sério.

Com um olhar suplicante, Annika ergueu as mãos.

– Não quero machucar meus amigos.

– Conter-se é o que vai fazê-los se machucar. Venha aqui – murmurou ele para Sawyer, que logo se viu com uma faca no pescoço. – Como você me impediria de cortar o pescoço dele?

– Essa faca não corta – retrucou Annika, embora não gostasse de vê-la ali. – Bran cuidou disso.

– Rá! Se deu mal, amigo.

Sem achar graça, Doyle resmungou e atirou a faca no chão, cravando-a na terra. Um instante depois, deu uma gravata em Sawyer.

– Ei!

– Continue brincando.

– Brincando uma… Porra! – foi só o que conseguiu dizer, pois sentiu a faringe se estreitar.

– E se eu quebrasse o pescoço dele? – Os músculos nos braços de Doyle se avolumaram quando ele aumentou a força. – Com a pegada e a pressão certas, estaria feito. Rápido e discreto. O que você faria?

– Você não o machucaria.

– Só um pouco mais forte…

Quando Sawyer começou a ficar sem ar e se debater, Annika arregalou os olhos.

– Pare!

– Me faça parar. Venha me impedir. Ele pode morrer a qualquer segundo.

– Eu mandei parar!

Erguendo um punho, Annika disparou luz, atingindo-o no braço e no pescoço. Ela avançou sobre Doyle e, uma fração de segundo depois, ele soltou Sawyer.

Sufocado, Sawyer arquejou algumas vezes e se curvou, apoiando-se nos joelhos.

– Você só não se feriu porque não é um inimigo – disse Annika.

– Ainda bem – retrucou Doyle. – Se fosse, estaria acabado. É assim que se faz. Tudo bem, rapaz?

Sawyer tomou fôlego de novo e assentiu. Em seguida, ergueu-se e deu uma cotovelada na barriga de Doyle.

Foi a vez de Doyle ficar sem ar.

– *Ugh* – gemeu ele. – Boa!

– Você mereceu, velho.

– Estamos brigando entre nós!

Quando lágrimas brilharam nos olhos de Annika, Doyle deu um passo para trás, afastando-se.

– Toda sua.

– Tudo bem. – Sawyer pôs o braço nos ombros dela e a virou para a frente. – Anni, vamos caminhar um pouco.

– Doyle machucou você, e você o machucou. Sasha disse que Riley a deixou morta.

Não era uma boa hora para rir, Sawyer lembrou a si mesmo.

– É força de expressão. Sim, vamos nos machucar um pouco, ganhar alguns hematomas e calombos, ficar de orgulho ferido, mas os que virão atrás de nós não trarão facas que não cortam e não vão hesitar em nos atacar. Podem ser piores que os que enfrentamos, porque são humanos, capazes de pensar e planejar em vez de apenas agir. Vão me matar. Sou dispensável para eles, inútil.

– Não, não, você...

– Para eles, sou. Provavelmente matarão Sasha também. E Bran, se conseguirem. Vão levar você, Doyle e Riley. O que farão com vocês será pior.

Annika parou e se virou para olhá-lo nos olhos.

– Eles vão matar você?

– Vão tentar.

– Sasha também?

– Morte ou captura. Para nós, dá no mesmo. Temos que sobreviver.

– É nosso dever.

– Sim, e temos que proteger uns aos outros. É mais que um dever. Então vou aceitar alguns hematomas e calombos. Doyle pode ser duro, mas ele tem razão.

– Você quer matar pessoas?

– De jeito nenhum. Mas, se for para salvar você, nós, as estrelas e a mim mesmo, não vou titubear.

– Então vou machucar você.

Com uma risada, Sawyer segurou o rosto dela e lhe deu um beijo na testa.

Annika simplesmente se deixou deslizar para ele, derretendo-se, envolvendo-o com seu cheiro ao mesmo tempo doce e misterioso. Bastaria mudar o ângulo da cabeça para sua boca encontrar a dele.

Uma mudança de ângulo que mudaria tudo.

– Muito bem. – Ele esfregou os braços dela e recuou, tentando não olhar por muito tempo para aqueles olhos verde-mar sonhadores. – Vamos ver se você consegue me machucar antes de Doyle nos chamar para o café da manhã.

Passaram mais um dia no barco, mergulhando, e novamente não descobriram nenhuma pista que os levasse à estrela. No caminho de volta, porém, compraram *gelato*, que Annika considerou a parte mais alegre do dia.

Quando chegaram em casa, os homens foram para o bosque. Annika não deu muita atenção àquilo ao deixar na mesa externa um jarro para fazer o chá do sol, mas Riley, aparentemente, sim.

Com seus tênis laranja e uma camiseta do Grateful Dead sobre a calça cargo, estava parada com as mãos na cintura e um ar desconfiado.

– Conversa de homens – comentou ela.

– Acho que eles querem treinar nos alvos.

– Acho que não.

Riley se virou quando Sasha vinha chegando com o bloco de desenho e um jarro grande cheio de um líquido rosado.

– Resolvi experimentar fazer esta bebida. Framboesa, limão e água gasosa. Acho que ficou bastante boa.

– Vamos provar.

– Onde estão os outros? – perguntou Sasha enquanto Riley despejava o suco num copo comprido com gelo.

– Boa pergunta. A galera do pênis foi para o bosque. Sinto cheiro de Clube do Bolinha.

– Que façam bom proveito. Estou suada, cansada e morrendo de sede. – No entanto, ao se sentar sob a pérgula, Sasha lançou um olhar inquisitivo na direção do bosque. – Sobre o que será que estão falando?

– Estratégias. Como proteger as mulheres da dupla Nerezza-Malmon.

– Isso é um insulto.

– E como. Esse refresco está muito bom.

– Eu também adorei – disse Annika, depois de provar. – Podemos revidar com uma reunião de mulheres.

– Pode crer.

– Crer em quê?

– É uma expressão. Tipo, "pode apostar que sim".

– As pessoas estão sempre apostando. A linguagem é uma coisa divertida. – Como estava na sombra, Annika tirou os óculos de sol. – Acho que os homens estão preocupados porque eu não quero usar um revólver e Sasha ainda precisa treinar mais.

– Besteira. – Já sem disfarçar a irritação, Riley projetou seu desgosto para o bosque ao olhar naquela direção. – Vocês já mostraram mais de uma vez do que são capazes.

– Concordo – disse Sasha –, mas Annika não deixa de ter certa razão. Eu sou a mais lenta de todos. Pelo menos, estou melhorando e vou melhorar mais ainda. E, Annika, você é muito rápida e forte. Os braceletes mais do que compensam a ausência de um revólver.

– Pode crer. – Annika sorriu ao usar a expressão. – Na água, eu sou a melhor, e podemos usar isso a nosso favor. Riley é boa em atirar e muito veloz na luta. Sasha é a melhor com a besta, melhor até que Doyle, e tem as visões que nos mostram o que precisamos saber. Fomos escolhidos pelo que somos e pelo que sabemos fazer. Pelo que *vamos* fazer.

– Não seremos um time se jogarmos em dois campos – salientou Sasha. – Um masculino e um feminino.

– É natural que os homens se preocupem com as mulheres da família. Somos uma família.

Riley tamborilou na mesa.

– Continue, Anni, seja lógica.

– Nós também nos preocupamos. Eu faria tudo que pudesse para protegê--los, para proteger todos vocês, por isso aceitei machucá-los nos treinos. Quando fomos atacados na água em Corfu, da primeira vez, eu não estava pronta. Estava distraída, feliz por estar no mar. Desde então, fico mais atenta e observo mais.

Sasha estendeu o braço e pôs a mão sobre a de Annika.

– Você me salvou.

– Na última batalha, você foi para aquele penhasco com Bran, porque sabia que ele precisaria de você. Todos nós precisamos de você. E, na lua cheia, quando Riley se transformou, ela veio lutar conosco mesmo na forma de loba. Sem nenhuma arma além de dentes e garras. Os homens sabem disso, mas se preocupam com suas mulheres.

– Você é mais tolerante que eu. – Riley deu de ombros. – Vou dar espaço a eles. Mas que não passem dos limites.

– Temos mais do que eles. Você é a mais talentosa.

– Você está começando a melhorar meu humor, Anni.

– Sawyer é muito inteligente e Doyle tem experiência porque viveu bastante. Bran é talentoso e tem a magia. Mas seu cérebro é mais potente. Você descobre coisas.

– Ainda não descobri nada sobre suspiros e canções, mas estou trabalhando nisso.

– Vai descobrir. Senão, Sasha vai ver nos sonhos. Assim saberemos. – Annika falava não de modo simplista ou ingênuo, mas com fé.

– O conhecimento é um poder e uma arma, e é o que você nos dá. Os homens sabem disso tudo. Mas… Sawyer me protegeu quando eu não quis aprender a disparar uma arma, Doyle não tentou me forçar e Bran fez os braceletes.

Ela ergueu os braços, fazendo o cobre brilhar ao sol intenso.

– Ele sabia que isso me faria lutar melhor e me daria mais força. Quando você estava na forma de loba, Sawyer acendeu uma fogueira na noite chuvosa. Foi gentileza e cuidado. Doyle derruba Sasha para que ela se levante de novo, mas não com tanta força quanto está treinando com você. Porque você é mais forte.

– E mais má.

– Em uma luta?

Riley deu de ombros mais uma vez, mas sorriu.

– Posso ser totalmente má quando preciso. – Ela se recostou com o refresco borbulhante. – Nunca pensei que uma sereia explicaria os homens para mim.

– Estou errada?

– Não, acertou em cheio. Como já disse, você é mais tolerante, mas não tenho como rebater nada do que falou. Mesmo porque meu cérebro é maior.

– Talvez eu estivesse errada – considerou Sasha. – Talvez seja bom nos separarmos de vez em quando. Obtermos a perspectiva feminina enquanto eles obtêm a masculina. E depois unimos as duas.

– Posso fazer uma pergunta que tem a ver com homens, mas não com batalhas?

– Claro.

– Como você fez Bran beijá-la pela primeira vez?

– Foi involuntário, eu acho. Nós dois estávamos um pouco zangados.

– Então, para Sawyer me beijar, temos que estar zangados.

Pelo canto do olho, Sasha viu Riley erguer as sobrancelhas atrás da franja comprida.

– Não necessariamente. As pessoas são diferentes. Então você nutre um sentimento especial por Sawyer.

– Ele me faz sentir muitas coisas.

– Então dê você o primeiro passo – aconselhou Riley. – No seu mundo, as mulheres não podem tomar a iniciativa? Beijar primeiro?

– Ah, sim. Seria tolice não poder beijar o homem que se quer, se ele também quiser.

– Se me compete julgar, eu diria que Sawyer quer.

– Mas não posso. Não tenho permissão para tomar a iniciativa de beijar um homem na terra. Ele tem que me querer, demonstrar isso. A decisão deve partir dele.

– Por quê?

– Nossas mulheres têm o poder de seduzir os homens humanos. Isso tira a escolha deles. Muito tempo atrás, e também há não tanto tempo assim, algumas mulheres do meu povo seduziam homens. Marinheiros e exploradores.

– Sereias.

– Sim. O canto da sereia é lindo e poderoso, mas pode ser perigoso para os humanos. Nós juramos não usar o canto e nunca tomar a iniciativa de beijar quando estivermos como humanas, na terra. Um juramento é sagrado. Eu não seria digna dessa busca se o quebrasse só porque quero beijar Sawyer.

Com os olhos refletindo o que se passava em seu coração, ela se virou para o bosque.

– Mas eu quero, e muito.

– E está de mãos atadas. – Riley olhou para Sasha. – Pessoalmente, acho que ele não vai resistir por muito mais tempo.

– Acho honroso ele resistir tanto – disse Sasha. – Não quer se aproveitar de você.

– Como poderia se aproveitar? Se eu não quisesse que me beijasse, diria não.

– Nem tudo é assim tão simples com... com as pessoas da terra – explicou Sasha. – E não é preciso ser vidente para saber que ele gostaria muito de beijá-la.

– Você acha? – Os olhos de Annika brilhavam como seus braceletes. Ela se virou para Riley: – Você também?

– Pode crer.

Annika deu uma risada, unindo as mãos e exclamando:

– Estou tão feliz por ter falado sobre isso com vocês! Agora tenho esperanças.

– Você não pode lhe pedir para beijá-la? – perguntou Riley.

– Não. É proibido para a primeira vez. A escolha.

– Não pode perguntar a ele por que não a beija?

Annika começou a responder, mas então refletiu.

– Aí seria diferente. Seria... conversar, buscar respostas. Não seria pedir um ato. Ninguém me falou nada sobre não poder perguntar a um humano por que ele não me beija. Só me falaram que é proibido pedir.

Rindo de novo, ela segurou as mãos de Riley.

– Isso é tão inteligente!

– Sim, e um pouco de experiência com humanos do sexo masculino.

– Acho que vou fazer isso agora mesmo.

– Não acho uma boa ideia. – Sasha rapidamente juntou suas mãos às delas. – É melhor esperar até estarem a sós. Se você perguntasse isso na frente dos outros, ele ficaria constrangido.

– Ah, sim. Então vou esperar. Vocês me ajudaram muito!

– *Girl power*. Só não esqueça – continuou Riley – de nos contar o que aconteceu depois da pergunta.

– É bom conversar com mulheres. Os homens devem achar bom falar com homens.

– Tem toda razão. E lá vêm eles.

Riley concordava com Sasha: não era preciso ser vidente para saber que Sawyer estava encantado com a sereia. Os óculos de sol não esconderam que o olhar dele foi direito para Annika e permaneceu nela até ele abrir um sorriso afável e atravessar o gramado na direção da mesa.

– Isso parece bom.

– Por sorte, preparei um jarro maior e trouxe copos para todos. Não sabia que vocês três estavam tendo uma conversinha secreta no bosque.

Bran se colocou atrás da cadeira de Sasha e acariciou seus cabelos.

– Fizemos alguns cálculos para saber as melhores posições para a poção de luz, quando estiver totalmente curada. A primeira deve ficar pronta ao anoitecer.

Ele se sentou ao lado de Sasha e ergueu a jarra.

– O que temos aqui?

– Limonada com framboesas.

– Vou pegar uma cerveja – disse Doyle, mas, notando o brilho nos olhos de Sasha, hesitou. – Está zangada, loirinha?

– Poderia estar. Riley também. Felizmente para todos, Annika fez algumas observações importantes sobre os homens, os de nossa espécie e os de muitas outras, e sobre seus instintos naturais de proteger as mulheres, mesmo quando elas são perfeitamente capazes. E nos fez lembrar que às vezes os homens precisam de companhia masculina. Se não fosse ela, talvez não estivéssemos de bom humor.

– Te devo uma, linda.

Doyle pegou um copo de suco.

– Falei isso porque sei que vocês nos respeitam. Se achasse que não, estaria zangada.

– Não só respeitamos, como confiamos. Amamos vocês.

Bran pegou a mão de Sasha e a levou aos lábios. Quando a abaixou, Sasha segurava uma rosa amarela como o sol. Bran sorriu em resposta ao suspiro audível de Annika.

– Com o amor vem a preocupação.

– Não o vejo beijando nossas mãos, irlandês.

Bran riu.

– Então me dê aqui a sua.

– Talvez mais tarde.

– Nesse meio-tempo, acho que descobri como seguir a sugestão de Doyle sobre as armas. Para isso, preciso de sua ajuda, *fáidh*.

– Então a terá.

– Quando estiver pronta para ser testada, precisarei de todos.

– Para a magia? – perguntou Annika.

– Para a magia.

Com um estalar de dedos, Bran fez surgir uma rosa cor-de-rosa e outra branca como neve. Ofereceu a cor-de-rosa para Annika, que ficou radiante, e a branca para Riley.

– Enquanto examinávamos o bosque e o entorno, para ver onde colocar as bombas de luz, Sawyer pensou em um plano.

– Você *pensou*? – Riley deu um sorriso sarcástico para Sawyer.

– Acontece uma ou duas vezes por ano. Estávamos falando sobre defesa, ataque, estratégias, proteger território. Imagino que agora vamos enfrentar também Malmon e os mercenários dele. O elemento humano. Sendo eu humano, pensei que, se quisesse atacar o castelo, não viria de baixo. Eu... Posso?

Ele estendeu o braço para o bloco de desenho, e Sasha o deslizou sobre a mesa.

– Estamos aqui. Bosque aqui, estrada lá – disse Sawyer, rabiscando um mapa. – Os vizinhos mais próximos estão aqui e aqui. Não seria uma boa estratégia enviar tropas pela estrada. Talvez algumas, mas só como distração, pois seria perda de tempo e de homens. É preciso vir pelos flancos, mas o verdadeiro ponto frágil está nesta área, subindo. Terreno acidentado e montanhoso. Não seria rápido, mas...

– Armamento de longo alcance – concluiu Riley, e Sawyer assentiu.

Ela se levantou, afastou-se da pérgula e olhou para o alto.

– Seria mesmo um bom plano de ataque. Teremos defesas no bosque e, de certa forma, a própria casa já é uma proteção, mas um bom franco-atirador, e Malmon tem alguns, poderia nos atingir.

– Ele não nos quer mortos – começou Sasha. – Pelo menos não todos nós.

– Tranquilizantes. – Com as mãos nos bolsos, Riley continuou a analisar o local. – Ele sabe o que somos, sabe que não pode matar Doyle. E vai querer Annika e a mim vivas. Para ele, valemos muito mais presas. Quanto a Bran e Sasha, talvez ele tenha curiosidade e queira mantê-los vivos e incapacitados, mas Sawyer? Malmon só precisa da bússola. Um tiro na sua cabeça seria o mais fácil.

– Não diga isso – murmurou Annika.

– Sinto muito, mas ele já tentou matar Sawyer uma vez. Vai tentar de novo.

– Não adiantaria nada me matar. Ele não conseguiria pôr as mãos na bússola. Não se pode simplesmente tomá-la, ela tem que ser dada – explicou Sawyer. – Como um presente, sabem? Senão, vai voltar para o meu avô.

– Humm... – Riley retornou para a mesa. – Ele sabe disso?

– Acho que, sim, mas, no Marrocos, estava com raiva e enviou um assassino. Talvez não tivesse pesquisado o suficiente e não soubesse como funciona.

– Malmon e seus acessos de raiva. Qual é o plano?

– Vamos precisar fazer um reconhecimento da área antes que Malmon chegue. Duvido que seu contato tenha dado a você esse tipo de informação.

– Ainda não, mas vai dar – garantiu Riley.

– Doyle conhece o terreno.

Riley olhou surpresa para Doyle.

– Já faz séculos! Sua memória é tão boa assim?

– Me serve bem. Por isso é que amanhã vamos subir em vez de explorar o mar. Não temos como encontrar a estrela se estivermos mortos ou numa jaula.

– Não mesmo. Vai ser mais uma escalada que uma caminhada... Quando chegarmos lá e localizarmos as melhores posições para um atirador?

– Montaremos armadilhas.

Riley apontou para Sawyer, dizendo:

– Agora você falou minha língua!

– Não podemos usar as bombas de luz – observou Bran. – Um turista aventureiro ou um morador local poderia disparar uma delas por acidente.

– Meus braceletes não os machucariam.

– Exatamente – concordou Bran. – Terei que conjurar algo similar, algo que só atinja o mal ou alguém com má intenção. Tenho algumas ideias.

– Então é melhor dispensarmos você das tarefas domésticas hoje.

– Eu faço as tarefas de Bran – ofereceu-se Annika.

– Obrigado. Também vou precisar da ajuda de Sasha, e acho que ela está escalada para o jantar.

– Deixa comigo. – Sawyer deu de ombros. – Nada de mais.

– Então vamos começar.

– Nós quatro vamos treinar um pouco no bosque – avisou Doyle quando Bran e Sasha se levantaram.

– Era o que eu temia.

Doyle relanceou os olhos para Sawyer.

– Só por uma hora. Depois, vamos tomar cerveja.

Embora não gostasse de cerveja, Annika treinou por uma hora. Não gostou dos hematomas que Doyle lhe causou quando lhe mostrou como se defender do que chamou de contenções e imobilizações.

Mas ele lhe lembrou que ela gostaria muito menos de uma gaiola.

Ela gostava de vinho e de ajudar Sawyer a preparar o jantar, por isso apreciou as duas coisas. Tinha que fazer algo que ele chamou de bruschetta – cortar o pão ao meio e torrar – enquanto ele cozinhava o frango para o prato que chamou de Alfredo.

– Lembra como picar?

– Cortar bem pequenininho.

– Pique aqueles tomates romanos e o alho.

Annika obedeceu, imaginando como seria bom cozinhar com ele sem os hematomas do treinamento ou sem uma futura luta ocupando sua mente.

– O frango está com um cheiro ótimo.

– Vai ficar ainda mais gostoso com o fettuccine Alfredo. Bom trabalho. Agora, o manjericão que peguei na horta. Corte bem fino.

– Se eu vivesse na terra, teria um jardim com flores e uma horta com legumes e verduras. E todo dia me sentaria lá para beber vinho.

– Parece um bom plano.

Sawyer lhe mostrou o que mais fazer, usando um pouco de vinho, azeite, vinagre, queijo, pimenta e sal.

– Agora é só deixar descansar um pouco – disse ele, preparando o molho. – Para os sabores apurarem.

Annika gostava de como ele mexia as coisas: com o corpo relaxado e os cabelos recebendo a luz do sol que entrava pelas janelas.

– Na minha casa na terra, eu teria uma cozinha grande assim, com janelas para deixar o sol entrar, a caixa grande para as coisas geladas e pratos bonitos.

– Uma despensa de respeito.

– Uma despensa de respeito – repetiu ela.

– Um balcão com uma península grande para o café da manhã.

– Uma península é uma faixa de terra cercada de água por três lados.

– Ponto para você! – brincou Sawyer, apontando para ela. – Na cozinha, é um tipo de balcão. Para preparar alimentos e as pessoas se sentarem, comerem informalmente ou fazerem companhia enquanto você cozinha.

– E você não ficar sozinho. Você tem uma cozinha assim?

– Eu? Não. Minha família tem uma bela cozinha. A de meus avós é uma mistura de coisas antigas com modernas e práticas. Mas vamos construir uma cozinha dos sonhos aqui, do zero.

A ideia de sonhar com ele alegrou o coração de Annika.

– De que cor?

– Qual é sua favorita?

– Ah, são cores demais para dizer qual é a melhor.

– Então vamos escolher verde, como seus olhos. Equipamentos de aço inox, fogão a gás de seis bocas. Talvez um cinza-escuro para os armários.

– Seus olhos são cinza. Eu gosto de cinza.

– Com muitas portas de vidro, para expor seus pratos bonitos. Uma despensa enorme, pia de fazenda e janelas grandes. Virada para o sul, para você poder ter suas ervas em vasos durante todo o inverno. Um bom começo – concluiu ele, enchendo uma panela com água.

– Pode ser perto do mar?

– Ei, cozinha dos sonhos, esqueceu? O céu é o limite.

– Como assim? Ah, é uma expressão.

– Sim. Significa que você pode ter tudo que quiser.

– Eu quero a cozinha dos sonhos em uma casa perto do mar. Onde nós dois cozinharíamos juntos todos os dias.

Sawyer a olhou, e ela *sentiu* que ele estava prestes a falar. Justo naquele momento, Riley entrou correndo.

– Malmon está em Londres. – Ela agarrou uma taça e se serviu de vinho. – Meu contato disse que o viu indo e vindo de uma casa em Hyde Park que pertence a um cara rico e sua terceira esposa. E *eles* não são vistos há alguns dias. Querem mais? O mordomo de Malmon se enforcou. A polícia investigou e foi suicídio.

– Por que o mordomo? – perguntou Sawyer.

– Não sei dizer, mas não há sinais de drogas, luta nem violência. Dizem que Malmon está tomando providências para alugar uma casa em Capri e convocando alguns de seus mercenários.

– Eles sabem onde estamos. Se Malmon ainda está em Londres tomando essas providências, temos mais algum tempo.

– Nerezza sabe – disse Annika. – Se Malmon sabe, ela também sabe, e poderia vir antes.

– Estaremos prontos – garantiu-lhe Sawyer. – Falando nisso, o jantar está quase pronto também.

– Riley está encarregada de pôr a mesa.

– O quê? Ah, certo.

– Estou fazendo bosqueta.

– Bruschetta – corrigiu Sawyer.

Annika repetiu a palavra com a pronúncia correta, e Riley pegou os pratos.

Enquanto os seis comiam juntos e traçavam planos, Annika ficou de olho no céu. As criaturas de Nerezza viriam por lá.

Mais tarde, Annika saiu para observar o mar. Quando Sawyer saiu também, ela se permitiu se apoiar nele.

– Você deveria tentar dormir um pouco. Acho que ainda temos alguns dias – afirmou Sawyer.

– Por que acha isso?

– Ela deve usar Malmon primeiro, ver o que ele é capaz de fazer, se pode causar algum dano. Na última vez, nós a ferimos e ela fracassou. Nerezza não vai se esquecer disso. Por isso, imagino que tentará outro caminho. Malmon é esse outro caminho.

– Não deixe que ele o machuque.

– Não pretendo deixar. O que mais?

– Eu gosto de caminhar. Amanhã vamos caminhar nas colinas, mas… não vamos entrar no mar. Em Corfu, eu podia descer para o mar tarde da noite ou ao amanhecer, mas agora está longe demais.

– Posso levá-la lá para baixo. – Ele pegou a bússola.

– Você faria isso?

– Claro. Você pode dar uma nadada rápida, mas depois precisa dormir. Amanhã a subida será quente e desgastante. Quando voltarmos, vai ter que se contentar com a piscina. Vá, pegue seu biquíni.

Quando Annika sorriu e o olhou por sob seus cílios, ele assentiu.

– Está bem, entendi. Aquele tipo de nadada. Bem, acho que a essa hora não tem problema.

– Vou manter as pernas até estar bem longe da praia.

– Certo. Pronta? – perguntou, e segurou a mão dela.

– Ah, sim.

Annika a apertou com força enquanto eles voavam.

6

Ainda segurando a mão de Sawyer, Annika se viu na pequena praia de seixos. Protegida pelas rochas e paredes do penhasco e iluminada apenas pela luz da lua minguante, achou-a linda e romântica.

– Ah, isso é tão bom! É como fechar a porta do quarto. Particular.

– Eu dei uma olhada ao redor, caso você precisasse de um lugar assim.

Como ela poderia não amá-lo? Como poderia não lhe dar seu coração?

– Você é tão gentil. A gentileza é um ponto forte, portanto você é muito forte. Venha nadar comigo.

– Vou ficar vigiando.

– Você disse que tínhamos tempo antes de eles virem.

– Sim.

– Então pode nadar.

– Ela segurou as mãos de Sawyer e o puxou para mais perto da água. Nunca usaria o canto da sereia para seduzi-lo, mas seus olhos eram sedutores.

– Vai ajudar você também a dormir.

– Eu não trouxe sunga.

– Não está com aquela outra roupa debaixo da calça? Se estiver com vergonha, serve.

Se aquilo não o fizesse se sentir um idiota, nada o faria.

– Sim, estou.

Ele pegou a corrente da bússola e a pôs no pescoço depois de tirar a camiseta.

Annika simplesmente deixou o vestido deslizar pelo corpo e ficou nua ao luar prateado.

– *Blin!* Você poderia chamar a atenção de um homem.

– O que significa essa palavra? *Blin*? – perguntou ela. Então pegou o vestido e o atirou sobre uma rocha.

– É...

Para onde olhar? Para onde olhar? Meu Deus, ele era um homem. Olhou para ela.

– É russa, algo que se diz quando uma coisa é surpreendente.

– Eu gosto de ser *blin*.

Ela correu para o mar e desapareceu nas ondas escuras e espumosas.

Ele apenas ficaria na praia. Era o mais sensato e o mais seguro a fazer. A cabeça de Annika se ergueu acima das ondas.

– Venha nadar comigo! A água está maravilhosa.

Só esperava que a água estivesse fria, pensou Sawyer tirando a calça e os tênis. Isso seria bom depois daquele longo olhar quente para ela, pálida ao luar.

Entrou no mar até ficar com água até a cintura, e tomou um susto quando sentiu algo se enroscar em suas pernas. Quando Annika o puxou, entendeu que era a cauda dela, e mergulhou.

Não resistiu a passar a mão pela curva escorregadia daquela cauda. Então ela a usou para empurrá-lo para a superfície e se ergueu ao lado dele.

– Agora você já se molhou todo.

– Você também.

Ela rolou lentamente, fazendo aquela cauda maravilhosa brilhar ao luar e mergulhar de novo.

– Podemos nadar até onde você quiser – disse Annika. – Posso trazê-lo de volta para a praia. – Sawyer tocou na bússola. – Ah, é. Você também pode.

Ainda olhando para Sawyer, ela se afastou.

– Não vá longe demais – lembrou ele, tentando alcançá-la.

Annika mergulhou e logo em seguida voltou a subir, saltando por cima de Sawyer. Talvez ela o tivesse levado mais longe do que ele pretendera, mas concluiu que nadar com uma bela sereia ao luar da ilha de Capri deveria ser sua prioridade na vida.

– Prenda a respiração – disse ela.

Segurando as mãos de Sawyer, ela o puxou para baixo e o levou consigo pela água escura, muito rápida.

Estavam próximos de uma rocha quando ela voltou à tona, os dois ressurgindo na noite, para o ar e o luar.

– Está bem gelada – disse Sawyer.

– Gostou?

– Muito. Nunca me diverti tanto.

– Você nada muito bem e é resistente na água. Mesmo assim, se cansa. Vamos subir na rocha para você recuperar o fôlego.

Ela alcançou a rocha e impulsionou o corpo para cima com a agilidade de uma ginasta. Sentando-se, começou a espremer a água dos cabelos, sorrindo para ele.

Talvez estivesse mesmo um pouco ofegante e precisasse descansar, pensou Sawyer, subindo na rocha. Era só se sentar ao lado dela, para não ficar de frente para aqueles seios lindos.

– Então é verdade que as sereias gostam de ficar sentadas nas rochas no meio do mar e observar as águas, os navios e a costa?

– Sim. Somos seres da água e do ar. Precisamos passar algum tempo em ambos para sermos felizes. Muito tempo atrás, algumas sereias invejavam os humanos por eles poderem ter a terra, o ar e a água. Por isso, elas atraíam marinheiros e os levavam às profundezas, para que se afogassem. Isso é vergonhoso. Agora juramos não fazer mal aos nossos pares nem às pessoas da terra.

– Como o juramento de Riley.

– Sim. – Ela ergueu o rosto para a lua e as estrelas. – Tenho uma pergunta para você.

– Faça.

– Por que você não quer me beijar?

– O quê?

– Hoje você me beijou aqui. – Ela tocou a testa. – Mas isso não conta. Não é proibido eu perguntar por que você não quer me beijar.

– Somos um time.

– Bran e Sasha também. Não acredito que seja por isso.

– É por isso também – insistiu Sawyer. – Além do mais, veja, você está... você está neste mundo há pouco tempo. Ainda está aprendendo como as coisas funcionam entre nós, humanos.

Ela ergueu o queixo e endireitou os ombros, empertigando-se.

– Eu sei como funcionam os beijos! Você não tem mais nada para aprender sobre como as coisas funcionam? Acho que nunca se deve parar de aprender.

– Isso é verdade. Profundo, até. É que é muita coisa ao mesmo tempo, e temos... prioridades. Como Sasha disse certa vez, há pureza em você, por isso não quero mudar, sabe, o equilíbrio das coisas.

– Nada disso é a resposta verdadeira. Deixei você desconfortável – disse Annika, agora com firmeza. – Eu... Desculpe. Você foi gentil me trazendo para o mar. Agora precisamos voltar.

– Ei, ei. Não quero magoar você.

– Não dar respostas verdadeiras me magoa.

Frustrado, Sawyer passou a mão nos cabelos. O que dizer para uma sereia magoada e irritada?

– Estou tentando dar as respostas verdadeiras. E tentando *não* magoá-la. Eu não esperava essa pergunta.

– Por isso não teve tempo de pensar em boas respostas não verdadeiras? Às vezes ela entendia até demais.

– Não exatamente. Não é que eu não queira beijar você, é que...

– O que significa isso? – perguntou Annika, encarando-o com olhos verdes tempestuosos. – Esse "não é que eu não queira" significa "eu quero"?

– Não. Talvez. Sim. Droga.

Ele a pegou pelos ombros e conseguiu se controlar o suficiente para tocar levemente os lábios nos dela.

A tempestade desapareceu dos olhos de Annika.

– Isso é uma resposta. Obrigada. Vamos voltar.

Antes que ela descesse da rocha, Sawyer apertou seus ombros.

– É uma resposta. Não é a verdade.

– Você não pode me dizer a verdade? – Os olhos de Annika revelavam aflição quando ela tocou o peito dele na altura do coração. – É um juramento? Eu nunca lhe pediria para quebrar um juramento.

– Não. Não, não é um juramento. É um... uma situação, um... erro. Talvez seja um erro. Ou talvez isto seja um erro. Acho que nós dois precisamos descobrir.

Sawyer subiu as mãos dos ombros para o rosto de Annika. Ela tomou fôlego e prendeu a respiração, seu coração batendo com força por um momento, uma eternidade. Ele a olhou nos olhos.

Em seguida, encostou a boca na dela, tão de leve quanto antes. Mas não *como* antes. Suave, muito suave, talvez como uma borboleta pousando na flor.

Ela se perguntou se a flor também sentia aquela agitação. Aquele desejo intenso.

Então Sawyer investiu com ardor nos lábios dela. E mundos se abriram.

Annika soltou o ar finalmente, os olhos fechados enquanto ele a conduzia, muito devagar e gentil, para aqueles mundos. Mundos de doce prazer, novos sabores e mistérios serenos.

Annika entreabriu a boca, correspondendo aos movimentos dele, e era como descer cada vez mais até as profundezas do calor e do amor.

Sawyer sabia, de alguma forma sabia, que estaria perdido se desse aquele passo. A partir dali, nenhuma bússola poderia guiá-lo de volta para terra firme. Ela se entregou totalmente ao beijo, a mão pousada no coração dele como se tentasse segurá-lo, a boca e a língua deslizando com as dele como se criadas para ele.

O cheiro do mar misturado ao de Annika o encantou. Sempre o encantaria. O ruído da água batendo na rocha – aquela união constante – e os suspiros dela, unidos em um só som. Era um encanto. Sempre seria.

Tudo de bom, certo e pelo qual valia a pena lutar se combinou naquele beijo. Mesmo assim, Sawyer queria mais.

Então se lembrou do que nunca se permitiria esquecer. Honra. Ele recuou.

– Annika…

Ele manteve as mãos no rosto dela porque, nossa, como queria deslizá-las por seu corpo. Enquanto buscava o que era certo fazer e encontrar o que era honrado dizer, ela sorriu. E aquele sorriso quase o cegou, de tão radiante que era.

– Agora eu posso beijar você.

– Você acabou de me beijar.

– Não, não. Começar o beijo. Antes eu não podia, mas agora…

Ela o abraçou com força e o beijou em uma explosão de paixão que mandou o conceito de honra para o inferno.

Ele sentia o corpo de Annika arder colado ao seu, como uma tocha, quente e brilhante ao limite do impossível. Sawyer mergulhou no fogo, permitindo-se beijar e ser beijado. A pele macia como veludo. Os seios, firmes e perfeitos, finalmente preenchendo suas mãos. O milagre da cauda lisa e molhada, o fascínio que era a transição da textura.

Sawyer sabia que deveria ir devagar, sabia que deveria parar, mas Annika se enroscou nele enquanto arqueava o corpo, entregando-se, até o ponto em que ele só ouvia o pulsar do próprio sangue.

Agora desesperado por saborear aqueles seios perfeitos, Sawyer a deitou na rocha. Annika ser virou para ele, igualmente ansiosa, e eles deslizaram para a água.

Inebriado pela luxúria, Sawyer submergiu e, quando começava a voltar à superfície, ela o puxou, rindo.

– Estou muito feliz.

Mais uma vez ela se enroscou em Sawyer e, segurando-o pelos ombros, o fez flutuar. Não parecia sequer precisar se movimentar na água para se manter à tona.

Ele se deu conta de estar tão envolvido com ela, em mais de um modo.

Então Annika pousou a cabeça no ombro dele e se aninhou.

O desejo não esfriou, mas se fundiu ao carinho, o que o ajudou a recuperar um pouco do equilíbrio.

– Eu não poderia estar mais feliz – disse Sawyer, acariciando os cabelos dela.

– Eu me sinto tão completa que poderia ficar assim para sempre.

Só que não podiam, lembrou Sawyer a si mesmo. Já estavam longe da casa e dos outros havia mais tempo do que seria sensato.

– Sei que não podemos – disse Annika, antes que ele falasse alguma coisa. – Vamos ficar mais um minuto. Aqui, neste momento, a escuridão é preciosa e boa. Em breve não será mais.

– Um minuto.

Ele se permitiu desfrutar daquele momento, boiando nas águas iluminadas pelo luar, sustentado por uma sereia.

Annika não insistiu em ficar mais. Sawyer sentiu quando sua cauda começou a se movimentar e ela se inclinou para trás, puxando-o.

– O que você quis dizer quando falou que não podia me beijar antes, mas depois podia?

– Não temos permissão.

– Para beijar?

– Não, isso seria triste. – Os cabelos dela flutuavam na água, preto sobre anil. – Não podemos tomar a iniciativa de beijar uma pessoa da terra. Pedir ou roubar um beijo. Tem que ser dado por decisão do outro. Depois, podemos corresponder.

– Como assim, tipo aquela história da Ariel?

Intrigada, ela franziu as sobrancelhas.

– Ariel é… algo do ar?

– É uma personagem, a sereia de uma história.

– Ah! Não conheço a história de Ariel. Você me conta?

– Vou fazer melhor: vou lhe mostrar. Vamos ver se há como conseguir o DVD ou assistir on-line. É um filme da Disney. Na história, ela também precisa esperar o príncipe beijá-la.

– Você é meu príncipe. Príncipe Sawyer.

Rindo, Annika o beijou de novo. Sua cauda balançava de um lado para outro. Quando estavam quase com a água na altura das coxas, suas pernas voltaram.

– Quero que me beije quando estou com as pernas. Agora posso pedir.

Divertido e fascinado, ele segurou novamente o rosto dela e a beijou.

– Temos que voltar, e você precisa colocar o vestido. Há poucas chances de a *polizia* aparecer, mas poderíamos ser presos.

– Por beijar?

– Por nudez em público.

– Há leis e regras estranhas aqui.

Ela foi até a rocha onde haviam deixado as roupas e se vestiu. Sawyer pegou as suas e vestiu a calça por cima da cueca molhada.

Em vez de segurar a mão de Annika, ele a abraçou pela cintura.

– Pronta?

Ela o abraçou pela cintura também.

– Sim.

Quando se viram novamente em frente à casa, ainda abraçados, ela o apertou com mais força.

– É diferente quando você me abraça. Tudo é diferente quando você me abraça. Se você fosse para meu quarto, poderíamos nos deitar juntos e ficar abraçados.

Sawyer pediu forças a qualquer deus que estivesse ouvindo.

– Amanhã vai ser um dia longo e difícil. Você precisa subir e dormir um pouco.

– É difícil fazer isso, mas você também precisa dormir.

– Sim. Agora vá. Entrarei em um minuto.

Para a felicidade de ambos, ele a beijou de novo, e de novo, e de novo, até Annika ficar com o olhar sonhador e se virar para entrar.

– Boa noite.

– Boa noite – disse Sawyer, enquanto ela fechava a porta, e se sentou nos degraus da entrada para dar uma acalmada no corpo.

No instante seguinte, ele se ergueu com a faca na mão.

Doyle surgiu das sombras.

– Baixe a guarda, soldado. Só estava fazendo uma última ronda antes de entrar.

Enquanto Sawyer embainhava a faca, Doyle se aproximou.

– Você acabou de recusar uma proposta e tanto. Não sei se admiro ou se lamento seu autocontrole.

– Nem eu.

– Eu sugeriria tomar um banho frio, mas você já está encharcado. Foi para o mar com ela, hein? – Sawyer não respondeu, então Doyle continuou: – Deduzo que, seja admirando ou lastimando seu autocontrole, ele tem limite.

– Acho que eu gostava mais de você quando não falava muito.

– Não posso culpá-lo.

Ao passar por ele para entrar, Doyle lhe deu um soquinho amistoso no braço.

Quanto a Sawyer, decidiu ficar ali fora, a água pingando do corpo, por mais alguns minutos.

Pelo menos não estava encarregado do café da manhã e, já que uma boa caminhada os aguardava, tampouco teriam treino de preparo físico ao amanhecer. Aproveitou para compensar o tempo de sono que perdera tentando não sonhar com Annika nua.

O café daria conta do resto.

Na cozinha, Bran preparava sua única especialidade: um típico café da manhã britânico, que incluía linguiça, ovos, presunto frito, tomate e torradas. Sawyer não tinha do que reclamar. Resmungou um cumprimento e pegou uma caneca de café.

– Só mais dez minutos e está pronto – informou Bran. – Doyle quer que a gente saia logo.

– Já estou pronto.

Estava mesmo, porque havia passado parte da noite insone arrumando a mochila.

– Precisa de ajuda aqui na cozinha?

– Está tudo sob controle.

– Então vou levar isto lá para fora.

Ele saiu, e lá estava Annika, de calça cargo, bota e uma camiseta *tie-dye* que comprara por achar que parecia um arco-íris. Cantava baixinho enquanto criava mais uma de suas paisagens na mesa: uma pirâmide de copos de suco dos quais saíam pequenas flores e trevos. Na base, havia um lago com figuras que davam a impressão de ela ter feito com palitos de dentes, folhas e mais trevos.

Quando Sawyer se aproximou, Annika ergueu os olhos.

– Bom dia!

Ela correu até ele e pulou no seu colo. O beijo conseguiu ser claro como uma manhã de maio e escuro como a meia-noite.

– Uau. – Riley saiu com uma caneca de café. – O que eu perdi?

– Sawyer me beijou.

– Isso eu entendi. Parabéns. Com calma se vai longe, não é, querido?

Naquele momento ele não se sentia calmo, por isso apenas se sentou. Todos deveriam agir naturalmente.

– Cascata de flores?

– Sim! E fiz todos nós relaxando. Veja, o espelho aqui embaixo da cascata é a Ilha de Vidro, e podemos ter um dia perfeito depois que encontrarmos as estrelas e resgatá-las.

– Estou mesmo precisando de um dia perfeito – decidiu Riley.

– E será. Eu queria fazer um jardim, mas não temos tempo.

– O jardim de uma sereia.

Satisfeita com o comentário de Sawyer, Annika ergueu o rosto para o sol.

– Talvez hoje seja mesmo um dia perfeito.

Se dias perfeitos incluíam suor e subidas íngremes, aquele podia ser descrito assim.

– A Escadaria Fenícia! – exclamou Riley.

Quando Sasha olhou para o alto, bem alto mesmo, Riley sorriu e continuou:

– Recebeu esse nome porque antigamente se pensava que tinha sido construída pelos fenícios. Hoje já se sabe que foi uma cortesia dos gregos antigos. – Começaram a subir. – Já foi o único acesso para Anacapri. Quando você começar a bufar e seus músculos começarem a protestar, lembre-se das mulheres que precisavam descer esses quase mil degraus para buscar água e depois subir tudo de novo levando jarros cheios na cabeça.

– Você disse mil? – indagou Sasha.

– Novecentos e vinte um, para ser exata.

– Às vezes penso que seria melhor você não saber tantas coisas.

– Mas isto é bonito. – Olhando para todos os lados, Annika subia praticamente dançando. – São tantas flores e tanto verde!

– E é mais fácil subir do que descer. A escadaria é íngreme e irregular.

– Quase perdemos dois homens por causa de uma rocha que caiu, na última vez em que subimos isso aqui – lembrou Doyle.

– Foi por isso que colocaram redes de proteção.

Eles subiram, passando por casas, campos de flores silvestres e giestas amarelas. Mais acima havia castanheiras e um pequeno vinhedo com uvas ainda verdes.

Quando chegaram ao topo, Riley olhou para o relógio.

– Trinta e seis minutos. Exatamente.

– Fim dos degraus. – Com isso, Doyle seguiu em frente.

Riley revirou os olhos às costas dele.

O sol era implacável e, de vez em quando, uma trilha escolhida por Doyle dava em um amontoado de pedras. Annika subia nelas e as contornava, com a mesma perseverança de pequenas flores silvestres abrindo caminho através de fendas para encontrar o sol.

Pássaros voavam e, às vezes, um passava rápido por eles, mas em absoluto silêncio. Ocasionalmente, viam um lagarto se aquecendo ao sol ou entrando correndo em um buraco ao sentir o pisar de botas na rocha.

Por um momento Sawyer pensou em cobras, que definitivamente não apreciava.

Seu temor só aumentou quando Annika soltou um gritinho. Com uma das mãos, pegou o braço dela e, com a outra, sua arma.

– O que foi?

Annika apontou para uma rocha alta e o arbusto agarrado a ela. A mão de Sawyer relaxou na arma.

– Uma cabra. Uma cabra-montesa – explicou ele.

– Nossa! – Annika olhou para a cabra, e a cabra olhou para ela. – Qual é a relação dela com o queijo? Nós comemos queijo de cabra.

– Sim, é feito de leite. Leite de cabra. Eles ordenham a cabra. – Ele começou a ver onde estava se metendo. – Pergunte a Riley, que é a inteligente. Ela vai saber explicar.

– Está bem.

Annika acelerou, ágil como a cabra, para perguntar a Riley.

– Evitando ter que explicar tetas? – comentou Bran, que subiu e estendeu a mão para Sasha.

– Nesse caso, eu não sabia por onde começar.

– Eu poderia começar parando por dez minutos – disse Sasha, enxugando o suor da testa. – Tem uma sombra ali. Só Deus sabe quando vai aparecer outra.

– Bem pensado. Doyle! – chamou Bran, então disse para o grupo à frente: – Dez minutos de descanso, aqui na sombra. Sou capaz de jurar que poderia marchar daqui para Nápoles se houvesse uma ponte.

Sentaram-se no chão e na rocha, à sombra de um arbusto. Acima deles, a cabra deu um balido sarcástico.

– Falar é fácil – murmurou Sasha, bebendo água da garrafa que levara consigo. – Estou achando que os três pontos que vocês marcaram para as bombas não são suficientes.

– É um belo começo. – Bran acariciou seu joelho.

– A vista é incrível.

Sasha quase lançou um olhar zangado para Riley, mas quando olhou para baixo, só conseguiu suspirar.

– É mesmo. Eu adoraria pintá-la em algum momento. Juro que pensei que tínhamos subido tão alto quanto o monte Vesúvio, mas ainda faltam uns bons 2 quilômetros até a caverna que Doyle tem em vista.

– Que caverna? – perguntou Doyle.

– Aquela de que você se lembra de seus tempos de soldado. Para onde estamos indo.

– Eu não falei nada disso.

Sasha sustentou o olhar fixo e frio dele.

– Mas… Não, não falou. Mas é para onde está nos guiando.

– Você deu para ler mentes agora?

– Não, não. Eu só… – Sasha balançou a cabeça. – Só um minuto. – Ela se levantou, seguiu pelo caminho da cabra e olhou para o noroeste. – Eu vejo isso. Não sei se o que vejo é sua lembrança ou algo por vir. Não sei se ela usará essa caverna, mas ela não está lá, pelo menos não agora. Vejo morcegos, aranhas, esterco no chão frio e seco. Mas ela não está lá.

Sasha mudou de ângulo, virando-se para o sudoeste.

– Dentro da grande montanha, ela construirá seu palácio. Aqueles que subirem até lá, admirarem a paisagem e comerem e beberem ao seu redor serão apenas formigas para ela. Menos, até. Logo ela estará lá. Mas não é este o momento, não é este o lugar para o golpe final. A arma dela já foi forjada, a nossa não. Não a destruiremos aqui, mas vidas serão perdidas.

Subitamente, Sasha apertou a cabeça.

– Ela está sentindo minha presença. Bran!

Ele correu para Sasha e pôs as mãos na cabeça dela.

– Bloqueie-a. Você sabe o que fazer.

– Ela está agarrando minha mente. E é muito forte!

– Você também é, *fáidh*. Olhe para mim.

Sasha ergueu os olhos cheios de dor.

– Juntos somos mais fortes. Tire forças de mim.

Ela assim fez, então estremeceu e, depois, apenas deixou a cabeça cair no ombro dele.

– Ela veio muito rápido. Eu não estava preparada.

– Mas você a bloqueou, e depressa. Está ficando melhor e mais forte a cada dia. – Bran a levou de volta para a sombra e passou as mãos pela garrafa para esfriar a água com sua magia. – Descanse todo o tempo que precisar.

– Só até minha mente clarear.

– Beba. – Annika empurrou a água de volta para Sasha. – Bran a esfriou. E coma isto. É uma barra de proteína. Não tem um gosto muito bom, não.

– Não mesmo, mas preciso de energia.

– Você estava falando sobre o monte Solaro – observou Riley.

– Se você diz…

– Naquela direção, uma grande montanha. Em Anacapri.

– Agora estamos do lado de Anacapri da ilha – disse Doyle. – Mas a uma longa distância a pé de Solaro.

– Não é lá que Malmon vai estabelecer sua base ou de suas tropas. – Já um pouco melhor, Sasha tomou fôlego. – Será a dela. Ela vai incrementá-la, provavelmente levará Malmon para lá, mas ele… Acho que ele vai usar a caverna que você tem em mente. Talvez eu consiga ver mais quando chegarmos.

– Posso nos transportar para lá. – Sawyer esfregou o joelho dela. – Foi uma subida difícil, já basta.

– Estou bem. Acho que a subida foi mais difícil porque a visão estava surgindo e ela estava... estava me arranhando, e eu não sabia o que era. Agora vai melhorar.

– Se mudar de ideia, me avise.

Para provar que daria conta, Sasha se levantou.

– Faltam uns 800 metros, certo?

– Mais ou menos isso – confirmou Doyle. – Você vai conseguir, loirinha. Senão, vai fazer o dobro de agachamentos amanhã.

– Pode esquecer.

Colocando a mochila de volta nas costas, Sasha se pôs em movimento no caminho rochoso.

Annika correu para ficar ao lado dela.

– Somos cabras-montesas.

– Você tem a agilidade delas.

– Ganhei pernas muito boas. Você nasceu com as suas, que também são excelentes.

– Elas têm músculos que eu nem sabia que existiam, o que já é um bom sinal, mas no momento todos os meus músculos estão gritando, e isso já não é nada legal.

– Vamos cantar.

– Cantar?

– Distrair a mente dos gritos dos músculos. Ouvi uma música divertida em um barco, quando era pequena: *"Buddy, you're a boy make a big noise..."*

– Isso é Queen? – perguntou Sasha, com uma breve risada.

– Quem?

– A banda que canta essa música. O nome da banda.

– Eu ouvi um homem só cantando, ele estava sozinho.

– Deixa pra lá. É uma boa e clássica escolha do rock, mas não sei a letra.

– Eu sei.

Riley começou o verso seguinte, e Annika riu e a acompanhou.

– Freddie Mercury ficaria orgulhoso – concluiu Sawyer quando as três cantaram o refrão, que Sasha sabia.

– A rainha do mar tem razão. Há um motivo para os soldados cantarem ou salmodiarem em uma longa marcha. – Doyle olhou para trás, na direção de Bran. – Ela vai conseguir.

– Ah, eu nunca duvidei disso – disse Bran, cheio de orgulho e amor. – A força de vontade de Sasha a carregaria mesmo quando as pernas estivessem cansadas. Ela é mais corajosa que todos nós juntos, porque entrou nisso com mais medo e menos conhecimento.

– Agora ela tem mais conhecimento, porque, se não me falha a memória, está indo direto para a caverna que eu escolhi.

– Então a deixe ir na frente e veremos se chegaremos lá.

– Eu não me importo de ir atrás – disse Sawyer. – Cantar não é o único modo de distrair a mente em uma marcha.

– É fato que os homens gostam de ver as mulheres por trás.

– Difícil negar isso – decidiu Doyle. – Se eu olhar para o traseiro da loira, corro o risco de levar um safanão do bruxo. Se olhar para o da ninfa do mar, levo um soco do viajante.

– Ainda tem uma – salientou Bran.

– A loba? – Doyle deu de ombros. – Nada mau.

– Vamos cantar outra! – Annika subiu em uma pilha de pedras, ágil como a cabra.

– Você conhece outra? – Talvez tivesse que tomar fôlego, mas Sasha estava disposta a cantar.

– Ah, sim. Adoro ouvir música dos barcos ou de lugares na praia. Conheço esta, mas não entendo a maioria das palavras.

Annika fechou os olhos e começou a estalar os dedos, buscando o ritmo certo. Então, para a surpresa de todos na encosta, ergueu a voz em uma ária sublime.

– *Ivoyu mat* – disse Sawyer, com reverência. – Ela está... Isso é ópera?

– Parece. E que interpretação! – acrescentou Bran, enquanto Annika, com sua voz ainda pairando no ar, descia das pedras com um salto, para continuar a subida.

– *La Traviata*. Ela foi de Queen para Verdi.

– Você conhece ópera?

Diante da surpresa de Sawyer, Doyle deu de ombros. Os homens seguiam em frente.

– Quando você vive alguns séculos, conhece muitas coisas. Também conheço a voz de uma sereia quando a ouço. Tome cuidado, irmão, ou vai acabar preso como uma truta na rede.

– Eu diria que ele já foi capturado. – Bran deu um tapa no ombro de Sawyer.

Quando a última nota ecoou e todos aplaudiram, Annika fez uma mesura, rindo.

– Primeiro, uau, bravo! Onde aprendeu? – perguntou Riley.

– Tem um grande teatro ao lado do mar, não muito longe daqui. Durante três noites eles contaram essa história com canções. Não é uma história feliz, porque a mulher que canta essa canção morre.

– É uma ópera – disse Riley.

– As canções e as vozes eram lindas, por isso eu ia lá ouvir todas as noites. Posso ensinar a vocês.

– Você poderia me ensinar por décadas e, mesmo assim, eu não cantaria desse jeito.

– Ali está. – Sasha parou. – É ali. A caverna.

A boca se abria alta e estreita na pedra. O mato alto e fino agarrado no topo descia como um toldo desconjuntado. E, sobre ele, uma cobra preta deslizava.

– Lagartixa-dos muros – disse Riley.

– Não é uma lagartixa. – Os dedos de Sawyer ansiaram por pegar a arma nas costas, sob a camisa.

– É só uma cobra-chicote. Não é venenosa. – Com um sorriso zombeteiro, Riley pegou a garrafa de água. – Mas elas gostam de morder.

Ela tomou um gole rápido, guardou a garrafa e começou a ir na direção da caverna. Resmungando sobre cobras, Sawyer a seguiu.

– Esperem! Parem!

Sasha alcançou Sawyer e agarrou sua mão. Doyle e Riley se viraram, já quase na entrada.

– Não entrem. Não… – Com os olhos tornando-se escuros e sombrios, ela proferiu: – Não entrem. Não cheguem perto. – E se virou para Sawyer: – Dor, medo, as sombras da morte. Sangue e fúria. Água e armadilhas. Eu não sei. Não vejo com clareza. Você. Annika.

– Annika?

– Não é seguro para vocês. Não entrem. Mantenha distância, Anni.

– Estou aqui, não se preocupe – respondeu Annika, tranquilizadora, e segurou a mão de Sasha. – Não vamos entrar.

– Ele vai usar o amor que sentem um pelo outro. Vai usar vocês. Não acreditem nele.

– Malmon.

– Malmon. Não o que ele era nem o que ele será. Mas algo dela. Vocês não podem entrar.

– Tudo bem, não vamos entrar. Vamos ficar bem aqui – garantiu Sawyer.
– E quanto aos outros?

– O quê?

– Há algum perigo para nós quatro? – perguntou Bran, afastando Sawyer para o lado. – Podemos entrar?

Sasha deu um longo suspiro.

– Não sinto nada em relação a nós quatro, apenas Annika e Sawyer. Para eles, seria questão de vida e morte. Para nós, é apenas uma caverna.

– Então está bem. Eles ficam aqui fora e nós entramos para explorar.

Sasha assentiu.

– Por favor. – Ela pegou novamente a mão de Sawyer e apertou a de Annika. – Prometam.

– Fique tranquila. Não vamos passar daqui.

Quando os outros entraram, Sawyer olhou para o interior.

– Prometa – exigiu Annika.

– O quê?

– Prometa que não vai entrar. Não vai usar a bússola para ver o que há lá dentro.

Ele hesitou; era justamente a ideia que lhe ocorrera.

– Prometa. Eu prometo a você. Porque acreditamos em Sasha.

Droga.

– Tem razão. Está bem. Eu prometo a você que não vou entrar, a menos que não haja escolha. A menos que alguém precise de ajuda lá dentro. Assim está bom?

– Sim. Eu prometo o mesmo.

Annika segurou o rosto dele e o beijou.

– Agora isso é um juramento, e não pode ser quebrado.

Sawyer pensou nas palavras de Doyle – *Tome cuidado, irmão, ou vai acabar preso como uma truta na rede* –, mas não via muita escolha.

7

A CAVERNA – SEGUNDO OS QUATRO CONTARAM ENQUANTO DESCANSAVAM, comiam e bebiam depois de voltarem – era simplesmente uma caverna. Larga, profunda e seca.

Sasha a desenhou, utilizando as dimensões que Doyle calculara, assim como o estreito túnel que levava a uma segunda câmara, mais larga e funda que a entrada.

Doyle marcou no desenho os melhores lugares para armadilhas.

– Não muito perto da entrada. – Bran também estudou o desenho. – Queremos o maior número possível de inimigos lá dentro quando eu detonar as bombas.

– Por que diabo eles usariam uma caverna aqui em cima? – perguntou Riley. – Malmon está atrás de uma villa, o que combina com ele. Uma caverna combina com Nerezza.

– Mas não é a dela – insistiu Sasha.

– Seja qual for o motivo, ele tem algo planejado. Por que outro motivo você veria perigo lá dentro para dois de nós? – Assentindo, Bran aprovou as posições marcadas por Doyle. – Posso trabalhar com isso. O que eu fiz pode macerar na caverna tão facilmente quanto na oficina. O que acha, Sawyer? Vamos dar uma descida rápida para buscarmos o material necessário?

– Claro. – Instintivamente, Sawyer pegou a bússola e inclinou a cabeça. – Você pode nos levar lá para baixo, não é? Como levou Sasha para o promontório em Corfu.

– Daqui para lá? Sim, posso. É fácil como passear de carro em um domingo.

– Eu nunca viajei do seu modo.

– Então vou lhe dar uma carona. – Bran se levantou e estendeu as mãos. Os dois seguraram os braços um do outro. – Já voltamos.

E, em um piscar de olhos, eles se foram.

– Sinto falta de dirigir – comentou Riley.

– Nem me fale – disse Doyle, terminando o sanduíche que estava comendo.

Ele se levantou, andou em volta e contemplou a amplitude da vista ali de cima: a água azul, as rochas brancas, as árvores e as casas abaixo.

– Está procurando pontos que os franco-atiradores escolheriam – disse Riley às outras duas mulheres. – Embora ele saiba que aqui é alto demais para isso. Malmon e os amiguinhos dele podem estabelecer seu quartel-general aqui, mas os franco-atiradores vão ter que se posicionar bem mais abaixo. Quando voltarmos, vou ver se descubro se Malmon alugou uma villa. E ele vai querer um barco. Talvez venha no próprio barco ou mande trazer. *Aventuroso*, o iate dele. Como se fosse fascinante o que ele faz.

– Tomara que a gente encontre a estrela amanhã. Tudo bem que eu gosto do cheiro de terra daqui – Annika inspirou fundo. – Gosto de como o sol incide na água e na terra, mas, se encontrássemos a estrela antes de Malmon chegar, poderíamos ir logo embora.

– Primeiro o enfrentaremos. Na terra ou no mar. Na escuridão, na luz. Nosso raio contra o dele. Você será ferida. – Sasha apertou a mão de Annika ao dizer isso. – É seu sangue na água. E o de Sawyer no chão.

Ela deixou a cabeça pender.

– Está acontecendo tudo muito rápido. Não consigo acompanhar.

– Você está se esforçando demais – disse Riley.

Ela olhou ao redor e se ajoelhou no chão pedregoso para massagear os ombros de Sasha.

– Não consigo ver com clareza…

– Você a bloqueou. É lógico que ela está fazendo o possível para bloqueá-la também. Não force muito, Sash.

Então Bran e Sawyer reapareceram quase no exato ponto de onde haviam partido. Dessa vez, traziam mochilas.

– Que viagem!

– Outra visão? – perguntou Bran logo que olhou para Sasha.

– Alguns flashes. Hoje foram apenas flashes.

– Tente se desligar disso um pouco.

– Viu? – Riley afagou os ombros de Sasha e se levantou. – Vamos começar os trabalhos.

– Eles não vão ver o que você puser dentro da caverna? – perguntou Annika.

– Vou enterrar as bombas nos pontos estratégicos que Doyle marcou. Desta vez, funcionarão em uma reação em cadeia, ao meu comando. Depois que a primeira explodir, todas as outras se seguirão.

– Elas podem matar?

– É uma guerra – respondeu Doyle, voltando para perto delas. – Nenhum de nós pode se dar ao luxo de ser sensível em relação a isso.

– Pega leve – interveio Sawyer.

– Eles não vão pegar leve quando vierem nos atacar. Haverá munição, e muita. Gaiolas para os que decidirem capturar em vez de matar. Eu, no lugar deles, usaria a caverna para isso. E a área preparada, usaria para enviar homens e garantir a segurança das posições dos franco-atiradores. Haverá homens – disse ele categoricamente – portando armas de longo alcance. Homens que ganham a vida com assassinatos e que serão treinados para enfiar uma bala no seu cérebro quando você estiver dando uma estrela.

Sawyer se colocou na frente de Annika.

– Pare!

– Não, não me proteja. Agradeço, mas não faça isso. – Annika sentia as mãos trêmulas, mas as firmou segurando o braço tenso de Sawyer. – Eu sei como será. Fiz meu juramento. – Ela avançou um passo, encarando Doyle. – Você já matou homens, e matará de novo. Não preciso do dom de Sasha para saber disso. Pessoas da terra matam umas às outras, e esse é o maior ponto fraco e a maior vergonha delas. Sei que eles virão para nos matar e, quando isso acontecer, faremos o que devemos fazer, mas isso não me traz paz ou prazer.

– Também não me traz. Nunca.

– Você se lembra daqueles que morreram por sua causa?

– De cada um deles.

Ela o encarou por alguns segundos. Por fim, segurou as mãos dele.

– É um fardo pesado de se carregar. Depois da batalha, todos nós vamos carregá-lo. Não posso pôr as bombas na caverna, mas me mostre onde mais precisamos colocá-las. Sawyer e eu faremos nossa parte.

Eles pegaram a segunda mochila e, orientando-se pelo mapa, seguiram até o ponto mais próximo.

– Você não deveria se zangar com Doyle por ele ser duro comigo.

– Não posso evitar.

– Pode, sim. Você sabe, assim como eu, que ele age dessa forma por preocupação. Posso hesitar e acabar ferida ou deixar que algum de vocês seja ferido.

– Para acalmá-lo, Annika se aconchegou nele. – Você também se preocupa.

– Claro, um pouco.

– Acho que mais do que um pouco. E não gosto de lhe causar preocupação. Às vezes preciso que Doyle seja duro, que me lembre dessas coisas.

– Certo, mas lembre-se também de que a protejo.

– Vou lembrar. Somos parceiros de time.

– Somos. Agora, olhe isto.

Sawyer pegou uma ampola da mochila e, com muito cuidado, a colocou no terreno rochoso.

Um segundo depois, a ampola desapareceu como se dissolvida em água.

– Ahh! – exclamou Annika. – Bran tem um dom maravilhoso! Mas isso não é perigoso? E se inocentes pisarem?

Embora ela segurasse a mão dele, Sawyer pisou deliberadamente no exato ponto onde colocara a ampola.

– Só atinge os maus. Mais uma maravilha do Sr. Mágico! Próximo ponto: uns cinquenta passos naquela direção.

Enquanto saíam da estreita trilha, ele a olhou de esguelha.

– Sei que isso é difícil para você, pois seu coração é o mais doce de todos nós, mas Doyle tem razão. Você precisa ver isso com mais frieza, Anni. Nerezza escolheu seguir esse rumo. E os homens que ela está usando como armas contra nós também têm uma escolha. As decisões deles não nos deixam alternativa. Eles acabarão conosco. Mais do que isso: acabarão com qualquer chance de mantermos as estrelas longe das mãos de Nerezza.

Annika não disse nada enquanto ele posicionava a ampola seguinte.

– Uma vez na caçada, Malmon não vai desistir. E ele é bom no que faz. Tem recursos quase ilimitados. Talvez, em algum momento, até encontre a Estrela de Fogo que Bran já protegeu.

– Ele mataria você.

– Num instante. Assim. – Ele estalou os dedos. – Malmon não valoriza a vida, a não ser a própria. Mas eu apenas morreria… não que fosse ficar feliz com isso… é que seria pior para os outros, principalmente você, Riley e Doyle.

– Doyle? Ele é imortal.

– Exatamente. – Sawyer apontou para o local seguinte e os dois se dirigiram para lá. – Ele não morre, mas sente dor. Malmon poderia torturá-lo por anos.

– Eu sei que existe a crueldade.

– Mas não a entende.

– Não quero entender. Embora seja difícil, entendo que temos que fazer aqueles homens pararem, assim como aconteceu com as criaturas dela. Proteger uns aos outros e as estrelas. É nosso dever. Você disse que não quer matar, mas que mataria para proteger os outros.

– Sim.

– E os outros fariam o mesmo. Não posso fazer menos que isso. Deixe que eu coloco a próxima ampola.

Eles desceram devagar, tendo à frente uma vista de tirar o fôlego. O sol incidia sobre o mar, fazia a rocha brilhar e ardia a vegetação.

Em determinado ponto, Sawyer se agachou e se deitou de bruços.

– Doyle tem razão: aqui é o ponto perfeito para um franco-atirador. – Annika se deitou ao lado dele. – Está vendo ali? É a nossa casa.

– Sim, sim. Ainda está muito longe.

– Eles usam um rifle de longo alcance com mira telescópica e, pode apostar, são bons no que fazem. Aqui. – Sawyer pegou um binóculo na mochila. – Olhe por aqui.

Annika observou o binóculo antes de levá-lo aos olhos.

– Ah! Tudo veio para perto. – Ela abaixou o binóculo. – Mas nada saiu do lugar.

– É por causa das lentes, um tipo especial de vidro. Elas… Digamos que elas aumentam as coisas. Os franco-atiradores usam um rifle que tem algo desse tipo, chamado mira telescópica.

– E isso nos traria para perto – murmurou Annika, olhando novamente através do binóculo. – Entendo. Uma ferramenta milagrosa usada para o mal.

– Nesse caso, sim.

– Então vamos pôr uma ampola aqui.

Depois de fazerem isso, ela se virou para Sawyer e o beijou.

– Isto é o bem para neutralizar o mal.

– Então vamos tornar o bem ainda melhor.

Ele a puxou e a beijou devagar, com intensidade. Como conseguia passar uma única hora sem senti-la junto a si?

– Que fogo é esse!

Era Riley, numa rocha acima, com as mãos na cintura.

– Estamos fazendo a balança pesar para o lado bom – explicou Sawyer.

– Sei. Vocês foram a todos os pontos marcados até lá?

– Todos. Vem cá dar uma olhada.

Rápida e decidida, ela desceu até eles e se agachou no local que Sawyer indicava.

– É, amigos… Que droga. – Tal como ele fizera, Riley se deitou de bruços. – Temos que concordar com Doyle: este é um ponto perfeito. Com uma M24 ou uma…

– AS-50 – completou Doyle, saltando de algum ponto acima e indo parar ao lado deles.

Riley se virou.

– Seria a próxima na minha lista.

Doyle se deitou ombro a ombro com ela.

– Sim. Cobertura, estabilidade, visão e alcance. Tem tudo aqui.

– Tão bom quanto um campanário – concordou Riley. – É só sairmos e *pá!* Os seis morrem, como patos num lago.

– Cinco, na verdade.

– Ah, é. Você ia voltar a grasnar.

– Eles dominariam você. Um contra muitos. – Repugnada com a ideia, Annika olhou para Doyle. – E lhe causariam dor sem fim. Não podemos permitir isso.

– Não permitiremos – corrigiu Riley. – Sobrou alguma bomba?

– Três – respondeu Sawyer, dando tapinhas na mochila.

– E você? – Ela cutucou Doyle com o ombro enquanto se levantava. – Mais algum ponto em que vale a pena pôr bombas?

– Um ou dois só.

– Então vamos lá. – Ela agitou os dedos, pedindo a mochila. – Lá vêm Sasha e Bran. Vocês quatro vão na frente. A gente termina isso e alcança vocês. Depois, vai ser a hora das margaritas.

– E os Bellinis? – perguntou Annika.

Riley balançou a cabeça.

– Depois de uma subida como esta? Tem que ser margarita. Sabe o que cai bem com margaritas depois de horas de trilha nas montanhas colocando bombas para gente do mal? Salsa mexicana.

– Deixa comigo – disse Sawyer.

Quando voltaram para casa, Annika quis ir para a piscina e para o conforto da água. Como Sasha e Sawyer já tinham começado a cortar e a fatiar os ingredientes para o jantar, ela subiu correndo e vestiu um de seus biquínis novos, com a saída de praia que era um vestido envelope de tecido fino.

Quando saiu, viu Doyle do outro lado da piscina, olhando para as colinas. Usava óculos de sol e apoiava a mão no cabo da faca no cinto.

Parecia um guerreiro: forte, saudável e pronto para enfrentar o que viesse.

– Você não está tomando cerveja.

– Já vou buscar.

– Está olhando para onde fomos hoje porque está preocupado. Deixou passar algo importante? Tudo que fizemos não vai valer de nada? Você tem medo de sermos mortos, apesar de todo esse trabalho e planejamento. Isso não vai acontecer.

– O otimismo é parte do seu charme, linda.

– Não vai acontecer – repetiu Annika, e foi até ele. – Você viu mais morte do que qualquer um deveria ver. Um imortal encara a morte todos os dias, mas nunca a própria. As perdas, como os homens que caíram à sua frente, estarão sempre lá.

Annika acertou em cheio, pensou Doyle, e se virou para ela.

– Quanto tempo as sereias vivem?

– Mais que as pessoas da terra. Muito mais. Por isso, sei que, quando eu voltar para casa, para o mar, vai chegar o dia em que meu coração ainda baterá e o de Sawyer não. É muito difícil saber disso.

– Ele tem sorte de ter você agora.

– Era para ser – disse ela –, pelo menos pelo tempo que temos. Assim como tínhamos que estar todos aqui juntos, para encontrar as estrelas. Levá-las de volta para a Ilha de Vidro. Enfrentaremos o que vier e faremos o que for necessário.

Afetuosa como era, Annika passou o braço ao redor da cintura de Doyle e se apoiou nele.

– Você é um guerreiro. Um guerreiro não é um matador, porque um verdadeiro guerreiro tem honra. Os homens que virão não são guerreiros.

– Não, não são.

– E quando vierem, vamos derrotá-los. Hoje fizemos um bom trabalho e agora vamos aproveitar a sensação de dever cumprido. Você deveria pegar uma cerveja.

– Sim.

Era raro Doyle se permitir sentir ou demonstrar afeto, mas ele se viu segurando o queixo de Annika e lhe dando um selinho.

Então foi até a cozinha, onde Sawyer segurava uma bandeja de salsa mexicana e tortilhas.

– Vou ter que lhe dar um murro na cara?

Doyle olhou de relance para trás. Annika ergueu os braços e o rosto, preparou-se e mergulhou, muito graciosa.

– Irmão, se as coisas fossem diferentes, muito diferentes, você bem que deveria tentar. Mas não são, por isso podemos nos poupar os hematomas. Quer cerveja ou aquele refresco que Riley faz?

– Gosto do refresco.

– Como quiser.

Doyle entrou para buscar sua cerveja. Sawyer levou a bandeja para a mesa e foi até a piscina.

Annika estava no fundo, de olhos fechados e com um leve sorriso no rosto, como se estivesse tendo um lindo sonho.

Riley saiu com um jarro de margarita dentro de um balde de gelo.

– Sasha está trazendo o resto.

Ela deixou o jarro na mesa e se alongou.

– Nossa, estou pronta para um mergulho.

– Annika está lá.

– E daí?

– Acho que está dormindo.

Riley foi até a beira da piscina e olhou para baixo.

– Hum. Bem, deve ser um… cochilo marinho, sabe? Isso me dá tempo para beber alguma coisa.

De volta à mesa, ela mergulhou uma tortilha na salsa e provou.

– Ah, você *sabe* do que eu gosto! Poderia comer 1 quilo disso. Traga as taças, Sash! – pediu ela ao ver a amiga saindo da casa. – Vamos começar a festa. Cadê Bran?

– Ele queria verificar alguma coisa na oficina. Falou que não ia demorar muito. Acho que Doyle foi tomar um banho. E Annika?

– Tirando um cochilo na piscina – respondeu Riley, enchendo três taças generosamente.

– Um cochilo na piscina. – Sasha pegou seu bloco de desenho. – Não é estranho como nos acostumamos rápido, ou pelo menos eu me acostumei rápido, ao que considerávamos impossível? Annika dormindo dentro d'água. Bran com suas poções mágicas... Estamos tão à vontade que poderíamos fazer uma brincadeirinha: um de nós poderia imitar o assassino de *Psicose* enquanto Doyle está no banho.

Com uma risada, Riley enfiou uma faca imaginária no ar enquanto imitava o som agudo da cena clássica.

– Ei, eu poderia pedir que Sawyer me levasse à França, digamos, no fim do século XIX, para bater um papo com Monet. – Sasha provou a margarita e a achou perfeita. – Um breve passeio em Giverny.

– Eu poderia levar você – disse Sawyer, comendo um pouco.

– Sim, poderia. E daqui a algumas semanas, quando a lua estiver cheia, Riley vai se transformar em loba.

Sawyer atirou a cabeça para trás e fez uma imitação muito convincente de um uivo lupino.

– E eu? Estou no meio de uma conversa e do nada começo a profetizar. – Ela bebeu um pouco e suspirou. – E depois de algumas semanas? Tudo parece perfeitamente normal.

– Porque, para nós, é. – Foi a vez de Riley erguer sua taça. – Portanto, a nós, e que se dane o resto.

Enquanto eles brindavam, Annika voltou à tona e se apoiou na borda da piscina.

– Está na hora da margarita?

– Venha! – chamou Riley, enchendo mais uma taça.

Quando Doyle saiu, tomando sua segunda cerveja gelada, viu Annika e Riley na piscina. A Dra. Gwin podia não ser uma sereia, pensou, mas nadava como um peixe. Sasha estava ao lado da casa, de pé diante do cavalete, com suas telas, pincéis e tintas, virada na direção do mar.

Sob a pérgula, Sawyer e Bran conversavam. Doyle foi até eles. Embora dispensasse a margarita, era fã da salsa mexicana de Sawyer.

– Qual é o plano?

– Estávamos justamente discutindo isso – respondeu Sawyer.

– Estamos protegidos, o máximo possível aqui.

Bran observou Sasha, a curva das costas dela, os cabelos presos no alto da cabeça sob o chapéu, deixando a nuca exposta. Depois, olhou para as colinas.

– Mas Annika disse que você ainda está preocupado – completou.

– Não é preciso muita brecha. Uma bala não precisa de muito espaço.

– Que animador – resmungou Sawyer.

– Colocamos armadilhas e eu acrescentei proteção, mas Doyle tem razão. Em parte, dependemos de Sasha, pois em Corfu só estávamos preparados porque ela sabia quando Nerezza atacaria. Além disso, contamos com a praticidade dos contatos de Riley. Provavelmente saberemos quando esse Malmon estiver em Capri. Quando ele chegar, lutaremos em duas frentes: contra homens e contra subordinados.

– Estamos mais fortes agora. – Mais uma vez, Bran olhou para Sasha. – E mais unidos. Isso é importante. Acredito que isso pesará a nosso favor. Depois há a questão da busca.

– Nenhuma pista? – Doyle apontou o polegar para Sasha.

– Ainda não. É muita pressão sobre Sasha, por isso gostaria que sempre houvesse alguém com ela, quando eu não estivesse. Sempre. Ela agora lida bem com as visões, mas quanto mais se abre, mais Nerezza tenta entrar.

– Estamos prontos para protegê-la. – Sawyer olhou de relance para a piscina. – Quando isso começar, ninguém deveria ficar sozinho, mas manteremos Sasha perto.

– Então vamos em frente e fazer nosso trabalho, o que nos levará para debaixo d'água.

– Estrategicamente, qualquer ataque sério deveria esperar até encontrarmos a estrela. Se meu objetivo fosse tê-la – continuou Doyle –, eu deixaria os alvos fazerem todo o trabalho e depois reclamaria o prêmio.

– Mas… – disse Bran, esperando o revés.

– Isso não envolve apenas lógica, mas também ganância e loucura, não é? Sasha profetizou que Malmon não era ou não voltaria a ser o mesmo. Considerando as visões dela, ele fez um acordo com Nerezza. Não temos como saber o que ele é e qual poder ela lhe deu em troca. Nem até que ponto está determinado a chegar até nós, porque sabe o que cada um de nós é.

– Tão determinado quanto o fogo do inferno – disse Sawyer. – Pode acreditar.

– Nesse caso, é possível que ele faça um primeiro ataque como teste, uma tentativa de diminuir nosso número ou de capturar um ou mais de nós. Ou então ele pode vir com tudo, acreditando que temos informações que poderia usar para encontrar a estrela sozinho.

– O desgraçado é confiante. Acho que virá com tudo. Não para matar, mas para capturar. Só que ele vai querer ver sangue.

– E talvez estejamos na água – interpôs Bran. – Que é onde nossa busca se concentrará.

– Onde também somos mais vulneráveis. – Doyle olhou para Annika antes de completar: – Mesmo com nosso trunfo ali.

– Eu poderia armar vocês com bombas, como as estamos chamando. Elas não os machucariam, só aqueles que atacarem. Mas, para isso, teria que adaptá-las para a água.

– Lembrando que não temos como usar armas de fogo debaixo d'água, e os arpões só podem ser usados uma vez.

– Já enfrentamos um ataque debaixo d'água – salientou Sawyer.

– Sim – respondeu Bran –, mas, com a ajuda de Sasha, estou desenvolvendo a ideia de Doyle de impregnar lâminas e armas com algo como bombas. Já está quase pronto para ser testado. Vai ajudar bastante. Acho que depois que usarmos as armas modificadas, teremos que bater em retirada, com Sawyer. Era nesse ponto que estávamos quando você chegou, Doyle.

– O problema é que, para isso, precisaremos estar próximos. Por isso levei todos com barco e tudo de volta para a villa em Corfu. Não podia correr o risco de perder ninguém, de me desconectar.

Acostumado a falar sobre guerra, Doyle se serviu de salsa enquanto discutia.

– O que acontece se você se desconectar? – perguntou ele.

– Nunca aconteceu, mas me contaram que, quando acontece, é uma longa queda para o nada. No barco, sei que posso levar todos em segurança. Já debaixo d'água, se perder alguém, vou acabar levando o inimigo junto.

– Então, se chegarmos a esse ponto e não for possível voltarmos ao barco, é melhor nos aproximarmos de Sawyer, para que ele possa fazer uma retirada completa.

Riley se aproximou enrolando uma toalha na cintura.

– Na água, vamos atuar em dois grupos de três – disse ela, pegando mais margarita.

– Vamos?

– Sim, é a melhor estratégia. Annika é um trunfo para nós. É o elemento natural dela. Na água, ela ouve e enxerga mais longe que nós e eles. Também se movimenta mais rápido. Com a cauda? Eu não gostaria de ser atingida por ela. Bran é nosso segundo trunfo. Ninguém gosta de levar um raio. Pode fazer um estrago maior com um raio do que nós com arpões. E pode escapar sozinho, levando pelo menos um de nós, certo?

– Certo, mas eu não deixaria nenhum de vocês para trás. Isso é inegociável.

– Não foi o que eu quis dizer, mas obrigada. Nosso terceiro trunfo: Sawyer. Ele é nossa rota de fuga. Sabendo que ele levará o restante, Bran pode se preocupar em escapar sozinho se necessário.

Ela se sentou com a bebida em mãos.

– Quanto ao restante, nosso papel é garantir que todos permaneçam vivos e ninguém se separe do grupo. Sawyer, você já usou uma pistola subaquática?

– Não.

– Pistola subaquática? – perguntou Bran, surpreso.

– Sim, projetada para uso na água. Dispara dardos, não balas, porque os canos não são estriados, e a hidrodinâmica permite uma trajetória linear. Dá conta do recado.

– Ouvi falar – disse Sawyer. – Pistolas, rifles. Mergulhadores, Forças Especiais, certo?

Riley assentiu.

– E por aí vai. Posso conseguir algumas, além de munição. Deve demorar alguns dias, mas tenho uma fonte.

– Apenas algumas não atendem a todos nós – observou Doyle.

– Já vai ser um pouco difícil conseguir duas, e será o suficiente. Você atira bem, mas é melhor com o arco ou a espada. Bran atira muito bem, mas por que perder tempo com pistolas quando ele é o homem do raio? Sasha está progredindo com as armas, mas ainda não chegou lá, e com a besta ela é melhor que Robin Hood e todos os seus homens alegres. E Annika não vai usar arma, nem na água nem fora dela. Portanto, duas. Uma para mim, uma para Sawyer. Somos os melhores atiradores. Se eu conseguir só uma, deve ficar com Sawyer, que é o melhor entre nós.

– Então está bem.

– Uma ou duas, vou precisar levantar uma grana.

– É só falar quanto – disse Bran. – É bom termos esse tipo de arma. Se tivermos acesso a elas, temos que considerar que eles também terão. Precisamos de distrações – murmurou. – Algo em que o inimigo estaria mais inclinado a atirar do que em nós. Vou trabalhar nisso. A estratégia é boa, Riley: dois grupos de três.

– Eles terão mais – afirmou Sasha.

Pálida, ela se aproximou e pôs a tela sobre a mesa.

Havia pintado uma batalha na água. Os seis armados com faca, arpão e pistola, cercados por homens também armados. Vinte, pelas contas de Sawyer.

Sangue na água. E tubarões vindo se alimentar.

Annika chegou e pôs as mãos nos ombros de Sawyer.

– O sangue os atrai, e eles devoram tudo. A palavra para isso é *frenesi*.

Riley deu um suspiro.

– Alguém mais está ouvindo a música-tema de *Tubarão*?

Ela encheu novamente o copo.

8

SAWYER OBSERVOU A PINTURA.

— Isso está na minha lista. Cinco modos de não morrer.

— Ei, na minha também. — Depois de um longo e lento gole, Riley conseguiu sorrir. — Qual é o número um?

— Ninho de cobras. E você?

— Arrastada e esquartejada.

— Boa.

— O que é isso? — perguntou Annika.

Sawyer acariciou a mão dela.

— Não queira saber. Sasha, você viu isso?

— Sim. Claramente.

— Nós, cercados pelos inimigos, e os tubarões nadando em círculos.

— Sim! — Sasha disparou a palavra balançando a cabeça e recusando a bebida que Riley oferecia.

— Que horrível — comentou Sawyer. — E parece que há uma barreira entre nós, Bruce e seus capangas.

— Bruce? — Sasha apertou os olhos, abalada. — Quem é Bruce?

— É o nome que a equipe do filme *Tubarão* deu para o tubarão mecânico — explicou Riley. — Hum.

— Exatamente. Agora, sente-se. — Bran conduziu Sasha para uma cadeira. — Não poderíamos desejar distração melhor.

Sasha fechou os olhos.

— Um ataque de tubarões é uma distração? Uma distração!

— E muito boa, por sinal. Primeiro eles se dirigiriam a alguém no círculo externo. — De pé, Doyle analisava a pintura como faria com um plano de batalha. — Está aí uma situação inédita para mim em toda a minha longa vida: um ataque de tubarões. E você, linda?

– Podemos ouvi-los... ou seria senti-los? E assim mantemos distância. Mas também podemos emitir um som de que eles não gostam e assim impedir que venham – explicou a sereia.

– Que som? – perguntou Riley.

Annika tomou fôlego e abriu a boca.

Embora não ouvisse nada, Sawyer sentiu como se enfiassem um picador de gelo por seu ouvido até o cérebro. Ao longe, cães ladraram.

– Uau! – Riley esfregou suas orelhas. – Entendi.

– Se mesmo assim eles vierem, a gente bate neles. Aqui. – Annika deu um tapinha no nariz. – Com força.

– Às vezes o tubarão foge, às vezes não – disse Sawyer.

– Você está parecendo o Quint de *Tubarão* – comentou Riley.

– Os mares estão cheios de presas mais fáceis. Na pintura, os inimigos estão mais vulneráveis que nós.

– Annika tem razão – concordou Riley. – Além disso, graças a Sasha, estamos prevenidos.

– Eles querem nos capturar, não matar – ressaltou Doyle. – Tem sangue de alguns de nós na água, e alguns deles estão feridos, mas já estivemos em desvantagem de mais de três para um e ainda estamos vivos. Se eles nos quisessem mortos, pelo menos um de nós já estaria. Ou ferido mais gravemente.

– E estamos em grupo – acrescentou Bran. – Um grupo bastante unido. Unido o suficiente? – perguntou ele para Sawyer.

– Sim, o suficiente. O truque será deixar que as coisas cheguem a esse ponto, deixar que nos cerquem, e nos mantermos unidos.

– Deixar que eles... – Mais calma agora, Sasha pegou a bebida que havia recusado. – Sim, entendo.

– Nosso instinto será lutar, não nos render, mas deixar que aconteça? – Riley deu um tapinha na pintura. – O instinto *deles* será afastar os tubarões, ou tentar, ou então fugir.

– Ficaremos perto uns dos outros. Então eu vou nos transportar...

– E os tubarões cuidam do resto. – Riley ergueu a taça para ele. – Um brinde ao Quint.

– Não do resto – corrigiu Doyle. – Provavelmente será um barco de mergulho. Se eu fosse planejar um ataque assim, teria homens de prontidão no meu barco e pelo menos uma dupla no barco do alvo.

– Estraga-prazeres – disse Riley. – Tem razão, mas aquelas equipes não vão esperar que a gente surja do nada. Um de nós assume o timão, e rápido, enquanto os outros dão conta dos que estiverem no nosso barco, se necessário.

– Vamos enfrentar isso. Tudo isso – garantiu Bran. – É nossa missão.

– É nossa missão – concordou Sasha. – Mas precisamos levar em conta mais uma coisa: pânico. Não vão ser tubarões mecânicos. E basta que um deles... ahn... olhe para a deliciosa refeição.

– Bem pensado. Mas temos o recurso do som secreto de Anni – lembrou Riley.

– Mesmo assim, precisamos levar isso em conta. Porque agora tenho minha própria lista de... de algo que nunca fiz em toda a minha vida. E ser devorada por tubarões vem em primeiro lugar. – Sasha tomou um gole de margarita. – Sem dúvida.

Nos dias seguintes, já preparados para um ataque e decididos a fazer o que fosse preciso, saíram em busca da estrela logo pela manhã. Não foram atacados, mas também não encontraram a estrela nem pistas de onde poderia estar.

Durante o treino de combate, Doyle andava de um lado para outro no jardim, inquieto.

– Use os pés, Sasha! – gritou quando ela caiu sentada de novo. – Pare de pegar leve com ela, Gwin, e parta para um ataque mortal.

– Ela também está se contendo – retrucou Riley.

– Besteira. Você tem uma faca, Sasha, use essa porcaria.

Quando tentou, Sasha errou o alvo por uns 30 centímetros. Doyle foi até ela e segurou seu braço.

– Segure firme e desça o braço com vontade.

Ele guiou o braço dela com tanta força e rapidez que fez os músculos ainda doloridos das malditas puxadas latejarem.

– A faca não vai cortá-la ou não confia em seu homem?

– Eu confio nele. Estou *tentando*!

– Tente com mais afinco. Ela não é assim tão boa.

– Ah, não? – retrucou Riley. – Então venha me enfrentar, garotão. Manda ver.

Aceitando o desafio, Doyle pegou a faca de Sasha.

– Espero que ela acabe com você – murmurou a pintora.

Doyle a olhou de esguelha.

– Da próxima, descarregue um pouco dessa raiva treinando.

Enquanto ele falava, Riley o atingiu no estômago com um chute que o lançou 1 metro para trás. Ela ficou parada, sorrindo.

– Sempre pronto, sempre alerta. Não é isso que você fala? Parece que esqueceu, Sr. Imortal.

– Como você se esqueceu de atacar para matar.

Eles gingaram. Riley se esquivou da facada, mas levou um soco na barriga. Ao cair, enfiou a faca encantada na coxa de Doyle, puxando-a para cima.

– Não consegui atingir a artéria – disse ela, quando eles voltaram a cercar um ao outro. – Não vou errar da próxima vez.

Mais murros, desvios, chutes, um soco.

Sawyer e Bran pararam o próprio treino para observar. Annika abaixou os braços, deixando suas bolas de treino pairando no ar.

Doyle deu uma rasteira em Riley, mas ela rolou, deu um salto mortal para trás e seu costumeiro chute para o lado, atingindo – com um pouco mais de força do que seria necessário – Doyle na virilha.

Ele cerrou os dentes, recuperou-se do chute e a atingiu no braço esquerdo.

– Era para você estar sangrando.

– Não seria a primeira vez.

Eles se atacaram. Facas se encontraram e se cruzaram. Ficaram lá como piratas, os olhos chispando, até que Doyle a empurrou para trás. Ela se recuperou e girou para lhe dar um chute, atingindo-o no peito. Ele reagiu agarrando seus pés e usou o impulso para lançá-la no ar. Riley conseguiu se virar e cair em pé, mas se desequilibrou um pouco.

Doyle investiu de novo e a levou ao chão, com a faca em sua garganta.

– Você já era.

– Você também, velho. Estou com a faca na sua barriga.

Doyle ficou mais um momento em cima dela, admitindo para si mesmo que estava sem fôlego e com os testículos doendo muito. Então se ergueu o suficiente para olhar para baixo e ver a faca realmente na barriga.

– Não me mataria por muito tempo, mas você continuaria morta.

– Que bom que não vou lutar contra Lázaro. Saia de cima de mim.

– Em um minuto. – Ele olhou ao redor, para o público. – Eu a levei ao chão, e digamos que ela estivesse desarmada e com minha faca na garganta. O que vocês fariam? Annika?

Sem hesitar, Annika ergueu o braço. Doyle sentiu um formigamento na mão com que segurava a faca.

– Perfeito. Objetivo e reflexos. Bran.

Bran agitou a mão e a faca se transformou em uma banana.

– Um pouco de humor – disse ele. – Mas eficaz.

– Está ótimo. Sasha?

Ela pegou a faca de Bran e a atirou, atingindo a nuca de Doyle.

– Impressionante.

– Sawyer?

– Eu queria acertar o meio das suas costas, mas vou me dar por satisfeita.

– Sawyer?

Com a mão no bolso, ele calculou a distância. Em um instante se agachou ao lado de Doyle e Riley e passou a faca pela garganta de Doyle. Segurando Riley pelo ombro, Sawyer os levou de volta para onde estivera.

– Bom o suficiente. – Doyle se levantou. – É claro que isso significa que cada um de vocês tem uma fração de segundo para agir.

– Vamos conseguir – disse Annika. – Temos que proteger uns aos outros. Se não fizermos tudo que pudermos, fracassaremos. Se encontrarmos as estrelas, mas algum de nós morrer, fracassaremos. Pensamos que você havia morrido naquela noite em Corfu, e sofremos por isso. Porque somos uma família agora. A família se protege, sempre.

– Você usou sua fração de segundo para proteger Riley naquela noite – lembrou-lhe Sasha. – Anni tem razão: a estrela deve ser encontrada por nós seis. Se um de nós morrer, teremos fracassado. E não podemos fracassar. Vou me esforçar mais.

– Você já melhorou bastante. Teve que percorrer um caminho mais longo.

– Acho que isso deve ser um incentivo. Você está zangado – acrescentou Sasha, observando Doyle. – Sinto isso. Zangado e começando a se questionar se estamos no rumo certo e no lugar certo. Se minha visão que nos trouxe para cá poderia estar errada.

– Você ainda está aprendendo a interpretar suas visões.

– Ela ainda não errou – lembrou Bran. – A impaciência, embora seja um traço humano, não é produtiva.

– A bússola confirma o que ela diz, aponta para cá. – Sawyer a pegou. – Eu a consulto todas as noites. Estamos no lugar certo.

– Quando perdemos alguma coisa, está sempre no último lugar em que procuramos – disse Riley. – Porque quando a encontramos, paramos de procurar. Ainda não chegamos ao último lugar.

– Vocês já se perguntaram por que Nerezza ainda não veio até nós? Estamos aqui há quase duas semanas.

– Ela veio. – Bran passou o braço ao redor de Sasha.

– Não há um dia sequer em que ela não tente entrar em minha mente. – Sasha tocou no colar que Bran lhe fizera e passou a mão nas pedras protetoras. – Os deuses têm tempo de sobra, lembre-se disso.

– Os deuses e os imortais – comentou Riley. – Quanto a nós, nem tanto.

– Então vamos continuar a procurar. – Quando Annika pegou a mão de Sawyer, ele a apertou enquanto falava. – Até chegarmos ao último lugar. Fica aqui, e não vou reclamar de não ter que lutar até a morte por uma ou duas semanas enquanto procuramos.

Eles não podiam ver que cinco estavam de um lado, e Doyle sozinho do outro? Como Annika podia e viu, foi até ele e o abraçou, desarmando-o.

– Você está zangado porque não tem ninguém com quem lutar além de amigos.

– Talvez um pouco irritado por ter amigos. – Riley lançou um sorriso sarcástico para Doyle. – E um deles lhe deu um chute no saco.

– Talvez. E talvez não tenhamos encontrado o último lugar porque estamos procurando no local errado. Não a ilha, admito isso. Se a vidente e a bússola mágica dizem que é Capri, é Capri. Só que talvez não seja na água ou em uma caverna. Não avaliamos outras possibilidades. Você falou na água – disse ele para Sasha. – Mas que tal fontes, poços, lençóis freáticos? Baías, braços de mar, enseadas?

– A Baía dos Suspiros. – Os olhos de Sasha se tornaram profundos. – Perdida entre o que é, o que era e o que será. Onde habita a beleza sem fim e o pesar. Você é digno de passar pelo meio? O mais verdadeiro dos corações, o mais puro dos espíritos? Suspiros para aqueles que aceitaram. Suspiros para os que se afastaram. A esperança nunca excluiu a redenção. E a canção da estrela o guiará.

Sasha deixou escapar um longo suspiro.

– Eles estão esperando que a encontremos.

– Eles quem? – perguntou Doyle. – Onde?

– Não sei. Eu sinto algo esperando, mas não tenho as respostas.

– Nem eu – disse Riley. – Tenho pesquisado sobre a Baía dos Suspiros, mas ainda não descobri nada. Vou continuar procurando, tentar ângulos diferentes. Um mundo paralelo, talvez? Uma mudança de tempo, o que seria da alçada de Sawyer? Vou tentar outros recursos.

– Eu também – disse Bran. – Pode ser que alguém da minha família saiba algo sobre isso ou conheça alguém que saiba. Nesse meio-tempo, continuaremos nossa busca.

– É melhor comermos alguma coisa e irmos para o barco – falou Riley. Então seu celular tocou, e ela parou para atender. – Esperem. É meu contato para avisar sobre Malmon.

– Aqui é Gwin – disse ela, afastando-se.

– Posso ajudar com o café da manhã, porque Riley está ocupada. – Sugeriu Annika.

Observando Riley, Sasha assentiu.

– Vamos cuidar disso. – E entrou com Annika.

Quando Riley entrou, em busca de café, Sasha estava virando a última fatia de queijo-quente em uma travessa, ao lado de um monte de bacon.

– O que você descobriu?

– Já vou contar tudo. Obrigada por assumir meu lugar, Anni.

– Não tem problema. Gosto de preparar a tigela de frutas.

– Está bonita e com um cheiro bom. Falo tudo enquanto comemos.

Ela não demorou a encher seu prato e a inteirá-los da situação.

– Malmon ainda está em Londres, mas alugou uma villa. É enorme e dá para a Marina Grande. *Degli Dei*.

– Dos deuses – traduziu Doyle.

– Uma pequena ironia do destino, não? Ele a alugou por um mês, pelo dobro do preço pedido, para garantir. A data inicial acertada é daqui a três dias. O contrato está em nome de John Trake, segundo me disseram.

– Não conheço ninguém com esse nome – disse Sawyer.

– Eu conheço. Antes, coronel Trake, da Força Especial do Exército americano. Operações secretas. Foi afastado discretamente uns sete anos atrás, quando ultrapassou todos os limites. Gostava um pouco demais de matar e não se preocupava com danos colaterais, nem mesmo quando isso incluía homens seus, civis desarmados e crianças. Com ele, virá Eli Yadin.

– Esse eu conheço. Participou da emboscada no Marrocos. Acho que é ex-Mossad – acrescentou Sawyer.

– É verdade. Tornou-se violento e louco demais para eles, e olha que não é fácil chocar a Mossad. É um assassino, mas sua especialidade é torturar. Mais um nome: Franz Berger. Caçador, rastreador, franco-atirador, do tipo que caça mamíferos tanto de quatro pernas quanto de duas.

– Você confia em sua fonte? – perguntou Doyle.

– Sim – respondeu Riley. – Ela é da Interpol, que tem tanto interesse quanto nós no que Malmon e os outros dessa lista estão tramando.

– Seria bom não entrarmos no radar da Interpol – salientou Bran.

– Então precisamos ser cuidadosos. Estou pensando... Temos alguns dias. Por que não vamos dar uma olhada na villa de Malmon? Poderíamos ir hoje mesmo, à noite, na calma e no silêncio da noite.

– Invasão de domicílio? – Sawyer deu uma mordida na torrada. – Parece divertido. Sabe, se eu arranjasse algumas coisinhas, poderia plantar alguns *bugs*.

– O que é isso? – perguntou Annika. – Por que quer plantar?

– Dispositivos de escuta – explicou ele. – Chamamos de *bugs*. Entramos, examinamos o lugar e plantamos alguns onde parecer mais lógico. Pode ser útil.

– Em primeiro lugar, quem sabe montar *bugs*?

Ele sorriu para Riley.

– Nisso eu posso ser útil.

– Ótimo. Em segundo lugar, Malmon provavelmente vai rastrear a casa à procura de dispositivos desse tipo antes de se instalar por lá.

– Nisso eu poderia ajudar – disse Bran. – Com um feitiço para despistar a varredura eletrônica.

– Melhor ainda. – Riley pegou mais um pouco de café. – Diga do que precisa, Atirador, e me dê opções. Vou mexer alguns pauzinhos. Só que deve demorar um dia.

– Vou fazer uma lista, então poderemos invadir a casa amanhã à noite. Três dias – calculou Sawyer. – Talvez a gente dê sorte e encontre a estrela antes disso.

– E se não encontrarmos? – Sasha olhou ao redor, para as cinco pessoas em que passara a confiar mais do que em quaisquer outras. – Faremos o que for preciso para proteger a estrela e uns aos outros.

Sawyer fez a lista; Riley mexeu seus pauzinhos. Por conta disso, partiram mais tarde do que haviam planejado, mas, para Sawyer, se conseguissem plantar escutas, teriam alguma ideia dos planos de Malmon, o que compensaria terem perdido uma hora de exploração na água.

Sawyer pegava seu equipamento quando Annika parou à porta do quarto dele.

– Preciso falar com você.

– Claro.

Annika entrou e fechou a porta. Ele parou o que estava fazendo, alarmado.

– Algo sério?

– É importante. Na pintura de Sasha, você está ferido.

– Todos nós fomos feridos nessa pequena aventura, Anni. Parecia que Doyle também fora atingido, portanto...

– Ele não morre.

– Eu não vou morrer. – Vendo a preocupação nos olhos de Annika, ele foi até ela e tomou suas mãos. – Vou nos tirar de lá.

– É difícil fazer o teletransporte de tantas pessoas de uma vez. Por favor, não tente me acalmar com mentiras. Não vai adiantar.

– Não é uma questão de ser difícil. É apenas trabalhoso. Ei, eu trouxe vocês todos para cá, não foi?

– Seria complicado, ou melhor, mais complicado se você estivesse ferido, não?

– Annika, não há motivo para se preocupar. – Sawyer deslizou suas mãos pelos braços dela e a segurou pelos ombros. – Eu vou nos tirar de lá, sãos e salvos. Você tem que confiar em mim.

– Eu confio. Confio plenamente. Mas você será ferido. Você e Doyle. Ele pode não morrer, mas sente dor. Eu não estou ferida na pintura, e sou do mar.

– Certo.

– Posso escapar de homens e tubarões. Posso... A palavra é *distrair*. Posso distraí-los até você escapar com os outros, e depois...

– Esqueça isso. – Uma pontada de irritação o fez apertar os ombros dela.

– Você tem que me ouvir! – Irritação encontrou irritação. – Se for complicado demais, pode confiar em *mim*. Posso escapar sozinha. Você leva os outros, me deixa para...

– Não vou deixá-la. Nunca a deixaria. Não! – disparou ele antes que ela continuasse. – Se acha que eu a deixaria, que eu consideraria essa possibilidade, você não me conhece.

– Você entende que, do meu modo, posso chegar ao barco antes de você?

– Não importa. Não vou deixá-la para trás. Não faria isso hoje, amanhã nem se aquela maldita pintura se tornar realidade. Em lugar algum, em tempo algum. – Como ele viu algo nos olhos de Annika, que era péssima em esconder coisas, soltou os ombros dela para segurar firmemente seu rosto. – E não pense que se afastando vai impedir que eu me conecte com você e a transporte. Isso também não vai acontecer. Só tornaria as coisas mais difíceis para mim.

– Não quero dificultar nada. Quero que você fique bem.

– Vou ficar bem, e você também.

Ele ergueu a cabeça dela ligeiramente e a beijou. Suave e tranquilizador. No início.

Então Annika se agarrou a ele e Sawyer se perdeu no calor e na espera. Encostou-a na parede e se permitiu receber e saborear o que ela lhe dava, saborear o que sentia em seu sangue e seus ossos.

Eles mal ouviram as três batidas rudes à porta.

– Sawyer! Chega de romance! – chamou Doyle. – Estamos indo.

– Temos que ir. – Com relutância, quase sofrendo, Sawyer a soltou.

– Por que você não faz sexo comigo?

– O quê? – Ele deu um passo para trás, como se Annika estivesse segurando uma granada. – O quê?

– Sua parte sexual se enrijece, mas você não pede sexo. Não sei se tenho permissão para pedir. Não sei quais são as regras sobre isso.

Como ela estava apontando na direção dele – de suas partes baixas –, Sawyer teve que se conter para não cobrir a virilha com as mãos.

– Eu não… Não é que eu… Regras. – Ele se agarrou a esse conceito. – Há regras. Muitas regras complicadas. Temos que conversar sobre isso. Mais tarde. Agora precisamos ir.

– Você vai me explicar as regras?

– Eu… Sim. Provavelmente. Mais tarde. – Sawyer pegou sua mochila e abriu a porta. Ainda estava ofegante. – Agora temos que ir. Estrelas perdidas, mundos em perigo, a mãe das mentiras. O problema de sempre.

– Quando eu souber as regras, poderemos nos deitar juntos no meu quarto. Minha cama é maior.

– Boa ideia. – Sawyer se apressou a pôr a mochila no ombro e, tendo o cuidado de manter uma das mãos na porta aberta, pegou a dela com a outra. – Vamos.

Então a puxou para fora do quarto e só parou de andar ao chegarem lá fora, onde os outros os esperavam.

Deu um jeito de se afastar o suficiente para murmurar para Sasha:

– Distraia Annika. Preciso falar com Doyle e Bran.

– Bem, eu...

Como ele já havia apertado o passo até alcançar o ritmo veloz de Doyle, Sasha desacelerou um pouco e apontou.

– Ah, olhem! Uma borboleta!

O comentário atraiu um olhar intrigado de Riley, mas fez Annika parar e admirar a borboleta por tempo suficiente para Sawyer abrir alguma distância delas.

– Ei – disse ele a Doyle –, eu não estava só de romancezinho.

– Eu sei que você quer mais do que isso.

– Não é o que estou dizendo. Tenho que falar com vocês sobre essa ideia maluca que Anni teve ao ver a pintura. Precisamos ficar de olho nela, para o caso de eu não ter conseguido dissuadi-la.

Ele olhou para trás casualmente, para ver se daria tempo se falasse rápido, e fez um sinal chamando Bran.

Annika não se importou de seguir ao lado das amigas. Talvez as mulheres fossem menos tímidas e nervosas em relação ao sexo, então resolveu perguntar:

– Vocês podem me contar quais são as regras do sexo?

– Regras? Que regras?

– Não sei quais são as daqui. Sawyer me falou que há muitas e que são complicadas. Não vejo sentido nisso, mas quero aprender quais são. Gosto de aprender.

– Complicadas? – Riley riu. – Eu diria simples. Quer saber minhas três principais? Deve haver vontade de ambas as partes, disponibilidade e saúde.

– São muito simples – comentou Annika, pensando: *E muito promissoras.* – Então Sawyer e eu podemos fazer sexo.

– Ainda estou tentando entender por que ele não pulou em cima de você.

– Riley... – disse Sasha, revirando os olhos. – Regras diferentes para

pessoas diferentes. Ou melhor: não são propriamente regras, são mais…
sensibilidades. O que nem sempre são coisas fáceis de explicar.

Riley repetiu, contando nos dedos:

– Vontade, disponibilidade e saúde.

– Boas condições básicas – concordou Sasha. – Precisamos de um pouco
mais de tempo juntas e privacidade – acrescentou, ao passarem por pessoas
na estradinha.

– Mas vocês vão me explicar, para eu aprender.

– Vamos.

– Obrigada! Assim Sawyer e eu poderemos fazer sexo, como você e Bran.
Lamento que você não possa fazer, Riley.

– Somos duas.

9

ELES SE CONCENTRARAM NA COSTA LESTE DA ILHA, MERGULHANDO EM enseadas e cavernas profundas. Annika não ouviu nenhum suspiro ou canção. Apenas uma vez sentiu a presença de algo na água que poderia ser uma pessoa ou um tubarão.

Era apenas um casal de mergulhadores que parecia mais interessado um no outro do que na vida marinha.

Depois de mergulharem uma segunda vez, Annika os conduziu de volta ao barco. Agora, teria que se manter vigilante até que se realizasse a visão de Sasha e todos saíssem sãos e salvos.

Subiu a bordo muito feliz em poder tirar os pés de pato, tão estranhos e desconfortáveis, mas que precisava usar quando estava com as pernas.

Sasha subiu atrás dela, seguida de Sawyer. Para ser útil, Annika abriu a caixa com bebidas geladas. Sasha iria querer água, Sawyer e Riley gostavam de Coca-Cola e…

Ao pegar as garrafas, um pássaro veio e pousou na amurada. Annika se virou para ele com um sorriso pronto.

Então deixou as garrafas de lado.

– Você não é um pássaro.

Sasha, que estava concentrada tirando a roupa de mergulho, olhou para ela sem entender.

– O que você disse?

– É uma criatura de Nerezza.

O pássaro não se mexeu, apenas virou a cabeça deformada, com seus olhos muito amarelos, para Sawyer, que já buscava a mochila para pegar a arma.

– Não atire – sussurrou Sasha. – Espere Bran e os outros.

Quando Riley subiu a bordo, um segundo pássaro pousou no corrimão.

– Temos companhia – disse ela, desembainhando a faca.

Os pássaros eram do tamanho de pombos, mas com corpo rijo, quase deformado, e uma cabeça grande que girava quase 360 graus, como a das corujas. Ficaram parados em silêncio. Um terceiro pássaro pousou ao lado deles. Os olhos dos três, de um amarelo doentio, os encaravam sem piscar. Suas asas pretas tinham um brilho oleoso e permaneciam firmemente fechadas.

Bran foi até o deque e inclinou a cabeça, observando as criaturas, enquanto, atrás dele, Doyle sacava a faca.

– Nerezza enviou esses pássaros? – Uma sombra de divertimento cruzou seu rosto. – Seus arautos? Para nos meterem medo? Foi isto que ela enviou?

Sasha se virou e apertou uma das têmporas, estendendo a outra em um sinal para que ele esperasse.

– Venham e vejam. Assim diz o livro de seu deus. E eu olhei, e está escrito. E vi surgir um cavalo esverdeado. Seu cavaleiro se chamava Morte, e o inferno o seguia. Do mesmo modo, eu lhes enviarei um cavalo e um cavaleiro solitário. A morte virá. E o inferno se seguirá. Meus pássaros os devorarão até limparem seus ossos e meus cães lamberão seu sangue.

Sasha balançou a cabeça com força quando Bran fez menção de se aproximar.

– Espere. Espere.

Ela respirou fundo e fechou os olhos, e quando os abriu de novo, ardiam como cristais em chamas. Então sua voz se fez ouvir, tão forte que ecoou sobre as águas:

– E nós dizemos que vocês nunca terão as estrelas. Enviem seu cavalo, seu cavaleiro, o que têm de pior, e mataremos todos. E você com eles, até envelhecer, murchar e definhar. Nós somos sua morte, sua destruição. Venham e vejam! – Sasha ergueu a cabeça e abaixou os braços, as mãos abertas. – Venham e vejam!

Os pássaros gritaram, ergueram as asas e voaram na direção dela.

Annika protegeu o rosto de Sasha com o braço e matou um dos pássaros com o bracelete, enquanto Bran lançou raios de um azul intenso nos outros dois.

Os três corpos se tornaram uma fétida fumaça preta.

– Eu a atingi. – Com uma risada trêmula e atordoada, Sasha mais uma vez massageou as têmporas. – Eu a atingi. Senti a dor dela. Consegui feri-la tanto quanto… Não, mais, *mais* do que ela a mim.

– Seu nariz está sangrando – murmurou Annika, pegando uma toalha e o limpando com carinho.

– Eu estou bem. Está tudo bem. – Com as lágrimas escorrendo e um olhar triunfante, Sasha se dirigiu a Bran: – Está tudo bem. Eu consegui.

– *Fáidh*. – Emocionado e muito trêmulo, ele a abraçou. – *A ghrá*. Sente-se. – Aninhou-a no colo. – Ela precisa de água.

– Eu estou bem. – Novamente a risada, agora um pouco mais firme. – Não estão vendo? Eu estou bem. Ouvi Nerezza gritar de dor e fúria. Talvez seja bom eu tomar um remédio para dor de cabeça, mas a venci. Eu a fiz recuar, Bran! Entrei na cabeça *dela*.

– Deixe que eu cuido disso. – Ele tocou as têmporas de Sasha e correu as mãos pela cabeça dela. – Me dê sua dor, e ela passará.

– Beba um pouco – insistiu Annika, ajoelhando-se junto a ela, pegando sua mão e a levando ao rosto. – Você foi muito forte, muito corajosa.

– Eu me senti forte. Deixei que ela entrasse. Sabia que era a hora, que conseguiria.

– Acha que eu duvido de você? – Bran a beijou. – Envelheci alguns anos de preocupação, mas não duvido de você.

– Ela virá com mais força agora – avisou Doyle.

– Lá vem o estraga-prazeres de novo – reclamou Riley, lançando um olhar para ele.

– Ela virá com mais força – repetiu ele – porque agora sabe que aquela que pensava que era fraca é muito mais forte do que parece.

– Pode crer – disse Annika, fazendo Riley rir.

– É isso aí. Quer dizer que ela vai vir com essa de Apocalipse? Quatro cavaleiros, fim do mundo, coisa e tal? Que venha. Bran, sugiro que você providencie mais fogo e enxofre. Vamos mostrar a ela o que são as chamas do inferno.

– Malmon não é nenhum cavaleiro solitário – rebateu Sawyer, pegando uma latinha de Coca-Cola e jogando-a para Riley.

Em seguida, pegou outra para si mesmo e ofereceu suco para Annika, dirigindo-se a ela ao dizer:

– Isso é que eu chamo de não se deixar levar pelas aparências. – E prosseguiu: – Malmon é um psicopata, um criminoso com muitos recursos.

– Ele é mais que isso agora – lembrou Sasha.

– Seja o que for, já sabemos disso. Mas podemos vencê-los. – Ele bebeu um pouco do refrigerante. – Sasha Riggs, você acabou de vencer uma deusa numa partida de jogos mentais. O que vai fazer agora?

– Vou encontrar as duas Estrelas da Sorte restantes e comemorar dançando em uma praia ensolarada. Nós vamos vencer.

– Como diz minha garota aqui, pode crer. Chega de mergulho por hoje, não?

– Eu estou bem, Sawyer. De verdade.

– Não importa – interveio Doyle. – Sawyer tem razão: encerramos por hoje. – E seguiu para a cabine de comando.

– Vamos terminar bem o dia, Sasha. – Ajoelhando-se ao lado dela, Riley afagou seu ombro. – Além disso, quero ver se meu contato conseguiu o material para Sawyer.

Quando achou que Sasha estava bem, Annika foi se sentar ao lado de Sawyer e segurou a mão dele.

– Eu entendi.

– Entendeu o quê?

– Entendi o que você me disse; era algo que fazia sentido na minha cabeça, mas não em meu coração. Compreendi quando aquela criatura voou na direção da Sasha e eu a destruí. Eu teria feito o mesmo se fosse um homem. Teria feito o mesmo.

Annika se recostou em Sawyer, que passou um braço ao redor dela e a amparou, enquanto Bran abraçava Sasha, e eles voltavam para terra firme.

Quando chegaram à doca, Riley pegou seu celular.

– Já volto – avisou, afastando-se para atender a ligação.

– Sasha, você deveria tomar um *gelato* como recompensa – disse Annika.

– É difícil recusar um *gelato*, mas… – começou Sasha, então Riley voltou.

– Nossa, que rápido!

– Rápido e bom. Consegui os itens da sua lista, Sawyer. Posso ir buscar daqui a uma hora.

– Arranjei as instruções.

– Uma hora – repetiu Sasha. – Perfeito. Vou aproveitar esse tempo para fazer compras com as garotas.

– Compras? – Annika bateu palmas, radiante.

– Compras? – Contrariada, Riley abaixou os óculos de sol e bufou, fazendo sua franja subir. – Para quê?

– Não precisamos de motivo para fazer compras – retrucou Sasha, toda alegre, e pegou a mão de Riley, dando-lhe um aperto para que ela entendesse sem que fosse preciso falar. – Nós três vamos fazer compras, buscar o material de Sawyer e… encomendar pizza para o jantar.

– Você teve um longo dia, e uma experiência e tanto – disse Bran. – Como Nerezza fez esse primeiro movimento, deveríamos ficar todos juntos.

– Ela não vai tentar mais nada comigo hoje e acho que provei que sou capaz de enfrentar isso sozinha. Nem pense em argumentar que não sabemos cuidar de nós mesmas porque somos mulheres.

– Nem tente, cara – preveniu-o Sawyer. – Não adianta. Mas podemos esperar enquanto vocês…

– Vão – disse Sasha. – Se eu mereço uma recompensa, escolho fazer compras sem os homens por perto. – Para selar isso, Sasha ficou na ponta dos pés e deu um selinho em Bran. – Voltaremos daqui a duas horas.

– Se vocês não…

– Voltaremos.

– Fiquem juntas.

– Claro. – Sasha os dispensou com um gesto e esperou até eles saírem de vista. – Tudo certo.

– Quero brincos novos!

– Não vamos fazer compras.

Annika ficou boquiaberta.

– Mas você disse…

– Você quer falar sobre sexo?

– Sim! – Annika agarrou a mão de Sasha. – Foi uma armação!

– Sim.

– Se vamos falar sobre sexo quando não estou fazendo, preciso de álcool. – Riley olhou em volta, observando a marina. – Vamos encontrar um lugar com uma vista legal e que sirva Bellinis.

Dez minutos depois (Riley andava rápido), estavam em um terraço coberto contemplando o mar e os barcos. Riley fez o pedido em italiano, flertando com o garçom, que correspondeu às investidas dela.

Com um suspiro, ela se recostou na cadeira.

– Só provando que, se eu quisesse, poderia fazer sexo sem compromisso. Vamos lá. – Ela apontou para Annika. – Doutoras a postos. Manda ver.

– Você é médica também?

– Ela quer dizer que estamos prontas para ouvir – explicou Sasha.

– Ah, sim. É tão bom ter amigas!

– Isso é verdade – concordou Sasha.

– Sawyer falou que o sexo tem regras complicadas. Se é tão difícil, como as pessoas fazem?

– Boa pergunta – respondeu Sasha. – Antigamente, eu achava sexo algo tão complicado que simplesmente abstraí. Acreditava de verdade que era o certo a fazer. Até conhecer Bran.

– Porque vocês são um do outro.

– Sim. – *Não é maravilhoso?*, pensou. – Eu não sabia que ele sentia o mesmo que eu. Mas o importante é que Bran me aceitou, aceitou quem eu sou e o que faz parte de mim. Ninguém fez isso antes dele. Antes de vocês.

– E olhe que eu nem queria fazer sexo com ela – brincou Riley, e sorriu para o garçom quando ele trouxe os Bellinis.

– Mas ela é linda, fofa e sensata – retrucou Annika. – Vocês fariam um sexo ótimo.

Intrigada, Riley inclinou a cabeça.

– Existem gays no seu povo?

– Claro… É diferente, porque o corpo dos machos é diferente do das fêmeas, e não acontece a reprodução, mas você quer quem você quer, não é? Ama quem você ama.

– Um brinde a isso.

– Uma das regras para o sexo entre o povo da terra é não fazer sexo gay?

– Estamos eliminando essa regra – respondeu Riley. – O processo é mais lento em alguns lugares, mas existe algum esforço nessa direção.

Annika bufou e franziu as sobrancelhas, olhando para o copo à sua frente.

– Todas as regras de vocês são estúpidas? – perguntou.

– Algumas. E dependem de muitas coisas.

Annika ergueu a mão, frustrada.

– Como podem depender, se são regras?

– Vamos beber mais – decidiu Riley. – E comer.

– Apoiado – disse Sasha. – As regras, Anni, dependem das pessoas envolvidas, da situação. Por exemplo, se Bran fosse casado ou estivesse comprometido com outra pessoa.

– Essa seria a regra da disponibilidade – esclareceu Riley.

– Eu entendo, e concordo. Entendo a regra da vontade também. Ninguém deve ser forçado ao sexo. Quanto à saúde… é claro que não conseguimos fazer quando não estamos nos sentindo bem.

– Não é só isso. É preciso deixar seu parceiro saber que você é saudável...
sexualmente. Não acho que isso seja um problema para você ou Sawyer,
portanto podemos adiar essa explicação complicada por enquanto. Outras
regras, as que dependem de alguma coisa? Algumas têm a ver com códigos
de conduta ou crenças dos envolvidos.

– Sei o que são códigos de conduta. Sawyer é honrado. Talvez até demais.
Tentei explicar para ele que, quando a cena da pintura acontecer, posso fugir.
Ele pode levar vocês, porque estará ferido, e me deixar para que...

– Besteira. Isso nunca vai acontecer.

Frustrada, Annika se virou para Riley.

– Mas eu posso.

– Não dou a mínima para o que você pode. E se Sawyer tivesse dito algo
diferente, cairia no meu conceito.

– Isso é insultante, Annika – disse Sasha, mais gentilmente. – É um insulto
para nós você sugerir isso.

– Eu não quis ofender. Amo vocês, todos vocês. Eu feri os sentimentos
de Sawyer ao dizer isso? – A angústia lhe causou um aperto no coração e
entristeceu sua mente. – Ah, sinto tanto! Vocês acham que eu deveria pedir
desculpas para ele?

– Apenas esqueça isso – aconselhou Riley. – E lembre-se: um por todos
e todos por um.

– Um por todos e todos por um – repetiu Annika. – Isso é um código de
conduta. Não vou esquecer. Eu feri os sentimentos de Sawyer, por isso ele
não quer fazer sexo comigo.

– Não creio que seja isso. Definitivamente, precisamos de mais Bellinis.

Riley chamou o garçom e entabulou uma longa e sedutora conversa.
Interessada, Annika observou o garçom olhar para trás na direção de Riley.

– Ele faria sexo com você.

– Deu para entender claramente aquele sinal. Sexo com um estranho pode
ser excitante, e o perigo faz parte da excitação, mas já temos o suficiente de
excitação e perigo no momento. Além do mais, o foco aqui é você e Sawyer.
Posso lhe garantir que Sawyer fez sexo com você algumas centenas de vezes
na cabeça dele.

– Quero que Sawyer faça sexo comigo de verdade.

– Compreensível.

Annika se inclinou para a frente.

– Sawyer é corajoso, forte, gentil e muito bonito. Mas você não tem sexo com ele.

– Hum. Sim, certo, ele é uma graça. Sexy e uma graça e não tem nada de bobo, mas… você quer quem você quer, não é?

– Sim. – Satisfeita, Annika se recostou. – Isso é um mistério do coração. Eu quero Sawyer, e ele me quer. O dele… Como vocês chamam? Não lembro. – Ela deu um tapinha na parte baixa da barriga.

– Há muitos nomes para isso.

– Vamos ficar com "pênis". – Com uma risada, Sasha cutucou o braço de Riley.

– O pênis dele se enrijece… isso é para o sexo… quando nós nos beijamos, quando ele me toca. Isso é desejo, e eu vejo o desejo nos olhos dele. Só que ele não põe o pênis dentro de mim.

– É tão simples assim em seu mundo? – perguntou Sasha.

– Pode haver um ritual de acasalamento quando é mais sério. Ou pode ser por diversão ou por necessidade.

– Não muito diferente da gente. Olhe, acho que há um bom equilíbrio aí. Provavelmente eu sou mais solta em relação ao sexo do que Sasha.

– Ei!

– Antes de Bran – acrescentou Riley.

– Certo. Sua opinião.

– Estou dizendo que o código de Sawyer torna as regras dele a seu respeito complicadas. Ele não quer se aproveitar de você ou da situação. Isso não significa que não queira ir aos finalmentes com você ou que não se imagine fazendo isso.

– Os finalmentes. Ah, ele está demorando mesmo… Como eu faço para Sawyer parar de imaginar e ir finalmente para os finalmentes comigo?

– Pule em cima dele.

– Uau – disse Riley. – Você me surpreende, Sash.

– Você falou que eu era travada.

– Não falei, só pensei. É uma boa ideia, pular em cima dele.

– Como nos treinos de batalha?

– Não – respondeu Sasha. – Quero dizer que você deve tomar a iniciativa. Vá até ele, comece a… Feche a porta e tire a roupa. Se for necessário, tire a dele.

– Continue – pediu Riley.

– Não sou mais travada? – retrucou Sasha, com um sorriso. – Eu não sugeriria isso se não sentisse que ele a deseja, Anni. É tão forte que não tem como não sentir. Não me intrometo nisso, juro.

– É um código, eu sei. Mas você sentiu o desejo dele por mim?

– Sim. E ele tentava se conter.

– Então tomo a iniciativa para ele parar de tentar se conter. – Annika levou a mão ao coração, que havia começado a bater mais forte. – Isso é permitido?

– Até mesmo encorajado.

Quando o garçom voltou, Riley lhe lançou aquele olhar de "olá, meu bem".

Ele foi galante com todas as três ao pôr na mesa a nova rodada de Bellinis, junto com um prato e uma pequena travessa de bolos e outros doces.

– *Belle donne* – disse ele, beijando a ponta dos dedos. – É um prazer servi-las.

Riley o observou se afastar.

– Talvez eu devesse repensar...

– Não – disse Sasha definitivamente.

– É fácil falar. Odeio quando você tem razão. Pelo menos temos doces.

– Posso fazer Sawyer parar de se conter pulando em cima dele para que faça sexo comigo esta noite?

– A escolha é sua. – Após observar os doces disponíveis, Riley pegou um *zeppole* da travessa. – Mas precisamos que ele faça os dispositivos de escuta.

Depois de refletir, Annika assentiu.

– Isso é mais importante que sexo. E se ele já tiver terminado?

– Aí, sim. O que é isso? – Sasha apontou.

– Se a cara é boa, que importa o nome? Chama-se *bombolone*. Imagine o melhor donut do mundo. Aqui, tome. – Ela pegou um bolinho açucarado e o pôs no prato de Annika. – Você vai gostar. Agora é que começa nossa festa.

– Eu adoro festas. Obrigada por me ajudar a entender as regras dos finalmentes.

– Acho que você não vai precisar, mas... – Sasha segurou a mão de Annika – ... boa sorte.

– Agora vamos comer e beber, senhoritas. Temos que encontrar meu contato em vinte minutos.

– No caminho até lá, ou na volta para casa, podemos fazer compras?

Riley nem teve tempo de se opor.

– Podemos e *devemos* – respondeu Sasha. – Não podemos voltar sem algo que comprove que fizemos o que dissemos que íamos fazer.

– Droga, tem razão. Mas não leve uma eternidade – disse Riley, para logo em seguida explicar: – Seja rápida.

– Ah, eu consigo ser rápida.

Riley suspirou.

– Sei. Só acredito vendo.

Voltaram carregadas de sacolas. Annika conseguiu não levar uma eternidade, como pedira Riley, mas comprou brincos (dois pares), um par de sandálias (com saltos de 13 centímetros, mas que calçou como se tivesse nascido com elas), uma diminuta bolsa em que caberia pouco mais que ar, mas que tinha um encantador fecho em formato de concha, e três vestidos.

Juntas, elas subiram a encosta carregando as sacolas, o material que Sawyer pedira e três pizzas grandes.

– Onde é que você pretende usar essa sandália de salto alto? – perguntou Riley.

– Ela vai usar para seduzir Sawyer – respondeu Sasha. – Vai entrar no quarto dele, tirar o vestido e ficar só com a sandália.

– Você pode ser nova nisso, Sasha, mas tem talento e boas estratégias.

– Eu me diverti tanto! – exclamou Annika. – Esses brincos ficaram muito bonitos em você, Riley.

Com um dar de ombros, Riley admitiu a própria fraqueza.

– Em uma luta, meu oponente poderia agarrar um deles e puxar.

– Mas são bonitos. Os de Sasha também. E Sasha vai ficar linda com o vestido e a sandália. Você deveria ter comprado o vestido que eu lhe mostrei, Riley.

– Não tenho um homem para seduzir.

– Você tem um corpo muito bonito. É pequena, forte e ágil, e tem seios lindos.

– Bem, elogios não me proporcionam sexo, mas obrigada.

– No meu mundo, tanto os machos quanto as fêmeas adorariam ir para os finalmentes com você.

Elas entraram na casa rindo, atraindo Bran de onde estava, tentando não se preocupar.

– Pelo visto, as compras foram boas.

147

– Ótimas. E trouxemos pizzas, como prometi. – Sasha ergueu o rosto para um beijo.

– Vou levar as pizzas para a cozinha. Doyle está no bosque, ou pelo menos estava até há pouco. Sawyer está lá fora, concentrado nos projetos para montar os dispositivos com o que você trouxe.

– Riley pode levar o material para ele – disse Sasha, cutucando Annika discretamente. – Nós duas vamos subir e guardar nossas coisas.

– Isso é uma estratégia? – perguntou Annika enquanto subiam a escada.

– Dê um pouco de tempo para ele sentir sua falta, se perguntar onde você está. Não coloque a sandália ainda. Guarde para um momento de maior impacto.

– Isso é como um jogo.

– Um pouco, mas um jogo em que os dois ganham.

À porta de seu quarto, Annika pousou as sacolas no chão para dar um abraço forte em Sasha.

– Obrigada. Você e Riley são minhas irmãs neste mundo e no meu.

– Eu aprendi o que é ter uma família com você, com todos vocês. Quando tudo isso terminar, vou tentar aplicar o que aprendi com minha mãe. Vejo você lá embaixo.

– Por que não coloca seu vestido novo?

Entrando em seu quarto, Sasha parou e sorriu.

– Sabe que você tem razão? Vou usar.

Annika conhecia jogos e conhecia rituais. Havia observado três de suas irmãs executando rituais de acasalamento. Envolvia flertar, fingir desinteresse e depois flertar de novo.

Embora soubesse que Sawyer não poderia ser seu parceiro para toda a vida, ela o amava e sempre o amaria, por isso cumpriria o ritual.

Trocou de roupa, mas não pôs o vestido novo para deixar que Sasha brilhasse no dela. Em compensação, passou batom e rímel, porque sabia que tornavam as mulheres ainda mais bonitas.

Ao descer, preparou um jarro do refresco que Sasha lhe ensinara. Em uma bandeja, arrumou a jarra, os copos e o balde de gelo, caso fosse necessário.

Sawyer estava sentado à mesa sob a pérgula com as coisas que Riley lhe trouxera, um desenho que havia feito e uma espécie de ferramenta que Annika achou um pouco parecida com um revólver.

Como Doyle estava sentado do outro lado, observando o trabalho de Sawyer, ela sorriu e levou a bandeja até lá.

– Fiz uma bebida gelada, porque daqui a pouco vocês vão querer cerveja com a pizza. Bran vai esquentá-la para o jantar. Esse é o *bug*? – perguntou ela, servindo as bebidas.

– Vai ser. Preciso fixar este capacitor...

– É um capacitor de fluxo? – gritou Riley, do terraço.

– Sim. Só preciso de um DeLorean. Tenho o suficiente aqui para construir três transmissores de ambiente, portanto precisamos descobrir onde eles serão mais úteis.

– Como você aprendeu a fazer isso? – perguntou Doyle.

– Curiosidade, eu acho. Desmontei um rádio velho, uma secretária eletrônica e um dos meus carrinhos de controle remoto quebrados, coisas desse tipo. Descobri como juntar tudo para brincar de espião. Isto é um pouco mais sofisticado. Mas é basicamente o mesmo.

Só então Sawyer ergueu os olhos para Annika.

– Puxa, você está bonita. Quer dizer, você sempre está bonita, mas...

– Obrigada.

Ela andou por trás de Sawyer, passando pelos ombros dele, e se sentou à cabeceira da mesa, de costas para ele e olhando para Doyle.

Sim, ela conhecia o ritual.

– Você conduziu o barco muito bem.

– Que bom.

– Isso é ótimo. Talvez pudesse me ensinar. Eu gosto de aprender. Em troca, posso lhe ensinar a dar saltos mortais.

– Eu sei dar saltos mortais, só não sei fazer isso segurando uma espada.

– Posso lhe ensinar a fazer com apenas uma das mãos. Você é forte. – Deliberadamente, ela estendeu a mão e tocou nos bíceps de Doyle. – Você poderia dar o salto usando apenas uma das mãos, mantendo a espada junto às pernas e dando um chute na direção do rosto.

– Uma das mãos?

– Sim, posso lhe ensinar. E subir correndo uma parede, com as duas mãos livres e dar um salto mortal para trás. Seria útil em combate. Quer aprender?

– Claro. Estou pronto para algo novo.

Quando se levantou para ir com Annika para o gramado, ele olhou para um carrancudo Sawyer e depois para Riley. Ela sorriu e se apoiou na balaustrada para assistir ao espetáculo.

Ouviu Sawyer resmungar.

– Algum problema, caubói? – perguntou Riley.

– Nada, só um encaixe ruim.

Ele observou Annika dando o salto e o vestido indo parar na cabeça, deixando à mostra aquelas pernas maravilhosas.

– Imagino – disse Riley, e sorriu de novo.

10

SAWYER SE EMPENHOU. RILEY HAVIA TRAZIDO TODOS OS ITENS DE QUE ele precisava, e agora os usaria para fazer o que os outros queriam.

Fez o possível para se concentrar, ignorar a aula particular de Annika com Doyle e os comentários dele.

E a risada dela. Mesmo Doyle, que não era de rir, parecia estar se divertindo muito.

Pare com isso, preveniu a si mesmo ao sentir um ciúme e uma irritação formigando na pele. Tinha um trabalho a fazer, mundos para salvar, e não podia se preocupar com parte do time dando saltos ao redor do estúpido gramado.

Talvez gostasse de aprender a dar um salto mortal usando apenas uma das mãos. Doyle não era o único forte.

Talvez Doyle fosse tão mais forte que seria capaz de erguer um caminhão. Mesmo assim...

Tentou se acalmar. Não fazia sentido queimar novamente os dedos com o soldador elétrico por falta de atenção.

Então Sasha veio e se sentou ao seu lado.

– Vamos servir a pizza daqui a cerca de uma hora, se estiver bom para você.

Resmungando, Sawyer terminou de enrolar arame esmaltado em um parafuso e cortou as pontas.

– Quero terminar isto – disse ele, desencapando as extremidades do arame. – Levo para dentro e pego uma fatia.

– Posso ajudar de alguma forma?

Ele balançou a cabeça e começou soldar as extremidades desencapadas de sua nova e diminuta placa de circuito.

– Trabalho melhor sozinho – justificou ele.

– Se você... Uau!

– O que foi?

– Doyle acabou de dar um mortal com apenas uma das mãos.

Sawyer ergueu os olhos a tempo de ver Annika dar um abraço de parabéns em Doyle.

– Muito bom! – disse ela.

Sawyer terminou de fazer os dois dispositivos em uma mesa na sala de estar, onde havia espaço e um pouco de silêncio. A essa altura, a lua tinha subido e o céu estava estrelado. Ele precisava fazer um intervalo.

Saiu e se sentou nos degraus da entrada para observar o mar.

– Deu certo?

Ele olhou para trás e viu Bran no terraço.

– Fiz e testei dois. Preciso...

– Espere, vou descer.

Bran se sentou nos degraus ao lado dele e lhe passou uma cerveja.

– Sasha disse que você ficou à base de água e café. Achei que fosse gostar de uma cerveja.

– Obrigado. Precisava mesmo de um intervalo. Não é tão complicado, mas exige precisão, ainda mais quando é assim, improvisado. Eu poderia fazer o último ainda hoje, mas acho que já não teria tanta atenção. Podemos esperar até amanhã à noite para plantá-los.

– Conversamos sobre isso no jantar e já decidimos por amanhã à noite. Não se force demais.

– Obrigado. – Satisfeito com a companhia e a cerveja, Sawyer voltou sua mente para os passos seguintes na busca. – Posso nos colocar dentro da casa de Malmon sem nenhum problema. Como não precisamos de janelas ou portas para entrar, não temos que nos preocupar com um sistema de alarme, mas se eles tiverem detectores de movimento, será um problema.

– Ah. – Assentindo, Bran se recostou nos degraus e ergueu os olhos para o céu estrelado e a lua crescente. – E nenhum de nós pensou nisso.

Desde a decisão de espionarem a casa de Malmon, Sawyer havia pensado muito.

– Ou câmeras internas. É outra possibilidade. Se eu soubesse que eles tinham detectores de alarmes ou câmeras de segurança, de que tipo são e onde o sistema está baseado, talvez pudesse contornar isso.

O divertimento fez Bran erguer a sobrancelha com cicatriz.

– Você é bem informado demais sobre isso, hein?

Com uma rápida risada, Sawyer ergueu a cerveja.

– Não tenho o hábito de invadir domicílios, mas é bom saber das coisas. É de se esperar que Malmon instale esse tipo de segurança por lá. Talvez até já tenha instalado. E se eu tivesse pensado nisso antes, talvez Riley pudesse ter investigado.

– Talvez ainda possa. Vamos falar com ela. Se não der, acho que temos que arriscar. E, se dispararmos algum alarme, podemos sair antes que alguém chegue.

– Acho que consigo fazer parecer uma falha do sistema de alarme. Já com relação às câmeras…

– Posso dar um jeito se for o caso.

– Beleza. Se voltarmos por volta das cinco, como de costume, terei o terceiro pronto antes de cair a noite.

– Mais do que a tempo, porque pensamos em esperar até meia-noite. Doyle também está querendo dar uma olhada no terreno, e vamos precisar de sossego e privacidade para isso.

– Doyle e seus desejos.

Pensativo, Bran tomou um gole de cerveja.

– Algum problema com Doyle?

– Não. Não, não. Nenhum problema.

Para Bran, três "nãos" seguidos significavam um "sim".

– Soube que ele aprendeu alguns novos movimentos com Annika.

– Movimentos? – Sawyer virou a cabeça tão rápido que Bran quase teve medo de vê-la se separar do corpo como uma tampa de garrafa. – Ah, sim. O tal salto com uma só mão.

– Sim, para a frente. Ela disse que pode ensinar também o salto para trás em um piscar de olhos. Há afeto e admiração mútua entre eles. E, *mo chara*, se você acha que há mais que isso… bem, é um idiota. Ela será sua se lhe pedir. E agora, como estou com saudade de minha própria mulher, vou lhe desejar uma boa noite. Durma bem. – Bran se levantou.

Sua se lhe pedir, pensou Sawyer, bebendo mais um pouco. Não era isso que parecia, não era o que sentia naquele momento. Além disso, não achava certo pedir uma coisa dessa. Annika era nova nesse mundo. Ainda trocava palavras, ainda precisava que lhe explicassem coisas. Como poderia levá-la para a cama?

Ela só tinha três meses – agora menos de dois e meio, lembrou – antes de voltar para o mar.

Temia muito que, se lhe pedisse e ela aceitasse, nunca a esqueceria – em tempo e lugar algum.

Na verdade, nunca deveria tê-la tocado, estimulado o desejo de ambos. A melhor solução era não tocá-la nunca mais. Só Deus sabia quanto eles tinham a fazer e os riscos que corriam. Não precisavam complicar ainda mais as coisas acrescentando a isso sexo e corações partidos.

Sawyer se levantou e se dirigiu ao quarto levando a cerveja. Ao abrir a porta, quase derrubou a garrafa.

Ela estava sentada na beira da cama. Levantou-se quando o viu.

– Eu estava esperando você.

– Hum. – Ele pôs a cerveja de lado. – Precisa de alguma coisa?

– Sim. Você também, eu acho. Por isso é que esperei.

Observando o rosto de Sawyer, ela ergueu as mãos, afastou as duas alças finas dos ombros e deixou o vestido cair aos seus pés.

O único pensamento que passou pela cabeça dele foi: *estou perdido*. Foi correndo fechar a porta, meio atrapalhado.

– Annika, não...

Ficou sem palavras quando ela se aproximou, ágil, esguia e linda em uma sandália que não passava de algumas tiras vermelhas brilhantes e saltos finos.

– Você me deseja. Eu o desejo. Vai aceitar o que eu lhe ofereço? Vai me oferecer o que eu lhe pedir?

Ele sabia que havia motivos para não fazer aquilo, mas, naquele momento, não se lembrou de nenhum.

– Eu preciso...

– Deite-se comigo – disse Annika, dando mais um passo. Seus olhos, encantadoramente verdes, o subjugaram. – Fique comigo. – Outro passo. – Durma comigo.

Longa, quente, lenta e profundamente, Annika o torceu em nós, depois os incendiou. Seus dedos mergulharam nos cabelos de Sawyer e o agarraram, reduzindo as defesas dele a pó. Antes que Sawyer pudesse encontrar forças e um motivo para reerguê-las, ela subiu uma das pernas pela dele e o impediu.

Ele se rendeu à luxúria crescente. Que se danassem as regras e os riscos. Puxou-a para si e agarrou aqueles cabelos maravilhosos.

Podiam quebrar as regras e correr os riscos juntos.

Quando a conduzia para a cama, ela desceu as mãos até a camisa dele.

– Quero ver seu corpo, tocar em você. Seu corpo todo. Preciso tirar suas roupas.

– Sim, sim, vamos fazer isso. Só me deixe... – Quando eles caíram na cama, as mãos de Sawyer a percorreram. Macia, suave, sublime. – Annika. Só me deixe...

Foi tudo que ela havia imaginado, tudo pelo qual ansiara. A liberdade que ele nunca lhe dera, a paixão com que a segurava e a tocava, a ânsia de sua boca ao... ao se alimentar da dela com dentes, língua e lábios.

Ninguém jamais a havia beijado daquele modo. Com tanto apetite.

Ansiosa por oferecer mais, ela apertou o corpo contra a rigidez dele, e Sawyer gemeu no seio dela como se sentisse dor, mas era o tipo de dor que exprimia necessidade.

Então Annika arqueou os quadris contra ele de novo e sentiu uma espécie de choque em seu próprio centro, e uma contração deliciosa.

Os músculos das costas e dos braços de Sawyer, a maciez debaixo dela e a rigidez em cima lhe proporcionavam muitas *sensações*.

Embora nunca tivesse despido um homem, não poderia ser tão diferente de se despir – e queria muito sentir o corpo de Sawyer nu junto ao seu. Procurou o cinto dele, tentando conter a excitação enquanto abria a fivela.

– É melhor você esperar – murmurou Sawyer. – Senão, vai ser terrivelmente rápido.

As mãos dela pararam.

– Só pode ser uma vez?

O som que ele emitiu, uma mistura de riso e gemido, a intrigou.

– Não. Não precisa ser só uma vez.

– Então pode ser rápido desta vez.

A necessidade dela era agora, agora, agora. Ela abriu o cinto.

– Quero saber como é. É a primeira vez que me acasalo com pernas.

Ofegante, quase desesperado, Sawyer se forçou a parar.

– A primeira? – *Claro que é, pelo amor de Deus!* – Isso significa que você... Seria como sua primeira vez? Na vida?

– Ah, você quer saber se eu ainda tenho o escudo? – Ela o puxou de volta. – Não. Essa parte é igual. Mas as pernas, a cama, suas pernas... Isso é diferente. Novo. Quero você entre as minhas pernas. Quero você dentro de mim. Quero saber como é, Sawyer. Com você. – Cheia de desejos e de excitação, ela o beijou de novo. – Só com você.

Ela começou a abaixar a calça dele.

– Ainda estou de botas. Espere.

Sawyer rolou para a beira da cama e se sentou. Enquanto arrancava violentamente as botas, Annika veio por trás, o abraçou e o puxou para si, para mais perto da loucura, beijando-o na nuca e acariciando seu peito.

Livre, finalmente livre das botas, da calça e de tudo o mais, ele se virou para Annika. Ela estava ajoelhada, os cabelos caindo por um dos ombros e escorrendo pelas costas como tinta. O olhar dela percorreu o peito dele e desceu. Ela sorriu.

– Você é lindo e forte.

Ela acariciou o pênis dele, fazendo-o latejar. Mil nervos vibraram de uma só vez.

– Isso é prazer?

– Não sei se existe uma palavra para o que estou sentindo.

Ainda sorrindo, Annika se deitou, os cabelos espalhados no lençol branco como longos e caudalosos rios. Um presente perfeito, oferecido sem malícia ou artifício.

– Faça sexo comigo, por favor. Coloque seu prazer dentro de mim.

Ela o fascinava e seduzia, e naquele momento o recebeu.

Sawyer se abaixou e, tentando ir devagar e com cuidado, no caso de ela estar errada e ser a primeira vez, começou a penetrá-la, sentindo-a quente e molhada.

– Ah... Ah...

Annika agarrou o braço dele, cravando as unhas enquanto estremecia. E gritou, com os olhos cheios de espanto.

– Mas isso... isso acontece no fim. Já é o fim?

– Não, não é o fim. – Todos os músculos dele tremiam enquanto ele se continha. – Quer de novo? Sentir isso de novo?

– Eu posso? Sim. Quero.

Ela emitiu um som gutural quando Sawyer penetrou mais fundo.

Ele ficou lá, tentando se conter até Annika começar a subir e descer os quadris.

– Eu preciso... preciso...

– Isso. – Sawyer a beijou de leve. – Você vai ter o que precisa.

Com a língua, ele intensificou o beijo, e ela atingiu o clímax de novo, gritando com a boca colada na dele.

Ele investiu mais uma vez, fundo e com força, e Annika ofegou e se arqueou.

– Isso. Mais. Mais – pediu ela.

Então ele investiu de novo, rápido e com força, apenas se deixando levar.

Annika sentiu aquele fim que não era um fim chegando. Quando a sensação a inundou, ela atirou os braços para trás e enganchou as pernas na cintura de Sawyer, movimentando-se junto com ele, acasalando com ele, acompanhando a onda de prazer, e a seguinte.

Então o que cresceu nela foi mais do que prazer e alegria, mais do que tudo que já conhecera. E a fez estremecer, e ele estremeceu com ela.

Quando o verdadeiro fim chegou, a levou para outro plano, um mundo além da beleza.

Até mesmo quando recuperou o fôlego – e isso demorou um pouco –, os batimentos cardíacos de Sawyer eram como uma canção aos ouvidos dela. Quando se virou, Annika se virou com ele, e os dois ficaram abraçados.

Parecia totalmente certo.

– Está satisfeito comigo?

– Anni, não existe uma palavra para expressar o que estou sentindo.

– Para mim também não. Fazer sexo com pernas é diferente. E com você, mais ainda. Você tem um pênis incrível.

Sawyer deu uma risada.

– Obrigado. Eu… eu gosto dele.

– Eu também. Vai colocá-lo dentro de mim de novo?

Não havia ninguém como ela neste mundo, pensou Sawyer. Em nenhum mundo.

– Pode apostar que sim.

– E dessa vez foi terrivelmente rápido?

Sawyer tirou a mão dela de seu coração e a beijou.

– Acho que a primeira parte foi… As preliminares, sabe? Antes do… – *Caramba*. – Antes do acasalamento.

– Ah, você está se referindo às carícias e beijos. Gosto muito. É melhor quando demoram mais?

– Depende. É que às vezes as pessoas gostam de fazer mais coisas antes do final.

– Mais? O que mais?

Ela era inocente, disse Sawyer para si mesmo. Não fora instruída em certas áreas.

– Sabe, talvez você devesse falar um pouco sobre isso com Sasha e Riley.

– Eu falei. Foi assim que soube que podia vir aqui e tirar o vestido, ficando só de sandália.

– Você... É mesmo?

– Você gostou da sandália. Vou contar para elas.

Sawyer se limitou a fechar os olhos.

– Imagino.

Com o dedo, Annika começou a traçar círculos no peito dele, descendo-o depois, de leve, pelo tórax.

– Você vai fazer mais coisas comigo? Quero que me ensine, para eu poder fazer mais com você.

– Annika, assim você me mata.

– É uma expressão, não é? Eu nunca machucaria você.

– Eu sei. – Quando Sawyer virou a cabeça para beijá-la, um pensamento o atingiu como uma flecha. – Não me protegi.

– Não havia nenhum perigo.

– Não, quero dizer... – Sawyer se ergueu, puxando-a consigo. – Você pode engravidar?

– Ah, não. Não posso ter filhos com você. Somos de mundos diferentes. Sinto muito.

– Não. – Aliviado, ele lhe deu um beijo na testa. – É melhor assim. Para começar, estamos no meio de uma guerra. E você só tem mais alguns meses...

Rapidamente, Annika pôs o dedo nos lábios dele.

– Não fale do fim. Por favor. Temos o agora.

– Tem razão. Se nos preocupamos demais com o futuro, não aproveitaremos o presente. E eu quero aproveitá-lo com você.

Annika pôs a cabeça no ombro dele.

– Quero passar a noite com você.

– Fique. A cama é um pouco pequena, mas a gente dá um jeito.

– Está bem. – Annika se aninhou nele de novo. – É verdade que podemos fazer mais de uma vez?

– Sim. Já estou quase pronto para lhe mostrar como é verdade.

– Então você pode me mostrar uma das outras coisas antes de dormirmos?

– Claro.

Quando se inclinou para beijá-la, ele deslizou a mão por entre as pernas dela.

– Ah! Eu gosto disso!

Sawyer riu, mesmo enquanto a fazia atingir o clímax de novo.

Pela manhã, Sawyer saiu para o treino físico se sentindo capaz de correr 30 quilômetros colina acima sem se cansar e depois ainda comer como um cavalo.

Encontrou Doyle recostado na mesa externa, bebendo café enquanto o céu clareava e ganhava um tom rosado.

– Os outros já devem descer – disse Sawyer.

– Uhum. Você é um homem de sorte. Dá para ver isso em você, irmão. Mesmo se não desse, estou no quarto ao lado. Sua sereia é bastante vocal.

– Ah. – Sawyer baixou o olhar para a garrafa de água, depois voltou a encarar Doyle. – Foi mal.

– Não se preocupe. Vai ficar me devendo essa.

– Como assim?

– Ela me usou para chamar sua atenção. Uma tática clássica. Ela também ficaria me devendo uma se não tivesse me ensinado alguns bons movimentos.

Foi só se lembrar dos malditos saltos mortais que o ciúme fez a pele de Sawyer formigar.

– Eu não tinha percebido.

– Ninguém nunca percebe. Então, quer me agradecer? Fique no quarto dela da próxima vez, assim não preciso lembrar que não estou com uma mulher.

– Fechado. Eu estava irritado com você.

Abrindo um de seus raros sorrisos, Doyle ergueu sua xícara de café.

– Compreensível. Você é um homem de sorte, Sawyer. Ela é única.

– Eu sei. Por isso é que estava usando toda a minha força de vontade para não ir para a cama com ela.

– Irmão, quando a beleza cai no nosso colo, temos que segurá-la. Você pode morrer amanhã.

– Uau, que... inspirador.

Os outros saíram. Annika foi direto até Sawyer para lhe dar um beijo, do tipo que o fez ansiar para ir ao quarto dela.

– Você está distribuindo beijos? – perguntou Doyle.

Com uma breve risada, ela se virou para Doyle, pôs as mãos nos ombros dele e lhe deu um beijo leve e afetuoso na boca.

– É assim que se beija a família. Sawyer é minha família também, mas é diferente, porque fazemos sexo.

– Fiquei sabendo.

– Eu tinha estrelas em minha cabeça. É muito bom o sexo que produz estrelas. E aprendi outras coisas. Você sabia que, nas preliminares, uma palavra muito boa, o homem pode…

– Então – Sawyer se apressou em pegar a mão dela –, é melhor começarmos o treino.

Depois de quase uma hora de agachamentos, flexões, puxadas e todo tipo de tortura do repertório de Doyle, Sawyer fez uma montanha de panquecas. Era sua vez de preparar o café da manhã, e ele estava com disposição de sobra.

No meio da refeição e da discussão sobre como e quando entrariam na casa alugada por Malmon, a tela do celular de Riley se iluminou. Ela deu uma olhada e se levantou, afastando-se enquanto falava rápido em italiano.

Quando voltou, pegou seu prato e o encheu de comida sem se sentar novamente.

– Consegui três pistolas subaquáticas SPP-1Ms e 21 cartuchos. É o melhor que posso fazer por enquanto, e a terceira é um bônus. Vamos precisar fazer uma vaquinha.

– Eu me encarrego dessa parte – disse Bran. – Onde as pegaremos?

– No barco dele, por isso temos que sair logo. Vou precisar que você me dê o dinheiro e um pouco de espaço. Esse cara não é muito fã de multidões.

– Ele é confiável? – perguntou Bran.

– Bem, é um contrabandista de armas e ladrão, por isso é esquivo. Mas não vai me passar a perna. Não quer estragar sua reputação nem perder o cliente, pois talvez a gente compre mais munição.

– Vamos usar armas roubadas? – perguntou Sasha.

Riley deu de ombros.

– Não perguntei. Precisamos delas e as teremos. Pelo menos três. Sawyer deve ficar com uma, porque é o melhor atirador. Eu fico com outra, e provavelmente Doyle fica com a terceira. Bran é bom, mas não precisa de pistola. E Sasha ainda é apenas razoável. Doyle é a melhor aposta.

– Concordo, mas quero aprender a usá-la. Por precaução.

– Podemos discutir tudo isso no barco, depois que as tivermos em mãos.

Embora não gostasse da ideia de mais armas, Annika não comentou nada. Realizou suas tarefas, arrumou sua mochila para o dia e seguiu para a marina junto com os outros.

Chegando ao deque, Riley apontou para um iate.

– Estão vendo aquele ali à esquerda?

– É difícil não ver – respondeu Doyle. – Deve ter bem uns 250 pés.

– Lester não é muito de modéstia.

Doyle tinha um ar sorridente quando olhou para Riley.

– Seu contrabandista se chama Lester?

– Eu conhecia um licantropo chamado Sherman que fazia uns serviços na ilegalidade. Um cara bem legal até descobrir as delícias da cocaína. Depois disso, ele passou a gostar de rasgar gargantas durante as três noites no mês em que era lobo. Bom, vamos até lá e parar do lado do porto. Eu assumo a partir daí. – Ela ajeitou os óculos de sol e pegou a bolsa de dinheiro com Bran.

– Não se assustem se virem alguns caras armados. Eles não vão fazer nada.

– Não sei por quê, mas isso não me inspira confiança… – disse Sawyer, soltando o coldre da lombar e o passando para a cintura.

– Deve ter também algumas garotas de programa fazendo topless no barco dele.

– Preciso da minha câmera.

Quando eles se aproximaram, Sawyer realmente viu alguns homens mal-encarados com rifle na mão. Embora não achasse justo presumir que eram garotas de programa, viu três belas mulheres usando apenas grandes óculos escuros e biquíni fio dental.

– Sou Riley Gwin! Lester está me esperando. E esperando isso aqui – acrescentou, erguendo a bolsa de dinheiro. – Ei, Miguel, *¿qué pasa?*

Um brutamontes com um AK-47 sorriu.

– *No mucho, chica.*

Eles abaixaram a escada.

– Assuma o timão – disse Doyle a Sawyer. – Eu vou com ela.

– Não vai, não – retrucou Riley.

Ignorando-a, Doyle foi até a escada e começou a subir.

– Droga. Miguel, trouxe um amigo! Vou precisar de ajuda para descer com a encomenda.

Instantes depois, Doyle e Riley sumiram de vista no iate.

– Quanto tempo a gente espera? – perguntou Sawyer, de olho nos homens armados.

– Dez minutos – decidiu Bran. – O que você lê neles, *fáidh*?

– O que ela chamou de Miguel gostaria de ver Annika e eu nuas. O outro... parece um pouco indisposto. Indigestão, eu acho.

– Dez minutos – repetiu Bran. – A menos que Sasha sinta uma mudança.

Não levou menos que isso. Sawyer já estava pensando como faria para deixar os outros seguros enquanto entrava no iate e salvava os dois quando ouviu a risada de Riley. Só relaxou quando a viu descendo a escada com uma mochila no ombro e um estojo de metal na mão.

Doyle surgiu logo depois, com uma segunda mochila, um segundo estojo e uma espécie de caixa debaixo do braço.

– *Ciao*, Miguel.

– *Hasta luego, chica*.

O sujeito mandou um beijo furtivo, mas se manteve a postos até Sawyer partir com o barco.

– Tudo certo? – perguntou Sawyer.

– Sim. Três pistolas subaquáticas russas com cartucho, coldre e estojo. E um presentinho para Doyle. Lester simpatizou com ele. Uma sorte, porque Lester não é chegado a mudança de planos.

– Você não conseguiria carregar tudo. – Doyle passou a mochila para Bran. – Lester é pouco mais alto que Gwin e tem a cara de um rato que foi espremido em uma porta.

– Ele também tem alguns milhões de dólares e é um *bon vivant*. Gosta de gente sem cérebro, mulheres bonitas e homens mais jovens, geralmente ao mesmo tempo. Teria passado bronzeador em você se tivesse a chance.

– Não faz meu tipo. Pelo menos ganhei uma garrafa de uma tequila excelente.

– Três Cuatro y Cinco. Mais que excelente: é uma tequila endeusada. Não é para margaritas ou outros drinques, é para ser degustada. Bem, Lester cumpriu o combinado.

Riley se sentou e abriu a mochila que carregava.

– Antes de tudo, vejam nossos novos brinquedinhos.

– Antes de tudo? Para onde eu sigo com o barco? – perguntou Sawyer.

– Eu assumo o timão – prontificou-se Doyle, dirigindo-se à cabine de comando. – Já vi os brinquedos.

Annika se levantou também, pois não queria ver as armas.

– Vou com você, Doyle. Ele vai me ensinar a pilotar.

– Aqui, segure o timão.

Enquanto Sawyer se afastava para que ela assumisse, Doyle pôs as mãos de Annika no timão.

– Posso? – perguntou ela.

– Vou ficar aqui orientando você.

Atrás dela, Sawyer e Doyle trocaram um olhar de cumplicidade. Com Annika ocupada, Sawyer podia se concentrar na instruções sobre as pistolas.

Uma vez na água, ele não disparou, pois não havia nenhum alvo seguro e nenhum motivo para desperdiçar munição, mas sentiu o peso e o equilíbrio – uma sensação diferente.

Quando eles mergulharam, novamente com foco na busca, Sawyer manteve Annika – e todos os outros – em sua linha de visão.

Afinal, o contato de Riley poderia estar enganado ou Malmon poderia ter enviado forças na frente. No entanto, mais uma vez não encontraram nada nem ninguém.

Bem, tinha um trabalho a terminar, portanto se concentrou nisso quando voltaram para casa. Os outros lhe deram espaço e sossego.

Ele ergueu os olhos quando Annika entrou.

– Desculpe interromper, mas Sasha disse que você precisa comer.

– Estou quase terminando.

– Ela disse que está fazendo frango à parmegiana.

Subitamente, ele sentiu fome.

– Sério?

– E que fica pronto em meia hora.

– Está bom para mim.

– Sawyer, você vai se deitar comigo na minha cama esta noite?

– Eu ia perguntar o mesmo.

O sorriso dela iluminou o quarto.

– Então posso pôr a roupa lavada que dobrei, a sua, no meu quarto?

– Seria ótimo.

Ela merecia mais que sexo, pensou Sawyer. Porque, ainda que fatalista, Doyle tinha razão. Quando a beleza caía em seu colo, era preciso segurá-la.

E, na opinião de Sawyer, lhe dar valor.

– Talvez a gente possa dar uma caminhada pelos jardins depois do jantar.

– Seria ótimo. Gosto de caminhar com você, e de ficar de mãos dadas, como Bran e Sasha.

Durante o jantar, porém, Riley sugeriu que adiantassem os planos.

– Vamos dar uma olhada na casa de Malmon. Precisamos ter certeza de que está vazia. Ele pode ter enviado sua equipe ou seus soldados na frente ou providenciado para que gente da ilha a estocasse.

– Por isso que decidimos ir depois da meia-noite – lembrou Doyle.

– Já passou das oito, e é uma caminhada de meia hora. Precisamos ir, descobrir se tem algum sistema de segurança externo e como driblá-lo. Depois, temos que encontrar os três melhores locais para instalar os dispositivos de escuta.

Sawyer a apoiou:

– Por que esperar? Vocês só adiaram isso para que eu tivesse tempo de terminar o terceiro. Já terminei, então vamos logo.

– E se houver alguém na casa? – considerou Sasha.

– A gente dá um jeito. – Por conta disso, Riley trocou o vinho por água. – É muito mais fácil descobrir no local do que especular.

– Tem razão – concordou Bran. – Então, que tal sairmos às nove?

Aquela não era a caminhada romântica que Sawyer havia imaginado, mas se consolou pensando que a cada passo estariam mais próximos de encerrar tudo aquilo. Se conseguissem descobrir os planos de Malmon, poderiam frustrá-los, talvez até usá-los contra ele.

E se o atingissem bastante, que utilidade ele teria para Nerezza? Qualquer punição que ela lhe aplicasse pelo fracasso seria merecida.

– Estamos mais perto do mar – disse Annika. – Mais acima, mas também mais perto.

– Claro que ele ia querer uma vista bacana.

Chegaram a um muro.

– É do outro lado – disse Riley. – O portão deve ficar na frente e estar trancado. Mesmo assim, é melhor seguirmos o muro.

– Vou checar.

Sawyer seguiu em frente e chegou ao portão: de ferro, elaborado, arqueado e com fechadura eletrônica. Dava para ver lá dentro uma estrada de seixos com largura suficiente para apenas um veículo, além de árvores e arbustos fechados. Não viu nenhuma câmera.

Ao voltar, ele observou a área. Havia outras casas em volta, mas não se via ninguém na estrada ou a uma janela.

– Não vi nenhum alarme nem câmeras. No entanto, é arriscado tentarmos o portão. Posso nos transportar para dentro da casa.

– Tenho meu próprio transporte – disse Bran, segurando Sasha pela cintura e sobrevoando o portão até pousar do outro lado.

– Nunca me canso de ver isso – comentou Sawyer. – Muito bem, time: juntem-se. Vai ser uma viagem rápida.

Ele os transportou para o outro lado do muro, onde o ar era adocicado pelo perfume de flores, e a noite, cheia de sombras.

– Fiquem juntos – disse Bran, baixinho. – E é melhor ficarem longe de qualquer luz.

Mantendo-se perto do caminho de seixos, passaram por um bosque de limoeiros e circundaram uma área com bancos de pedra e uma pequena fonte, depois passaram por um jardim perfumado.

– No final das contas, fizemos nosso passeio pelo jardim – disse Sawyer, apertando a mão de Annika. Ele parou. – Uau!

A casa assomava à frente, branca como neve fresca e com janelas pretas brilhando à luz das estrelas. Ali, a estradinha se dividia, um lado margeado de roseiras indo na direção da casa e o outro, em direção a um anexo.

A fachada tinha varandas largas sustentadas por colunas esculpidas.

Eram três andares e o que parecia um terraço na cobertura. O luar transformava tudo num desenho a carvão.

– Perto disso, nossa villa em Corfu parece uma casinha humilde.

– Gosto mais da nossa. Tínhamos Apolo.

Sawyer apertou novamente a mão de Annika.

– Um ótimo cão.

– Não há luzes acesas – observou Riley. – E não são nem dez horas. Se houvesse alguém aqui, veríamos luzes.

– Aqui fora deve ter lâmpadas automáticas – supôs Sawyer. – Sabem? Você chega tarde e elas se acendem quando você se aproxima da casa, para não cair de cara no chão. Mas isso não deve ser um problema. Se virem luzes se acenderem, vão apenas supor que a casa foi alugada.

– Desde que não haja ninguém lá dentro – ressaltou Sasha. – Alguém que tenha decidido dormir cedo.

– Vou dar uma olhada. Posso entrar e sair num piscar de olhos, como o Flash.

Porém, antes que Sawyer pegasse a bússola, Riley segurou o braço dele.

– Não sozinho, Barry Allen. Assim como Doyle teve que ir comigo no barco, vou com você agora.

– Por mim, tudo bem. Voltamos em dez minutos.

Quando eles desapareceram, Annika franziu as sobrancelhas.

– Por que ela usou esse nome, Barry Allen?

– Não faço ideia – respondeu Bran.

– O nome do super-herói, o Flash – murmurou Doyle. – Pelo amor de Deus, nunca leram uma história em quadrinhos? – Balançando a cabeça, ele mergulhou mais fundo nas sombras. – Vou examinar o terreno.

– Fique por perto – preveniu-o Bran.

– Não vou muito longe.

E desapareceu na escuridão como Riley e Sawyer haviam desaparecido no ar.

11

Sawyer voltou sozinho em menos de dez minutos.

– O lugar está vazio e só tem um sistema de segurança externo bem simples. Podemos entrar. – Luzes se acenderam dentro da casa. – Riley está procurando locais bons para os dispositivos. É um lugar gigantesco. Eu deveria ter feito uma dúzia.

– Vamos trabalhar com o que temos – disse Bran.

– Sim. – Ele levou a mão ao revólver, mas relaxou quando viu que era Doyle saindo das sombras. – Prontos?

Segurando a mão de Annika, Sawyer levou todos para dentro.

A luz incidia sobre ladrilhos cinza-fumaça e madeira escura no imponente hall coroado por uma escada dupla.

– Fizemos uma varredura rápida aqui embaixo e nos outros dois andares. A cozinha está abastecida e há flores frescas por toda parte. Tem uma cozinha ao ar livre neste andar e outra no terraço da cobertura. Há comida suficiente para um batalhão, mas Malmon não costuma ficar na mesma casa que outros além de seus seguranças e pessoas-chave. Não alojaria seus soldados aqui.

– E não sabemos quantos ele poderá trazer ou onde os instalaria – acrescentou Riley, descendo a grandiosa escada com suas botas gastas. – São oito quartos, entre eles duas suítes master. Uma mais master que a outra, que vai ser a escolha de Malmon, aposto. Tem uma banheira moderna, de pedra natural, tão grande que daria para fazer uma festa ali. Quero uma assim. Bom, o que interessa é que eu voto por instalarmos um dos dispositivos nessa suíte.

– Concordo – disse Sawyer. – Ele pode até não fazer reuniões lá, mas, suntuosa como é, provavelmente é de onde vai dar telefonemas, despachar ordens e se atualizar do andamento da missão.

– O principal local é onde ele deve se reunir com os cabeças de sua equipe – opinou Doyle.

– Pois é, Sawyer e eu falamos sobre isso. Nossa aposta é o primeiro andar.

– Vocês conhecem esse homem, então devem saber – interpôs Bran.

– Sim. – Sawyer ainda olhava ao redor. – Como eu disse, fizemos um levantamento rápido. É melhor nos espalharmos para dar uma olhada mais atenta.

Rejeitando a cozinha, os quartos do primeiro andar e a sala de jogos, ficaram entre o espaçoso salão com janelas que davam vista para o jardim e o mar ou um cômodo que era uma combinação de escritório e biblioteca, repleta de couro italiano luxuoso e com uma pesada escrivaninha de estilo antigo, em madeira escura e toda trabalhada.

– O que o instinto de vocês diz? – perguntou Bran, dirigindo-se a Riley e Sawyer. – O que acham?

– Ele gostaria de ter uma boa visão de seus subalternos – começou Riley. – E poderia usar o salão ou o terraço aqui de baixo para uma reunião. Mas…

– O escritório… aquela escrivaninha. – Sawyer assentiu para ela. – É um centro de comando. Passa a mensagem de que "quem manda aqui sou eu". É a cara do Malmon.

– Coloquem em ambos – decidiu Doyle, examinando o escritório. – Vocês nos deram uma clara compreensão dele. Ele não vai fazer trabalho sério nos andares acima deste, não vai querer seus soldados em áreas mais pessoais. O terraço da cobertura, a piscina, a estrutura? Ele é intimidador, mas o primeiro andar é o lugar para negócios.

– Dois aqui embaixo, um no quarto. Eu deveria ter feito mais dispositivos.

– Qualquer coisa que conseguimos já é mais do que tínhamos antes – salientou Bran.

– Verdade. Todos de acordo? – perguntou Sawyer. Eles assentiram. – Muito bem. A estante fica bem atrás da escrivaninha. Eles vão fazer uma varredura.

– Vou dar um jeito nisso – garantiu Bran.

Depois de observar as prateleiras, Sawyer pegou uma caixinha de prata e a abriu.

– Praticamente feita à mão.

Sawyer pôs o dispositivo na caixinha, e Bran pôs a mão por cima. Por um momento, o dispositivo irradiou um frio brilho azul.

– Uma espécie de escudo – explicou Bran.

Repetiram o processo no salão e no quarto que acreditavam que Malmon escolheria.

– Quero testar isso. Preciso de um de vocês em cada local. Vou me transportar para nossa casa. Daqui a três minutos, alguém no escritório deve dizer algo, algumas frases. Dez segundos depois, façam a mesma coisa no salão, depois repitam o procedimento no quarto. Se funcionar, eu vou reaparecer aqui logo depois. Se não funcionar, esperem dois minutos para eu fazer alguns ajustes e repitam tudo.

Foi preciso repetir o processo uma vez para Sawyer ficar satisfeito. Então, tomando o cuidado de deixar tudo como encontraram, Sawyer os levou de volta para a villa.

– Você parece um pouco abatido – observou Riley.

– Não, só cansado. Muitos transportes em pouco tempo. É desgastante.

– Vou preparar um lanche para você – disse Annika.

Ele já ia recusar, mas depois mudou de ideia.

– Sabe que é uma boa? Estou um pouco fraco mesmo.

Annika foi correndo para a cozinha, acompanhada de Sasha, para supervisioná-la, e Sawyer se sentou sob a pérgula.

– Agora é esperar.

– Vou continuar tentando descobrir onde Malmon vai alojar suas tropas. Se eu conseguir, poderíamos sabotá-lo. Aliás, vou…

Riley nem terminou a frase, pois Annika chegou correndo.

– Sasha disse que eles estão vindo. Do céu. Eles estão vindo.

– Armas – disse Doyle.

O treinamento surtiu efeito. Em menos de dois minutos, estavam os seis juntos e totalmente armados no bosque.

– Façam com que eles venham até nós – ordenou Riley. – Depois, façam com que manobrem. Pronto, Atirador?

– Pode acreditar que sim – respondeu Sawyer, com uma arma em cada mão.

Eles vieram do céu, não as criaturas mutantes semelhantes a morcegos que haviam enfrentado em Corfu, mas os estranhos e odiosos pássaros que tinham aparecido no barco, centenas e centenas deles.

Menores, mais rápidos e mais ágeis, porém não menos letais, desceram em massa para o bosque.

A primeira flecha de Sasha atingiu três de uma vez, reduzindo-os a cinzas.

Sawyer disparou com as duas armas ao mesmo tempo, enquanto os outros investiam com lâminas. Quando um deles passou por entre a folhagem e errou por pouco seu pescoço, ele descobriu que as asas eram tão perigosas quanto as garras e o bico.

Pelo canto do olho, viu Annika dar um mortal para trás e atingir dois com chutes, enquanto atirava em mais dois com os braceletes. Uma asa cortou a sola do sapato dela.

– Cuidado com as asas! – gritou Sawyer. – São como navalhas!

Agachando-se, ele atirou para sua esquerda, depois para a direita, e avaliou o tempo que estava levando. Se esperasse vir um grupo, poderia, como Sasha, matar vários de uma vez só com um projétil. Um o atingiu ao cair, a asa lhe rasgando o ombro antes de virar cinzas. Para fugir do seguinte, jogou-se no chão e rolou. Atingiu mais uma dúzia antes de ter que recarregar a arma.

À direita dele, Bran lançava raios para lhe dar cobertura. Sawyer viu Riley caindo de costas para desviar de um voo rasante e Doyle cortando o pássaro com a espada; Riley rolou para longe do fogo e das cinzas que se tornavam os pássaros ao morrer.

Sawyer sentia o cheiro, o fedor de cinzas e de sangue. Sangue dos outros e o seu próprio, ao tentar atingir três pássaros. Acertou dois que voavam mais alto, mas o que voava mais baixo cravou as garras em seu tornozelo.

Tomando cuidado para não tocá-lo, ele o esmagou com o cabo da arma e depois lhe meteu uma bala quando o bicho estrebuchava no chão.

Então Annika ergueu os braços e girou, os braceletes lançando raios de luz até cinzas começarem a cair como chuva.

Por um momento, o bosque ecoou em poder, em silêncio.

Riley chutou uma pilha de cinzas em um gesto desafiador, e limpou o sangue que escorria da testa.

– Agora eu também quero um lanche.

Virando-se, Annika a abraçou.

– Vou preparar para você.

Ao notar que Annika mancava, Sawyer a segurou pela cintura.

– Eles atingiram seus pés?

– Um pouco. Arruinaram meus sapatos novos.

Enquanto Sawyer sentia o calor da batalha se dissolver em uma risada, Doyle embainhou a espada.

– Fizeram um rasgo no meu casaco. Aposto que você pode consertar isso – disse ele para Bran.

– Sério? – disse Riley. – Você quer que Bran use magia para consertar seu casaco?

Doyle apenas deu de ombros.

– É um bom casaco.

– Por que não entramos? – Bran beijou a mão de Sasha, que sangrava. – Para avaliar nosso estado. Acho que devemos avaliar os danos físicos e depois ver o que podemos fazer em relação aos casacos e sapatos.

– O último movimento foi sensacional – disse Sawyer, que caminhava com o braço ao redor de Annika. – O último... giro?

– Eu estava furiosa por causa dos sapatos. Com muita energia raivosa.

– Ficaram bem em você. Você ficou com alguns cortes. Aqueles pequenos canalhas são rápidos.

– Acabamos com eles! Já sei o que você vai dizer, Doyle. Não sou idiota. Nerezza só queria nos manter ocupados e ver se temos algo novo, como ela tem esses encantadores pássaros. Um esquadrão suicida, é o que eles eram.

Na cozinha, Bran cuidou dos ferimentos com a ajuda de Sasha.

– Até que não tivemos muitos ferimentos.

Com o cenho franzido, Doyle pegou seu casaco de couro e enfiou um dedo pelo rasgo na manga.

– Eu gosto deste casaco. Tem só uns trinta anos.

– Vou dar uma olhada nele. – Na pia, Bran lavou as mãos sujas de sangue e unguento. – Aproveitando que estamos nos recuperando, queria informar que teremos novos recursos. As flechas, balas, lâminas e os braceletes. Estou com quase tudo pronto. Termino em um dia, dois no máximo.

– Mandou bem – elogiou Riley, com a boca cheia de salame e queijo.

– Se funcionar conforme o planejado, poderemos acabar com um bando daqueles malditos pássaros de uma só vez.

– Mandou muito bem – disse Sawyer.

Comendo e sentindo sua energia retornar aos poucos, Sawyer se voltou para Riley.

– De qualquer maneira, vamos precisar de mais munição.

– Já cuidei disso – respondeu ela.

– Sua vez – disse Sasha, fazendo Bran se sentar para tratar os ferimentos dele. – Foi como em Corfu. Um pesadelo vindo do céu. Nós lutamos, sangramos e matamos, e ninguém notou. Para as outras pessoas, isso simplesmente não aconteceu.

– Melhor assim, não é? – comentou Doyle. – Explicações só trazem complicações. Vou lá fora conferir se sobrou algum vivo.

– Droga. – Riley enfiou mais comida na boca e também se levantou. – Vou com você.

Bran o chamou com um gesto.

– Primeiro vamos ver esse casaco.

Doyle o atirou para Bran, que tocou o rasgo enquanto Sasha cobria de pomada um corte no próprio braço dele.

Bran devolveu o casaco. Surrado como estava, mas inteiro.

– Obrigado.

Quando eles saíram, Bran perguntou para Annika, sorrindo:

– Não quer que eu conserte seus sapatos?

– Não é importante. O casaco de Doyle é como... Acho que é uma espécie de armadura para ele. No meu caso, são só sapatos.

– Sem eles, seus pés teriam ficado bem piores – salientou Sasha. Ela mesma pegou do chão os sapatos de Annika e os estendeu para Bran. – Portanto, também são uma espécie de armadura.

Quando Bran devolveu a Annika os sapatos inteiros, ela o abraçou.

– Obrigada. Vou levar Sawyer para a cama agora.

Sawyer engasgou com uma rodela de salame; Annika lhe ofereceu água.

– Ele não reclama, mas está muito cansado. Comer ajuda, mas agora ele precisa descansar. Venha para a cama, Sawyer. Você pode dormir na minha. Apenas dormir – acrescentou, estendendo a mão.

Os dois já iam saindo quando Annika disse:

– Se quiser fazer sexo, fique deitado quieto e deixe que eu levo você até o clímax.

Com uma meia risada, Bran puxou Sasha para seu colo.

– Que mulher!

– Ela não é uma mulher. – Arrasada, ela os observou se afastarem. – Não é deste mundo e tem um tempo limitado no nosso. Tudo porque salvou minha vida.

Sasha se aninhou em Bran, pressionando sua bochecha na dele, grata pelo presente que ele representava para ela.

– Eu incentivei isso. Ambos queriam, e eu... Mas o amor que Annika sente por ele transborda dela, Bran. É profundo, ardente e completo. Agora, só consigo pensar no que acontecerá com ela, com o coração dela, quando tiver que deixá-lo.

– Há amor entre eles. – Valorizando o amor deles próprios, ele acariciou os cabelos de Sasha. – E às vezes os deuses são bondosos com aqueles que amam.

– Até agora não vi muitas evidências disso.

– Aqui. – Ele a puxou para um beijo. – Como eu poderia não acreditar na bondade dos deuses quando tenho você? Fique feliz pelo que eles estão vivendo hoje.

– E confiar no amanhã?

– É o que temos. Agora, você também deveria descansar.

– E se eu quiser sexo?

Rindo, Bran se levantou com ela.

– Terei o maior prazer em levá-la até o clímax.

O Andre Malmon que se instalou na Villa Degli Dei não era o mesmo homem que ajeitava a gravata naquela fatídica noite em Londres. Na verdade, não era mais um homem.

E gostava disso.

Gostava da força e dos apetites que cresciam dentro de si. Até passara a apreciar a dor que subia rápida e feroz por sua espinha, como se mãos perversas a tivessem torcido como um pano molhado.

Se havia desenvolvido um gosto por sangue e carne, tinha os meios para satisfazê-lo. Como fizera com a prostituta que havia matado e devorado em sua última noite em Londres.

Estava se transformando. Nerezza lhe dera esse dom, assim como a certeza de imortalidade e de poder quando completasse suas tarefas. Além disso, depois que conseguisse as estrelas, poderia ter os seis guardiões e fazer com eles o que quisesse.

Então Nerezza e ele governariam todos os mundos por toda a eternidade. Juntos.

Já havia pensado no que faria com os guardiões. Queria a bússola – isso era fundamental – e matar o irritante caipira que a possuía. Lenta e dolorosamente, claro.

Caçaria a inestimável Dra. Gwin e a forçaria a levá-lo até sua matilha. A simples ideia de possuir uma matilha de licantropos o deliciava. Vender alguns dos jovens, criar mais e ter o que caçar por séculos.

Pretendia ter a sereia para si. Daria um belo troféu. O bruxo... esse provavelmente teria uma morte rápida. Queria capturar a vidente, mas eles teriam que decidir juntos, porque Nerezza a queria destruída.

E o imortal. Ah, uma vez algemado e cativo, aquela criatura lhe proporcionaria décadas de entretenimento na câmara de tortura que já estava sendo construída para esse objetivo.

Nunca mais sofreria de tédio.

Agora, sorvendo um Bloody Mary preparado ao gosto de um demônio em transformação, ele contemplou a vista ensolarada do terraço. Como as veias de seus braços tendiam a se destacar e pulsar, usava uma camisa de manga comprida e óculos escuros, porque o brilho do sol irritava seus olhos.

Um preço pequeno a pagar.

Porque aquela noite Nerezza viria até ele e o levaria com seu corpo para lugares além da dor e do prazer.

Mas hoje tinha trabalho a fazer.

– Senhor?

Malmon virou a cabeça vários graus além do humano, mas o criado não pestanejou nem se encolheu de medo. O empregado que havia feito isso, em Londres, jamais fora visto de novo.

– O comandante Trake chegou.

– Vou recebê-lo no escritório. – Malmon pôs de lado o copo pela metade e se afastou.

O criado se permitiu um pequeno estremecimento enquanto o pegava e levava para a cozinha.

John Trake, um homem na casa dos 40 anos, com bom condicionamento físico e muito bonito, a cicatriz curva descendo pela face direita do rosto duro contribuindo para um perigoso fascínio, entrou rapidamente no escritório de Malmon, em suas botas tão brilhantes que até refletiam como um espelho.

Ele acreditava em disciplina e ordem, e era rápido na aplicação de punições a qualquer um sob seu comando que não estivesse à altura de seus padrões.

Matar era um mero subproduto do comando e, embora Trake acreditasse firmemente no lucro derivado do trabalho bem-feito, seria capaz de matar de graça.

Um contrato com Malmon seria certamente lucrativo. Por esse novo trabalho, tão amplo, elaborado e desafiador, já havia embolsado 1 milhão de euros. Cada cativo dos seis alvos lhe renderia outro milhão, com um bônus de outros 10 se concluísse a missão com sucesso.

Malmon queria seis capturas e as três estrelas (Trake presumia que fossem joias).

Trake tinha sessenta homens sob seu comando e mais vinte civis. Ao assinar o contrato, concordara em trabalhar com Eli Yadin e Franz Berger, ambos especialistas.

Considerava Yadin um psicopata e Berger um indisciplinado, mas respeitava o trabalho deles e os resultados que obtinham.

Embora o rosto de Malmon não revelasse nada, sua aparência o surpreendeu. Pálido como papel e magro a ponto de a camisa pender solta, Malmon estava sentado a uma grande escrivaninha, os olhos protegidos por óculos de sol.

– Comandante.

– Sr. Malmon.

– Creio que esteja tudo conforme o planejado.

– Sim. O centro de detenção ficará pronto amanhã, de acordo com o cronograma. Yadin chegou ontem e já está supervisionando suas áreas. Berger é esperado às seis da tarde.

– Excelente. Espero que faça bom uso do centro de detenção, e rápido.

– A primeira captura deverá ser realizada dentro de 36 horas.

– Vivos, comandante. Isso é essencial para minhas necessidades.

– Entendido.

– E onde eles estão agora?

Trake tirou um dispositivo do bolso e o consultou.

– O barco deles está ancorado ao largo da costa sudoeste. Quer as coordenadas?

Antes um homem que reunia e examinava todos os detalhes, Malmon simplesmente ergueu a mão.

– Por ora, não é necessário. Assim que as acomodações estiverem prontas, leve-os para lá.

– Dentro de 36 horas, senhor.

– Você nunca me desapontou, comandante. – Um fraco brilho amarelo pareceu pulsar atrás dos óculos escuros. – Que esta vez não seja uma exceção.

– Cumprirei minha missão.

– Conto com isso. – Malmon sorriu, mostrando dentes incisivos mais compridos e mais afiados que o normal. – Entre em contato comigo quando o tanque estiver pronto. Estou bastante interessado.

Depois de mais um longo dia na água, Sawyer tomou um banho, pegou uma cerveja e foi direto para o radiogravador que instalara.

Alguns minutos depois, Riley chegou e se inclinou por cima de seu ombro, a mão em suas costas, ouvindo com ele.

– Volte para o início, vou chamar os outros. Doyle e Bran estão jogando bilhar para dar uma relaxada.

Quando estavam todos reunidos, Sawyer informou:

– Ainda nada do salão, e do quarto nenhuma conversa, só gente se movimentando, provavelmente os empregados desfazendo as malas dele, mas conseguimos alguma coisa do escritório. A primeira é de cerca de 11h15, Malmon e Trake... Acho que é Trake.

– É ele, sim – confirmou Riley. – Reconheci a voz. Dizem que agora está se autodenominando "comandante". Autopromoção. Dê o play, Sawyer.

A qualidade do som não era muito boa, mas dava para entender as palavras claramente.

– Capturar, não matar – ressaltou Bran quando terminaram de ouvir a gravação. – Ele é lógico, controlado. Se nos matasse, seria mais difícil encontrar a estrela que já temos.

– É aí que entra Yadin. Tortura. – Como estava à mão, Riley tomou um gole da cerveja de Sawyer. – Vai arrancar de nós a localização da primeira e quaisquer informações que tivermos sobre as outras duas.

– Mas não vamos falar nada. – Annika olhou um por um. – Fizemos um juramento.

– Não estou dizendo que vamos contar tudo de bom grado, mas Yadin é realmente bom em sua área. Não queremos ser levados para esse centro de detenção, seja lá onde fique. Não queremos que Yadin entre em ação. – Riley fez uma breve pausa e acrescentou: – Dentro de 36 horas. Pelo menos a espera vai ser breve.

– Ele sabia nossas coordenadas – salientou Doyle. – Devem ter posto um localizador no barco. Não vai ser difícil encontrá-lo. Bran, até que distância você poderia... transferi-lo?

– Que tal a Nova Zelândia?

Doyle deu um de seus breves e raros sorrisos.

– Deve ser suficiente.

– Isso não vai fazê-los parar – disse Sawyer –, mas será como enfiar um dedo nos olhos dele, por isso gosto da ideia. Centro de detenção... Pode ficar em qualquer lugar, mas aposto que é na caverna. Sasha sentiu vibrações lá.

– Talvez seja uma boa acionarmos aquelas bombas que enterramos por lá – comentou Riley. – Um dedo nos olhos e um chute no saco.

– Seria um chute desperdiçado se estivermos errados – salientou Doyle.

– Posso me transportar até lá rapidinho para dar uma olhada – sugeriu Sawyer.

– Não – opôs-se Sasha, com firmeza. – Você precisa se manter longe. E este não é o momento. Não sei dizer por quê, nem como sei disso, mas sei que não é o momento.

– Está bem. Nada de chute no saco, então. – Sawyer deu um tapinha no gravador. – Vamos continuar ouvindo.

– Vamos fazer um pouco mais que isso – corrigiu-o Bran. – Esta noite, todas as armas, toda a munição. Vamos acrescentar poder a elas e atrair a luz da lua para selá-lo.

O ritual, embora bastante simples, exigia a presença de todos os seis, a poção que Bran havia levado alguns dias para preparar e fé.

– Você quer que a gente ponha todas as nossas armas num panelão de gosma? – disse Riley.

Bran arqueou a sobrancelha com cicatriz.

– É um caldeirão. E não é gosma.

Ela se inclinou sobre o caldeirão e observou o grosso líquido azul.

– Parece gosma. Tipo a que minha tia-avó Selma passava nos cabelos.

– Nos cabelos ou nos pelos? – brincou Sawyer, recebendo em resposta apenas um olhar de desdém.

– É pura – explicou Bran. – E poderosa. Não muito diferente das bombas de luz, só em outra forma. Vai impregnar de luz e poder as lâminas, as balas, as flechas, os braceletes, assim como o que é usado para movê-los.

Annika levou a mão direita ao bracelete esquerdo – era a única que podia tirar o que Bran e Sasha tinham feito para ela.

– Isso exige confiança.

Ela abriu o bracelete esquerdo, depois o outro, e os estendeu.

– Com sua mão e sua fé, coloque-os dentro.

Cuidadosamente, Annika pôs os braceletes na superfície do líquido e os viu afundar.

– Que seja.

Sawyer pegou a faca de combate e a faca de mergulho e fez o mesmo que Annika. Em seguida, com algum receio, tirou do coldre os dois revólveres.

– Você tem que acreditar – disse Annika.

– Eu sei, eu sei. Bem, nunca acreditei em ninguém como acredito em vocês, então…

Ele pôs as armas no caldeirão e, depois, toda a munição que tinha.

Sasha pôs suas flechas.

– A besta não vai caber.

Bran passou a mão pelos cabelos dela.

– Vai, sim.

Assentindo, Sasha pôs a besta no caldeirão e percebeu que não deveria ter ficado surpresa ao vê-la submergir no líquido azul.

– Bem, lá vai – disse Riley. – Você é um mágico e tanto, irlandês. Se eu não acreditasse nisso, não estaria aqui. – Ela acrescentou três facas, dois revólveres e munição. Depois, pegou seu canivete. – É melhor pôr tudo.

– Não tinha pensado nisso. – Sawyer acrescentou seu próprio canivete. – Nunca se sabe.

– Tenho esta espada há mais tempo que vocês têm de vida. Mais tempo que seus pais e avós viveram. Então, acreditem: isto é fé.

Doyle a pôs no caldeirão, depois colocou também o arco e as flechas, suas facas, sua arma e sua munição.

Por fim, acrescentaram as pistolas subaquáticas.

– Esse caldeirão é como aqueles carros de palhaço, em que cabe um monte de gente – concluiu Sawyer, fazendo Riley rir.

– Aqui existe confiança – começou Bran. – Aqui existe união. E aqui existe poder. – Ele apontou para a lua. – As três deusas criaram as estrelas. As deusas nos puseram neste caminho. Elas as guardam, e agora nós as protegemos de tudo que possa transformar o puro em profano.

Ele ergueu a outra mão e a recuou lentamente, como se puxasse um grande peso. Uma luz branca surgiu e foi crescendo. Sua voz reverberava.

– Aqui e agora, evocamos sua luz e seu poder – prosseguiu Bran. – Celene, Luna e Arianrhod, filhas da lua, ouçam-nos através do ar, da terra e das águas e acrescentem luz clara e brilhante a esta poção. E a estas armas, que usaremos apenas para destruir o mal. Assim juro eu, seu filho.

Ele então olhou para Sasha e segurou a mão dela.

– Eu, sua filha, juro – disse Sasha, e segurou a mão de Doyle.

E assim por diante, fizeram seu juramento, um a um, em um círculo ao redor do caldeirão, que borbulhava levemente. Bran ergueu os dois braços.

– Que assim seja.

Três finos raios de luz desceram da lua para o caldeirão, e então surgiram centelhas semelhantes a estrelas, que subiram, giraram no ar, afundaram na poção. Então tudo ficou quieto.

– É difícil não aplaudir – disse Riley após um momento. – Foi um espetáculo e tanto, irlandês.

– Exigiu nós seis, então parabéns para todos.

– Isso aí. E agora, o que fazemos? – perguntou Riley. – É só enfiar a mão na gosma mágica e pegar tudo de volta?

Bran simplesmente virou as palmas das mãos para cima e as ergueu. Revólveres, munição, facas, pistolas, arcos e espadas vieram à tona.

Annika foi logo pegando os braceletes, sem hesitar.

– Ainda estão lindos e não sinto nada diferente.

– Vai sentir – disse Bran. – quando precisar usá-los.

Sawyer pegou suas armas, examinou-as e as guardou nos coldres.

– Agora faltam menos de 32 horas.

– Menos, eu acho... eu *sinto* – acrescentou Sasha quando Doyle embainhou sua espada. – Eles se movem na escuridão esta noite, a mãe das mentiras e suas criaturas de estimação. Amanhã haverá sangue. Sangue na água, e morte de homens. E de um dos nossos, se a escolha for a errada. Não consigo ver quem. Não consigo... Está turvo. E repleto de dor e medo.

– Calma. – Bran a abraçou. – Você foi longe demais.

– De que adianta se eu não puder ver?

– Você viu que será amanhã. – Doyle ergueu o arco. – E estaremos prontos.

12

~~❧~~

SAWYER ACORDOU COM ANNIKA ENROSCADA EM SEU CORPO. SENTIA O perfume dos cabelos e da pele dela a cada respiração.

O dia seguinte e tudo que traria era agora apenas um resquício de escuridão. Então ele se permitiu ficar ali, apenas saboreando o cheiro de Annika e passando os dedos naqueles cabelos sedosos, enquanto o coração dela, repousando junto ao seu, batia lenta e ritmicamente.

Podia se imaginar assim, acordando daquela maneira, todas as manhãs por semanas, meses e anos de vida. Sabia tudo sobre o tempo, o que dava, o que tirava, o que oferecia. Se pudesse, usaria seu dom e legado – o tempo e espaço – para levá-los para outro lugar e outro tempo onde pudessem ficar juntos pelo resto de suas vidas.

Mas ambos tinham feito um juramento. Sawyer conhecia o tempo, conhecia a distância. E conhecia o dever. A bússola que carregava não era um brinquedo, não era apenas uma fermenta. Era, e sempre seria, uma responsabilidade

Ele aceitava essa responsabilidade, como aceitava tudo que vinha com ela.

E sabia que Annika também aceitava seu próprio dever, a responsabilidade que vinha com seu dom. Quando seu tempo terminasse – era sempre o tempo –, ela não teria escolha além de voltar para seu mundo, seu povo, e levar sua vida onde ele não poderia acompanhá-la.

Não queria amá-la, não queria ter a sensação de que sempre a havia amado e sempre a amaria, mas ela se aninhara em seu coração como em seu corpo.

O tempo diminuiria a tristeza que ele sabia que sentiria?, perguntou-se. Não precisava do poder de Sasha para entender que nunca esqueceria Annika e que, enquanto vivesse, sonharia com ela e com o que poderia ter sido.

Contudo, aquilo pelo qual trabalhavam, lutavam e estavam dispostos a morrer era muito mais que o coração partido de um homem.

Eles tinham tempo, lembrou a si mesmo. Tinham hoje, amanhã e semanas por vir. Não deveria desperdiçar aquele precioso tempo lamentando o futuro.

Roçou os lábios na testa de Annika e a puxou mais para perto. Ela se mexeu, apenas um lento deslizar de pele contra pele. Só isso já alegrou o coração de Sawyer.

Embora o dia ainda não houvesse raiado e os pássaros ainda não tivessem cantado, ele a viu sorrir enquanto inclinava a cabeça para trás.

– Bom dia! O dia é ótimo quando eu acordo em seus braços. Descansou bem?

– Sim. Você me faz relaxar, Anni.

– Eu gosto de ficar com você assim, quietinha, antes de o céu acordar. Antes de Doyle acordar – continuou, com uma voz risonha – e tudo ficar barulhento e agitado. Posso fazer café para você.

– Não. Fique aqui.

Ele a beijou e sentiu os lábios dela se curvarem.

– Você quer acordar com sexo. – Passando a mão pela lateral do corpo dele, Annika colou o quadril ao dele. – Seu pênis já acordou.

Ela o fazia amar, rir e desejar, e ele achava impossível separar uma reação da outra.

– Eu quero você, Annika. – Ele a beijou de novo, suave e lentamente. – Você me quer?

– Quando você me beija, quando sinto seu corpo, fico cheia de desejo. Aceite meu desejo, Sawyer, e eu aceitarei o seu.

Tão simples, pensou ele, e tão verdadeiro! Sawyer mergulhou no beijo, sentindo que até mesmo o amanhecer prendia a respiração para lhes dar aquele precioso tempo.

Acariciou Annika, desfrutando de cada centímetro dela. A pele macia, as curvas suaves, as longas linhas do tronco e as pernas milagrosas. Então seus lábios seguiram o mesmo caminho, com ternura. Aceitando o desejo dela e lhe oferecendo o seu.

Entregando-se, derretendo-se nele como se todo seu ser estivesse apenas esperando por isso.

Cada movimento, cada toque era um novo pulsar sob a pele de Sawyer. Calor, luz e beleza capturavam seu coração como mãos em concha.

A respiração de Annika se misturando à dele em um beijo profundo como a alma. O seio perfeito em sua mão. Os quadris se erguendo quando ele a levou ao primeiro clímax. Naquele momento, naquele sussurro do tempo entre a escuridão e a luz, ela era, sempre seria, única e completa para ele.

– Annika... – Desarmado, ele enterrou o rosto na curva do pescoço dela. – Eu preciso de você.

Essas palavras atravessaram todo o corpo dela. Annika conhecia poesia, música e história, mas nada do que já tinha ouvido a comovera tanto. A necessidade que ele tinha dela alegrava seu coração, levava-a às alturas. Mesmo quando lágrimas toldaram seus olhos, ela manteve as mãos no rosto de Sawyer, encarando-o.

– Eu lhe daria tudo de que você precisa. Seja um só comigo antes de o sol nascer. Antes de o sol nascer – repetiu, e se arqueou para recebê-lo.

E se Annika chorou quando ambos se movimentaram juntos, pôde dizer a si mesma que era apenas de felicidade, de beleza. Apenas por saber que ele precisava dela.

Annika levou consigo a alegria para as flexões e as puxadas e, depois, para o café da manhã.

E a manteve firmemente quando Sawyer trouxe o gravador para a mesa.

– Isso pode não cair bem depois de uma refeição, mas todos precisam ouvir.

– Eles tiveram outra reunião? – perguntou Riley.

– Mais ou menos. Foi no quarto, logo depois da meia-noite.

– Se tivermos que ouvir Malmon transando com uma pobre de uma prostituta...

– É Nerezza.

Sawyer esperou um segundo e deu play.

Por um momento houve uma espécie de silêncio vivo, como um murmúrio gutural. Depois, o que pareceu a Annika um estalo no ar. A voz de Malmon tremeu, mas ela não conseguiu identificar se era de excitação ou medo:

Eu esperei tanto...

Quando Nerezza falou, sua voz soou como que enjoativa, como mel pingando da colmeia: *E está tudo conforme meus desejos?*

Tudo como você deseja.

Não, meu querido, só estará tudo como eu desejo quando as estrelas forem minhas e aqueles que as mantêm longe de mim estiverem gritando.

Está tudo funcionando bem e tudo será como você deseja. Por favor, minha rainha. Eu esperei tanto...

A risada que se seguiu fez Annika estremecer. *Não vai me oferecer um refresco primeiro?*

Seu copo...

Mas ainda não adoçado. Um momento depois, Malmon silvou. *Ah, perfeito. A dor só aumenta o poder e o sabor.*

– Sangue – murmurou Bran. – Sangue dele, dado voluntariamente.

Seu quarto aqui é agradável. Vou ficar uma hora com você.

Uma hora? Mas... não vai ficar comigo aqui enquanto eu encontro a estrela para você?

Neste lugar? Para mortais, para humanos? Eu crio o meu próprio.

O desprezo na voz dela era claro. Em seguida, transformou-se em divertimento:

Não fique aborrecido, meu querido. Eu lhe darei o paraíso por uma hora. Tire as roupas para que eu possa ver o progresso da sua transformação. Depois, você e eu saciaremos nosso apetite.

– Transformação. – Riley assentiu para Sasha. – Você disse que ele não seria mais o que era.

– Mas ainda não sei o que ele está se tornando.

Ah, sim. Você também está agradável. Sente dor?

Ela vem aguda e logo passa.

Mas você gosta da dor. Porque lhe mostra o que está se tornando.

Estou mais forte.

E ficará ainda mais...

Serei invencível. Imortal. E, juntos, governaremos todos os mundos.

Claro.

– Ela está mentindo – sussurrou Annika. – Ele não percebe isso?

Ouviu-se um ruído como o sussurro do vento e, depois, um rosnado baixo.

Sons abafados, grunhidos ásperos, ávida sucção, arquejos animais e, duas vezes, um grito agonizante como se algo tivesse sido cortado com uma lâmina. Golpes nítidos e sonoros, gemidos como a súplica dos condenados.

Annika cruzou as mãos debaixo da mesa.

– Não é isso que fazemos. Isso não é sexo. Isso é... como os tubarões. É só alimentação, sem beleza ou bondade. Sem... coração.

– Sexo não é sempre gentil, mas isso? – Riley se ajeitou na cadeira, desconfortável. – Ainda bem que não temos o vídeo.

Mais! Malmon emitiu um som gutural, algo não totalmente humano. *Uma hora. Você disse uma hora.*

Eu disse? Uma risada. *Agora durma. Sim, sim, durma e sonhe, antes que comece a me entediar. Logo, meu querido, você me trará tudo que eu desejo. Fracasse, e seu sangue mais do que adoçará meu vinho.*

Mais uma vez, houve uma espécie de estalo e, depois, silêncio.

– É isso – disse Sawyer.

– Mais do que suficiente. – Sasha pegou seu copo e bebeu bastante água. – Ela quis vê-lo, então ele está passando por uma transformação física também.

– Não olhe para mim – disse Riley, quando Sasha fez justamente isso. – No meu caso é hereditária, três noites por mês.

– Você disse que sente dor quando se transforma.

– Um pouco. Faz parte. Ela não o está transformando em um licantropo, pois seria uma transformação rápida. E ainda não é lua cheia. Aposto que ele está virando um demônio.

– Concordo – disse Bran.

– Então teremos que lutar contra uma deusa, um pequeno exército e um demônio. Que maravilha. – Sawyer se levantou e pegou o gravador. – Vou levar isto de volta.

Embora a gravação a tivesse abalado, Annika recuperou a alegria do amanhecer e a manteve enquanto discutiam sobre a batalha – porque Sasha tinha certeza de que haveria luta naquele dia – e deslizou para o lado do barco para encontrar o que Sawyer chamara de rastreador, a fim de Bran enviá-lo para longe.

Observou Sawyer amarrar a pistola especial para a água.

– Muito bem. Com este local, completamos oficialmente mais da metade do percurso ao redor da ilha. – Depois de fechar o zíper da roupa de mergulho, Riley pegou sua pistola. – Os deuses não podem nos acusar de não sermos tenazes.

– Eu bem queria poder dizer que senti alguma coisa, como no dia em que encontramos a Estrela de Fogo – lamentou Sasha.

– Você não é responsável por tudo. – Riley deu um tapinha no braço dela. – Somos seis nisso. Ah, esqueci de dizer: com o áudio erótico de Malmon, acho que captei uma dica sobre a Baía dos Suspiros. Preciso investigar mais quando voltarmos, mas acho que estou no caminho certo. Então, se não encontrarmos a estrela hoje, talvez eu descubra algo útil. Enquanto isso... Todos prontos?

– A primeira caverna fica um pouco mais à frente e à direita. – Prendendo seus cilindros, Doyle apontou com o queixo na direção. – A uns 5 metros de profundidade.

– Então é para lá que vamos.

Sawyer se sentou na amurada do barco e se jogou de costas na água.

Não importava quantas vezes eles tivessem procurado e fracassado na busca, Annika sempre sentia prazer em nadar com os amigos, mas hoje o medo assombrava o prazer e a alegria que sentira no amanhecer.

Se houvesse uma batalha, ela lutaria. Não fugiria de seu dever. Mas a imagem que Sasha havia pintado continuava flutuando em sua mente.

Agora, quando circundava os outros na água, não era por diversão, mas para se certificar de que estavam todos por perto.

Annika logo viu a caverna, mas não disparou na frente. Acompanhou o ritmo dos outros.

Entrou com Sawyer e, embora já enxergasse bem ali, a luz que Bran produziu ajudou bastante. Havia uma pureza naquela luz, porque vinha do bem, e iluminava as algas ondulantes e os pequenos peixes que nadavam entre elas.

A visão de uma concha quebrada, um lar destruído, só aumentava o medo.

Só se espalharam quando estavam bem dentro da caverna. Mesmo então, Annika mais observava os outros do que procurava algo. Riley nadou até uma parede, espiando por fendas e pequenos buracos enquanto Doyle ia mais fundo e Sawyer ia até uma saliência estreita. Por um momento, Annika quase entrou em pânico com a ideia de não conseguir manter todos à vista.

Então ela viu uma estrela-do-mar, vermelha como fogo, dormindo em uma rocha. A paz e a beleza a acalmaram. Nadou até lá, pensando em acariciá-la, e nisso percebeu que ela não estava dormindo.

Encantada, pegou-a e sentiu seu calor. Quando a estrela-do-mar se afastou, na direção da boca da caverna, Annika sorriu. Parecia que luzes brilhavam em sua esteira.

Sentiu vontade de nadar atrás dela, através daquelas centelhas de luz. Mas seus amigos...

Envergonhada por não ter se mantido vigilante, embora apenas por alguns segundos, Annika se virou na água e viu Riley dando uma batidinha no relógio.

Então realmente nadou naquelas centelhas, embora tivesse perdido de vista a estrela-do-mar quando Sawyer foi na frente. Sentiu aquela alegria de novo, e quis voltar à superfície e falar com Sawyer sobre nadar através das estrelas.

Naquele momento ela ouviu os suspiros, ouviu a canção. Ainda distantes, porém mais próximo que antes. A estrela era um guia, claro. E os suspiros e as canções os chamavam. Chamavam por ela.

Não naquela caverna, em outra. E se conseguisse alcançar a estrela-do-mar, o guia, ela os conduziria até lá. Annika sentiu-se explodir de empolgação. Então deu chutes e estendeu as pernas para tocar em Sawyer. Ele olhou para trás enquanto saía da caverna. E, ao olhar para ela, para a animação no rosto dela, não viu a emboscada.

O dardo o atingiu no ombro direito.

Annika ouviu o som terrível e viu sangue se espalhar na água. Então disparou em fúria, apenas para Sawyer empurrá-la para trás enquanto, com a mão esquerda, tentava sacar a pistola.

Annika não pensou, apenas agiu, disparando com os braceletes e lançando os homens para trás. E o raio de Bran se juntou à sua luz. Uma lança do arpão de Sasha atingiu a perna de um homem.

Sangue e loucura. Sangue de Sawyer, sangue dos homens.

E os tubarões vindo caçar, como na pintura.

Annika sabia o que fazer. Ficar perto. Seu estômago se revirou quando um dos tubarões cravou os dentes em um homem, mas ela lembrou a si mesma que eles eram inimigos. Conforme haviam previsto, os inimigos se afastaram para enfrentar os tubarões.

Sawyer fez um sinal, fechando a bússola na mão de seu braço ferido. Preparada para o teletransporte, Annika disparou mais uma vez. Ao sentir o coice e o turbilhão, algo a atingiu no quadril. Uma dor aguda, intensa. Sua visão se embaçou e ela perdeu a consciência.

Cego de dor, Sawyer desabou no convés do barco.

– Droga, droga, droga. Tire-nos daqui.

Com o rosto sombrio, Bran se deixou cair ao lado dele, examinando-o, enquanto Doyle tirava os pés de pato.

– Anni. – Embora suas mãos tremessem, Sasha recarregou o arpão. – Ela não voltou com a gente. Anni não está aqui!

– O quê? – Empurrando Bran para o lado, Sawyer se levantou. – Eu estava com ela. Eu estava com ela! Não é possível que...

– Ela afundou. Eu vi... – disse Sasha. – Não consegui impedir. Ela... eles... acertaram um dardo no quadril dela. Eu não consegui...

Sawyer não esperou mais nada. Desapareceu.

– Droga – disse Riley. – Vou mergulhar de novo.

Doyle a impediu ao constatar:

– Temos companhia.

– Não podemos deixá-los lá embaixo.

– Não vamos deixar ninguém.

Doyle saiu da cabine de comando sacando a espada.

Eles surgiram do céu, sobrevoando o barco de mergulho a uns 15 metros de distância e se precipitando na direção do deles. Embora as lâminas e balas estivessem embebidas com a poção de Bran e reduzissem dezenas deles a cinzas, a nojenta e terrível batalha lhes tomou um tempo precioso. O suficiente para verem, impotentes, o outro barco se afastando depressa enquanto lutavam.

– Eles os pegaram! – Chorando, Sasha pegou a arma de Sawyer e atirou repetidamente. – Temos que ir atrás deles.

– Eles têm suas próprias defesas.

Enquanto destruíam o último dos pássaros, uma névoa cinza se espalhou sobre o mar e engoliu o outro barco. Bran atirou luz nela, mas a luz ricocheteou como uma bola atingindo uma parede.

– Filha da mãe.

– Vamos atrás deles assim mesmo – insistiu Riley. – Não estão tão longe.

– Mas este barco não dá conta. E você está sangrando, Gwin.

Doyle pousou sua espada e puxou a beira do corte na roupa de mergulho dela.

– Um deles me pegou de raspão. – Ela baixou os olhos para a lateral do corpo. – É só... superficial.

– Você não teria se ferido se não houvesse se colocado na minha frente lá embaixo – disse Sasha. – Nunca mais faça isso.

Riley ergueu as sobrancelhas para ela.

– De nada.

– Estou falando sério, droga. Sei me cuidar tanto quanto você.

– Acalmem-se – disse Bran. – Riley, sente-se e me deixe dar uma olhada nisso. Doyle, é melhor voltarmos para o cais.

– Não podemos voltar. Não podemos deixá-los – insistiu Sasha.

– *Fáidh*, precisamos cuidar desses ferimentos e pegar mais armas. Juro pela minha vida que vamos encontrá-los. Vamos resgatá-los.

Ela se deixou cair e cobriu o rosto com as mãos.

– Eu senti quando ela ficou zonza... Um dardo com tranquilizante, eu acho. Senti quando começou a afundar, mas não consegui segurá-la. Foi muito rápido. Não consegui alcançá-la.

– Então acredite que Sawyer conseguiu.

– Ele está *ferido*!

– Acredite em mim – repetiu Bran. – Vamos trazê-los de volta a salvo.

– Retirada não é rendição. – Doyle deu uma guinada no barco. – Vamos resgatá-los.

Annika acordou confusa, com dor de cabeça e o quadril dolorido e sensível. Por um momento, um abençoado momento, pensou que havia tido um sonho terrível, mas, ao estender a mão para Sawyer, sentiu o beijo e fluxo da água ao redor.

O mar, os homens, o sangue, os tubarões.

Tentando clarear a mente e fazer o corpo se mexer, ela viu que, sim, estava na água. Mas a água tinha paredes e uma tampa de vidro. Era fechada. Como uma caixa.

E estava nua. Embora não tivesse o pudor arraigado das pessoas da terra, entendia que ser despida sem seu consentimento para ser aprisionada nua em uma caixa de água era uma violação terrível.

Colocou as mãos no vidro e olhou para fora.

Devia estar na caverna, embora estivesse diferente. Com luzes, balcões, mesas e máquinas. E homens armados.

Quando viu Sawyer, seu coração deu um pulo e congelou. Haviam-no acorrentado com os braços para cima. O sangue escorria da atadura em seu ombro. Tinham tirado sua roupa de mergulho, deixando-o apenas de cueca, e o acorrentado de modo que seus pés mal tocavam o chão. Ainda estava inconsciente, percebeu Annika. Mas vivo, reconfortou-se. Respirando, pois o peito subia e descia. Eles estavam vivos, e ela tinha que escapar para ajudá-lo.

Ergueu os braços, tentando lançar luz no vidro para quebrá-lo, mas algo preto e grosso cobria cada bracelete. Por mais que puxasse e tentasse rasgar aquilo, não conseguiu tirar.

E quando lançou luz, saiu fraca, fraca demais.

Começou a esmurrá-lo.

– Eis a nossa pequena sereia.

As palavras deslizaram na água como enguias e fizeram Annika se virar, procurando de onde vinham.

Ele entrou na câmara, um homem baixo e magro que lembrava uma cobra. Estava todo de preto: uma camisa de mangas compridas dobradas ate os cotovelos, calça com um grosso cinto preto e uma fivela de prata. Os cabelos, também pretos, estavam penteados para trás, revelando as linhas cruéis de sua fisionomia. Sobrancelhas pontudas, uma boca fina sorridente e olhos duros, de um azul-claro intenso, quase bonito.

– Não conseguimos tirar seus braceletes, não sem cortar suas mãos. Esperamos não ter que fazer isso.

Havia algo de cantante na voz dele. Poderia ter sido bonita, como os olhos, não fosse pela frieza. O homem parou em frente à parede de vidro e a observou.

– Como você respira? Aparentemente, não tem guelras. É fascinante. Meus homens descobrirão isso, de um modo ou de outro. Ora, onde estão os meus bons modos? Sou Eli Yadin, e vou trabalhar com você e seu companheiro. O trabalho poderá ser fácil, ou não. Vai depender de vocês. O Sr. Malmon chegará em breve. Ficará muito feliz em ver você.

Yadin olhou de relance para Sawyer.

– Vocês.

Annika lhe deu as costas e curvou o corpo. Um pequeno gesto de desafio, mas era tudo que tinha.

– Vejo que está um pouco aborrecida. Por enquanto, vou deixá-la com seu mau humor. Está na hora de acordar seu amigo.

Annika se aprumou de novo, com as mãos em punho no vidro. Ignorando-a, Yadin tirou algo de uma bandeja e o quebrou sob o nariz de Sawyer.

Sawyer tossiu, ofegou e se sacudiu. O movimento fez o sangue em seu ombro se espalhar, e ele tentou se soltar e chutar.

Yadin apenas riu.

– Ah, a rebeldia da juventude! É muito mais divertido trabalhar com quem a tem. Sim, estamos com sua querida amiga – acrescentou quando o olhar de Sawyer se fixou em Annika. – Em um habitat criado especialmente para ela. Os outros abandonaram vocês. – A voz dele se suavizou, tornando-se quase um sussurro. – Fugiram para se salvar. Deixaram você e ela para morrer. Ou pior. Será pior, muito pior, a menos que me deem o que eu quero.

– Tenho cara de quem vai lhe dar o que quer?

– Ah, tão jovem, tão rebelde! E bonito. – Ele passou a unha pelo peito nu de Sawyer. – Por enquanto.

Ele foi até um balcão, ergueu uma bandeja e a inclinou para mostrar a Sawyer o que continha. Quando não obteve nenhuma reação, virou a bandeja na direção de Annika.

Ela viu facas, muitas facas, instrumentos prateados e afiados. Por um momento, ficou desesperada, batendo no vidro, chutando e gritando, e o som saiu do tanque e de seus alto-falantes como um alto e fino lamento.

– Não quer que eu o machuque? Que meigo. Talvez eu espere um pouco. – Ele pousou a bandeja. – Mas o que você me dará em troca da minha paciência? O Sr. Malmon quer muito vê-la em sua forma verdadeira. Mostre-se como é e talvez eu não o machuque.

– Não! – gritou Sawyer. – Ele está mentindo. Não lhe dê nada.

Yadin se virou, pegou um pesado porrete na mesa e golpeou o rosto de Sawyer. Quando o sangue esguichou, Annika se jogou contra a tampa do tanque.

– Rude, mas eficaz. Preciso repetir isso. Sim, por que não?

Ele golpeou o outro lado do rosto de Sawyer. Quando Sawyer ficou com o corpo mole, Annika exibiu sua cauda.

– Ahhhh! Fascinante. Hipnotizante. Você é uma criatura rara.

O tanque tremeu quando ela girou muito rápido e bateu com a cauda no vidro. Girou de novo e bateu de novo. Preparou-se para um terceiro golpe, mas Yadin encostou algum tipo de vareta no peito de Sawyer.

O grito veio primeiro, rasgando o coração dela enquanto o corpo de Sawyer se sacudia e sacudia e ele revirava os olhos. E os sons que ele emitiu foram piores que o grito.

Yadin se virou novamente enquanto Sawyer ofegava, a cabeça caída no peito.

– Dessa vez foi leve, está entendendo? Faça isso de novo e fritarei o cérebro dele dentro do crânio.

Annika se deixou cair no fundo, olhando furiosamente pelo vidro.

– Assim é melhor. Agora, por que não…? Ah, Sr. Malmon. Como pode ver, estamos fazendo algum progresso.

Ao contrário de Yadin, Malmon usava branco e a camisa abotoada nos punhos. Apesar dos óculos escuros dele, Annika sentiu um brilho em seu olhar ao observá-la.

– Gloriosa. Ela é gloriosa. Acho que vou ficar com ela, pelo menos por um tempo. Não a machuque ou pelo menos não deixe marcas.

Malmon se voltou para Sawyer.

– Vejo que agora não está tão arrogante. Sangrando e surrado, acorrentado como um animal. Você poderia ter tido milhões, mas está aqui.

Ele se aproximou e pegou a bússola.

– No fim das contas, eu levei o prêmio.

Divertindo-se, Malmon pegou a vareta que Yadin havia posto de lado, virou-a na mão e a enfiou perversamente na barriga de Sawyer.

Annika abaixou a cabeça, as lágrimas se misturando na água enquanto a terrível ferramenta deixava pequenas queimaduras pretas na pele de Sawyer e fazia o corpo dele se sacudir.

Então Malmon lhe deu um soco tão forte na barriga que o corpo de Sawyer se ergueu violentamente e as algemas lhe arrancaram sangue dos pulsos.

Quando Malmon ergueu novamente a vareta, fazendo menção de encostá--la no rosto de Sawyer, Yadin deu um passo para a frente.

– Sr. Malmon…

Malmon se virou, repuxando os lábios e mostrando caninos.

Yadin se apressou a erguer as mãos. Seu rosto revelava medo e fascínio, mas ele falou no mesmo tom cantante:

– É claro que pode fazer o que quiser. Mas, se quiser informações, é preciso certa… delicadeza e paciência.

Malmon emitiu um som, como o sibilo de uma cobra, mas abaixou o braço. A mão que segurava a vareta tremeu antes de ele atirá-la para o outro homem.

– Talvez você tenha razão. Faça seu trabalho.

– É claro. Agora, Sr. King, o Sr. Malmon está muito interessado em saber como esse dispositivo opera. Se você explicar, não haverá necessidade de mais dor. Então poderemos falar sobre as Estrelas da Sorte.

Sawyer estava ofegante e com a voz rouca, por isso tinha que falar devagar. Seu olho esquerdo estava inchado e fechado, mas o direito exibia aquela rebeldia, apesar do sangue e dos hematomas.

– Claro. O manual dos escoteiros. Pode procurar lá como usar uma bússola.

– Gosto do seu estilo.

Com um sorriso, Yadin empurrou a vareta para o peito de Sawyer.

O juramento era sagrado. Nunca usar o canto da sereia com humanos. Mas aqueles homens, pensou Annika, vendo o corpo de Sawyer se convulsionar de novo, não eram humanos, mas demônios. Ela faria o que estivesse ao seu alcance.

Então a canção usada para seduzir e escravizar os homens brotou dela. E, erguendo a cabeça, Annika lhe deu voz.

Yadin olhou para ela com um sorriso cruel.

– Ela canta! Talvez seja um canto fúnebre para seu companheiro. É… – Então sua boca se suavizou e seus olhos brilharam. – Tão lindo! Estão ouvindo? É tão lindo!

A melodia que vinha de Annika era doce, muito doce, muito sedutora. Na água, seus olhos verdes brilhavam.

Os homens na entrada da câmera abaixaram as armas e se aproximaram, como se em transe. Embora Sawyer estivesse de cabeça baixa, seu corpo relaxou. Ele sorriu. Annika o ouviu murmurar seu nome, como em um sonho.

Malmon agarrou o braço de Yadin e o puxou.

– O que diabo há de errado com você?

– Ela é incomparável. Precisa ser liberta.

– Você perdeu a… Ah! É o canto da sereia.

Correndo para a bandeja, Malmon pegou uma faca, foi para trás de Sawyer e a encostou no pescoço dele.

– Mais uma nota, só mais uma, e corto a garganta dele.

Annika parou e pôs a mão na boca para indicar que ficaria em silêncio. Antes de guardar a faca, Malmon a passou de leve na garganta de Sawyer para tirar sangue.

– Mais uma nota – repetiu. – Corte-a – ordenou a Yadin, e atirou a faca no chão.

– Ela... Ela me dominou. – Com uma risada, Yadin se aproximou do tanque. – Fui um fantoche nas mãos dela. Como você resistiu?

– Obviamente sou mais forte que você. Castigue-a.

– Claro.

Yadin foi até uma das máquinas e girou um controle.

A água causou muita dor, batendo e queimando. O grito agudo de Annika passou pelos alto-falantes enquanto ela se debatia.

– Pare, pare, pare! Ela não lhe servirá para nada morta ou ferida. – Sawyer torcia os pulsos ensanguentados nas algemas.

– Chega – disse Malmon, como se tivesse apenas parado para tomar uma bebida, e pegou novamente a bússola. – Pelo que entendi, só tenho que pensar em um local e nas coordenadas. E isto me levará até lá. E através do tempo também.

Malmon deu um tapinha na bússola e a virou, procurando um mecanismo.

– Onde fica o relógio?

– Não é tão simples assim.

– Não? Vamos torná-lo simples para a viagem inaugural. Para a villa e de volta. – Malmon fechou os olhos e murmurou as coordenadas, que havia decorado.

E continuou exatamente onde estava.

– Não é como os sapatos mágicos em *O mágico de Oz*, seu idiota.

Sawyer queria manter Malmon concentrado nele, desviar sua atenção de Annika. Se conseguisse de algum modo incapacitá-lo, ela poderia cantar. E poderia fugir.

Nada importava mais.

O comentário lhe custou mais um choque perverso. Quando conseguiu respirar de novo, ele deu uma risada.

– É, vai funcionar. Continue assim e veremos aonde isso vai levá-lo.

– Convença-o.

Assentindo, Yadin segurou um estilete, mas o devolveu. Pegou um bisturi.

– Posso fatiá-lo, picá-lo, cortar os polegares, arrancar os olhos. Vai ser demorado, e vou gostar. Mas há quem aguente a dor. E há um modo mais rápido. – Yadin se virou e apontou para Annika.

– Convença-o – repetiu Malmon.

Yadin girou os controles, e o mundo de Annika se transformou em agonia.

Através daquele mundo de ar, através dos próprios gritos, ela ouviu Sawyer gritando, xingando, implorando. Quando a dor parou, ela afundou, fraca, e ficou no fundo do tanque, vendo através do vidro o rosto ferido e ensanguentado de Sawyer, e a tristeza nos olhos dele. Só conseguiu balançar a cabeça.

Não dê o que eles querem, pensou, o mais intensamente que conseguiu. Não lhes dê nada.

– Eu preciso. Não a machuquem de novo. Não posso dizer como funciona. Não posso! – Ele quase gritou quando Yadin estendeu a mão novamente para os controles. – É preciso mostrar. Não a machuque. Deixe-a em paz e eu mostrarei.

– Isso é amor, vejam. – Yadin ergueu as mãos. – Um homem poderia sofrer uma dor inimaginável por uma causa e morrer por ela. Mas o amor? O amor sempre vence.

Malmon fez um sinal para um de seus soldados.

– Solte-o. – Voltando-se para Sawyer, ameaçou: – Se tentar alguma coisa, qualquer coisa, Yadin ligará a corrente. Ela não morrerá, mas nunca mais será a mesma.

– Já falei que vou lhe mostrar.

Quando a corrente foi solta, Sawyer caiu de joelhos.

13

QUANDO SAWYER ESTENDEU AS MÃOS ALGEMADAS PARA A BÚSSOLA, Malmon lhe deu um chute nas costelas. No tanque, Annika bateu a cauda no vidro.

Yadin se virou e ergueu o dedo para ela.

– Acha que vou simplesmente devolvê-la? – disse Malmon.

– Preciso tê-la em minhas mãos. É o único modo de passá-la para outro. Eu... – Ele ganhou tempo com uma crise de tosse. Sua mente girava. – A primeira viagem tem que ser feita comigo. É o único modo de passá-la adiante e dar a outra pessoa o direito de usá-la. Droga, Malmon, eu não criei as regras.

Então ele ergueu os olhos, indo além da dor que sentia.

– Tudo que peço é que não a machuque. Quando tiver a bússola, pode me matar. É o que fará. Mas não tem nenhum motivo para machucá-la. Ela está cativa.

Malmon se abaixou e o pegou pelo pescoço. Unhas compridas, mais afiadas do que deveriam ser, se cravaram na pele dele.

– Onde está a Estrela de Fogo?

– Eu não...

– De novo, Yadin.

– Não, não, não! Bran a escondeu com magia. Posso levá-lo até onde está, mas juro por Deus que não sei se consigo pegá-la ou mesmo alcançá-la. Posso levá-lo e mostrar. Pelo amor de Deus, Malmon, estou dizendo a verdade. Farei tudo que quiser. Só não a machuque.

Malmon ficou pensativo.

– Então foi o bruxo? Traga Berger e mande chamar o comandante Trake – ordenou ele para um dos homens, e foi até o tanque. Olhando para Annika, falou para Yadin: – Faça um buraco nele. Não letal, é claro.

Enquanto Yadin escolhia uma faca, Annika bateu no vidro, o olhar suplicante.

– Ele está dizendo a verdade? Se você mentir... – Malmon observou o rosto dela enquanto Sawyer dava um grito. – Da próxima vez, vou cortar fora os polegares dele.

Annika sustentou o olhar de Malmon, fitando os óculos escuros, e pôs as mãos no coração como se fizesse um juramento.

– Basta.

Malmon se virou; Yadin tirou a faca que cravara entre as costelas de Sawyer. Um homem entrou na caverna.

Era alto e sério, tinha olhos azuis como os de um viking e cabelos rentes quase loiros de tão brancos.

O homem observou Annika.

– Então é verdade. – A voz dele era enérgica e tinha um leve sotaque. – O mundo é cheio de mistérios. Vai trepar com ela?

– Não precisa ser rude, Franz.

– Só estou curioso. Eu treparia, só para ver como é. – Ele se virou e olhou para Sawyer, no chão. – Que sujeira! Uma bala no cérebro seria mais eficiente.

– Prefiro do meu modo.

Depois de um dar de ombros de Yadin, Berger voltou sua atenção para Malmon.

– Os alvos restantes acabaram de voltar para a base deles.

– Riggs, a vidente. Você tem a descrição dela.

– Tenho. A loira. Bem gostosa.

– Pode meter uma bala no cérebro dela. – Malmon observou a reação de Annika, satisfeito quando ela se curvou para chorar. – E o bruxo... só deve ser ferido.

– Onde prefere?

– Você é o especialista. Comandante – saudou Malmon quando Trake entrou. – O Sr. Berger está prestes a partir para cumprir seu trabalho. Reúna uma força de ataque, espere Berger completar sua tarefa e depois entre e capture os sobreviventes. Quero Gwin e Killian vivos. Pode machucar o McCleary quanto quiser, mas providencie para que seja contido.

– Sim, senhor.

– E faça uma busca na villa deles. Quero os computadores, anotações, mapas e todos os papéis deles.

Malmon os dispensou simplesmente lhes dando as costas e andando até Sawyer.

– Levante-se.

Cerrando os dentes, Sawyer conseguiu ficar de pé.

– Quais são as coordenadas do lugar onde está a Estrela de Fogo?

Sawyer lhe deu a longitude e latitude. Malmon se dirigiu a um computador e as digitou.

– Uma ilha no Pacífico Sul? Que banal.

– É desabitada, e a estrela está escondida e protegida. Bran fez um feitiço. Não sei como funciona. Posso levá-lo até lá, mas não sei se isso quebrará o feitiço. Você não precisa matar Sasha. Ouça, ela pode ser útil. Nerezza quer o dom dela. Você pode...

Malmon o atingiu com as costas da mão, lançando-o uns 3 metros para trás.

– Eu sei o que Nerezza quer. Você não tem o direito de falar o nome dela. Fale de novo e eu infligirei à sereia mais dor do que qualquer mente é capaz de suportar.

– Farei o que você quiser.

– Quanto tempo vai demorar, ir até a estrela e voltar?

– O teletransporte em si? Dois minutos.

– Você tem noventa segundos. – Ele apontou para um dos homens. – Você. Leve-o e o traga de volta.

– Mas...

– Achou mesmo que eu permitiria que me levasse? – preguntou Malmon, gargalhando. – Tentar qualquer plano que possa ter em sua mente febril *comigo*? Se demorar mais que noventa segundos, tentar escapar ou roubar a bússola, ela morrerá em agonia.

– Noventa segundos não são...

– É o que você tem. – Malmon consultou seu relógio. – Yadin.

Embora algo como reprovação lhe atravessasse o rosto, Yadin acionou a corrente elétrica no tanque.

– De novo.

– Pare! Droga, já disse que vou fazer o que você quiser.

– Agora sabe qual é o preço se não fizer. Yadin, aumente a potência da corrente e esteja pronto para ligá-la. E você, pegue sua arma, seu idiota, e aconselho que o segure com uma boa gravata.

O homem parou atrás de Sawyer, passou um braço robusto ao redor de seu pescoço ferido e encostou uma arma em seu ouvido.

– Excelente. Noventa segundos. Começando... agora.

Ele pôs a bússola nas mãos algemadas de Sawyer.

Olhando para Annika, Sawyer murmurou o nome dela e desapareceu.

Na villa, Bran tratou o ferimento de Riley enquanto os outros reuniam armas.

– Só pode ser na caverna, certo? Foi onde Sasha preveniu Sawyer e Annika. Sei que ele pode tê-los levado para a base, mas...

– Não temos como saber ao certo. É mais difícil transportar dois prisioneiros feridos e inconscientes colina acima. Você tem que ficar parada até eu acabar.

– É um simples arranhão. Precisamos ir.

– É mais que um simples arranhão, e primeiro precisamos saber para onde ir.

– Eu disse que vamos resgatá-los. – Doyle entrou com os revólveres no cinto, a espada nas costas e uma faca na bota. – Sou soldado há mais que algumas vidas. Não deixo companheiros ou amigos para trás.

– Não vamos resgatá-los se continuarmos nos preocupando com um pequeno corte.

– Se não fosse por Bran, você precisaria de no mínimo uma dúzia de pontos nesse pequeno corte – disse Sasha, entrando com uma besta, uma aljava de flechas e, em um coldre à cintura, o revólver, que só havia usado em treinos.

– Está bem, está bem. Então acho que é hora de detonar aquelas minas.

– Nisso eu concordo com a doutora.

Quando Bran não disse nada, Sasha se sentou.

– Se nosso chute estiver errado, vamos desperdiçar a armadilha. Preciso ver. Ninguém falou nada, mas estavam todos pensando nisso. Acham que eu não *sentiria*?

– Com certeza ajudaria, mas, Sasha, sabemos que você não pode forçá-lo – disse Riley.

– Por que não? – retrucou ela. – Por que não posso recorrer a isso quando necessário? Em um momento como este, quando dois dos nossos estão... Por que não me diz o que fazer? – perguntou ela para Bran. – Por quê?

– Porque cabe a você, *a ghrá.* – Ele segurou os ombros de Sasha e lhe deu um beijo na testa. – Porque só você pode decidir.

– Então é o que vou fazer! Faça um círculo de proteção, lance um feitiço… me ajude de alguma forma.

– Ajudarei como puder, mas não há um feitiço para esse tipo de coisa. Esse é seu dom, sua mente e seu coração. Somente você pode abri-lo.

– Preciso de ar. De espaço. Preciso *respirar.*

Desesperada, Sasha saiu às pressas e tentou se acalmar. Quando Bran a seguiu, ela pressionou os olhos fechados com os dedos.

Ele tomou as mãos dela.

– Confie em você, como eu confio.

– Como nós confiamos – corrigiu Riley, e olhou para trás na direção de Doyle.

– Sim. Nós confiamos.

– Me ajudem.

Bran levou a mão dela ao seu coração.

– Sinta, abra-se para mim.

– Amor, confiança, fé. Bran.

– Abra-se para si mesma, *fáidh.* Deixe vir. Você é muito forte. Deixe o medo de lado, por todos. E se abra.

Sasha sentiu o pulsar tranquilo do coração dele. Tranquilo. Fechou os olhos e contou os batimentos. Dele. Dela. Deles. Dela. Dela.

– Ah, eles estão feridos. A dor é horrível, e o medo é pior. Ela teme por ele, tenta lutar, mas eles o machucaram. Ele teme por ela, tenta lutar. Eles a machucaram. Presa, ela está presa. Na água, mas é cruel. Ele gosta de machucá-los. Sabe como fazer. E Malmon… não é apenas um homem. Ele esconde os olhos, mas…

– Onde, Sasha? Onde estão Annika e Sawyer?

– Na caverna. Sangue e morte na caverna. Trancada em um tanque de água, machucada, perdendo as forças. Chorando. Sawyer, muito sangue. Uma chance, ele sente que tem uma chance. Não consigo ver o que é, não vejo tudo. Muita dor. Sawyer… Espere, espere. Ele se foi. Ele se foi.

– Ele morreu – disse Riley. – Não, não, não.

Sasha balançou a cabeça.

– Ele se foi. Para outro lugar. Não sei…

Enquanto ela falava, uma luz brilhante como a do meio-dia explodiu nas colinas, e um trovão se seguiu.

— Esconderijo de franco-atiradores. — Doyle agarrou o braço de Riley. — Entre, vá para dentro.

— Hora daquela reação em cadeia, Sr. Mágico. — Riley entrou correndo e pegou suas armas. — E hora de irmos.

— Os homens de Malmon estão vindo para cá. — Repleta de poder, Sasha pegou a besta. — Querem nos capturar.

— Não vão conseguir.

Bran ergueu as mãos em punho e bateu uma na outra.

As colinas acima se encheram de luz.

Uma chance, pensou Sawyer, rezando para ter cronometrado direito. Talvez não sobrevivesse, mas tinha uma chance de salvar Annika. Sentiu o revólver na sua cabeça, o braço prendendo sua garganta. E fez algo que nunca havia feito.

Mudou o destino.

O braço se soltou, então não havia nada. Nem mesmo um som. Ele apertou a bússola na mão e trouxe Annika para sua mente. Nunca havia tentado um teletransporte dentro do teletransporte, mas já havia perdido sessenta segundos preciosos.

Tinha que voltar para ela. Se não conseguisse tirá-la de lá, pelo menos ela não estaria sozinha.

Annika estava deitada imóvel no tanque, os olhos fechados. Quando recuperasse as forças, lutaria de novo, bateria no vidro. Agora, porém, seu corpo estava fraco, abalado. Só a perseverança a impedia de desistir e de se deixar morrer.

Torcia para que a matassem. Sabia que matariam Sawyer. Ele morreria se voltasse, e voltaria.

Era honrado demais para abandoná-la.

Sabia que ele não dissera a Malmon toda a verdade — ainda protegia a estrela. Ela acreditava que ele tinha um plano e que tentaria executá-lo, mas estava ferido e perdendo muito sangue.

De todo o coração, desejava que ele se salvasse. Então ouviu algo como um trovão. A água do tanque tremeu.

Quando se levantou, sua visão se obscureceu, mas ela viu Malmon sair correndo da caverna, gritando. Yadin procurava os controles.

Então Sawyer estava com ela na água – como em um sonho. Ele ergueu as mãos algemadas e a abraçou.

A luz a cegava. O tanque balançou e sacudiu como se estivesse na mão de um gigante. Ela ouviu gritos, gritos terríveis. Então eles voaram.

Ela o abraçou e sentiu o sangue quente e úmido contra sua pele.

– Peguei você – disse ele em seu ouvido.

– Você veio me salvar. – Antes mesmo que ela derramasse as lágrimas, eles caíram no chão.

Ela ouviu tiros e gritos, e viu mais luzes. Sentiu Sawyer amolecer debaixo dela. Conseguiu levantar a cabeça e olhar para ele. Estava com o rosto lívido, sangrando e cheio de hematomas. Do ombro e da lateral do corpo escorria mais sangue.

Annika queria ficar de pé e lutar, mas não tinha forças, nem mesmo para trocar a cauda pelo presente que eram suas pernas. Então fez tudo que pôde para proteger o corpo dele com o seu.

Perdeu a consciência por um momento, uma hora, não saberia dizer. Ao longe, uma voz. *Riley.*

– Os desgraçados não vão tentar fazer isso de novo tão cedo. Agora vamos cuidar dos resgatados. Meu Deus, Bran!

Annika sentiu mãos a pegando, a erguendo.

– Não, não… Sawyer… Sawyer está ferido.

– Bran está com ele, linda. Estamos com ele.

– Doyle, leve-a lá para fora, para a piscina. Ela precisa de água. Riley, mais toalhas. Precisamos estancar esse sangue para que Bran possa curar os ferimentos. – Sasha parou ao lado de Bran. – Qual o estado dele?

– Muito grave. Ele perdeu muito sangue. Acho que fraturou o malar, e o olho está…

– Me deixe ajudar. Posso cuidar disso.

– É demais, Sasha.

– Posso fazer isso. Posso ajudar. – Ela pôs uma das mãos na bochecha de Sawyer e deu um grito de choque. – Meu Deus…

– Pare. Isso é mais do que você pode fazer.

– Não é. Aja através de mim. – Desespero, pena e amor se misturaram nela. – Você disse que confiava em mim. Confie em mim agora.

Riley voltou correndo e, vendo Sasha pálida e suada e Bran em total concentração, abaixou-se e pressionou uma toalha no ferimento na lateral do corpo de Sawyer.

– Vamos lá, Atirador, vamos lá! De jeito nenhum vou deixá-lo se esvair em sangue no chão desta cozinha. – Ela ergueu os olhos para Doyle. – Você não deveria tê-la deixado sozinha.

– Ela está melhor, e me pediu para ver Sawyer. Ficará melhor ainda se eu puder lhe dizer... Meu Deus, aqueles canalhas acabaram com ele.

– Isso é suficiente, Sasha.

– Um pouco mais. Posso fazer mais. Doyle, diga a ela que ele vai ficar bem, e depois vá buscar o kit grande de Bran. Riley, como está indo?

– O sangramento diminuiu, mas não consigo fazer parar.

– Bran vai conseguir. Ele vai conseguir. Eu nos vejo juntos. Todos nós. Em uma colina com um círculo de pedras, e um mar azul. Vejo isso, e somos seis. Vá buscar o kit, Doyle, e diga para Annika que ele vai ficar bem.

– Estou aqui. – Ela entrou na cozinha, nua e com as pernas trêmulas. – Eu acredito.

– Tome. – Doyle tirou o casaco para cobri-la. – Você está gelada.

– Ele voltou para me salvar. Ele os enganou e voltou. Arriscou tudo por mim, por nós, pelas estrelas. É pura coragem. – Lágrimas escorreram pelo seu rosto enquanto ela se ajoelhava. – Quero ajudar.

Malmon rastejou. A luz, a terrível luz, o cegara. Tudo que via era a escuridão. E a dor! Mesmo agora que os gritos e trovões haviam dado lugar a um brutal silêncio, seu corpo queimava.

Sentia o cheiro da própria pele queimada e de sangue quente.

Estava vivo, então rastejou no chão de pedra queimado. Ansiava por água, água fresca para o corpo e a garganta. Daria metade de sua fortuna por um copo d'água.

Foi quando ouviu a voz dela e tremeu.

– Você fracassou.

– Não, minha rainha. Não. Foi uma emboscada, fomos enganados, mas agora mesmo meus soldados estão cuidando deles. Você terá os seis. Por favor, não me machuque.

– Seus soldados fracassaram e se foram deste mundo como todos os outros que você trouxe.

– Por favor, meu amor, minha rainha, a luz me queimou. Meus olhos. Me ajude.

Cheio de dor, ele rastejou na direção da voz dela, mas foi repelido.

– Por que eu deveria ajudar quem falhou comigo? Eu lhe dei um dom. O que recebi em troca?

– Tudo que eu sou, tudo que tenho. – Cegamente, ele lhe estendeu a mão.

– Você não é nada. Não tem nada além do que eu lhe dei. Você tinha duas tarefas, meu querido. As estrelas e os guardiões. Por essas duas tarefas eu lhe daria a vida eterna, a juventude eterna, tudo que desejasse. Você não cumpriu nenhuma delas.

– Eu cumprirei, juro! Não vou fracassar.

– Você está cego. Fraco. Não passa de uma concha quebrada.

– Me ajude. – Cada centímetro de seu corpo queimava. Malmon rastejou de novo. – Me ajude a enxergar, a me curar. Trarei as estrelas. Vou trazê-las banhadas no sangue dos guardiões.

– Você quer ver?

– Restaure a minha visão, eu imploro. Não posso encontrar as estrelas e destruir seus inimigos estando cego.

– Você quer enxergar? – repetiu ela, e sua risada o fez tremer. – Se eu lhe conceder isso, você se compromete a me servir?

– Eu sou seu servo. Serei seu servo. Tenha misericórdia.

– Misericórdia é fraqueza. Eu sou forte. Vou devolver sua visão, meu querido. Vou deixá-lo ver.

Malmon sentiu como se os olhos fritassem. Gritou e gritou até a garganta sangrar, cobrindo os olhos queimados e tentando escapar da dor.

As lágrimas que verteu foram de sangue.

Através dos gritos e da agonia, ele a ouviu rir.

E, através da escuridão, começou a enxergar novamente.

Os cabelos de Nerezza se moviam em espiral ao redor do rosto, que exibia uma satisfação louca enquanto ela se contorcia e gritava. Ainda assim, o homem e o que ele quase se tornara estendeu a mão para ela.

Suplicante.

– Nunca peça misericórdia. – Nerezza sorriu para ele, quase com gentileza. – E não falhe comigo de novo. Vá, rasteje de volta para seu buraco – ordenou, apontando para a caverna. – E espere pelo meu prazer.

– Não me deixe. Me leve com você. Me leve para que eu possa servi-la, por favor.

– Você quer ir comigo?

Como se considerando isso, ela andou ao redor de um Malmon prostrado, seu longo vestido preto farfalhando como asas.

– Eu vou ficar forte de novo – prometeu ele. – Trarei as estrelas e a cabeça dos guardiões.

– Palavras e promessas não significam nada. Quero o que exijo. – Ela se abaixou sobre Malmon. – Senão, a dor que eles lhe causaram não será nada comparada com meu desprazer.

– Eu vou me recuperar. E darei tudo que você quiser. Me leve com você, minha rainha.

– Muito bem. Segure a minha mão.

Trêmulo de gratidão, ele estendeu o braço. A mão que segurou a dela era enegrecida, a pele se soltando em camadas e 3 centímetros de unhas grossas, amarelas e curvadas como garras.

– Se você não estivesse se tornando o que fiz de você, teria morrido com o resto da sua equipe fracassada. Lembre-se disso, meu bichinho.

A dor voltou, um choque, como se tivesse sido tirado do fogo direto para o gelo. O frio quase o despedaçou. Parecia que seus ossos se partiam e chiavam.

Então veio a escuridão, a completa escuridão.

Quando ele abriu os olhos, viu-se vagamente em uma sala ou câmara, com correntes e algemas pendendo das paredes de pedra.

Lá estavam os pássaros que não eram pássaros, em poleiros, seus olhos amarelos brilhando na escuridão.

– Espere aqui. Quando terminar de se transformar, terei um uso para você.

– A escuridão... O frio...

– Ah, sim, ainda há uma parte em você que anseia por luz e calor. Muito bem.

Velas e tochas se acenderam. Em seus poleiros, os pássaros que não eram pássaros gritaram e abriram as asas. As paredes, que eram de pedra polida a ponto de brilhar, produziram dezenas de reflexos.

Nerezza, em um vestido preto, um rubi vermelho-sangue pendurado no pescoço. Os pássaros, os olhos amarelos brilhantes, as asas se fechando.

E alguém – uma criatura – encolhido no chão. A pele em carne viva, queimada e enegrecida, descascando em camadas, sob as quais se via... alguma coisa. Mãos e pés como garras, uma cabeça que o fogo reduzira ao escalpo, no qual cresciam protuberâncias. Olhos amarelos como os dos pássaros e fendidos como os de uma cobra o encaravam de volta com total horror.

A criatura se movia quando ele se movia. Ergueu-se sobre os pés com garras quando ele se ergueu.

– O que eu sou?

– Um ser em transformação, por enquanto.

Nerezza tocou uma camada da pele dele. Quando a pele caiu no chão, os pássaros se precipitaram para disputá-la.

– Eu... eu sou um monstro.

– Um quase demônio, a meu serviço. Lembre-se da dor, meu bichinho. Lembre-se de que eu lhe devolvi a visão. Lembre-se de seu juramento.

– Eu sou um homem.

– Você é meu, e o será por toda a eternidade. Ou até eu acabar com você. Ela se dirigiu a uma porta que ele não tinha visto e a abriu.

– Você saberá quando eu tiver um uso para você.

Ele tentou correr para a porta, mas tropeçou e caiu. Mais uma vez tentou rastejar, mas não havia nenhuma porta, nenhuma saída, somente a pedra, polida como vidro. Polida como espelhos, refletindo sua imagem para onde quer que ele olhasse.

Malmon rastejou para um canto e ali ficou, encolhido, observado por todos os lados por aquilo que havia se tornado.

Então começou a rir, rir sem parar, até o som ecoar em toda a câmara. O som da loucura.

14

Sawyer dormiu profundamente e teve sonhos tranquilos, reconfortantes. Vozes – o canto suave de Annika o atraía. Sasha se juntou a ela em um murmúrio que lhe trazia paz. Depois, Riley fazendo uma espécie de brinde. Bran apareceu, depois Doyle, com uma energia que somava esperança.

Em algum momento, viu-se sentado com o avô, ao lado de uma fogueira. À luz das chamas, via o rosto jovem do avô, tão jovem quanto o seu próprio, e eles falavam sobre legados, estrelas e deuses enquanto uma luz branca brilhava no céu.

E ele levitou, como se flutuasse para dentro de uma bolha transparente. Suavemente, passou por mares, terras e outros mundos. Por uma ilha clara como vidro, com um castelo em uma colina e um círculo de pedra.

Tão linda...

Então a bolha estourou e ele acordou.

Annika estava sentada ao lado dele na cama, segurando sua mão, por isso o primeiro rosto que viu foi o dela.

Seu primeiro pensamento foi: *ela está bem*. Ele tinha conseguido salvá-la.

– Shh, não tente falar ainda. Bran o fez dormir. – Annika levou a mão dele aos lábios e a beijou, e depois beijou o pulso, ainda em carne viva. – Para você se curar. Eles o machucaram muito, muito mesmo.

– Annika...

– Não, fique quieto. Bran me pediu para avisá-lo assim que você acordasse.

– Espere. Espere.

Sawyer começou a se sentar, apesar da aflição dela, e sentiu: puxa vida, como sentiu os efeitos da tortura.

– Você está com dor. Bran mandou você beber isto se acordasse com dor.

– Annika pegou um frasco pequeno na mesa de cabeceira. – Vai ajudá-lo a dormir.

– Quanto tempo? – Ele teve que pigarrear, tomou fôlego devido à dor. – Quanto tempo estive ausente? Dormindo – explicou.

– Você nos trouxe de volta à noite, e outra noite se passou, e este é o dia seguinte a ela. Não é de manhã, já passa do meio-dia. Por favor, beba, Sawyer.

– Já dormi o suficiente.

– Vou chamar Bran.

Sawyer não largou a mão dela.

– Eles machucaram você também.

– Bran e Sasha me ajudaram, e eu dormi também. Não tanto, porque não estava tão mal quanto você. Ele enfiou uma faca em você. Aqui. – Ela tocou delicadamente o ponto no tronco de Sawyer. – Bran garantiu que está sarando. Bateram muito no seu rosto, e...

– Sim. – Com cuidado, Sawyer apertou de leve a bochecha e o maxilar. – Quebraram algum osso aqui. Agora só está um pouco dolorido.

– Você voltou para me salvar.

– Claro que voltei. Nunca a deixaria. Só tive que... Não chore. Por favor, não chore.

– Eu sabia que você voltaria. – Todo aquele tempo esperando que ele acordasse a havia desgastado emocionalmente. – Eu não conseguia fugir. Não conseguia ajudar. Estavam machucando você sem parar. Fizeram algo que me impediu de usar os braceletes. Bran já os consertou, mas na hora eu não consegui quebrar o vidro e ajudar você. Queria acabar com a vida deles, principalmente do homem com as facas. Mas não tinha como.

– Estamos aqui. – Ele acariciou seus cabelos. – Estamos bem. É o que importa. A bússola!

Annika se levantou rapidamente e a tirou de uma gaveta na cômoda.

– Aqui. Está segura também. Vou chamar Bran.

– Olhe, preciso de roupas, porque estou nu. Por que não me ajuda a me vestir e vamos juntos ao encontro de Bran?

– Há dor em seus olhos.

E olheiras nos dela.

– Não está muito forte. Palavra de escoteiro. Juro – corrigiu-se. – Preciso me mexer, Anni. Só me movimentar um pouco, comer alguma coisa e descobrir o que aconteceu.

– Bem que Riley avisou que você não ia querer voltar a dormir quando acordasse. – Com um suspiro, Annika se virou novamente para a cômoda. – Eu trouxe suas roupas para o meu quarto. Quero que você fique comigo.

– Ótimo, porque é o que eu quero também. Agora, pegue uma calça e uma camisa para mim, por favor.

Ela fez o que ele pediu e o ajudou a se vestir.

– Sawyer?

– Sim.

– Você é meu herói.

– Anni? Você é minha heroína. Que tal me ajudar a descer para a gente conversar com os outros heróis?

Ele sentia dor, mas nada que algumas aspirinas não resolvessem. E comida. E cerveja. Quando estavam saindo do quarto de Annika, encontraram Riley no corredor.

– Eu só... Ei! Aí está ele!

– Ele não quis tomar o remédio, exatamente como você falou.

– Ele está bem, não está, caubói? – Riley se aproximou e passou a mão suavemente pelo rosto dele. – Com um pouco de barba por fazer, mas até que ficou bem. Você nos deixou em pânico.

– Eu também fiquei.

– Vamos descer. Aposto que precisa comer um pouco.

– Sim. Muito.

– Bom sinal. – Como Annika, Riley passou um braço ao redor da cintura dele. Juntas, elas o ajudaram a descer. – Vamos lá para fora – sugeriu Riley. – Ar fresco, luz do sol. Eu o seguro, Annika. Por que não vai buscar um grande copo de chá gelado?

– Cerveja – pediu Sawyer.

– Ainda não, meu amigo. E um pouco de comida. Sobrou macarrão de ontem e...

– Sim, sim, vou buscar comida e bebida.

– Ela contou o que houve – disse Riley, em voz baixa, no momento em que pisaram no jardim. – Mas queremos ouvir sua versão. Olhe só, ela insistiu em ficar com você depois que Bran lançou um feitiço para você dormir. Não saiu do quarto desde então. Ela precisa de sol e água.

– Está bem. – Com muita dificuldade, ele se sentou sob a pérgula. – A piscina é apenas um paliativo. Ela precisa do mar. Bran pode descer com ela até a água. Eu ainda não consigo.

– Vamos cuidar disso.

Riley deu um passo para trás, viu Sasha pintando no terraço e lhe fez um sinal.

– Sawyer acordou e está aqui. Pode chamar Bran?

– Vamos descer agora mesmo.

Então, olhando na direção do bosque, Riley pôs dois dedos na boca e deu um longo e alto assobio.

– Não sabia que lobos assobiavam – disse Sawyer.

Riley olhou para trás e sorriu.

– Estou feliz em ver que você recuperou seu sarcasmo. Droga, lá vai. – Ela foi até ele, segurou seu rosto com as duas mãos e lhe deu um forte beijo na boca. – Vou ajudar Anni. E buscar uma cerveja.

– Também quero cerveja.

– Nada de álcool sem a permissão do Dr. Bruxo.

Ele fez uma careta. Quando Riley se afastou, Sasha veio correndo. E, tal como Riley fizera, lhe deu um beijo na boca.

– Preciso ser torturado mais vezes. Atrai a mulherada.

– Você está coradinho. E a dor?

– Presente. Não forte, mas ainda a sinto.

– Vamos dar um jeito nisso. Está com fome, certo?

– Morrendo.

– Vamos ver o corte. – Sem cerimônia, Sasha ergueu a camisa dele e o examinou delicadamente enquanto Doyle vinha a passos largos pelo gramado. – Está sarando. E o ombro... melhor. Os pulsos, melhores ainda. Fique com ele – pediu ela a Doyle. – Bran está descendo e vou ajudar a preparar a comida.

Assentindo, Doyle se sentou na frente de Sawyer e o observou.

– Não vai me beijar? – perguntou Sawyer. – Todas fizeram isso.

– Essa parte eu dispenso. Eles bateram muito em você, irmão, e usaram um instrumento cortante bizarro. Um aguilhão, pelo que Annika descreveu.

– Algo desse tipo. E Malmon?

– Nenhum sinal. Apesar de as garotas serem contra, Bran e Riley foram até a caverna conferir os estragos. Como você não podia ser deixado inconsciente, eles foram sozinhos e venceram aquela batalha. Não sobrou nada na caverna, não encontraram nenhum sobrevivente. Segundo as fontes de Riley, Malmon não voltou para a casa. As coisas dele continuam lá, mas nunca mais foi visto.

– Se eu tivesse uma maldita cerveja, brindaria a isso.

– Considerando tudo, acho que merecemos.

– Para Sawyer, ainda não.

Bran vinha carregando um de seus kits.

– Tenha compaixão. Estou morto.

Riley trouxe uma bandeja com um copo de chá gelado e o macarrão.

– Logo, logo vem mais comida, mas já dá para começar – comentou ela.

– Primeiro, a escala da dor – exigiu Bran. – De 1 a 10.

Sawyer deu de ombros.

– Uns 4,5.

– Ou seja: 6 – disse Riley. – Ele está minimizando.

– Concordo. – Bran pegou uma ampola do kit. – Para a dor – explicou. – Não para dormir. Só para aliviar a dor. Sasha vai insistir em cuidar de você, absorver um pouco da sua dor, e prefiro que ela não se esforce tanto.

– Certo. – Sawyer esperou Bran pingar algumas gotas no copo e bebeu o chá. – Preciso comer.

Ele deu duas boas garfadas, se recostou e disse:

– Uau! Jura que é para a dor?

– Também vai lhe dar um pouco de energia.

– E como! Bran, você precisa levar Annika para o mar.

– Vou fazer isso.

Sasha e Annika vieram com bandejas.

– Trouxemos mais macarrão – começou Sasha. – E pão, queijo, frutas, azeitonas, pimentão e basicamente tudo que Anni encontrou na cozinha.

– Ótimo. E vocês, o que vão comer? – perguntou Sawyer, pegando um pedaço de pão.

– Vamos ver como está a dor.

– Quase passando.

– Então vamos fazer passar de vez. Estou boa nisso. Apenas relaxe e continue a comer.

– Que tal aquela cerveja?

– Meia taça de vinho – disse Bran. – Depois, veremos. Preparado para contar tudo?

– Definitivamente. Obrigada, Anni, a comida está muito boa.

– Ah! Eu não pus a mesa.

– Fica para a próxima. Bom, aí vai: quando voltei para a água, vi Annika presa em uma maldita rede. Inconsciente. Nós e os tubarões conseguimos eliminar vários deles, mas ainda havia alguns. Eles me atingiram com algo que eu diria que era algum tipo de tranquilizante. Provavelmente o mesmo que usaram em Annika. Depois disso, só me lembro de estar pendurado pelos braços naquela caverna. Havia muitos equipamentos e homens armados. Tinham posto Annika em um tanque de água. Sente-se, Sash. Eu estou bem, de verdade.

– Você teve algumas rupturas musculares nos ombros e queimaduras no peito, além de ter levado um tiro – lembrou Sasha, antes de se sentar.

– Eu me sinto bem agora. Então ele entrou, o Sr. Tortura.

– Yadin – disse Riley.

– Ele se apresentou muito educadamente. Então começou.

Ele pulou a pior parte (de que adiantava descrever em detalhes?), mas lhes deu uma visão geral.

– Yadin tinha acesso aos controles, por isso podia enviar correntes elétricas para a água. O filho da mãe ficou dando choques em Annika.

– E em você – lembrou ela.

– Dependendo da escala de dor que considerarmos, podemos dizer que ele pegou leve até Malmon chegar – continuou Sawyer. – Havia algo de estranho em Malmon. Algo de errado. Andava de um modo diferente, como se os sapatos estivessem muito apertados. Usava óculos escuros dentro da caverna e uma camisa de manga comprida. Sei que vai parecer esquisito, mas os dedos pareciam compridos demais.

– Os dedos? – repetiu Riley.

– Eu sei, é bizarro, e já estava me sentindo um pouco mal quando ele veio participar da festa.

– Sawyer tem razão – disse Annika. – Ele não era como os outros. Senti que ele não era... – ela tentou encontrar as palavras – completo? Não era nem uma coisa nem outra.

– Os instintos da sétima filha de uma sétima filha estão do lado de nossa vidente residente – salientou Riley. – Vimos que ele assinou um contrato com Nerezza, assinou com sangue. Continuo achando que ele virou um demônio.

– Ele parecia bastante humano – considerou Sawyer. – Mas irritadiço e com certa tensão. Você sabe que não é o estilo dele, Riley.

– Não. Ele é frio, transmite uma superioridade calma. É do tipo que corta sua garganta ou mais provavelmente paga para que cortem, sem se abalar.

– Ele também estava furioso porque não conseguia fazer a bússola funcionar.

– Malmon bateu em Sawyer com muita força, perdeu o controle. Só parou porque o outro homem falou com ele.

– Sim, sim, acho que eu desmaiei por um minuto. Malmon perdeu o controle. Yadin o convenceu a parar.

– Ele fez o homem enfiar a faca em Sawyer e mandou me machucar mais.

– Aumentar a voltagem. Disse que a fritaria, e estava falando sério. Nem pensou no lucro que ela poderia lhe render.

– Isso também não é típico dele. Devia estar blefando – disse Riley.

– Acho que não. Vi Yadin hesitar. Ele não queria encerrar o jogo tão rápido, mas teria feito isso. Eu lhe dei as coordenadas, porque Malmon estava focado em saber sobre a Estrela de Fogo.

– Que coordenadas? – perguntou Doyle.

– De uma ilha desabitada no Pacífico Sul.

– E de onde você tirou isso na hora? – perguntou Riley.

– Meu avô me levava para lá quando estava me ensinando. Era aonde o pai dele o levava. Acampamos lá algumas noites. Eu sonhei com isso quando estava inconsciente – lembrou-se. – Bem, então eu disse que Bran a havia escondido lá.

– Você conseguiu se manter lúcido – comentou Bran.

– Era tudo que eu tinha. Contei uma meia verdade, mas a enfeitei. Falei que a bússola não funcionaria enquanto eu não a passasse adiante. Que eu tinha que levá-lo comigo na primeira viagem. Que não podia passá-la para ele sem esse ritual. Calculei que minha única chance era levá-lo para longe dali, assim eu poderia enfrentá-lo e voltar para buscar Annika. Mas ele pediu um teste, por isso escolheu um capanga para ir comigo.

– Malmon é um amarelão… um laranjão – comentou Annika.

Sawyer riu e começou a gemer.

– Você está com dor…

– Só dói quando eu rio.

– Então não ria.

Ele apertou a mão de Annika.

– Foi bom eu rir. Continuando: ele fez Yadin soltar a corrente que me prendia e mandou o capanga pôr a arma no meu ouvido e me dar uma gravata. E me deu noventa segundos. Falei que precisava de dois minutos. Não era bem isso, mas achei que valia a pena tentar. Se eu não voltasse em noventa segundos, ele aumentaria a voltagem e eletrocutaria Anni a ponto de causar dano cerebral. Fez Yadin dar alguns choques só para provar sua ameaça. Então me entregou a bússola e eu inseri as coordenadas.

– Neste momento, o capanga está se perguntando o que diabo está fazendo em uma ilha no Pacífico Sul? – perguntou Riley.

Sawyer balançou a cabeça, pegou a meia taça de vinho e bebeu de um só gole.

– Não, eu não podia correr esse risco. Não podia fazê-lo ir sozinho, e o tempo... Então o deixei ir.

– Você o deixou ir? – repetiu Doyle.

– Eu me desconectei. Simplesmente o larguei no nada. Ele se foi. – A cor que a comida devolvera a seu rosto desapareceu de novo. – A gente jura que nunca vai usar a bússola para machucar ninguém, mas eu fiz isso. Matar na batalha é uma coisa, mas isso...

– Você tinha uma arma apontada para a sua cabeça – lembrou-lhe Riley. – E a vida de Annika estava em jogo.

– Sei disso, mas...

– Com grandes poderes vêm grandes responsabilidades – afirmou Riley. Ele assentiu.

– Tio Ben estava certo.

– Quem?

Sawyer riu de novo até ofegar.

– Meu Deus, Sash, você está tão desinformada quanto Anni. O tio de Peter Parker. O Homem-Aranha. E isso sobre a responsabilidade é verdade. Eu nunca havia matado ninguém até o ataque que sofremos no mar, mas aquilo era uma batalha. Isso foi...

– A mesma coisa – insistiu Doyle. – Ele tinha uma arma. Você fez o que precisava para salvar Annika e a si mesmo. Era sua responsabilidade, irmão.

– E não machucar ninguém é meu juramento sagrado – disse Bran seriamente. – Nunca usei meu dom para machucar outro ser humano. Até agora. E, embora isso também seja um peso para mim, sei que foi feito para proteger as pessoas, para combater o mal.

– Eles têm razão – disse Annika. – Eu não gosto de lutar, e matar vai contra tudo em que acredito, mas se não fosse pelo que você fez, estaríamos mortos. Pareceu que você ficou fora só por alguns segundos. Eu estava muito fraca. Rezei para que você não voltasse. Meu coração sabia que voltaria, porque você é o Sawyer. E eu sabia que, assim que tivesse o que queria, Malmon nos entregaria para Yadin e teríamos uma morte horrível. Mas então você surgiu dentro do tanque, comigo. Eu soube que sobreviveria porque você teve a coragem e disposição para fazer o que precisava ser feito. Se acha que isso foi errado, você está enganado. Só um estúpido acharia que você quebrou seu juramento.

– Pode crer. – Como os olhos de Annika estavam cheios de lágrimas, Riley se debruçou sobre a mesa e segurou suas mãos. – Pode crer, Anni.

– É um peso para nós. – Sasha se levantou e encheu novamente a taça de Sawyer até a metade. – Para todos nós. Nós matamos homens. Seres humanos. É um peso.

– Seria pior se morrêssemos – disse Riley.

– E pior ainda se fracassássemos – continuou Sasha. – Somos os guardiões, as estrelas são nosso poder e nossa responsabilidade. Ninguém quebrou um juramento ou perdeu a fé. Elas nos observam, as deusas e guardiãs. Observam os seis que vieram delas e nos veem aceitar nosso poder, cumprir nossas responsabilidades e manter nossos votos e nossa fé. Tirar uma vida é lamentável, perder a nossa é o fracasso. Um fracasso que levaria todos os mundos à escuridão.

– Isso veio de você? – perguntou Riley, após um instante de silêncio. – Ou de *vocês*? Você estava com aquele olhar de vidente.

– Um pouco dos dois. – Sasha deu um suspiro audível. – De onde quer que tenha vindo, é a verdade. E eis outra: Sawyer, segundo o que você e Annika contaram, você viajou com uma arma apontada para sua cabeça, depois de ter levado um tiro, ser esfaqueado, eletrocutado e torturado. Desconectou- -se, o que foi difícil para você, mas absolutamente necessário, e voltou para buscar Annika. Voltou para dentro do tanque. Isso significa que teve que usá-la como seu… farol?

– Sim, esse é um bom termo. Eu tinha as coordenadas da caverna, mas não do exato lugar em que ela estava. Tive que me concentrar nela para entrar no tanque e tirá-la de lá.

– E rápido – continuou Sasha. – Depois, você se teletransportou de novo, trazendo-a para cá. Foram três deslocamentos em noventa segundos?

– Mais ou menos isso.

– O teletransporte o esgota, mesmo quando você está bem-disposto. Você havia perdido só Deus sabe quanto sangue, tinha sido pendurado como um pedaço de carne e surrado e ainda teve que vê-los torturar Annika, o que deve ter sido horrível. Mas você fez o que tinha de fazer e voltou, à beira da morte. Estou certa sobre esta parte? – perguntou ela a Bran.

– Infelizmente.

– Exato. Então não quero mais ouvir *besteiras* da sua parte sobre nada disso.

– Pode crer – disse Annika.

Ela então pousou a cabeça na mesa e chorou.

– Ah, por favor. Não, não faça isso. – Desesperado, Sawyer acariciou os cabelos dela e lhe esfregou as costas. Quando tentou erguê-la e pô-la em seu colo, não encontrou forças. – Assim você acaba comigo, Anni.

– Não, não, quase todas essas lágrimas são de felicidade. – Ela o abraçou. – Quase todas. Estamos aqui, todos juntos, conversando. E eu ouvi sua risada. Mesmo lhe causando dor, ouvi você rir.

Ela deu beijos em todo o rosto de Sawyer até chegar à boca, e simplesmente mergulhou nele.

– Querem um pouco de privacidade? – perguntou Riley.

– Se ao menos… – murmurou Sawyer. – Duvido que eu consiga.

– Vamos fazer sexo de novo. – Através das lágrimas, Annika sorriu para ele. – Quando você estiver recuperado. Vou ser muito delicada até você ficar forte de novo.

Sawyer ignorou a risada de Doyle.

– Bom saber. Então está certo, nada de besteiras. – Sawyer pegou a taça de vinho e a observou. – Poder honrado, responsabilidade cumprida. Continuando: era essencial ser rápido. Malmon chamou Berger e o mandou matar Sasha. Queria Bran ferido, mas Sasha morta. Mandou Trake vir aqui com uma equipe para capturar vocês enquanto isso.

– Você é um aborrecimento para Nerezza, *fáidh*. – Bran segurou a mão de Sasha por baixo da mesa. – Ela não pode lhe impor sua vontade, não pode lhe roubar seu poder, como achava que podia. Você se preocupou com todos nós – disse ele para Sawyer –, mas estávamos preparados.

– Sim. Eu vi Berger procurar os controles, mas o tanque começou a sacudir. O tanque sacudiu? – perguntou Sawyer a Annika. – A luz... O tanque explodiu?

– Sim, logo que você voltou para me buscar. Malmon correu, mas não conseguiu escapar da luz.

– Estávamos enfrentando Trake e companhia quando vocês chegaram – continuou Riley. – Estávamos prontos para eles. Bran acionou aquela reação em cadeia no alto das colinas, e muito mais os aguardava aqui. Não sobrou nada deles. As armas enfeitiçadas causam uma dor terrível, mas um tiro certeiro mata. Não sobrou nada.

– Nenhum corpo para descartar. Essa é a mais fria verdade – acrescentou Doyle quando Sasha estremeceu.

– Tem razão – disse ela. Bran e Riley foram até a caverna ontem. Precisávamos conferir como estavam as coisas por lá e, depois de algumas discussões acaloradas, Riley foi e Doyle ficou. Não podíamos deixar Bran ir sozinho nem ficar desprotegidos aqui. Então...

– Não sobrou nada – reforçou Bran. – A caverna era só uma caverna. Havia um... um cheiro estranho no ar, algo obscuro, mas era fraco e depois sumiu.

– Salgamos o chão e Bran fez uma purificação. – Riley deu de ombros. – E foi isso.

– Então vencemos essa rodada. Temos que retomar a busca – disse Sawyer. – Antes de ela descobrir como nos atacar da próxima vez.

– Não – disse Sasha, pegando sua taça de vinho.

– Como assim "não"?

– Ou vamos nós seis ou não vai ninguém. Enquanto você não estiver bom para mergulhar, não vamos.

– Meu Deus, eu aguento um mergulhinho. Mais uma dose da poção mágica de energia e poderia fazer triatlo.

Sem dizer nada, Doyle lhe deu um soquinho no ombro. Sawyer viu estrelas.

– Ai!

– Você está fora de combate até conseguir levar um tapinha de amor sem gritar.

– Tapinha de amor o cacete.

– As estrelas estão esperando há séculos, podem esperar mais alguns dias – argumentou Bran. – Quando Nerezza vier de novo, precisaremos de você.

– Posso avisar quando Sawyer conseguir fazer sexo sem sentir dor.

– É um bom parâmetro. Mas seja específica. Conte os detalhes e tal. – Recostando-se, Riley gesticulava com a garrafa de cerveja.

– E quanto tempo durou – acrescentou Doyle, fazendo Riley sorrir.

– Eles estão zombando de nós, Annika. Brincando, quer dizer.

– Eu estou falando muito sério. Você não, Doyle?

– Seríssimo. Mantenha-nos informados, linda.

– Pode deixar. E quando ele estiver curado, encontraremos a Baía dos Suspiros. Sabemos que estamos perto de encontrá-la, porque eu ouvi de novo.

– O quê? Quando?

– Quando você estava me trazendo para cá. Não ouviu os suspiros, as canções?

– Eu... – Ele refletiu. – Achei que fosse você. Sim, eu ouvi. Meu Deus, eu ouvi!

– E eu tenho novidades – interpôs Riley. – Durante o seu coma magicamente induzido, consegui dedicar um tempo a isso. Encontrei algumas pistas.

– E só agora você resolve contar? – questionou Doyle.

– Foi logo antes de a Bela Adormecida aqui acordar; eu estava justamente vindo falar com vocês. É uma lenda. Conheço um cara que conhece um cara que a conhece. Mas o cara que a conhece está em um retiro no momento, por isso só vou poder tentar a sorte com ele daqui a alguns dias. Até lá, vou fazendo minhas pesquisas. Como a maioria das lendas, essa tem muitas variações, mas a que me chamou atenção foi a que liga a Baía dos Suspiros à Ilha de Vidro.

– Interessante. – Bran se inclinou para a frente. – O que você descobriu?

– Não muito. Mas há bastante especulação. Na versão que me chamou a atenção, muito tempo atrás a baía e a ilha eram ligadas. E como, segundo as lendas locais, a baía se moveu, só podia ser vista por uns poucos escolhidos.

Como tinha interrompido suas pesquisas para almoçar, Riley pegou mais macarrão enquanto contava.

– Havia um povo que dividia a ilha. Um povo que podia viver na terra e na água, e que vivia em paz. Tudo era alegria e felicidade até um sujeito... Os nomes variam, mas o mais comum é Odhran.

– Um nome irlandês – disse Doyle.

– Sim. Então Odhran decidiu: "Ei, já que podemos viver na terra e no mar, por que não tomamos conta de tudo? Eles têm aquele belo castelo na colina. Talvez eu queira ficar com ele. E somos melhores e mais fortes."

– Uma desculpa popular para a guerra – comentou Bran.

– Pois é, e eles de fato começaram a guerrear. Primeiro atraíram as pessoas para a baía e depois as afogaram.

– Atraíram com canções? – perguntou Annika.

– Isso não está claro, mas é possível. Depois, incendiaram e pilharam tudo que encontravam pela frente a caminho do castelo. Mas a rainha daquele castelo não teve medo de combatê-los. E assim o fez. Mais uma vez, há várias versões sobre essa parte. Chuva de fogo, terremotos, rainha em um cavalo alado e brandindo a sempre popular espada de fogo, e por aí vai. O resultado parece o mesmo em todas as histórias: enquanto os rebeldes se espalhavam e tentavam voltar para a baía, a rainha os cercou. Ela lhes deu uma escolha: morte ou o banimento. Odhran escolheu a morte, e a teve, segundo a maioria das versões. Aconteceu o mesmo com alguns outros. Mas a maioria escolheu o banimento. Então ela soprou a baía para o mar. Pouparia suas vidas, e algumas eram inocentes, mas eles teriam que flutuar e vagar, presos para sempre no próprio lar. Ou, em outra versão, até que um descendente deles os redimisse. Redimidos, eles poderiam voltar à ilha e viver em paz.

– Sereias? – Enquanto falava, Sawyer passou a mão pelos cabelos de Annika.

– Nunca ouvi essa história – disse ela. – Não é das que contamos com canções em meu mundo.

– É bastante desconhecida – confirmou Riley. – E ainda tenho que encontrar a fonte. Mas, como disse Doyle, o nome do líder rebelde é de origem irlandesa. Ou inglesa. Em algumas versões se escreve Odran, que é a variação inglesa.

– Deve haver mais.

– Estou procurando, mas essa é a primeira camada que descobri. E se encaixa. Andei tentando traduzir versões gregas, latinas e irlandesas antigas. E vou continuar tentando.

– Posso ajudar nisso.

Intrigada, ela olhou para Doyle.

– Você entende grego, latim e irlandês antigo?

– O suficiente.

– Então está certo. E quando eu entrar em contato com o cara que supostamente sabe mais, eu lhe passo o que descobrir. Mas, ao que tudo indica, estamos sendo levados na direção da Baía dos Suspiros.

– O difícil é encontrá-la. Annika ouviu isso duas vezes durante o tele-transporte. Eu poderia... – começou Sawyer.

– Recupere-se – interrompeu Sasha. – Nada de mergulhos, nada de carregar peso, nada de teletransporte até estar totalmente curado. Somos cinco contra um, Sawyer. Não adianta discutir.

Como a poção que Bran lhe dera o fazia se sentir cansado, como se fosse capaz de dormir por uma semana, ele não discutiu.

– Volte a descansar. – Annika se ergueu e pegou sua mão.

– Não discuta. Sinto sua dor voltando – disse Sasha. – O sono promove a cura. Anni, você tem pomada suficiente?

– Tenho. Vou cuidar dele.

– Amanhã já estarei bom.

Embora ele quisesse isso, estivesse determinado a isso, o mero esforço de se erguer o deixou tonto.

Quando chegou ao alto da escada, com a ajuda de Annika, Sawyer suava. Ele adormeceu, mesmo sem o remédio. Annika o despiu com delicadeza e passou a pomada nos ferimentos.

Só então se deitou ao lado dele, e pousou a mão em seu peito, para sentir as batidas de seu coração. E, pela primeira vez desde a captura, dormiu profundamente.

15

SAWYER VOLTOU A CAMINHAR SOZINHO, MAS NÃO CONSEGUIRIA CORRER 50 metros nem se sua vida dependesse disso. Assim, ele aceitou que não estava pronto para sair do banco de reservas. Como seu braço direito continuava fraco, tentou melhorar a pontaria com o esquerdo, mas até o treino de tiro o cansou em menos de uma hora.

Os outros assumiram suas tarefas domésticas. Embora Sawyer soubesse que teria feito o mesmo por eles, sentia-se incapacitado.

Raramente adoecia e nunca tivera nenhuma doença grave. Na verdade, não se lembrava de sequer ter sentido algum mal-estar por mais de um dia – embora algumas vezes tivesse fingido para não ir ao colégio.

Toda aquela fraqueza, mais a fadiga que recaía sobre ele como um cobertor de chumbo após o exercício mais banal, o deixavam muito frustrado.

Estava sentado na beira da piscina, balançando as pernas na água e com uma expressão amuada quando Riley veio, tirou os tênis e se sentou ao seu lado.

– Acho que eu afundaria e me afogaria nessa piscina se tentasse atravessá-la.

– Pare de drama. Era para você estar morto – retrucou ela, com franqueza, oferecendo-lhe um copo com um líquido alaranjado e gasoso. – Sério, amigo. Eu não conseguia estancar o sangue da facada, e já tinha uma poça enorme no chão. O do ombro era ainda pior. Sei disso porque já vi ferimentos de bala, e aquele estava bem feio. Dava para ver no rosto de Sasha enquanto ela e Bran cuidavam de você. Bran teve que obrigá-la a parar de absorver um pouco da dor, porque estava quase tão pálida quanto você. Sem falar no seu rosto, seu olho, as rupturas musculares, os efeitos dos eletrochoques e todo o resto.

– Sei disso tudo.

– Então saiba que Bran e Sasha salvaram sua vida. – Ela lhe deu um soquinho no braço bom. – Sem eles, não teríamos conseguido. A vida estava simplesmente se esvaindo de você, Sawyer. Não preciso ser sensitiva para saber disso, porque dava para ver. Você salvou Annika, e eles o salvaram.

Franzindo o cenho, ele retribuiu o soquinho.

– Estou sendo um idiota.

– Sim. Você teve um dia inteiro para isso, depois de quase morrer como um herói e tudo mais, mas é hora de superar.

– Está bem. – Estranhamente, o tapa verbal afastou a autopiedade. Mas Sawyer continuou de cenho franzido enquanto olhava para o copo em sua mão. – Que troço é esse e cadê a minha cerveja?

– Sua cota é de uma por dia.

– Sinto que vou voltar a me lamentar como um idiota.

– Beba logo. Bran e Sasha que prepararam. Promove a cura e dá energia.

– Não parece o que eles me deram antes.

– É novo, foi aperfeiçoado. Tome seu remédio, caubói.

Fazer o quê? Ele tomou um gole.

– É bom. – Outro gole. – Bom mesmo.

– Eu acrescentei… com o consentimento deles… uma dose de tequila.

– A melhor amiga do mundo. – Dessa vez, Sawyer a cutucou com seu ombro bom. – Como está indo a pesquisa?

– Devagar. Doyle é ótimo em tradução, mas não tem paciência para pesquisar e não sabe a hora de parar e fazer um balanço geral. Tivemos algumas discussões por causa disso.

– O quê? Você e Doyle discutiram? Estou chocado.

Ela revirou os olhos diante da expressão irônica de Sawyer.

– Ele que começou.

– É o que todos dizem.

Riley balançou as pernas na água preguiçosamente, respingando gotas.

– A verdade é que esse intervalo que fizemos pela sua recuperação é bom para todos nós. Estávamos precisando. Sasha e eu trocamos algumas palavras sobre isso. Não contenciosas, palavras agradáveis. Isso deu a Bran uma chance para se reabastecer e um pouco de tempo para ela pintar. Fisicamente, Annika também precisa de um intervalo. Não só a machucaram, como tiraram o brilho dela.

Sawyer sentiu uma pontada de pura raiva na barriga.

– Sei disso. Se eles não estivessem mortos...

– Digo o mesmo. Mas o brilho dela está voltando. Nada tira a alegria de Annika por muito tempo. Doyle e eu não ficamos tão feridos, mas...

– Espere. Você levou um tiro. Eu tinha esquecido. Meu Deus, Riley, você foi atingida.

Ela se virou para lhe mostrar o ferimento no braço, já cicatrizando. Não passava de um arranhão agora.

– A pomada de Bran. Fui atingida de raspão, mas doeu pra caramba. Agora, pense: um raspão no meu braço, um tiro no seu ombro.

– Eles não estavam tentando nos matar. Meu cérebro ainda está funcionando.

– Queriam nos assustar e debilitar – concordou Riley. – O objetivo podia ter sido capturar, mas isso não significava que não poderiam nos fazer sangrar um pouco. Também teriam arruinado uma boa roupa de mergulho se Bran não a tivesse consertado. Ele é habilidoso. Só não consertou a sua porque não sabemos o que fizeram com ela, mas já providenciei outra para você usar quando sairmos de barco de novo.

– Repito: a melhor amiga do mundo. E o que será que a mãe das mentiras está fazendo?

– Bem, demos uma canseira nela em Corfu.

– Chutamos aquele traseiro gordo dela.

– Cada centímetro dele. – Riley fez uma pausa para trocarem um soquinho comemorativo. – Depois, ela recrutou Malmon. Temos que admitir que foi uma boa estratégia. Deixá-lo fazer o trabalho sujo e ficar com as estrelas e um demônio escravo do amor.

– Mesmo assim... – ele ergueu o copo – ... ela fracassou de novo.

– Sim, nas duas vezes os planos dela viraram... Eu ia dizer "fumaça", mas vamos ser exatos: luz. O fato é que Malmon não estava em sua melhor forma.

– É duro concordar, já que também não estou na minha melhor forma graças àquele filho da mãe, mas, sim, ele estava estranho. Quer saber por quê, em minha opinião?

Abaixando os óculos de sol, Riley olhou nos olhos dele.

– Quero. Depois veremos se é igual à minha.

– Nerezza cometeu um erro de cálculo. O que fez com ele, a transformação, o tornou mais forte. Posso atestar isso. Mas o emburreceu. Ele não agiu com inteligência, Riley, o que antes era seu ponto forte.

– Mais uma vez, estamos totalmente de acordo. O Malmon que conhecemos e odiamos tomaria providências para que Anni fosse levada para longe daqui. Teria ficado com a sereia para ele e tirado vantagem dela. Mas arriscar-se a lhe causar dano ou matá-la, usá-la para atingir você? Isso não foi inteligente. Ele a levaria para um lugar secreto e deixaria você nas mãos de Yadin. Isso é o que Malmon, sendo Malmon, faria.

– Ele só queria saber da bússola. Nem as estrelas pareciam tão importantes.

– Você já tinha escapado com ela uma vez. E com aquela inteligência reduzida? Estou achando que ele só conseguia enxergar isso. E a ordem para machucar Sash? É coisa de um deus louco da escuridão. Malmon nos teria capturado, mandado Berger dar um tiro na cabeça de Doyle para mantê-lo temporariamente fora de combate e vindo com força para cima do resto de nós. Teria entregado Sasha para Yadin e a tornado sua profetisa pessoal.

Concordando totalmente, ele balançou as pernas no ritmo das de Riley.

– E porque foi burro, perdeu os dois que tinha. Nunca esperei que ele me entregasse a bússola, nem com uma arma apontada para minha cabeça. Aquilo foi uma tentativa desesperada da minha parte, mas ele caiu.

– Também acho que, se as bombas de luz não tivessem acabado com ele, Nerezza teria se encarregado disso. Ele deveria ficar feliz por ter morrido.

– Ele não morreu.

Descalça, com os cabelos presos em um coque e mortalmente pálida, Sasha se aproximava deles com um bloco de desenho.

– Ei, ei. – Sawyer empurrou o copo para Riley e se levantou tão rápido que sua cabeça girou. Mesmo assim, foi até Sasha e segurou seu braço para ajudá-la. – É melhor você se sentar.

– Todos nós devemos nos sentar. Bran e Doyle foram fazer compras no vilarejo. Queria que já tivessem voltado. Se eu tivesse visto... Queria que já tivessem voltado.

– Não vão demorar.

Também de pé, Riley foi do sol para a sombra enquanto Sawyer conduzia Sasha para uma cadeira sob a pérgula.

– Onde está Annika?

– Está... Acho que está terminando de cuidar das roupas. Ela adora dobrá-las.

– Vou chamá-la – disse Sawyer.

– Não, sente-se. Deixe que eu vou – ofereceu-se Riley. – Água, álcool, suco? – perguntou para Sasha.

– Água, só água. Obrigada.

– Você disse que Malmon não morreu – começou Sawyer –, mas...

– Ele está vivo. O que ele é agora está vivo.

– Eu não estou... Bem, recupere-se. Vou buscar sua água.

– Não, fique aqui. É horrível quando isso vem assim.

– Dor de cabeça? Você precisa de aspirina. Ou, droga, aquela coisa que Bran fez para você.

– Não, não estou com dor de cabeça. – Ela tirou os grampos dos cabelos como se até mesmo o coque frouxo estivesse apertado demais. – É como abrir uma janela, esperar uma brisa fresca e se deparar com uma tempestade. Só preciso de um minuto para me acalmar.

– E Bran não está aqui para ajudá-la.

– Você está. Você é firme, Sawyer. É sua compaixão. Você tem muita compaixão.

Annika veio correndo da casa, na frente de Riley.

– Posso ir até o vilarejo muito rápido e encontrar Bran.

– Não precisa, ele já vai voltar.

Riley pôs uma grande garrafa d'água na mesa, a abriu e despejou um pouco em um copo.

– Hidrate-se. Acalme-se. Estamos todos bem, e Bran e Doyle também estão. Você saberia se eles não estivessem.

– Tem razão. Eu só entrei em pânico. – Sasha bebeu a água devagar. – Eu estava pintando. Tão bom simplesmente pintar... Sem me preocupar com nada apenas por um dia. Queria pintar as colinas, o verde, o modo como a luz banhava a terra. Não o mar dessa vez. Preparei a tela. Já havia feito alguns esboços, então os peguei e organizei meu material. Comecei a misturar tintas.

Sasha parou e olhou para a mancha verde-sálvia no polegar.

– Então dei as costas para a tela e peguei meu bloco de desenho. Aquele vento... soprou através de mim, muito rápido e violento. Eu mal conseguia respirar. Comecei a pintar.

Ela pôs a água de lado e abriu o bloco de desenho na primeira página.

– Malmon. De smoking – observou Riley. – E Nerezza. Mas esse não parece o cômodo em que você os viu da última vez.

– Não, acho que isso foi antes. Acho que é na casa dele, em Londres. Ne-

rezza o procurou. E depois... Olhem. – Sasha virou rapidamente a página.
– *Ele* a procurou, e foi quando realmente começou. É como uma sequência.
Tive vislumbres dos dois. Mal conseguia acompanhar.

Sasha passou para a página seguinte, onde havia uma série de desenhos.

– Os braços dele – notou Annika. – Mudaram.

– Vejam como as veias estão proeminentes. E pulsando. E isto. – Sasha
passou o dedo pelo ombro em um dos desenhos.

– Parecem... escamas. – Riley aproximou o rosto do papel. – Algumas
bem aqui.

– A luz queima os olhos dele. A parte branca se tornou amarelada. Sei
que a mudança é sutil, mas vocês conseguem vê-la?

– Ele está com os olhos diferentes – confirmou Sawyer. – Mais estreitos.

– Começou a usar óculos escuros o tempo todo. Até mesmo dormindo.
Todas as noites ele a procura e ela põe mais um pouco nele. Põe sangue no
vinho, pouco a pouco, até pôr vinho no sangue. Ele bebe. Ele bebe – repetiu
Sasha, virando a página. – Agora Nerezza o governa. Porque um pouco do
sangue é dela. Ela o chama de "meu bichinho".

Sawyer viu Bran chegar e levou um dedo aos lábios, indicando silêncio.

– Malmon é uma criatura dela, não totalmente transformado, mas dela
– continuou Sasha. – Através dele, ela terá o que quer, o que lhe pertence.
Talvez fique com ele quando estiver terminado. O bichinho dela. Até que
se canse dele.

Bran pôs a mão no ombro de Sasha. Ela respirava devagar.

– Aqui, ele se reúne com alguns homens. O torturador, o soldado, o
assassino. E com outros que farão o que ele mandar por dinheiro. Ele não
está mais entediado, mas se sente diferente. Sua mente ficou embotada. Ele
sente muita raiva. Mata uma prostituta e se alegra. As unhas: ele corta toda
manhã. Está perdendo os cabelos, sim, mas está tão forte! E ela lhe prometeu
mais força e poder. Vida eterna. Ela é sua deusa agora.

Sasha fez uma pausa e indicou outro desenho.

– Aqui é na villa... – prosseguiu. – Em breve ele terá um palácio, mas por
enquanto isso basta. A pele parece grudada nos ossos e a luz fere seus olhos.
Vejam os olhos dele.

– Diferentes – disse Riley, olhando, enquanto Doyle chegava. – Como os
de um réptil.

– Ele enxerga no escuro. Anseia pela escuridão. Juntos, eles extinguirão a luz. Todos os homens trabalham e vigiam. Helicópteros trazem tudo de que ele precisa, mas ele vai buscar à noite, apenas à noite, e corre. Rápido como uma cobra. Mas ela raramente o procura agora, não o suficiente. Ele anseia por ela, assim como anseia pela escuridão. Ela virá agora. Dois inimigos capturados. Ela virá agora, satisfará a vontade dele. Sua necessidade.

Sasha virou a página, mostrando o desenho da caverna. Sawyer surrado e ensanguentado pendendo das correntes. Annika presa no tanque.

– Ele quer a bússola, o poder dela. Quase a teve uma vez, e não lhe será negada uma segunda. O viajante deve pagar por tê-lo desafiado. Sua rainha quer as estrelas. Com a bússola, ambos terão o que desejam. Matar os dois, matar todos, mas primeiro obter o que é dele. E encontrar o que é dela. Ah, a dor deles é excitante. Eles querem mais. A luz! A luz! Queima insuportavelmente. O calor é escaldante. Ele grita por ela, mas ela não vem.

– Meu Deus! – Quando Sasha virou a página para o desenho seguinte, Sawyer ficou olhando para ele com horror e piedade, apesar de tudo. – Esse é Malmon?

– Ele ainda não está totalmente transformado, mas é mais besta do que homem. Está preso na escuridão. A dor, a queimação, é terrível.

– Mefisto. Um demônio em posição inferior na hierarquia – continuou Riley. – Frequentemente escravizado por um demônio governante ou um deus da escuridão. Um distanciado da luz. Mitologicamente falando.

– É sério que existe um nome para isso? – surpreendeu-se Sawyer.

– Há um nome para tudo se você cavar fundo o bastante.

– Ela vai até ele. – Sasha virou mais uma página. – Ele chora lágrimas de sangue. Ela poderia destruí-lo, tamanha é sua raiva. Há loucura nela e nele. Mas ela é esperta e ele lhe será útil. Ela o faz implorar, rastejar, suplicar, mas lhe devolve a visão e o leva para seu palácio dentro das montanhas, para uma câmera já preparada para isso. Não importava se ele fracassasse ou não, esse sempre foi seu destino. A mãe das mentiras promete riquezas, poder, juventude eterna. Em vez disso, ele viverá como ela quiser, enquanto ela quiser, e só terá o que ela quiser.

Sasha virou mais uma página. Três pássaros em poleiros de pele enegrecida e paredes de pedra espelhadas mostrando o horror que Malmon se tornara. Ele, encolhido em um canto, com um sorriso ensandecido.

– Dizem que há coisas que a gente não desejaria nem para nosso pior inimigo – comentou Riley, com um longo suspiro. – Malmon está, definitivamente, no topo da lista de inimigos, mas eu não desejaria isso nem para ele.

– Ela lhe negou uma morte rápida, o que é uma crueldade. Mas... – Doyle fez uma pausa e observou friamente o desenho. – Esse é o verdadeiro eu dele, não é? É o que sempre foi por dentro. Ela somente o trouxe para o exterior, o tornou visível.

– Sim, sim – repetiu Sasha antes que mais alguém falasse. – Nerezza reconheceu o monstro dentro dele. Agora ele se transformará. – Ela pegou o copo e tomou mais um longo gole de água. – E o governará. Ele está louco. Ela o levou à loucura e ao delírio, mas Malmon está mais forte, mais rápido e mais perverso. Mais perigoso.

Sasha buscou a mão de Bran.

– Estou tão feliz por você estar aqui!

– Você não teve seu dia tranquilo pintando.

– Não, mas o dia ainda não acabou. A vida dele, sim. Ele trocou toda a sua riqueza e todos os seus privilégios pelas mentiras de Nerezza. Não, eu não desejaria isso nem para o pior dos meus inimigos, mas ele se entregou para ela porque o monstro em seu íntimo ansiava por mais.

Ela bebeu mais um pouco e tomou fôlego de novo.

– Como fazemos para matá-lo?

– Descarte de demônio. – Riley deu uma última olhada no desenho. – Degola. Mitologicamente falando, isso foi tentado e funcionou. Para alguns é fogo; para outros, água ou sal; para outros ainda, o feitiço certo. Posso pesquisar a respeito. Sei que ele está prestes a se tornar Mefisto, mas vou descobrir o que puder.

– Vou fazer isso também. – Com preocupação no olhar, Bran beijou o alto da cabeça de Sasha. – Vá pintar, Sasha. Algo alegre e bonito.

– Vou fazer isso. Annika, você posaria para mim?

– Posar?

– Depois disto? – Ela fechou o bloco de desenho. – Bran tem toda a razão. Quero pintar algo bonito, cheio de luz e alegria.

– Você me pintaria? Ah! – Annika cruzou as mãos em cima do coração. – Estou ejaculando de felicidade.

– Ah. – Balançando a cabeça e esfregando a nuca, Sawyer disse: – Isso significa outra coisa.

– Não posso ejacular de felicidade?

– Ejacular é...

– Meu Deus, Sawyer, seja direto. – Riley apontou para as partes íntimas de Sawyer, que lhe deu um tapinha na mão. – Ejacular é... Como posso dizer? É quando o homem expele líquido durante o clímax.

– Ah, isso é ejacular? Eu quis dizer que estava *transbordando* de alegria. Adoraria posar para você, Sasha.

– Você posaria na piscina, na água, como uma sereia?

– Sim!

E ela imediatamente estendeu a mão para a barra do vestido.

– Espere. Não é para tirar a roupa.

Confusa, Annika ergueu as mãos para Sawyer.

– Eu não entro na água vestida e não posso usar biquíni quando estou em minha verdadeira forma.

– Sim, mas... – Ele olhou para Doyle. – Vão para outro lugar.

– Eu gosto daqui – disse Doyle.

– Doyle e Bran já me viram nua.

– O quê?

– Quando nós voltamos, eu estava nua. Doyle me deu o casaco dele, porque eu estava com frio. Você é muito envergonhado.

Ela andou até a piscina, tirando o vestido no caminho. Atirou-o em uma cadeira e mergulhou.

– Ela já é uma obra de arte. E é sua, irmão. – Com um último olhar de admiração, Doyle se levantou. – Vou continuar a traduzir enquanto você pesquisa sobre demônios – disse ele a Riley.

E, para o alívio de Sawyer, entrou na casa.

Como não podia continuar a busca, mergulhar nem treinar, Sawyer tirou o dia de folga. Ficou irritado por não conseguir fazer as pesquisas sem cochilar, mas se sentiu melhor depois de uma hora de sono.

Mesmo depois do descanso, porém, a bússola não lhe revelou nada. Apesar de ter sido tranquilizado pelos amigos, ainda tinha um pouco de medo de ter perdido o direito de usá-la pelo uso indevido que fizera.

Preparando-se para isso, pegou seu telefone e saiu. Annika estava sentada – quase deitada, na verdade –, nos degraus da piscina, os cabelos brilhantes da água mal cobrindo os seios. A cauda brilhava, como se feita de milhares de pedrinhas preciosas. Virou a cabeça apenas ligeiramente e sorriu para ele.

– Tenho que ficar parada por mais alguns minutos. Sasha disse que não posso ver enquanto ela não terminar.

Mas ele podia. Sawyer deu a volta até Sasha e seu cavalete. Viu que ela havia deixado à mão vários esboços rápidos, com poses e expressões diferentes. E, na tela, captara alegria e beleza.

– Lindo. Está… impressionante.

– Muitos tons, sombras e matizes. – Sasha misturou mais tinta na paleta e deu uma fina pincelada na tela. – E o modo como todos captam a luz…

– Entre na piscina e fique aqui conversando comigo. Sasha disse que eu posso falar.

– Talvez mais tarde. Preciso dar um telefonema.

– Você vai pintar Sawyer também, Sasha?

– Ela não quer…

– Está na minha lista.

– O quê? Sério?

– Quero pintar cada um de nós e depois todos juntos. Só preciso… encontrar o momento. Como foi com Annika. Já pintei Bran, de memória. À noite, quando o poder é mais forte nele, tal como as pedras preciosas na cauda de Annika. Brilhante, viva, magnífica. Mas tem que surgir o momento certo. Hoje foi com Anni.

– Está tão… – Sawyer realmente não encontrava palavras. – Você vai adorar, Anni. Agora vou dar uma caminhada, fazer minha ligação.

Escolheu o bosque por causa do sossego, da sombra e dos cheiros. Pegou a bússola e pensou em simplesmente se transportar para a casa dos avós, mas, com a energia ainda baixa, não seria sensato. Além do mais, não queria preocupar sua família.

Então, contentou-se com o telefonema.

– *Dedushka*. – O simples som da voz do avô o animou. – *Kak pozhivaesh*?

– *Zolotse*. – O termo afetuoso e o tom gentil do avô impediram Sawyer de divagar. – *Chto sluchilos*?

"O que houve?", perguntava o avô. *Por onde começo?*, pensou Sawyer.

– *Dedushka*, acho que cometi… Vou contar o que aconteceu.

Bran entrou no bosque à procura de Sawyer, porque Sasha estava um pouco preocupada. Segundo ele, fazia quase uma hora que ele estava ali.

Encontrou-o sentado no chão, recostado a uma árvore carregada de limões. E com a bússola na mão.

– Espero que você não tenha feito nenhum teletransporte.

– O quê? Ah, não. Eu estava bem aqui. Acabei de falar com meu avô.

Bran se sentou ao lado dele no chão e esticou as pernas.

– Ele está bem?

– Sim. Desde aquele último susto, está mais forte que nunca.

– É bom falar com a família. Ontem mesmo falei com minha mãe.

– Ela está preocupada com você?

Por um momento, na quente e clara tarde italiana, Bran sentiu o beijo frio e úmido da Irlanda.

– É minha mãe, claro que se preocupa. Mas também tem fé. E, embora eu não goste de preocupá-la, a fé dela faz crescer a minha.

– Entendo. Eu adoro meu pai, sabe? E minha mãe, meus irmãos e minha avó. Mas *Dedushka*…

– Seu vínculo com ele é especial, não é? A bússola era dele, e foi quem a passou para você. Eu adoro meu pai e toda a minha família, mas foi minha mãe quem me ensinou magia e me ajudou a me abrir para o que sou.

– Então você entende.

– Sim, entendo. Você contou a ele o que ainda o preocupa.

– Tudo que vocês disseram fez sentido, e ajudou. Ajudou muito. Mas… Você sabe que seu poder está aí o tempo todo, certo? Não precisa usá-lo ou senti-lo.

– Sim, sei que está em mim.

– Comigo, desde que voltamos da caverna, não senti a conexão.

Uma diáfana libélula passou voando ao sol. Sawyer observou seu voo, vendo como ela se afastava rápido. Ele sabia o que era voar.

– Quando concluí que tinha que contar para meu avô, pensei em ir à casa dele. Mas disse para mim mesmo que precisava recarregar as baterias. Sabe, eu não queria preocupá-lo, mas por trás disso havia o medo de não conseguir ir. De não conseguir me teletransportar de novo, de ter perdido o direito.

– E o que seu avô falou sobre isso?

– Bem, contei tudo que aconteceu, sobre Malmon, a caverna, Annika, tudo. E que usei a bússola, esse presente, para matar um homem. E que achava que isso poderia ter me custado o direito de usá-la.

– E...?

– Basicamente, ele me disse para parar de frescura.

Com uma breve risada, Sawyer deu de ombros, e foi fácil, porque não carregavam mais o peso da culpa.

– A conversa foi mais longa que isso. Ele falou o que vocês me aconselharam, mas esse "pare de frescura" resumiu tudo. Então comentou que me amava e que acreditava em mim, acreditava que eu faria tudo que nasci para fazer. E que voltaria para casa a salvo.

– Espero conhecê-lo algum dia.

– Quando tudo isso terminar, vamos fazer uma festa de abalar a casa.

As emoções o fizeram estremecer, a principal delas sendo o alívio.

– Voltei a sentir a conexão. Sei que a bússola é minha até chegar a hora de passá-la adiante. Eu tinha que parar com essa frescura e de lamentar ter jogado no vácuo um idiota que teria enfiado uma bala no meu cérebro.

– Perfeito. Eu diria que você merece uma cerveja.

– Uma inteira?

Bran o examinou, tocando o ombro ferido, depois a área da facada. Satisfeito, concordou.

– Uma inteira. – Levantando-se, Bran estendeu a mão. – Bem-vindo de volta.

– Então podemos mergulhar amanhã? – Quase sem dor, Sawyer se levantou.

– Daqui a um ou dois dias. É bom deixar nossa arqueóloga cavar mais algumas informações.

– Daqui a alguns dias, nossa arqueóloga vai virar loba.

– Apenas enquanto a lua estiver no céu. Essa Baía dos Suspiros é claramente a direção certa. Vamos dar tempo a ela e a Doyle para a encontrarem, e um pouco mais de tempo para você e Annika se recuperarem. Agora, à cerveja!

– Quem sou eu para discutir?

Annika e Sasha não estavam mais na piscina. Sawyer foi ver a tela, ainda no cavalete.

E ficou olhando. Alegria e beleza, magia e maravilha. Não sabia como

Sasha havia captado a luz e o brilho apenas com tinta. Não sabia como era possível mostrar claramente a luz que havia naqueles olhos verde-mar.

Como uma pintura podia retratar doçura, sensualidade e força tão perfeitamente?

– Gostou?

Com um dos famosos Bellinis de Riley na mão, Sasha foi até Sawyer e lhe ofereceu o braço.

– Tudo que ela é está aqui.

– Vou pintar os outros. Foi por isso que fiz tantos desenhos. Eu a quero como a clássica sereia sentada em uma rocha no mar, e a quero dando saltos mortais ou estrelas no gramado.

Vendo que a tensão desaparecera do rosto de Sasha e que ela parecia totalmente relaxada, Sawyer entendeu por que Bran insistira em esperar mais um ou dois dias.

Riley também tinha razão: eles estavam precisando de um descanso.

– Eu poderia pintá-la por anos – continuou Sasha. – Provavelmente é o que vou fazer. – Mas esta é para você.

– Para… para mim?

– Isso mesmo. – Bebendo o Bellini, Sasha avaliou seu trabalho com um olhar crítico. – Preciso de mais uma hora para os toques finais e depois será sua. Como Annika é.

– Não posso ficar com Annika.

– Vivemos em um mundo de milagres e magia. Vou acreditar em ambos.

– Esta pintura significa muito para mim, nem consigo expressar o quanto. Preciso lhe dar algo em troca. Não dinheiro – disse, quando Sasha começou a recuar. – Sei que seria ofensivo. Então, quando tudo terminar, quando cumprirmos nossa missão e você quiser ter aquela conversa com Monet, eu a levarei.

Boquiaberta, Sasha se ergueu na ponta dos pés e lhe deu um abraço.

– Ah, meu Deus! Sawyer, seria… Ah, meu Deus! Tenho que melhorar muito meu francês.

– Com apenas uma estrela encontrada e faltando duas, acho que você vai ter tempo para isso.

– Riley vai encontrar a Baía dos Suspiros, e aí faltará só uma estrela. Eu só… não senti para onde vamos a partir daqui. Você sentiu?

– Não. Ainda nenhuma pista da bússola.

– Ela virá, para nós dois. E você precisa de no mínimo mais um dia antes de recomeçarmos tudo. Então amanhã é sua vez.

– Minha vez de quê?

– De posar para mim. Ainda não descobri o que quero capturar em você...

Ela deu um passo para trás e o observou com um olhar penetrante e curioso que o fez se sentir... ridículo.

– Mas sei que é sua vez – reforçou Sasha.

– Já estou desconfortável.

Mesmo assim, ele se sentou ao sol, ansioso por beber uma cerveja com os amigos.

16

Sawyer soube que estava se recuperando quando Doyle lhe ordenou que treinasse de manhã – com moderação. Conseguiu fazer cinco puxadas antes de o ombro gritar como alguém que levou um baita susto. Talvez tenha ficado com o orgulho ferido, um pouquinho, quando Sasha fez cinco e se preparou para a sexta.

– Não fiquei em último lugar!

Sasha se jogou no chão, ofegante, e deu um soco vitorioso no ar.

– Ei! – protestou Sawyer. – Ombro ferrado. Quase morte.

– Não importa. Hoje é um ótimo dia, eu não fiquei em último lugar. E você está encarregado do café da manhã.

Talvez ele não devesse ter ficado tão impaciente para voltar àquilo tudo.

Mas ficou aliviado quando não precisou voltar para a cama depois de uma hora de atividade. E quando realmente voltasse para a cama, com Annika, faria algo – finalmente – antes de dormir.

Então era mesmo um ótimo dia.

Embora realmente fosse estranho, Sawyer posou para Sasha, sobretudo porque ela o caçou. Ele ficou em pé por uma hora – outra vitória –, com os revólveres na cintura, a mão esquerda na coronha de um e a bússola na outra.

Em certo ponto, Riley veio.

– Descobriu alguma coisa? – perguntou ele.

– Não, mas vocês não perdem por esperar. Vou ter que sair. O cara que tem as informações que queremos deve estar disponível para conversar amanhã.

– Espero que você o encontre antes de virar loba. – Inclinando a cabeça e com o polegar da mão que segurava a bússola enfiado no bolso, Sawyer lhe deu um sorriso insolente. – Ei, você poderia se comunicar ladrando em código Morse.

Riley se limitou a erguer o dedo do meio e foi observar a pintura.

– Você está captando bem a essência dele, Sasha, inclusive o olhar sarcástico.

– Você deveria pintar Riley em forma de loba. Em ação. Ela se coçando para tirar as pulgas, por exemplo.

– Eu não tenho… – Riley não terminou a frase, só bufou.

Sasha simplesmente continuou a pintar.

– Você acredita em reencarnação? – perguntou ela para Riley.

– Com certeza. Só uma vida? Não faz sentido.

– Eu acredito que vocês dois foram irmãos em outra vida. E quero muito pintá-la na forma de loba. Mas também na forma em que está agora.

– Eu não acho que…

– Todos os nossos rostos – interrompeu Sasha, e deu mais uma pincelada. – Agora que comecei, sei que isso é algo que devo fazer. Precisa de um intervalo, Sawyer?

– Eu estou bem. A menos que você precise.

– Quero continuar… até você me dizer que precisa de um intervalo. E você tem que me avisar. Pintar me mantém concentrada, e ela está tentando entrar.

– O quê? Nerezza? – Riley apertou o ombro de Sasha. – Vou chamar Bran.

– Não, está tudo bem. – Calmamente, Sasha trabalhou nos cabelos de Sawyer… ele tinha muitos… e nas mechas clareadas pelo sol. – Eu estou bem, e ele está ocupado. Annika o está ajudando a fazer remédios. Quero que Nerezza tente. Se eu sentir que ela está conseguindo, aí a gente chama Bran. – Concentrada, Sasha continuou a pintar, trocando de pincel para detalhar a curva dos dedos de Sawyer na bússola. – Não quero forçar de volta hoje, apenas bloquear. Não sei explicar por quê…

– Não precisa explicar. – Com a mão ainda no ombro de Sasha, Riley trocou um olhar com Sawyer. – Basta avisar se precisar de Bran ou de qualquer outra coisa.

– Isso mesmo. – Sem perceber, Sawyer segurou mais firme o revólver

– É como se ela estivesse brincando comigo, tentando me distrair. E você pode contar para Bran, quando subir, Riley: Nerezza está esperando a transformação de Malmon se completar. Tem mais coisa, mas… é como se ela quisesse que eu tentasse ver isso.

– Talvez ela queira nos colocar no rumo errado?

– Não sei, Riley. Mas sinto, *sei* que ela está tentando me atrair, e não vou morder a isca. Assim como sei que esse nosso intervalo tão bom, esse afastamento da busca, da luta e do sangue, está quase no fim.

– Então vamos aproveitar enquanto dura.

Dando um último aperto no ombro de Sasha e trocando um olhar com Sawyer, Riley entrou para contar tudo a Bran.

Sawyer observava Sasha enquanto ela o pintava. Ergueu os olhos uma vez quando viu Bran sair para o terraço, obviamente verificando por si mesmo se era necessário.

Logo depois, Doyle veio, pegou uma cadeira e se sentou perto deles, de frente para o quadro. Riley havia lhe contado, pensou Sawyer, e de um modo ou de outro Sasha estava protegida.

Ele relaxou, deixando a mente divagar um pouco. Queria que Annika viesse. Perguntou a si mesmo se teriam tempo quando tivessem as estrelas, encontrassem a Ilha de Vidro e as levassem para lá; pelo menos alguns dias, para ficarem juntos. Sem guerra e deusas vingativas, sem responsabilidades e perigos.

Não era pedir muito, apenas alguns dias.

– Você disse a ela que a ama? Eu sinto isso – disse Sasha. – É muito forte, não posso deixar de sentir. Você falou para ela?

– Que bem isso faria? Acho que apenas a deixaria triste. Não quero que ela volte para casa com arrependimentos.

– Não acho que um coração como o de Annika se arrependeria do amor. E acredito que o amor opera seus próprios milagres.

– A lua está prestes a mudar. – Ele via o fantasma da lua no céu muito azul. – Depois disso, mudará mais duas vezes. Algumas pessoas têm vidas inteiras; outras, apenas momentos. Tento lembrar a mim mesmo que o importante é o que fazemos com esses momentos.

– Sim. Passei a acreditar exatamente nisso. Não se arrependa por não ter dito, não ter feito algo.

Sasha baixou o pincel, deu um passo para trás e avaliou a tela.

– Por enquanto é isso. Posso terminar sem você. – Ela massageou os ombros para aliviar os músculos. – Nós dois bem que poderíamos fazer um intervalo.

Sawyer foi até ela ver seu retrato.

– Uau.

– Gostou?

– Sim. É... *Uau*.

Na pintura, as colinas se erguiam às costas de Sawyer, toda a paisagem banhada pelo sol intenso e vivo.

– Como você consegue captar a luz assim?

– Truque do ofício.

Sawyer balançou a cabeça.

– Talento. Sei que é aqui porque conheço essas colinas, mas do modo como você pintou o fundo, poderia ser qualquer lugar com colinas, montanhas e céu.

– Era o que eu queria, porque essa é a marca do seu dom. E você olha de dentro da pintura sabendo dele, certo dele. Riley me ajudou nisso.

– Riley?

– Eu não estava conseguindo o que queria de você até ela chegar. Você relaxou, a provocou e riu. Este é você, Sawyer. Com o revólver e a bússola nas mãos, pronto para lutar e se teletransportar quando necessário, mas igualmente pronto para receber um amigo.

– Você fez a bússola brilhando.

– Ela realmente brilhou.

– Não, não brilhou. Eu teria sentido.

– Brilhou para mim. – Ela hesitou quando Sawyer baixou os olhos para a bússola, que ainda segurava. – Talvez eu só tenha visto o que ela fará ou fez.

Mas sabia que a bússola havia brilhado, suave e calma, quando ele pensara em Annika.

Ele esperou até depois do jantar, depois de decidirem esperar um dia inteiro antes de mergulhar de novo. Não discutiu porque, considerando o que pretendia fazer, seria bom ter aquele dia extra para se recuperar.

– Se tivermos sorte, terei um local definido quando partirmos, ou pelo menos uma direção. Saberemos para onde ir – concluiu Riley.

– Certo. Agora, Annika precisa do mar.

Bran assentiu para Sawyer.

– Vou levá-la até lá mais tarde.

– Não. Eu levo. – Quando Doyle balançou a cabeça, Sawyer lhe lançou um olhar penetrante. – Eu não falaria isso se não tivesse certeza de que sou capaz, e não seria aqui, onde Nerezza pode nos farejar. Conheço um lugar onde ela pode ter um pouco de liberdade.

– Sawyer, você ainda não está totalmente… – começou Riley.

– Não, mas estou quase, e isso é algo que já faço há algum tempo. Sei meus limites. Eu não colocaria Annika nem nenhum de vocês em risco.

– A piscina é muito boa. Estou satisfeita com ela.

– Você precisa do mar. Para se fortalecer. E eu preciso exercitar outros músculos além dos bíceps. Preciso me sintonizar, e esse é um modo de fazer as duas coisas. Podem confiar em mim para isso?

– Eu posso. Confio em você para tudo.

– Precisamos saber onde você vai estar, e por quanto tempo. – Bran olhou para os outros, ao redor da mesa. – Isso é inegociável.

– Duas horas. É tempo suficiente para Annika nadar e para eu recarregar as baterias, se precisar. Acho que não vai ser necessário. Quanto ao local…

Ele desapareceu. Segundos depois, voltou com um mapa.

– Exibido – disse Riley, mas sorria.

– Só mostrando que posso sair do banco de reservas. Estaremos aqui.

– Mas… no Pacífico Sul? – Sasha olhou para Bran, preocupada. – É muito longe.

– É um dos meus lugares… É como… dirigir para casa

– Você consegue ir até lá? – perguntou Sasha para Bran.

– Se preciso, sim.

– Que tal isto? Se eu pensar ou sentir com bastante intensidade, posso transmitir algo para você. Se eu quiser avisar que estamos bem.

– Posso tentar – respondeu Sasha. – Bran pode me ajudar nisso. É só que é muito longe.

– É um dos meus lugares – repetiu Sawyer, e pegou uma mochila pequena de debaixo da mesa.

– O que tem lá? – perguntou Annika.

– Nada de mais. – Ele estendeu a mão para ela. – Pronta?

– São nove horas – disse Sasha. – O toque de recolher é às onze em ponto – acrescentou.

– Certo, mãe. Vamos.

Quando eles desapareceram, Doyle pegou sua cerveja.

– Então você acha que ele vai até o Pacífico Sul só para transar com ela?

– Não – respondeu Riley. – Mas para isso também.

Sasha cutucou o ombro dela.

– Ele precisa fazer isso, precisa recuperar a autoconfiança. Quase morreu e estava fraco e abalado. E Anni precisa do mar; ele precisa oferecê-lo para ela.

– Sexo é só um bônus – concluiu Riley.

– Eles têm duas horas no mar, para restauração de autoconfiança e sexo – disse Bran. Para enfatizar, girou o pulso, fazendo surgir uma ampulheta no centro da mesa. – Duas horas. Quando o último grão de areia cair.

– Gostei disso. Já programei o alarme do meu relógio – acrescentou Riley, observando a ampulheta. – Mas seu método é muito mais legal.

– Ele terá seus momentos – disse Sasha, e ficou parada por um tempo. – Eu... – Ela procurou a mão de Bran. – Estou sentindo os dois. Eles estão bem.

Sawyer e Annika surgiram bem na praia onde as ondas quebravam, devagar e suaves, sob o céu cravejado de estrelas. Ele sentia como se tivesse acabado de fazer uma boa e leve corrida; e aquilo lhe agradou.

– Ah, Sawyer!

Totalmente encantada, Annika rodopiou, depois ficou na beira do mar com um pé na água e outro na areia.

– Lugar lindo, não é?

– Maravilhoso. Eu já vim aqui.

– Já?

– Sim, com minha família. Muitas vezes.

– Como você sabe?

– Eu conheço a água, o mar, como vocês conhecem as estradas. Não consigo explicar melhor. Este lugar, estas águas, nós vínhamos em... – Aborrecida consigo mesma, ela jogou os cabelos para trás. – Não me lembro da palavra. Uma viagem para um lugar especial. Um lugar sagrado.

– Peregrinação?

– Isso! Peregrinação! – repetiu ela, para fixar a palavra na mente. – Nós acreditamos em Annika. Eu recebi o nome dela. Ela era poderosa e venerada, nadava por todos os mares espalhando bondade e amor.

Sawyer deu um beijo na mão dela.

– Então você recebeu um bom nome.

– É uma honra receber o nome de alguém tão adorado. Dizem que ela quase foi capturada e gravemente ferida por marinheiros que pescavam nestas águas, mas um deles a encontrou e a ajudou, cuidou dela até Annika se recuperar. Ele a salvou, e ela o salvou. Ele estava perdido, entende? E ela o ajudou a encontrar o caminho para casa. Ela lhe deu um presente que o faria nunca mais se perder, fosse na terra ou no mar.

Sawyer pousou a mochila na areia.

– Essa história é muito parecida com a que minha família conta, sobre a bússola. Mas a nossa se passa no Mar do Norte... – Ele olhou para a bússola, ainda em sua mão. – Ou não. O marinheiro e a sereia, salvando um ao outro, o presente do rumo... São muitas as semelhanças. Talvez seja a mesma e apenas alteraram o local na sua versão ou na minha, ao longo dos anos em que a história foi contada. Você é Annika.

– Sim, sou Annika.

– Eu sou Sawyer Alexei King. Alexei era o nome do marinheiro que recebeu a bússola. Eu recebi o nome dele. Coincidências, ou talvez apenas destino.

– É este o lugar sagrado para onde seu avô o trazia?

– Sim, acampávamos bem aqui na praia.

– Então nós dois já estivemos aqui. Este lugar é importante para nós. Mais uma semelhança, será?

– A meu ver, sim. Entre na água. Está uma ótima noite para nadar.

– Nade comigo.

De seu modo despreocupado, ela tirou o vestido e o atirou na areia.

Então correu para as ondas e, mergulhando, ergueu a cauda, que fluía como a própria água, deslizando para dentro do mar azul-anil.

Emergiu segundos depois, com um sorriso radiante.

– Venha nadar comigo!

– Já vou.

Primeiro, precisava fazer algumas coisas. Fez tudo rapidamente, enquanto Annika mergulhava de novo. Então se despiu e, como ela, mergulhou. Nadou um pouco para se afastar da arrebentação, satisfeito por não sentir nenhuma pontada no ombro nem dor na lateral do corpo.

Então se deixou flutuar na água gelada, tendo acima de si a lua branca e as estrelas, como diamantes, espalhadas no céu. Enquanto ele relaxava, percebeu que precisava daquilo tanto quanto ela.

Assim como Sasha precisava pintar, ele precisava de algo alegre e bonito.

E a alegria e a beleza emergiram rapidamente, com a cabeça para trás e os cabelos escorrendo. Ela pareceu esbarrar na lua antes de se dobrar e mergulhar de novo. Ela enlaçou a cintura dele com a cauda. Quando Sawyer começou a rir, viu-se impelido para cima, na direção do céu. E a ouviu rir quando conseguiu se soltar e se jogar na água de novo com a força de uma bala de canhão.

– Você espalhou água para todo lado!

– Sim! Quero fazer isso de novo.

– Foi divertido?

– Muito.

Dessa vez, preparado, ele se posicionou. Sua entrada nunca seria tão perfeita quanto a dela, mas achava que conseguiria pelo menos uma nota 7,5 no quesito.

Eles brincaram, mergulharam, pularam, espirraram água, deslizaram.

Depois, flutuaram.

– Não está sentindo dor com isso tudo?

– Não. Já estou quase totalmente curado.

– Você é forte.

– Faço o que posso.

Ela se virou na água e o abraçou.

– Você é forte – repetiu. – Sasha e Bran são bons na arte da cura, por isso você ficou bom de novo. Eu estava com medo. Na caverna, e até depois.

– Eu também. Mas aqui estamos nós.

– Sim. – Ela o beijou. – Quer me tocar? Sinto falta do seu toque quando você me deseja.

– Eu sempre a desejo.

Ele passou os dedos pelos cabelos reluzentes de Annika, que desciam até abaixo da cintura, e sob eles, na pele, descendo para a estranha e maravilhosa transição de pele para escamas. Ambas macias, ambas lindas.

Automaticamente, Sawyer impulsionou as pernas para mantê-las acima da água e depois, curvando a cauda, Annika os manteve flutuando.

– Eu a quis desde o primeiro momento em que a vi.

Annika acariciou seu rosto.

– É verdade?

– A mais pura verdade. Você era apenas um desenho no bloco de Sasha, e eu a quis. – Ele a beijou de novo. – E quando a vi na praia em Corfu, ao luar, com aquele vestido branco, eu a quis.

– Você era apenas meu amigo.

– Eu sou seu amigo, mas não foi fácil ser só isso.

Um suspiro veio do coração de Annika, e seu corpo estremeceu quando Sawyer pôs as mãos em concha em seu seio.

– Por que você foi só isso?

– Achei que fosse o melhor para você. Você tinha muito a aprender. Não queria confundi-la.

– Eu não estou confusa.

Annika se ergueu mais na água e ofereceu os seios para a boca de Sawyer. Quando ele os recebeu, ela inclinou a cabeça para trás. Seus cabelos flutuaram na água, pretos e sedosos no mar escuro.

Forte, pensou Annika de novo. E como precisava daquelas mãos fortes... Da boca dele a saboreando, banqueteando-se e mostrando quanto a desejava.

Ela sentiu uma agitação que a fez se lançar para cima com ele.

Agarrou-se mais forte a Sawyer, que encostou a cabeça na sua, e eles desceram de novo, girando, gemendo. Então Annika o circundou lentamente, fazendo a água fluir ao redor deles enquanto seus lábios se encontravam e suas línguas se uniam em um beijo subitamente ávido.

Annika o acariciou, seus dedos contornando os ferimentos ainda em processo de cura.

– Isso dói?

– Nada dói. – Ele sentia o sangue pulsar em todo o corpo. – Precisamos ir para a areia. Quero me deitar em cima de você, penetrar você. Meu Deus, preciso possuir você.

– Você me possuiria aqui?

– Sim. Sim. – Louco por ela, ele tomou sua boca. – Chegue para cá. Preciso ficar de pé.

– Não, aqui. – Ela segurou o rosto dele para afastá-lo. E viu o desejo, a necessidade, refletindo a dela. – Você me quer assim? Você me possuiria em minha forma verdadeira?

– Eu quero você, Annika. Esta é você.

– Posso me abrir para você.

– Abra-se para mim. – Louco de paixão, Sawyer a puxou de volta. – E me receba.

Era uma dádiva, uma verdade. Olhando no fundo dos olhos dele, ela se abriu e o recebeu. E então o significado do momento, da dádiva, foi tão claro que ela fechou os olhos, pois a luz pulsava em suas pálpebras.

Sawyer teve aquela surpreendente e deliciosa sensação de deslizar para dentro dela. De senti-la o envolvendo, firme por um momento, firme como um punho fechado.

Annika estremeceu. Ainda assim, eles continuaram a flutuar, amantes entrelaçados no mar.

Sawyer se movimentou dentro dela, devagar, devagar, consciente da maravilha de possuí-la totalmente e da magia do momento. Um momento para ser prolongado. Sustentado na água por Annika, ele a beijou no rosto, nas pálpebras e na boca, o tempo todo entrando, entrando, ajustando seu ritmo à dança tranquila do mar que os sustentava.

O amor soprou através dele, como uma brisa quente, perfumada com o cheiro dela.

Em seu êxtase, Annika se ergueu de novo e girou com Sawyer. E desceu, submergindo, sua boca na dele para lhe dar ar junto com o beijo.

Coberto pelas águas escuras, Sawyer continuou se movimentando dentro dela, sentiu seu clímax, recebeu o ar que ela lhe dava, para assim lhe proporcionar mais. E ali ele soube, quase dilacerado pelo amor, que se pudesse obter um milagre ficaria com ela, tornaria o mundo dela o seu.

Annika voltou à tona com ele, para o luar e a luz das estrelas e os sons da água batendo na praia e recuando. Ali, entre dois mundos, mais uma vez ela o apertou dentro de si. E disse o nome de Sawyer com os lábios nos dele.

E ali, ela de fato o despedaçou.

Ela o segurava junto a si, a cabeça no ombro dele, a maravilhosa simetria dos corpos deles colados um no outro.

– Você não está desapontado? – murmurou ela.

– Annika, eu… eu não tenho palavras, mas o que sinto é o oposto do desapontamento.

– Dá para fazer mais coisas com as pernas.

– Annika… – Mais uma vez despedaçado, Sawyer roçou os lábios nos cabelos dela. – Você é uma fantasia que se tornou realidade. Mais linda, mais milagrosa do que qualquer pessoa que já conheci.

– Também sinto isso por você.

Nadando de costas, ela sorriu para ele por todo o caminho de volta para a praia.

Quando alcançaram a parte rasa, já de pé, ela levou a mão ao coração, surpresa.

– Você trouxe cobertor, velas e vinho, até flores. Está tão lindo!

– Você vai tornar tudo ainda mais lindo. – Ele a puxou para a areia. – Está com frio?

– Não, e você?

– Nunca me senti melhor.

Ele pegou um isqueiro da mochila, acendeu as pequenas velas e abriu o vinho com o canivete suíço.

– Temos tempo?

– Ainda temos um pouco. – Ele a puxou para o cobertor e serviu o vinho. – Tempo para nós dois.

– Gosto muito de ter tempo para nós dois. Mas tenho que aproveitar para confessar uma coisa. Eu não contei toda a verdade.

– Sobre o quê?

Annika baixou os olhos.

– Você acredita que eu o vi pela primeira vez, como você me viu, na praia em Corfu. Mas não foi assim.

– Não? Como foi?

Annika suspirou.

– Quando eu estava treinando para a busca, a feiticeira dos mares me levou para outra ilha, e eu o vi lá, na praia, sob a lua, como estamos agora. Você estava sozinho, mas não parecia solitário.

Intrigado, Sawyer ergueu a cabeça de Annika para reencontrar os olhos dela.

– Que ilha?

– Disseram para eu me lembrar de como as pessoas da terra a chamam. Isle au Haut.

– No Maine? Já faz pelo menos cinco anos que estive lá. Por quanto tempo você treinou?

– Até ser escolhida, depois mais, e então até eu saber que tinha que ir até você.

– Você viu os outros antes também?

– Não, só você. A feiticeira dos mares disse que bastaria você, que você me diria quando e para onde eu deveria ir para começar. Só precisei de você. Está zangado porque eu não contei toda a verdade antes?

244

– Não. – Para prová-lo, ele entrelaçou os dedos nos dela. – Não estou zangado.

– Eu o quis desde aquele momento, mas não era a hora. Eu tinha que esperar.

E ele achava que as semanas que havia esperado tinham sido insuportavelmente intermináveis.

– Cinco anos… Isso é muito tempo.

– Não quando eu tenho isto.

Ela se aconchegou em Sawyer, pôs a cabeça em seu ombro e, como ele, ficou olhando para o mar. Ele estava destinado a lhe oferecer aquele mar, um pouco de romance e um pouco de tempo em um lugar que era importante para ele.

Sem saber que era igualmente importante para ela.

Ele não pretendera lhe oferecer mais, pedir mais do que aquilo. Mas lhe pareceu certo, naquele lugar importante para ambos e naquele tempo só para eles dois. Sem arrependimentos.

– Eu também não contei toda a verdade.

– Como assim?

– Eu quero você, mas não é só isso. Sou seu amigo, mas não é só isso. – Ele enfiou a base de sua taça na areia para poder segurar as mãos de Annika e levar uma delas aos lábios. – Estou apaixonado por você.

Os olhos de Annika, aqueles olhos que o hipnotizavam, se arregalaram. Ela prendeu a respiração e depois a soltou no que soou perigosamente parecido com um soluço.

– Você me ama… mas como ama Sasha e Riley?

– Não. Eu as amo como família. Como irmãs. Só que estou apaixonado por você. Isso significa…

– Eu sei, eu sei. – Lágrimas e alegria brilharam nos olhos dela. – Eu sei – repetiu. – Você é a única pessoa que vou amar. Eu não podia lhe dizer. – Ela atirou os braços no pescoço de Sawyer e encostou o rosto no dele. – É como o primeiro beijo entre nós. Eu não podia dizer que o amo se você não dissesse antes. Se você não estivesse apaixonado por mim.

– Eu estou apaixonado por você, Annika. Sei que não podemos…

– Não, não. Por favor. Não diga que não podemos quando se trata de amor. Nós temos amor. Você é meu amor, meu único amor. Eu nadei por todo o Canal d'Amour e você veio para mim.

– O canal. Em Corfu?

– Eu o amei desde o momento em que o vi na praia antes, e esperei. E quando você me atraiu para si, para começarmos a busca, nadei por todo o canal. Dizem que quando você faz isso, conhece seu verdadeiro amor. E eu fiz, e você veio para mim. Mas eu não podia lhe falar isso.

Ela passou os dedos pelas bochechas, pelos maxilares e pela boca de Sawyer.

– Eu conhecia seu rosto e seu sorriso, mas não sabia seu nome. Até aquela noite. Mesmo assim, não podia lhe contar. Nem quando você lutou ao meu lado, me beijou, fez sexo comigo ou me salvou da morte. Agora posso retribuir as palavras. Eu estou apaixonada por você.

Annika derramou o vinho sem querer, mas não se importou ao se atirar para Sawyer. Ambos caíram juntos no cobertor. O beijo foi de suave a profundo, de terno a intenso.

– Eu quis lhe dar um presente, no mar.

– E deu.

– Você também me deu um. – Reverente e alegre, Annika pôs a mão no coração de Sawyer. – Não há presente mais precioso que o amor. Protegerei o seu para sempre. Podemos fazer sexo de novo? Dá tempo? Quero celebrar esse presente.

– Arranjaremos tempo. Criaremos nosso próprio tempo.

– Eles estão atrasados. – Irrequieto, Bran se levantou e se pôs a andar de um lado para outro sob a pérgula, onde todos estavam reunidos em uma espécie de vigília.

– Eles estão bem – garantiu Sasha. – Dê um pouco mais de tempo aos dois. Estão felizes. Todos nós teremos que encarar o que virá em breve.

– Se duas horas não foram suficientes para...

– Cale a boca – repreendeu-o Riley. – Nem todos só querem saber de transar.

– Combinamos duas horas – insistiu Doyle, e Bran assentiu quando ele apontou para a ampulheta.

– Exatamente.

– Eles não estão nem dez minutos atrasados. Estão bem. Não há necessidade de... Eles estão vindo.

Ao ouvir isso, Doyle se levantou já estendendo a mão para a espada.

– Não, não criaturas. Sawyer e Annika. Podem relaxar.

Antes mesmo de ela terminar de falar, eles estavam de volta.

– Eu podia ter trapaceado – disse Sawyer, com um sorriso capaz de iluminar toda a ilha. – E ter viajado no tempo.

– Ele queria fazer isso, mas eu falei que seria como uma mentira, e tivemos uma noite de verdades.

– Sim, tivemos. – Ainda sorrindo, ele a abraçou mais forte. – Vamos ficar de castigo?

– O tempo é importante – começou Bran.

– Não fique zangado. – Annika se virou para abraçar Bran. – Eu estou feliz demais para que você fique zangado. Sawyer me ama.

– Grande novidade – comentou Riley.

Ainda abraçando Bran, Annika franziu as sobrancelhas para Riley.

– Sei que essa frase foi… sarcasta.

– Sarcástica – corrigiu-a Bran.

– Sarcástica. Vocês sabiam que ele me amava?

– Se você só descobriu isso hoje, é a única aqui que não sabia. Mas fico feliz… sinceramente. Agora que as crianças voltaram, vou me deitar. – Riley ergueu os olhos para a lua. – Amanhã não vou conseguir dormir.

– Sawyer também precisa dormir. Fizemos muito sexo, ele precisa descansar. Está pronto para mergulhar de novo – avisou ela a Doyle. – Mas, por causa de todo o sexo, é bom esperar mais um dia.

Riley revirou os olhos e seguiu seu caminho.

– Vou fazer uma última ronda – disse Doyle, levantando-se. – Descanse, irmão. Amanhã não vamos mergulhar, mas não vai ter mais folga nos treinos.

– Certo. Bem, vamos subir e descansar.

Sasha os observou se afastando, com um sorriso emocionado.

– Foi por isso que continuei sentindo a felicidade deles. – Ela se levantou e segurou a mão de Bran. – Não faz sentido você continuar aborrecido. Está tudo bem. Neste momento, mais do que bem. E também deveríamos descansar.

– Vamos fazer isso. Depois de muito sexo.

Para diverti-la, ele a levou voando para a varanda, e depois para a cama.

17

❧

NA CÂMARA DENTRO DO PALÁCIO NA MONTANHA, AQUELE QUE UM dia fora Malmon subia a parede, corria pelo teto, parede abaixo e no chão – um hamster monstruoso em uma roda.

Ele corria por horas, ocasionalmente pegando um dos pássaros com as garras e o devorando – mais por diversão do que por fome.

Com menos frequência, enquanto corria gargalhando, algo surgia em sua mente enlouquecida: imagens de quartos coloridos, camas macias, um homem de cabelos dourados num terno escuro olhando para ele horrorizado, como se através de um vidro embaçado.

As imagens o faziam gritar, e os gritos ecoavam no chão de pedra polida.

Sempre que ela vinha, sua rainha, sua deusa e seu mundo, ele se punha sobre os joelhos bulbosos. Lágrimas de medo e alegria e de um amor louco transbordavam de seus olhos rasgados quando ela lhe acariciava a cabeça, e ele clamava por ela quando se via sozinho de novo.

Depois, voltava para a roda.

No dia em que ela veio, o pegou pela mão e o tirou da câmara, ele tremeu e abanou o pequeno rabo eriçado.

Ela o guiou através de um labirinto de pedra enevoado pela fumaça das tochas crepitantes. Morcegos e pássaros se empoleiravam entre as chamas, observando-o com olhos brilhantes. Ele viu uma enorme criatura alada com três cabeças acorrentadas, o sangue e os ossos espalhados por todo o entorno.

Chegaram a um salão amplo iluminado por velas e reluzindo de ouro, prata e joias. Também ali as paredes eram espelhadas, refletindo o trono no chão dourado ao qual levavam três degraus prateados.

Ela o soltou e se sentou. Então apontou, com seus dedos longos adornados com rubis.

– Sirva-nos vinho, meu bichinho.

Ele não se mexeu nem falou nada. Ela inclinou a cabeça e perguntou:

– Não lembra como se faz?

Ele guinchou:

– Lembrar dói.

– Eu quero que você sirva o vinho. Não deseja me dar o que eu quero?

– Sim! Tudo que quiser. Tudo!

– Então me dê.

As mãos dele tremiam. A imagem do homem de cabelos dourados surgiu de novo, e a dor lhe atravessou a cabeça. Ele pegou a garrafa e despejou o líquido vermelho em uma taça cravejada de rubis vermelho-sangue de que ela tanto gostava.

Ele levou a taça para ela, as garras de seus pés batendo nos degraus prateados.

– E para você.

– Para mim?

– Beberemos juntos, meu bichinho. Sirva-se e se sente. – Ela apontou para os degraus a seus pés.

Guinchando – quanta alegria, quanto medo! –, ele obedeceu. Quis beber com lambidas, como fazem os gatos, mas lembrou, dolorosamente, e bebeu como ela, seus dentes compridos e afiados batendo na taça de prata.

– E agora, Andre...

Ouvir seu nome provocou um choque de dor. Ele gritou e derramou vinho, vermelho sobre prata.

– Você precisava esquecer – continuou Nerezza – para poder se transformar. Agora que está completo, precisa se lembrar. Será útil.

– Dói!

– Você me ama?

– Amo. Você é a minha deusa.

– Então suportará a dor por mim. Vou precisar da mente humana que ainda há dentro de você. Precisarei de você, Andre. Você me decepcionou uma vez, mas eu tive misericórdia. Sente-se ao meu lado e beba. Você está vivo, e com uma força e rapidez que nenhum homem pode igualar. Como vai retribuir minha misericórdia?

– Fazendo o que você mandar.

– Sim, o que eu mandar. – Ela sorriu e tomou um gole de vinho. – Você se lembra dos guardiões? Dos seis?

A respiração lhe queimou a garganta e suas garras arranharam a taça de prata.

– Inimigos.

– Qual deles escolheria matar primeiro?

– Sawyer King! Sawyer King! Sawyer King!

– Ah, sim, aquele que ludibriou você. Vou permitir que tire essa vida. Mas depois. Primeiro preciso que mate a vidente. Quando ela morrer, poderei sugá-la. Ela é poderosa e... jovem. Ele me alimentará, e ela não poderá mais guiar os outros.

– Eu a matarei para você, minha rainha.

– Talvez. – Ela pegou o Globo de Todos. Uma frustrante névoa girava dentro dele, encobrindo quase tudo. – Se ela morrer por suas mãos, você poderá escolher quem quiser e fazer o que quiser. Agora, precisa se preparar para a batalha, Andre.

E se ele fracassasse, pensou Nerezza, mesmo se morresse tentando, ainda haveria sangue.

Pondo o globo de lado, ela pegou seu espelho. Viu a mecha branca nos belos cabelos pretos e os sinais de envelhecimento no belo rosto.

Tudo culpa deles. Os guardiões tinham maculado a perfeição de sua beleza.

Mas quando ela bebesse o sangue da vidente, sugaria seu poder. E o poder lhe devolveria a juventude eterna.

Quando sentiu uma forte conexão de novo, Sawyer abriu seus mapas e pousou a bússola, que brilhou. Ele deu um suspiro de alívio e gratidão e a observou deslizar sobre os mapas, parando no mapa de Capri.

– Sim, sim, isso eu sei. Mas *onde*? – Ele se recostou, com uma expressão de desagrado. – Porque tudo tem que ser um maldito enigma? Por que não me dá uma resposta clara e exata ao menos uma vez?

Sawyer continuava com uma expressão de desagrado quando Riley apareceu e se sentou de frente para ele, sob a pérgula.

– Sem sorte?

Ele balançou a cabeça.

– E você?

– Quebrei minha regra de nunca atazanar. Deixei outra mensagem de voz e enviei outro e-mail urgente para esse tal Dr. White, Jonas White, que minha fonte afirma ser o especialista na Baía dos Suspiros. O retiro terminou esta manhã, então a esta altura ele deveria estar novamente conectado com o mundo, mas, até agora, nada.

Como Sawyer, ela olhou para a bússola.

– Isso ajuda? – perguntou. – Ficar olhando?

– Não.

– Foi o que imaginei. Assim como não ajuda em nada, neste momento, eu continuar tentando descobrir mais sobre essa baía mítica. Fiz o que podia, só me resta me resignar e esperar. Odeio isso.

– Pelo menos vamos mergulhar amanhã. E talvez seja o que tenhamos que fazer. Apenas continuar procurando. Resigne-se. – Sawyer estava olhando para ela agora. – Porque a bússola não está me mostrando onde fica essa baía, e com certeza não vai me indicar para onde ir depois que a encontrarmos. E isso é importante.

– Vital, depois de encontrarmos a Estrela de Água. Por isso é difícil não atazanar Sasha.

– Nerezza saberá quando a encontrarmos, e virá com força.

– Isso é de se esperar. – Riley ficou pensando a esse respeito, girando os óculos de sol pela haste, distraidamente. – A primeira coisa a fazer é protegê-la. Acho que Bran a esconderá no mesmo lugar da primeira. Depois, teremos que seguir a cartilha ou estar prontos para voltar para cá e acabar com Nerezza.

– Bem, eu estarei pronto. Mas não me parece que será aqui.

Intrigada, Riley apoiou o queixo na mão.

– É verdade. Tenho pensado sobre isso. O grande confronto final com essa maldita deusa não deve acontecer em um bosque de limoeiros de uma bela casa em Capri. Um confronto, sim, mas o grande confronto final?

– Estrela de Água, então talvez o grande confronto seja na água.

– Pensei nisso também. E no fato de que relaxamos muito aqui nos últimos dias. Acho que não importa quando ou onde, desde que estejamos prontos. – Riley olhou para cima. – Bran está na oficina de magia, praticando as coisas dele.

– Onde estão todos os outros?

– Se quer saber de Annika, por que não pergunta de uma vez? Acho que ela está ajudando Bran, para Sasha poder pintar. Porque todos nós esperamos que ela pinte algo que precisamos saber. E Doyle está na cozinha limpando as armas dele.

– Bom, pensando lá na frente, a próxima estrela é a de gelo. Então talvez ela esteja na Islândia, na Groenlândia ou no maldito Ártico. Talvez não demore muito para sentirmos saudade do sol e do calor.

– Bem lá na frente mesmo. – Sawyer notou que Riley encarava o celular como ele antes estava encarando a bússola. – Vamos dar uns tiros.

– O quê?

– Treinar com alvos. Ficar sentado aqui torcendo para a bússola se mexer ou seu telefone tocar está me deixando nervoso.

– Nenhum de nós dois precisa treinar tiro, e desperdiçaríamos munição. Vamos fazer uma competição de arremesso de facas.

– Boa ideia.

Sawyer pegou a bússola, Riley pegou seu telefone e, juntos, passaram uma hora arremessando facas em alguns alvos.

– Desempate – disse Riley, mas ele balançou a cabeça.

– Vamos deixar empatado. Sou o chef esta noite, e preciso começar a preparar o jantar.

– Está cedo.

– É a primeira noite das suas três, não é? Você precisa comer antes do pôr do sol. Vou fazer *manicotti* com recheio de carne. Achei que você fosse gostar de ter carne vermelha no menu.

– Sim, seria bom. – Ela pegou o telefone do bolso enquanto eles voltavam. – Fique atento caso White ligue depois do pôr do sol, quando eu não puder atender.

– Já falei que é só ladrar em código Morse.

Ela lhe deu uma cotovelada, depois seguiu para seu quarto. Não dormiria naquela noite, então seria bom dar uma cochilada.

O jantar foi uma refeição silenciosa, pois estavam todos preocupados. Como a agenda do dia já fora cumprida, só lhes restava esperar.

– Isso deve me sustentar até de manhã.

– Você ainda tem tempo – disse Sasha quando Riley se levantou.

– Sim, e vou tentar entrar em contato com esse White de novo. Mexer alguns pauzinhos que poderão me levar até ele. Quanto mais difícil fica falar com ele, mais acho que o homem tem algumas respostas. Se tudo der certo, vejo vocês de manhã.

– Fique longe do galinheiro do vizinho – aconselhou Sawyer, e ela estreitou os olhos para ele.

– Vou cumprir o turno dela – disse Annika quando Riley entrou na casa.

– Turno? – Distraída, Sasha massageou um pequeno ponto dolorido na testa. – Ah, as tarefas dela. É a vez de Riley e Doyle lavarem a louça.

– Não me importo de lavar. Talvez ela encontre o Dr. White e descubra o que precisamos. E depois de lavar a louça, se der tempo, posso levar para ela um pouco daquele *gelato* que vem em pote.

– Certo. – Com alguma relutância, Doyle se levantou também.

Ele cumpria seus deveres culinários comprando pizza, mas ainda não tinha descoberto um modo de escapar da louça quando chegava sua vez.

– É bom limpar as coisas – disse Annika depois que eles recolheram os pratos.

– É bom tê-las limpas.

– Você limpou suas armas hoje e poliu sua espada, até mesmo suas facas. – Satisfeita, ela foi até a pia. – Isto não é muito diferente.

Ela gostava de encher a grande pia de água e detergente, e gostou de sentir o cheiro do detergente enquanto esfregava as panelas que Sawyer usara.

– A comida estava muito boa.

– Sim, o homem sabe cozinhar.

Doyle pôs os pratos no lava-louça. Sabendo como era tentar lavar uma panela ou um prato em um rio caudaloso, achava que não tinha do que se queixar.

– Agora já sei cozinhar um pouco. É divertido. Você vive há tanto tempo, mas não sabe cozinhar!

– Eu me viro. – Ele pegou um pano de prato e começou a secar as panelas. – Aprendi a cozinhar em uma fogueira quando ia caçar.

– Você deve ter testemunhado invenções maravilhosas. Riley me deixou dar uma olhada em alguns dos livros dela. Antes, as pessoas da terra andavam a pé ou a cavalo. Depois, aprenderam a fabricar carros e motocicletas, como a sua. E não existiam telefones, que Riley tanto adora, ou os filmes que Sawyer gosta de ver.

– As coisas mudam. As pessoas, nem tanto.

– Mas as coisas não podem mudar sozinhas. As pessoas podem. Sasha mudou muito em menos de uma mudança de lua. Está mais forte e aprendeu a lutar. Consegue fazer seis puxadas, e antes não fazia nem uma.

– Você não deixa de ter razão. E aposto que ela conseguirá fazer dez antes de tudo isso terminar.

– E todos nós vimos maravilhas, da escuridão e da luz.

Por um momento, eles trabalharam em silêncio.

– Posso fazer uma pergunta? – começou Annika. – Enquanto estamos sozinhos?

– Pode.

– Você vive há muito tempo. Deve ter havido pessoas que... – ela levou a mão ao coração de Doyle – ...foram importantes para você, que significaram muito para você.

– Depois de algum tempo, a gente tenta não deixar isso acontecer.

– Mas acontece. Nós somos importantes para você, e não apenas como guardiões e guerreiros. Somos importantes.

Ele olhou para Annika, a incrível sereia, e pensou nos outros, um a um.

– Sim, vocês são importantes.

– Como você diz adeus?

Doyle largou o pano de prato porque entendeu que ela precisava de uma resposta verdadeira.

– Nunca encontrei um modo fácil. Se fosse fácil, então não seriam pessoas importantes.

– Há algum modo de tornar isso fácil para quem você deixa para trás? – perguntou Annika.

– Convença a pessoa de que ela não é importante para você. Mas isso não serve para o seu caso, linda. Não vai funcionar com Sawyer.

– Não, eu não conseguiria fingir. Isso reduziria o que temos a nada.

– Sem contar que ele nunca acreditaria. E ele nunca vai esquecer você.

– Acho que seria melhor se ele me esquecesse, porque aí eu simplesmente desapareceria aos poucos do coração dele. Mas não: tenho que torcer por um milagre.

– Se alguém pode esperar um milagre, é você.

– Você é um ótimo amigo. – Ela se virou e o abraçou. – Vou ficar triste quando me despedir de você. Ainda tenho duas mudanças de lua ... Ah, o sol está quase se pondo. Não vai dar tempo de levar o *gelato* para Riley. Ainda tem muita coisa para guardar. Biscoitos!

Inspirada, ela pegou na despensa um pacote de biscoitos especiais.

– Você pode levar isto para Riley, enquanto eu termino aqui? Ela tem

254

tempo para um biscoitinho. E podemos deixar no quarto dela, para amanhã de manhã, quando ela vai estar com fome e cansada.

– Eu não acho que ela …

– Por favor. – Sorrindo, Annika lhe estendeu o pacote.

Doyle pensou que nenhum homem no mundo conseguiria dizer não diante daquele sorriso.

– Está bem.

Ele subiu levando os biscoitos. Pelo menos assim se livrava de guardar as sobras de comida e limpar os balcões.

Ouviu a voz de Riley e percebeu um quê de empolgação nela:

– Sim, se puder fazer isso, melhor ainda.

Entrou no quarto dela, e havia livros por toda parte. Ela estava anotando algo sentada à mesa de cabeceira que convertera em uma pequena mesa de trabalho.

Ao vê-lo, ela girou o dedo no ar e apontou para ele. Doyle deduziu que ela estava resolvendo coisas e lhe pedindo que esperasse.

– Concordo, a Atlântida é outra questão. Sim, com o maior prazer. Vai ser a primeira coisa que farei amanhã de manhã. Aham, certo. Só preciso de um pouco de tempo para reunir tudo para você.

Doyle abriu o pacote de biscoitos – afinal, estava ali – e pegou um. Riley continuou a falar enquanto ele comia e andava pelo quarto, olhando os livros, os mapas nas paredes e as anotações organizadas ao gosto dela.

Eles já haviam brigado por causa da desorganização dela, mas de fato ela encontrava tudo que queria em segundos, por isso ele perdera a discussão.

O quarto cheirava ao sabonete dela – com apenas um toque de baunilha – e às flores que Annika insistia em pôr em todos os quartos. Inclusive no dele.

Comendo mais um biscoito e se debruçando sobre uma nova tradução que ela devia ter feito sozinha, Doyle se distraiu um pouco até ouvir novamente a voz de Riley em meio aos seus pensamentos:

– Eu fico muito grata, doutor. É de grande ajuda. Vou fazer isso, com toda certeza. Obrigada. Sim, obrigada. Tchau.

Ela desligou o telefone e executou uma dancinha sem sair do lugar. Seus olhos cor de mel transpareciam satisfação. Por alguma estranha razão, Doyle gostava de vê-la com aquele ar presunçoso.

– Você recebeu boas notícias.

– Pode apostar. Ele tinha se esquecido de ligar o telefone quando voltou para casa, e não entrou na internet. White, minha fonte. E ele me deu…

O aparelho escapuliu da mão e quicou na cama quando ela soltou uma exclamação de susto.

– Ah, droga, droga! Eu demorei demais. Saia daqui, saia, saia!

Riley se sentou no chão e começou a lutar com os cadarços das botas.

Doyle também não tinha prestado atenção. O sol, uma grande bola vermelha como fogo, estava se pondo. Riley ofegava, nervosa, tentando soltar os laços duplos nas botas.

Ele começou a recuar, mas depois atirou o pacote para o lado e se agachou.

– Posso ajudar.

– Saia! Ah, droga!

– Posso ajudar.

Doyle tirou as botas e as meias de Riley. Ela jogou a cabeça para trás, e, quando viu o brilho da transformação nos olhos dela, cerrou os dentes e abriu seu cinto.

– Espere.

– Não posso.

Ela gemeu, e Doyle ouviu ossos começando a estalar e se transformar.

– Riley?

Sasha parou à porta.

– Posso ajudar. Posso ajudar. Não me morda.

Enquanto a coluna de Riley se arqueava, Doyle abriu o botão da calça que ela usava e a desceu, junto com a calcinha, pelas pernas. Então enganchou os dedos no sutiã e o puxou por cima da cabeça dela.

Nua, ela se virou e se pôs de quatro.

Seus ombros se agruparam e os músculos se tornaram salientes. Suas mãos se curvaram, as unhas crescendo e se tornando afiadas enquanto o pelo surgia.

Mais uma vez ela jogou a cabeça para trás e, de algum modo metade loba e metade mulher, uivou. Então a mulher se foi.

A loba deu um rosnado baixo e correu para as portas da varanda. De um salto, pousou no parapeito de pedra e depois pulou para a noite.

– Ah, meu Deus. Riley.

Sasha correu para a varanda, um passo atrás de Doyle. E viu a loba pousar perfeitamente no gramado do outro lado da piscina. Após um olhar na direção deles, ela se virou e correu para o bosque.

– Não sei como ela fez… Parece um salto impossível.

Magnífica. Ele não conseguia bloquear esse pensamento. *Feroz e magnífica*.

– Aparentemente, não para ela.

– Ela precisa correr – lembrou Sasha. – Ela comentou que precisa correr logo após a transformação. É muita energia. Por que você estava…? – Ela olhou para as roupas espalhadas e pigarreou. – Não é da minha conta.

– Não é o que você está pensando. Annika me pediu para trazer uns malditos biscoitos para Riley, que estava falando pelo telefone com o tal cara que ela buscava. Riley nem prestava atenção, e eu também não. Estava agitada com alguma coisa que ele disse e começou a se transformar ainda vestida bem na minha frente.

– Você a ajudou.

– Ela não conseguia tirar as malditas botas, então…

Sasha pôs a mão no ombro dele.

– Você a ajudou. Mesmo que ela tenha se sentido constrangida, e aposto que vai brigar um pouco com você amanhã, tenho certeza de que ficará grata.

Com um suspiro, Sasha olhou em volta.

– Vou recolher as coisas dela para …

Doyle se virou para Sasha quando ela não terminou a frase, e percebeu que a visão surgia em seus olhos. Magnífica também, pensou. Nunca havia conhecido três mulheres tão fascinantes.

– Eles estão vindo. Ela o enviou, transformado como um de nós. Atrás de mim, do meu sangue para alimentá-la.

– Ela que se atreva. – Doyle segurou firmemente os ombros de Sasha. – Vá buscar Bran e pegue sua arma. Vou avisar os outros.

– Agora que estamos em cinco, mais fracos, ela nos vigia.

– Deixe que vigie. Vá!

Ele soltou o coldre de Riley do cinto dela e o prendeu ao seu próprio. Em seguida, gritou para os outros se armarem enquanto descia a escada correndo para buscar sua espada.

Sawyer pegava mais pentes de balas, enfiando-os no bolso. Podia admitir, pelo menos para si mesmo, que o que mais queria era dar um tiro certeiro em Malmon. Enfiou uma faca extra na bota e correu para se juntar aos outros.

– Para o bosque?

– Não dá tempo – respondeu Bran, apontando para onde o olhar de Sasha indicava.

Parecia uma nuvem tempestuosa.

– Riley. – Annika segurou a mão de Sawyer. – Ela...

– O sol se pôs, a lua subiu. Vamos detê-los antes que a alcancem, onde quer que ela esteja. Vamos vencer.

Ele apertou a mão dela rapidamente e então sacou os dois revólveres. Acertou os que vinham na frente com um tiro. A luz brilhou, e eles pegaram fogo.

– Atrás de você! – gritou Doyle.

Sawyer se virou. Uma segunda nuvem vinha do outro lado.

– Sasha e eu cuidamos do oeste – disse Bran, que mantinha a arma no coldre. Um raio saiu de suas mãos estendidas. – Sawyer e Annika vão para o leste. Doyle...

– Um pouco de cada.

Sawyer esvaziou dois pentes e se desviou de garras afiadas enquanto recarregava a arma. Por mais que confiasse na habilidade de Annika, manteve-a à vista, pronto para protegê-la. Ela investia, girava, chutava e atirava raios de luz na escuridão.

Mas nada de Malmon.

– Venha, desgraçado – murmurou, ignorando o sangue e as cinzas que jorravam das criaturas mortas pela espada incessante de Doyle. – Apareça!

Algo passou rapidamente por ele. Sawyer viu a mancha escura e sentiu um súbito choque de dor quando garras rasgaram seu braço.

Ele se virou e tentou seguir a mancha, mantê-la à vista, mas ela se movia erraticamente, como o raio de Bran.

Seu coração foi parar na garganta quando percebeu que aquela mancha era uma seta ziguezagueando na direção de Sasha.

Ela lançou uma flecha, atingiu seu alvo, pegou outra.

– Sasha! Cuidado!

Após hesitar por apenas um segundo, ela deu dois passos rápidos para o lado. Ele viu o sangue surgir em seu braço e ouviu seu rápido grito de dor.

Sawyer correu na direção dela enquanto Bran a puxava para atrás de si. Sawyer foi protegê-la, mas a mancha maligna mudava de direção tão rápido que a espada de Doyle atingia o ar.

A perna de Sasha começou a sangrar.

– Leve-a para dentro! Leve-a para dentro! – disse Sawyer, dando-lhes cobertura. – A gente dá conta deles.

– Não, são muitos – retrucou ela, soltando-se de Bran e disparando mais uma flecha.

Sawyer vu a mancha, um rastro de movimento. Atirou. Errou. Viu Bran mais uma vez puxar Sasha para trás e, naquele instante, soube que Bran seria atingido.

A loba veio quase voando da escuridão, seu uivo feroz tão ameaçador quanto seus caninos. Um instante depois, a mancha tomou forma, uma forma horrível, de pele vermelha escamosa e olhos amarelos selvagens em um rosto fino e comprido coberto de caroços.

A loba cravou os caninos no ombro do demônio – Malmon –, e o grito dele sacudiu o ar. Com o rosto contorcido de raiva e dor, o demônio reagiu com um golpe que a lançou ao ar. Quando ela caiu no chão, ficou imóvel.

– Mantenham os pássaros longe dela.

Doyle deu um salto mortal com uma só mão e se posicionou ao lado da loba, brandindo a espada para destruir os pássaros que se precipitavam para atacá-la.

Em segundos, os cinco a circundaram, formando uma parede defensiva. Sawyer lançou um último olhar para Malmon e atirou, mas a escuridão engoliu o demônio e os pássaros.

E a noite ficou tranquila, com a lua silenciosa deslizando no céu.

– Riley. – Sasha caiu de joelhos. – Ah, meu Deus, Riley! Bran!

– Deixe-me vê-la. Deixe-me vê-la. Você está sangrando, *a ghrá*.

– Riley! Qual é a gravidade?

Sasha pôs as mãos na amiga, o sangue escorrendo de seu braço para a pelagem da loba.

– Ela está viva. Estou sentindo o coração dela.

– Desmaiada, no mínimo. Vamos levá-la para dentro.

– Eu faço isso. – Embainhando a espada, Doyle se agachou e a ergueu.

Assentindo, Bran ergueu Sasha.

– Você está perdendo sangue, e Sawyer também. Annika?

– Não estou ferida. Vou buscar o que você precisar.

– Eu estou bem. Riley primeiro.

– Não, você não está bem, mas ficará. Ponha Riley sobre a mesa, Doyle, e vá buscar toalhas.

– Deixe-me ver se há fraturas. – Depois de pôr Riley na mesa, Doyle passou as mãos por ela, examinando-lhe as patas e o corpo. – Algumas costelas, ao que parece, mas... Meu Deus, estão se religando. Sinto isso. Ela se cura rapidamente quando está na forma de loba. Sinto um pequeno...

– Sim, eu também. – As pernas de Sawyer fraquejaram, e ele se sentou no chão. – Uma queimação, uma fraqueza.

– Veneno, sem dúvida. Vá buscar as toalhas, Doyle, e água. Annika, me ajude aqui – disse Bran quando ela veio correndo. – Tenho que limpar os ferimentos, mas vamos precisar da poção, seis gotas para cada. Rápido.

Bran escolheu outro frasco de seu kit enquanto Annika media a quantidade de poção.

– Isto vai doer – murmurou ele para Sasha. – Sinto muito. Olhe para mim, abra-se para mim.

Sasha ofegou quando o líquido penetrou no ferimento.

– Está melhor.

– Quase. E também tenho que cuidar da sua perna. Aguente um pouco, só mais um pouco. Sawyer, beba isto. Isso, isso, *fáidh*, os ferimentos estão limpos e purificados. A pomada vai ajudar.

– Sawyer primeiro.

– Eu cuido dele – disse Doyle. – Termine com ela. – Doyle pegou o frasco e se agachou ao lado de Sawyer. – Pronto?

– Vá em frente. Droga, droga, droga.

Annika deu um beijo na cabeça de Sawyer enquanto o líquido ardia no braço dele e Sasha, sua parceira de dor, segurava sua mão.

– Teria sido pior, muito pior, se você não tivesse me prevenido.

– Eu não conseguia acertá-lo. Ele era rápido demais, e você estava perto demais dele.

– Ele queria me atingir na garganta. Tive um instante para sentir isso, mas você gritou e ele errou a mordida. Você salvou a minha vida, depois Riley salvou a de Bran, que foi como salvar a minha novamente. Por favor, Bran, por favor, cuide de Riley. A queda foi violenta.

– Só mais um pouco – disse ele para Sasha. – Annika, passe a pomada em Sawyer.

– Sim. O ferimento está limpo. É profundo, mas está limpo.

– Sinto isso. Mas posso ficar em pé. – Firme de novo, Sawyer se levantou. – Deve haver algo para Riley na caixa mágica.

– Não há fratura. – Doyle mais uma vez passou as mãos pelo corpo dela. – As costelas já se curaram.

Enquanto ele falava, a loba abriu os olhos, límpidos e castanho-amarelados. O leve rosnado o fez erguer as mãos, as palmas para cima.

– Calma.

– Você foi ferida – disse Sasha enquanto Riley se virava e pulava agilmente para o chão. – Vai me dizer se sentir dor? Vai me deixar ajudar?

Os olhos delas se encontraram, e Sasha conteve um sorriso.

– Ele não estava tirando uma casquinha. Quer tomar algum remédio? Mas o jejum não pode … Está bem, ao amanhecer. Até lá, descanse um pouco.

A loba deu um último longo olhar para Doyle e saiu da cozinha.

– Você estava falando com uma loba. Quer dizer, claro que era Riley, mas… Sorrindo, Sawyer balançou a cabeça.

– Falando com uma loba como o Dr. Dolittle.

– Ela estava com um pouco de dor, mas não forte. Vai dormir um pouco. É raro ela dormir quando está em forma de loba, mas isso ajudará na cura. E eu não estava falando propriamente – explicou Sasha. – Foi mais como se ela me deixasse ler seus sentimentos, e eles fossem traduzidos em palavras. Ela nos entende perfeitamente bem, e eu tenho uma ideia do que ela quer que eu saiba. – Com um suspiro, Sasha olhou para o sangue no chão. – Precisamos limpar isso.

– Eu limpo – ofereceu-se Annika. – Não fui ferida. Vá descansar. Você também, Sawyer. Isso vai ajudá-los na cura também, não é, Bran?

– Sim, e eles vão dormir. Conversaremos sobre tudo de manhã.

– Preciso fazer uma pergunta antes de Sasha subir. – Doyle relanceou os olhos para a porta. – Aquele era Malmon, presumo.

– Sim – respondeu ela. – Só que não é mais Malmon.

– Um homem transformado em demônio. E um demônio que foi mordido por um lobisomem fêmea, ou uma licantropa, como Riley prefere. A mordida fará o demônio se transformar em um licantropo?

– Boa pergunta – disse Sawyer. – E isso seria bom ou ruim para nós?

18

Como queria fazer uma surpresa para todos, Annika se levantou muito cedo. Sem fazer barulho, colocou um vestido que tinha todas as suas cores preferidas em um padrão abstrato, como um arco-íris no meio de uma chuva. Olhando de relance para Sawyer, ainda deitado, ela se esgueirou para fora do quarto. Trançou os cabelos enquanto descia a escada, preparando-se para o que pretendia fazer.

Havia observado muitas vezes como se cozinhava e já os ajudara, mas hoje ela prepararia o café da manhã sozinha, enquanto os outros descansavam. À noite, Doyle lhe dissera que, por causa da batalha, do sangue e do mergulho que fariam naquele dia, não precisariam fazer os exercícios físicos.

Annika gostava dos exercícios, mas suspeitava que fosse a única.

Cantarolou enquanto escolhia panelas e frigideiras e pegava na grande caixa prateada os alimentos gelados. A noite havia sido de medo e sangue, mas tinha um bom pressentimento quanto ao dia por vir.

Se conseguisse preparar um bom café da manhã, sem erros, o dia seria bom. Pegou um pouco de suco enquanto torcia o nariz para a cafeteira. Todos gostavam de café, menos ela. Preferia os exercícios.

Bebeu o suco, tão saboroso e refrescante, depois tomou um longo fôlego. Começaria pelo bacon.

Enquanto o sol espiava pelas janelas, pôs uma travessa de bacon no forno em fogo baixo, como Sasha lhe mostrara, junto com uma bela pilha de pão da França – *torrada francesa*, corrigiu-se –, como Sawyer lhe ensinara.

Depois, faria ovos mexidos e a batata rosti que Bran gostava de fazer. Riley estaria faminta depois do jejum. Quando estivesse tudo pronto, ela colocaria a mesa.

Ouviu passos antes de terminar a surpresa. Mas sorriu ao ver que era Riley.

– Bom dia! Posso fazer café para você.

– Obrigada. Sinto cheiro de bacon.

– Eu fiz.

Radiante, ela abriu o forno. Lembrou-se das luvas grandonas que evitavam queimaduras e, então, tirou a travessa.

– Fez mesmo. – Riley pegou um punhado. – O suficiente para alimentar um batalhão.

– Exagerei?

– Não. Estou com a fome de um batalhão – respondeu Riley, de boca cheia. – Torradas francesas? – Sem esperar a resposta, Riley pegou uma e já foi mordendo vorazmente.

– Ficou boa?

– Muito. Estou morrendo de fome. Cadê Sasha?

– Dormindo. Estão todos dormindo, menos você e eu.

Riley pegou mais bacon.

– Você está cozinhando sozinha?

– Sim, quis fazer uma surpresa. Sawyer, Sasha e você foram feridos, e Doyle avisou que não faríamos exercícios.

– Sim.

– Você está com dor?

– Não, estou bem. – Ainda comendo, Riley se virou para a cafeteira.

– Você precisa de café! Pode se sentar. Eu gosto de fazer café, mas não de beber. – Annika pegou uma caneca grande, que colocou diante de Riley antes de abraçá-la. – Você salvou Bran e Sasha. Acho que salvou a todos nós, porque, quando apareceu, as criaturas demoníacas foram embora.

– Botei todas para correr. Deveria ter ficado mais perto. Se eu tivesse voltado mais cedo...

– Você estava lá quando precisamos. O demônio Malmon feriu você, mas acho que você o feriu mais.

– Ele me pegou de jeito. Está forte como o Hulk.

– Não entendi.

– Extremamente forte. O café está bom, Anni. Acho que você já pode ser incluída nas tarefas regulares da cozinha.

Annika deu um sorriso radiante, seguido de um rápido arquejo de alegria.

– Acha mesmo?

– Não sei por que você acha isso bom, mas, sim, definitivamente acho. Oi, Sash, parece que Annika assumiu seu lugar hoje.

– Ah, Riley, você está bem!

– Agora estou – disse ela, e comeu mais bacon.

– Annika, você... você preparou tudo isso?

– Riley disse que está bom. Que posso ser incluída na cozinha. Vai incluir a cozinha na minha lista de tarefas?

– Vou, e obrigada por me substituir.

– Você está bem?

– Estou. Todos nós estamos. Como você é a chef encarregada do café da manhã, vou pôr a mesa.

– Posso fazer isso.

– Deixe que eu ajudo. – Sasha afagou o braço de Annika. – Depois de um café.

Annika ficou tão feliz vendo todos comendo sua comida que teve vontade de dançar. Sawyer a beijou antes de repetir.

Ela havia preparado uma refeição para sua família. De tudo que aprendera, aquilo lhe parecia o melhor.

– Primeira pergunta. – Doyle olhou para Riley. – Ele vai se transformar? Malmon?

Riley se serviu de mais um pouco dos ovos mexidos.

– Passei boa parte da noite pensando sobre isso. Eu nunca havia mordido nenhum humano nem demônio. É uma violação grave da regra, embora diga respeito a humanos, o que ele não é. Não mais. A resposta: não sei. Isso é algo novo. Vou consultar alguns especialistas, mas isso é algo novo.

– Se ele se transformar, será quando? – perguntou Sawyer.

– Não nesta lua. Se ele fosse humano, se sentiria bastante mal. Teria febre e calafrios, e quando a lua começasse a minguar, ficaria bem de novo. Até a próxima lua.

– Mas ele não é humano – salientou Doyle.

– Não, e vou consultar especialistas, mas não vejo como ele poderia se transformar e depois voltar ao normal. Em todo caso, a primeira mudança é difícil, especialmente para alguém infectado e não preparado nem treinado. O fato é que não sei se a mordida de um licantropo infectaria um demônio. E não sei se alguém entende disso.

– Talvez tenhamos que esperar para ver. – Ponderando, Bran bebeu mais café. – Eu não estava tão preparado quanto deveria. Não consegui vê-lo direito, e preciso melhorar nisso.

– Mas você conseguiu, Riley – disse Doyle.

– Consegui – assentiu ela, enquanto comia. – Um filho da mãe medonho, o que é irônico, porque antes ele se considerava divino. Que Deus me perdoe – acrescentou ela, e comeu mais. – Notei que ele foi direto para Sasha. Passou por Bran só para chegar até ela.

– Ele me queria morta e queria meu sangue. Para que ela beba.

– Não fiquei perto o suficiente. Eu me distraí, e a mudança começou antes de eu perceber. Obrigada por me ajudar.

Doyle deu de ombros.

– É sempre um prazer tirar as roupas de uma mulher.

– Engraçadinho. Mas… transformar-se na frente de outra pessoa é… Isso é uma coisa particular, e eu reagi ao modo como aconteceu. Por isso não estava tão perto quanto deveria. Se estivesse, talvez não teria havido sangue.

– Se você não tivesse vindo, ela teria o sangue de Bran também, e eu poderia estar morto. Você veio na hora cera.

– Se o demônio Malmon também se tornar um licantropo, ele será mais forte que o Hulk? – perguntou Annika.

– O incrível Hulk. – Apesar da ideia, Sawyer sorriu. – De onde você tirou…?

Ele olhou de Annika para Riley. Assentiu. Então fez sinal de positivo para Riley enquanto comia mais uma torrada.

– Talvez, mas não até a primeira mudança, e será dolorosa se ele estiver infectado – acrescentou Riley. – Deixem-me dar alguns telefonemas e… Droga! Telefonemas. Meu cérebro ficou confuso. White. Dr. White.

– Doyle disse que você entrou em contato com ele. Conseguiu algo útil? – perguntou Sawyer.

– Sim, consegui, e ele vai me enviar mais. Vou buscar as minhas anotações.

– Estão no meu quarto.

Ela já estava se levantando, mas parou no meio do movimento e olhou para Doyle.

– O quê?

– Levei para meu quarto ontem, para tentar decifrá-las.

– Você não pode mexer nas minhas coisas.

– Estavam bem ao lado do telefone. Você começou a dizer algo… Parecia que tinha descoberto um tesouro. E logo depois o sol se pôs.

– Meu quarto, minhas anotações. E você não conseguiria decifrá-las, porque tenho meu próprio código para protegê-las dos bisbilhoteiros.

Para provocá-la, Doyle reagiu à indignação de Riley com indiferença.

– É uma mistura de estenografia, código Morse e acho que um pouco de navajo. Mais algumas horas e eu decifraria.

– Uma ova – retrucou ela, e saiu batendo os pés.

– É um bom código – disse Doyle quando Riley não podia mais ouvi-lo. – Estou surpreso por ela mesma conseguir decifrá-lo.

– Vou buscar meus mapas. – Sawyer se levantou. – Se ela conseguiu uma direção, talvez eu possa verificar, ou assinalar. Talvez seja o suficiente, quem sabe.

– Apenas em Capri – disse Sasha. – Porque a estrela está aqui. Tenho absoluta certeza disso. Preciso… – Ela também se levantou. – Preciso pintar. Não esperem por mim.

– O quê?

– Não sei – respondeu ela para Bran –, mas vou descobrir. Hoje. Sei disso. Hoje, e preciso… Não esperem por mim.

– Você precisa ir com ela? – perguntou Sawyer.

– Não, é melhor que ela comece sem distrações.

– Para onde ela está indo? – perguntou Riley. – Acho que tenho grandes novidades aqui.

– Ela também acha que terá.

– É a hora da visão – disse Doyle. – Vamos prosseguir sem ela.

– Certo. Bem, as peças começaram a se encaixar no meio da conversa com White. Ele é inteligente, mas, caramba, é muito prolixo, divaga demais. Bom, não importa. – Riley colocou os papéis na mesa. – Ele defende a ideia da conexão e posterior separação entre a Baía dos Suspiros e a Ilha de Vidro. Eliminou a Atlântida da mistura, e demorou um pouco para chegar a essa conclusão. Acredita que a rebelião e consequente separação ocorreram há uns três mil anos e, desde então, a ilha se desloca, digamos, à deriva. Aqueles que são aprisionados em suas águas, palavras de White, suspiram e cantam na esperança de atrair um redentor.

Riley virou a página.

– E vejam isto: o redentor é da terra e do mar, como eles eram antes, procura e é procurado, e virá, desafiará as bruxas e os monstros e os ajudará a se redimir quando uma estrela, uma estrela rainha, cair do céu na baía.

– Temos procurado pela maldita baía – começou Doyle.

– E tem mais. Vejam o que descobri: a estrela, azul como a baía, e a baía, azul como a estrela, serão uma só até o redentor a erguer da mão da rainha dos oceanos, que a mantém em segurança para a rainha de todos.

Riley ergueu os olhos, na expectativa.

– Não estão entendendo?

– Agora vamos ter que encontrar a rainha dos oceanos? – perguntou Doyle. – Seria Salácia, porque estamos falando do período romano?

– Sim, seria, e faço uma boa ideia de onde encontrá-la. Esposa de Netuno. Vejam, Tibério se retirou para cá, certo? Construiu palácios, villas e encomendou muitas estátuas. Algumas foram encontradas no único lugar que achávamos que estava fora da lista.

– A Gruta Azul – disse Sawyer.

A bússola brilhou e começou a se mover sobre o mapa.

– A Gruta Azul, antes temida pelos locais, porque eles acreditavam que houvesse bruxas e monstros lá. Certa vez usada por Tibério, que pôs estátuas na gruta. Algumas foram encontradas, e acredita-se que poderia haver outras, mais para dentro.

– A gruta é uma atração turística – salientou Doyle.

– Agora. White tem mais teorias e documentos, mas ele está indo na direção errada. Neste exato momento, está concentrado na Flórida. Dá para acreditar? Azul como a estrela.

Ela se virou para Annika.

– E o que nós temos aqui? Uma guardiã que é da terra e do mar. Você, Anni.

– Mas eu não sei onde encontrar a rainha e a mão dela. Já nadei lá, mas nunca tinha ouvido os suspiros e as canções.

– Não era a hora – disse Bran simplesmente. – Não estávamos juntos, e é claro que esta busca exige que estejamos. A bússola de Sawyer confirma isso. A Gruta Azul. Agora, temos que encontrar um modo de mergulhar em busca da estrela em um lugar que está sempre repleto de turistas.

– À noite não fica – salientou Riley. – À noite, a gruta fecha e o mergulho é proibido, embora eu aposto que aconteça. O problema é que só daqui a duas noites vou poder usar um cilindro de oxigênio.

– Você pode usar um capacete de mergulho. Eu vi no YouTube – informou Sawyer. – Usados por cães e gatos. É impressionante.

– Pode esperar sentado.

– Como vesti-la peluda demoraria mais do que a espera, não vai funcionar. Mas poderia… Ei, foi só uma ideia.

– Teorias do amigo de um amigo e bússola à parte – começou Doyle –, precisamos ir até lá, pelo menos para dar uma olhada.

– Uma teoria que se encaixa perfeitamente, e a bússola coloca o local no centro do alvo. Mas – continuou Riley –, como precisamos esperar para tentar o mergulho noturno, não faria mal algum visitarmos o local. Com a Estrela de Fogo, foi Sasha. Ela a chamou e, poderíamos dizer, a atraiu.

– Quase a afogou – ressaltou Sawyer. – Então, quando fizermos isso, temos que ficar de olho em Annika.

– Eu respiro embaixo d'água. Não posso me afogar.

– Há outros perigos – lembrou Bran. – Se for para você encontrar a Estrela de Água, e tudo indica que é, estaremos com você.

– É uma honra ser escolhida – disse Annika lentamente. – Não quero falhar com vocês, ou em meu dever. Se for para eu encontrar a estrela, vocês confiarão em mim e me deixarão tentar fazer isso?

– Sem dúvida – garantiu Sawyer. – Mas isso não significa que deixaremos de proteger uns aos outros.

– Eu entendo. Um por todos e todos por um.

– Isso.

– Mas se for para ser eu, não quero usar cilindros nem roupa de mergulho. Se puder ser à noite, e ninguém for ver, quero estar à vontade na água.

– Voto a favor dessa ideia porque provavelmente é como deve ser. Ainda mais se é o que você sente. Isso faz parte da confiança – acrescentou Riley. – Concorda?

– Riley sem capacete e Annika sem cilindro. – Sawyer olhou para Bran e Doyle. – Alguma objeção?

– Acho que não, e não acredito que Sasha tenha. – Enquanto falava, Bran olhou na direção do terraço.

– Você está tentando não ficar preocupado com ela, mas está. Vá lá dar uma olhada – sugeriu Sawyer. – Assim, pararemos de nos preocupar.

– Ela aprendeu muito rápido a ter autocontrole e se concentrar, aceitou como um dom o que durante toda a sua vida foi um fardo. Isso me faz ter confiança, mas... – Como não conseguiu se acalmar, Bran se levantou. – Só por garantia.

– Se ela está sentindo necessidade de pintar – disse Annika enquanto Bran entrava na casa –, deve ser algo de que precisamos.

– Provavelmente. – Pensativo, Sawyer pegou a bússola e a sentiu vibrar. – E tenho algo que poderíamos usar, se funcionar para todos.

– Poderíamos nos preparar aqui, na casa, e depois você simplesmente nos teletransportaria para a gruta quando caísse a noite – sugeriu Riley. – Não seria necessário um barco.

– Isso. E não haveria patrulhas se perguntando o que faz um barco de mergulho naquela área à noite. Mas, acima de tudo, estou pensando: por que esperar?

– Porque eu não vou mergulhar na forma de loba, caubói, por mais que você ache impressionante.

Sawyer simplesmente se virou para a bússola e revelou o relógio.

– Droga. – Com uma meia risada, Riley balançou a cabeça. – Eu não tinha pensado nisso.

– Tanto faz avançarmos ou voltarmos no tempo, de qualquer modo não precisamos esperar.

– Voltar. Eu pensei nisso. – Doyle se inclinou para observar o relógio mais de perto. – Mas voltar para uma época em que ainda não houvesse patrulhas. Quando começaram os passeios, as vendas de ingresso e as regulamentações? Você deve saber – disse ele para Riley.

Como isso era apenas uma questão de folhear a enciclopédia em sua mente, Riley deu de ombros.

– Dois alemães, um escritor e o amigo dele visitaram a gruta na década de 1820, guiados por pescadores locais. O escritor criou um livro sobre o local e as estátuas que eles viram. Na década de 1830, a gruta se tornou um destino turístico. Se voltássemos mais ainda... – murmurou ela, seu entusiasmo de arqueóloga fazendo seus olhos brilharem – ...poderíamos ir à época de Tibério, até mesmo de Augusto, e... Tudo bem, não é esse o foco aqui. – Ela pôs os cotovelos na mesa e apoiou o queixo nas mãos. – Nossa, mas é uma delícia imaginar isso.

– Então, para ter uma margem de segurança, antes de 1820?

– Sim. E é bom também evitar a ocupação francesa, a agitação por lá logo no início do século XIX.

– É bom mesmo – confirmou Doyle. – Acreditem em mim.

– E você pode fazer isso? – perguntou Annika. – Viajar para um lugar e um tempo diferentes de uma só vez?

– Sim. É mais intenso, mas já fiz isso.

– Eu gosto de coisas intensas – disse ela.

Ele sorriu para Annika e, incapaz de resistir, beijou sua mão.

– Então você vai gostar. Riley vai escolher o ano, enquanto eu pego as coordenadas do local. Quando Bran e Sasha estiverem a bordo, poderemos começar a nos preparar. Uma coisa, Riley: se formos e voltarmos antes do pôr do sol, no presente, isso não vai afetar você. E se não conseguirmos voltar antes?

– Nunca fiz isso, mas sei que a transformação me atingirá com toda a força. Eu aguento, mas seria melhor ir e voltar antes de cair a noite.

– Nerezza vai nos atacar – disse Doyle. – Ou na caverna, quando encontrarmos a estrela, ou quando voltarmos.

– Que tal nos teletransportarmos de novo? – sugeriu Sawyer. – Não estou dizendo para não estarmos preparados, mas acho que pode ser suficiente para pelo menos confundi-la. Mas, sim, quando tivermos a estrela, ela atacará. Portanto, vamos ao plano de batalha.

Annika se sentia honrada por fazer parte do conselho de guerra.

– Precisamos proteger Bran, para que ele possa manter a estrela a salvo se eu a encontrar. Mas… a bússola não disse para onde devemos ir quando tivermos a estrela.

– Ainda não.

– É muita fé envolvida.

– Tem uma opção melhor, Sr. Otimista? – perguntou ela para Doyle.

– Ir para qualquer lugar. Pegar a estrela, deixá-la em um lugar seguro e ir para qualquer lugar até descobrirmos o próximo destino. Eu procuro há séculos e nunca tinha chegado perto da estrela ou de Nerezza até aquele dia na caverna em Corfu. Considerando isso, as chances de termos todas as três estrelas em uma questão de meses são altas. E, depois, encontraremos a Ilha de Vidro.

– Somos seis. – Sawyer apertou a mão de Annika. – Temos mais três meses; não duvido nem por um segundo de que vamos encontrá-las antes disso.

– Se eu tiver que voltar para o mar antes… vou poder ajudar mesmo assim. *Vou* ajudar.

– Não vamos pensar nisso agora – começou Sawyer, mas parou ao ver Bran. – Está tudo bem?

– Sim. Ela é… incrível. Não a atrapalhei. Duvido que algo fosse capaz de distraí-la agora.

– O que ela está pintando? – quis saber Riley.

– Beleza. E o lugar para onde devemos levar a Estrela de Água. E, acredito eu, o lugar para onde devemos ir depois que a tivermos.

– Onde? Se eu souber, poderei começar a procurar uma casa ou algumas barracas.

Bran apenas sorriu.

– Se eu interpretei bem a pintura, isso não será necessário. Porque, ao que parece, ela está pintando minha casa na Irlanda. A casa que construí no fim de uma estrada, e que ela pintou antes de nós seis começarmos esta jornada. O quadro que eu comprei antes de conhecê-la.

– Outra ilha. – Riley se recostou. – Faz sentido. Qual costa?

– Oeste. Ilha de Clare. Doyle é de lá. Acho que faz todo sentido.

– Ficaríamos na sua casa! Ah, eu ia adorar. Deve ser linda.

– Para mim, é – disse Bran para Annika. – E há espaço suficiente para todos nós. Fiquei me perguntando por que a construí, por que queria uma casa tão grande, mas vi isso em minha mente, senti que deveria ser assim, e foi o que fiz. Algum problema? – perguntou ele para Doyle.

– Faz muito tempo que não vou à Irlanda, e a Clare, mais ainda. Eu deveria ter imaginado.

Quando Doyle se levantou e se afastou, Annika ficou observando-o, pesarosa.

– É doloroso para ele.

– Voltar para onde começou, para onde viveu quando era apenas um mortal. É um preço a pagar. – Riley se levantou. – Vou implicar com Doyle por alguma coisa, para tirar isso da mente dele. Clare – disse ela para Bran. – Sua família é de Sligo, mas você construiu uma casa em Clare.

– O lugar me atraiu, a estrada e o que havia no fim dela. As ruínas de uma antiga mansão nos penhascos de um mar agitado. Diferente das colinas ondulantes da minha terra natal, mas me atraiu.

– Talvez justamente por isso. Vou conversar com Doyle e depois fazer as malas. E me preparar para a viagem.

Ao meio-dia, Sawyer estava sentado no terraço observando Sasha. Ninguém queria deixá-la sozinha por muito tempo e ele havia optado por se sentar lá por uma hora enquanto Bran trabalhava.

Havia instalado ali uma mesa e limpado seus revólveres. Então pegou seu mapa da Irlanda e viu a bússola deslizar direto para o litoral do condado de Clare.

Disse a si mesmo para não se preocupar com Annika e não pensar em nenhum tempo além do ano, mês e noite que Riley escolhera, mas sua mente se moveu em círculos ao redor de tudo isso até ele realmente se concentrar no que Sasha estava pintando.

Ele não entendia muito de arte, só sabia dizer o que lhe agradava ou não. E não sabia nada sobre como criá-la, exceto pelo que vira Sasha fazer.

Naquele momento, o que ganhava vida na tela era absurdamente lindo. De uma beleza quase impossível. A luz – como ela conseguia criar aquele tipo de luz? – incidia sobre uma mansão de pedra *grandiosa* (essa foi a palavra que lhe ocorreu). Alta, arqueada, com janelas de vitral. A casa tinha duas torres circulares e pontudas e o que ele supôs serem terraços construídos para parecer muralhas.

Flores e arbustos se estendiam aos seus pés, como saias coloridas, e árvores com o verde do verão estendiam sua sombra na grama mais verde que esmeraldas.

Tudo isso se erguia no alto dos penhascos, dramática e tempestuosamente cinza, sobre o mar agitado.

Ele viu Bran ali perfeitamente. O mágico em seu castelo à beira da falésia. Quando encerrasse suas atividades, Sawyer procuraria uma casa na praia em algum lugar – qualquer lugar – com água azul e palmeiras balançando ao vento, mas podia entender a atração irresistível de Bran por aquele cenário.

Quando Sasha deu um passo para trás, ele fez menção de falar algo, mas um olhar dela o calou.

Ela pegou a tela, tirando-a do cavalete, e colocou no lugar o bloco de desenho.

E mais.

De uma caixa, pegou um giz colorido e começou a passá-lo na página.

Sawyer viu Annika ganhar vida, mas como nunca a vira. Erguendo-se da água, ou assim lhe pareceu, o rosto extasiado. E os cabelos ondulando no azul impossível.

Por um momento Sawyer pensou que aquilo era como observar uma fotografia sendo revelada, tão rápidos e seguros eram os movimentos de Sasha.

Os braços de Annika se ergueram acima da cabeça com os punhos se tocando e as palmas abertas. E, com os gizes de Sasha, com o dom dela, a estrela apareceu nas mãos de Annika, de um azul brilhante.

– Através da água, feita de água – disse Sasha. – Das mãos da deusa para as mãos da guardiã. E ela está na água, e dela é feita. A estrela de Luna, a Estrela de Água, dotada de graça, alegria e amor, agora com a filha.

Lentamente, Sasha soltou o giz e se virou para Sawyer.

– A noite virá, brutal e sanguinária, e deverá ser enfrentada. O viajante correrá o risco. E a escolha de corrê-lo será sua.

– O que eu vou arriscar?

– Sua vida, para salvar a de todos. Você abraçará a deusa da escuridão, a levará para a luz, a deixará perdida? Ela encontrará seu caminho de novo, mas você se arriscará para poupar o sangue dos amigos? Para fazer o tempo curar de novo?

– Teletransportá-la? Isso é possível?

– Só você pode saber. Você é o viajante. Ela é a filha – disse Sasha, apontando para o retrato. – Vocês dois devem escolher. Como todos nós.

Sasha fechou os olhos e deu um suspiro.

– Sawyer?

– Bem-vinda de volta. Você precisa se sentar

– Não, eu estou bem. De verdade. Só um pouco zonza. Sei o que falei, mas...

– Veja se eu entendi direito: Annika vai encontrar a Estrela de Água.

– Sei que ela pode encontrá-la. – Enquanto estudava o próprio trabalho, Sasha pegou um pano para limpar as mãos sujas de giz. – E sei que haverá vozes ao redor dela: choro, suspiros e canções. É tudo que sei. – Ela se virou para a mesa de trabalho, onde deixara a pintura. – É para lá que precisamos ir, onde a Estrela de Gelo espera por nós. É a casa de Bran, não é?

– Sim, ele a reconheceu quando você a estava pintando, hoje mais cedo.

– De Bran – repetiu ela. – E tem mais. Pode ir chamar os outros? Eles precisam ver isto.

– Vou chamá-los. Aqui, tome. – Ele lhe ofereceu uma garrafa de água. – Você está nisso faz umas quatro horas seguidas.

– Precisa de alguns retoques, mas... por enquanto estou satisfeita.

Bran chegou, abraçando-a pela cintura enquanto observava o retrato de Annika.

– A estrela a ilumina ou ela ilumina a estrela?

– Acho que as duas coisas. Eu senti que precisava me apressar, que o tempo estava acabando. Não captei o brilho... da estrela. É um brilho capaz de fazer os olhos arderem.

Ela virou o rosto para ele.

– Bran, você tem certeza de que não pode ajudá-los? Tem certeza de que não há nada que possa fazer para ela poder ficar com ele?

– Mesmo se isso estivesse ao meu alcance, e acredito que não está, o feitiço não foi feito para prejudicar. Ela recebeu o presente das pernas, e para um objetivo específico. E fez o juramento por livre e espontânea vontade. Não posso contornar isso.

– Fico de coração partido. – Sasha permaneceu abraçada a ele por um momento, depois se forçou a se afastar um pouco. – Você vai para casa.

– Nós vamos. A casa é sua, *fáidh*, se você quiser. Você viveria lá comigo, e eu viveria com você nas montanhas dos Estados Unidos. E no meu apartamento em Dublin e no de Nova York. Em qualquer um desses lugares, ou em todos.

– Eu viveria com você em qualquer e em todo lugar, Bran. – Ela o abraçou de novo enquanto olhava para a pintura. – É uma casa linda e poderosa. Tem tudo a ver com você. Você sabe por que escolheu construí-la nesse lugar?

– Só sei que, quando estive naquela estrada pela primeira vez, quando cheguei aos penhascos e às ruínas, soube que era o lugar para mim. Aquele lugar precisava de uma casa, e eu precisava viver lá.

Annika soltou uma exclamação de surpresa ao chegar ao terraço.

– Você me desenhou. Eu encontrando a estrela. Estou com ela nas mãos. Eu vou encontrá-la.

– Você pode e vai encontrá-la, eu acredito nisso.

Doyle chegou em seguida, logo antes de Riley. Sasha sentiu o coração chorar lágrimas de empatia.

– Você conseguiu uma estrela, Anni. E aposto que a cena da pintura se tornará realidade antes que o dia termine.

Animada, Riley foi até Doyle, que estava de pé observando a tela.

– Impressionante, Bran – comentou ela. – Podemos ficar lá na última etapa de toda essa busca. Quantos quartos são?

– Dez, embora dois só sejam usados quando minha família vai em peso.

– Há um em cada torre?

– Sim.

– Impressionante.

– É essa? – perguntou Doyle, sem tirar os olhos da pintura. – Essa é a casa, nesses penhascos, com a floresta atrás? Tem um poço logo na entrada da floresta?

– Sim, tem um poço antigo, e me disseram que antigamente a floresta avançava até mais longe. Como você...? – Ele logo se deu conta. – Você conhece o local, os penhascos.

– Esse mar, essa floresta. Sim. É onde cresci. Ou pelo menos era. Meu avô ajudou o pai dele a construí-la, quer dizer, a que havia antes. Uma bela casa de pedra. E meu pai ajudou meu avô a erguer mais quartos, porque eram dez filhos, e todos viveram. Graças ao sangue dos McClearys, diziam. Forte e saudável. Também ajudei meu pai a consertar o velho estábulo construído pelo avô dele. E as ovelhas pastavam nas colinas rochosas, e caçávamos veados e coelhos nessa floresta.

Ele fez uma pausa antes de continuar:

– E meu irmão morreu em meus braços a menos de um dia de viagem de onde nascemos. Agora os deuses me fazem voltar lá.

– Sinto muito, Doyle... – começou Sasha, mas Riley balançou a cabeça.

– Quem veio antes de nós? Como eles viviam, o que construíram? É importante saber isso. Nós os honramos ao voltar às origens, ao caminharmos por onde eles caminharam, ao vivermos onde eles viveram. Eles nunca se vão se são importantes para nós, se os honramos.

Doyle olhou para ela por um longo momento.

– É o único lugar no mundo para onde eu nunca quis voltar.

– Os deuses são uns canalhas.

– São. São mesmo.

– Bran construiu uma casa no mesmo lugar onde um dia foi a sua. Não é um acaso. Temos que aceitar que é nosso próximo destino, e descobrir por quê.

– Não existe chance de não irmos. E é lá que você vai colocar a estrela, como pôs a outra na pintura da floresta?

– Sim.

– Então é melhor irmos encontrá-la.

19

Embora fosse, de certa forma, um desperdício do tempo que tinham de luz do dia, optaram por fazer as malas, pois talvez tivessem que ir embora às pressas. Annika dobrava alegremente seus vestidos para pôr na mochila colorida quando Sawyer tomou sua mão.

– Preciso de alguns minutos a sós com você.

– Ah, Sawyer, não temos tempo para sexo agora.

– Não é isso. Embora eu ache maravilhoso que tenha sido a primeira coisa em que você pensou. Preciso fazer uma pergunta.

– Pode me perguntar o que quiser.

– Preciso que você me diga se... e sei que é um grande "se"... quando terminarmos tudo isso e cumprirmos nosso dever, se os anciãos de seu povo, a feiticeira dos mares e quem quer que esteja encarregado da decisão lhe permitissem ficar comigo... você ficaria?

Sérios e com um quê de tristeza, aqueles olhos de sereia encontraram os dele.

– Eu ficaria em qualquer lugar com você. Você é meu único amor, meu Sawyer. Mas é impossível. As pernas são apenas emprestadas. Até a busca terminar ou, como eu tive que lhes contar o que sou, até três mudanças de lua. Duas, agora. Eles não querem que eu sofra nem que você sofra, mas está além de suas possibilidades me conceder isso.

– Talvez Bran...

– Eu perguntei. – Ela baixou o olhar por um momento. – Sei que não deveria, mas, depois que eu soube que você me amava, perguntei. E está além das possibilidades dele. Ele prometeu fazer oferendas, mas não pode quebrar um feitiço feito para o bem, para a luz. Nem mesmo por amor a você eu posso quebrar meu juramento.

– Certo, certo. – Ele lhe deu um beijo na testa. – Talvez eu possa fazer como Tom Hanks.

– Quem é Tom Hanks?

– Um ator. Ele fez um filme em que se apaixona por uma sereia.

– Ah! Eu gostaria de assistir.

– Vamos providenciar isso. Bem, ela também se apaixona por ele.

– É uma boa história.

– Mas havia pessoas ruins no meio.

– Deuses do mal?

– Não, pessoas que teriam feito mal a ela. A sereia não podia ficar com ele, por isso no final ele pulou na água atrás dela. E a sereia fez algo que permitiu a ele ficar com ela. Então ele pôde viver na água.

Suavemente, Annika lhe deu um beijo nas bochechas e afastou os cabelos dele para trás.

– É uma boa história. Só que não há nada que eu possa fazer para mantê--lo vivo debaixo d'água. Você é da terra.

– Talvez a feiticeira dos mares...

– Só de pensar que você faria isso para ficar comigo enche meu coração de alegria e lágrimas. Mas ela não tem esse poder. – Como as lágrimas ameaçavam aflorar, ela se virou. – Agora, é melhor fazermos as malas.

– Eu tenho mais uma pergunta. Não chore, Annika, só ouça mais essa possibilidade. A ilha em que eu a levei... É boa e tem uma energia própria, não é?

Como ela gostaria que eles não falassem de possibilidades que nunca se concretizariam!

– Sim. A água ao redor é sagrada, e a terra é importante.

– Isso. E não está na rota dos cruzeiros. Nós dois estamos ligados a ela. Poderíamos viver lá. Eu poderia construir uma casinha, sei fazer algumas coisas. E gosto da ideia de morar perto do mar. Você viveria normalmente na água. E ficaríamos juntos. Eu poderia nadar com você e ficar na areia enquanto você se sentaria nas rochas. Poderia falar com você, vê-la, tocá-la.

O coração de Annika estremeceu no peito.

– E a sua família?

– Eu tenho a bússola. Posso vê-los quando quiser ou levá-los até nós... E fazer o mesmo com a sua, se quiserem. Mas sabe o que é o mais impor-tante? – Com os olhos nos de Annika, ele afagou os braços dela. – O mais importante é que você também é meu único amor. Não quero viver em um mundo em que você não está. E não acredito que nós dois nos encontramos, lutamos juntos e fizemos tudo isso para não ficarmos juntos no final. Não vou aceitar. Você ficaria comigo assim: você na água e eu na terra?

– Não poderemos ter filhos.

– Annika, eu só quero você.

– E eu sou sua. Sim. Sim, eu ficaria com você assim. Não quero viver em um mundo em que você não está. – Ela se atirou sobre ele. – Eu serei sua, e você será meu.

Fechando os olhos, ele a abraçou.

– E isso basta para nós.

– Amo você com todo o meu ser.

Quando Sawyer a beijou, ambos esqueceram as malas e todo o resto até Sasha interrompê-los bruscamente, surgindo à porta.

– Me desculpem, mas ainda temos que descer com tudo e recapitular todos os passos do plano. São quase quatro horas.

– Sawyer vai construir uma casa na ilha e morar lá. E eu poderei viver na água, e ficaremos juntos!

– Ah, o amor sempre encontra um jeito! – Comovida, Sasha foi abraçá--los. – Um jeito bom e lindo. E não pensem que não vamos visitá-los numa ilha deserta nos mares do Sul.

– Estou contando com a visita de vocês – disse Sawyer.

– Agora, mexam-se. Estamos ficando nervosos.

– Desceremos em cinco minutos.

Demorou um pouco mais do que isso, mas eles levaram tudo para baixo e tiraram a moto do quarto contíguo.

– Pelo menos vou poder dirigir quando estivermos na Irlanda.

– Eu gosto de dirigir moto – disse Annika.

– Pode dirigir sempre que quiser, linda.

– Até podermos pensar no futuro, temos três horas intensas a enfrentar… – Riley olhou para o relógio. – Faltam 32 minutos para o pôr do sol. Se vamos fazer isso, é melhor que seja agora.

– Mais uma coisa – disse Sawyer. – A visão de Sasha.

– Não. – Tensa, Annika se agarrou a ele. – Ela é uma deusa.

– E Bran e Sasha a derrubaram com muita força em Corfu. Agora parece que será minha vez. Meu risco, minha escolha, foi o que Sasha disse, e explicamos para todo mundo. Vou fazer essa escolha e ganhar tempo para nós, mas para isso precisarei de ajuda.

– O que você precisar, irmão – disse Doyle. – Você manda.

– O momento tem que ser perfeito, e preciso chegar bem perto dela para conseguir me conectar.

– Ela pode rasgá-lo em pedaços. – Ao ouvir as palavras de Riley, Annika enfiou o rosto no ombro de Sawyer. – Sinto muito, mas precisamos ser francos. Talvez seja melhor esperarmos, termos mais tempo para nos planejarmos.

– A hora é essa. Também sinto muito. – Sasha estendeu a mão para acariciar os cabelos de Annika. – Mas a hora é essa. Para a estrela, a batalha e o risco.

– Ela até poderia me rasgar em pedaços, mas aposto que não vai conseguir, principalmente se Bran acalmá-la um pouco.

– E é o que vou fazer, tem minha palavra.

– Eu vou me aproximar, quando ela estiver um pouco mais calma, e teletransportá-la. Depois, a salvo, vou me desconectar. Pode dar certo.

– Você vai estar sozinho – disse Annika.

– Não. – Ele usou a mão dela para dar um tapinha no próprio peito. – Muito bem, todos com o equipamento. Exceto você. – Ele tocou o rosto de Annika e a beijou.

Eles colocaram o equipamento de mergulho. Riley e Doyle o haviam trazido da marina do modo difícil. E, embora estremecesse ao ver, Sawyer esperou Annika atirar seu vestido cor-de-rosa para o lado.

– Pode haver um pequeno solavanco. Nunca transportei algo da terra firme para debaixo d'água.

– E para o ano de 1742 – acrescentou Riley.

– O tempo está regulado, e lembrem que é uma viagem mais difícil do que se transportar apenas no espaço. E quando – ele deliberadamente não disse "se" – Anni pegar a estrela, a volta vai ser igualmente difícil. Fiquem próximos. Quanto mais juntos estiverem, mais fácil será. Estejam prontos.

Ele colocou a máscara, a ajustou e pôs o tubo de respiração. Com a pistola subaquática na cintura e a faca de mergulho no cinto, segurou a mão de Annika.

Dando um último olhar para os outros, Sawyer assentiu. Fechou os olhos. E ativou a bússola e o relógio ao mesmo tempo.

O solavanco foi maior do que ele esperava. Antes disso, ele só havia viajado no tempo e no espaço simultaneamente transportando apenas uma pessoa.

O ar rodopiava ao redor, um fluxo de vento intenso, e ele continuou segurando a mão de Annika e mantendo a forte conexão mental com os outros.

O mundo girava, ou assim lhe parecia, cada vez mais rápido, à medida que recuavam nos anos.

Por um momento, Sawyer ouviu a canção e os suspiros. A água o engoliu em um redemoinho e depois o impeliu para cima.

A profunda escuridão recaiu sobre eles.

É noite, pensou Sawyer, e uma noite sem lua. Riley não queria correr riscos. Mas ele não levara em conta a ausência de luz na caverna.

Sentiu a mão de Annika na dele e o roçar da cauda dela em suas pernas. Mas os outros...

Uma luz brilhou, acima da palma da mão de Bran. Quando ele mexeu a mão sobre a luz, o brilho aumentou.

Aliviado, Sawyer conseguiu respirar com mais calma e tentou se orientar.

Sem a luz do sol ou da lua refletindo na água, a caverna estaria escura como uma tumba, não com aquele azul quase sobrenatural que ele vira em todas as fotos do local.

Mas viu Annika sorrir enquanto nadava ao redor deles, mantendo todos juntos.

Ela deu um tapinha no próprio ouvido.

Sawyer já ia balançar a cabeça, mas então ouviu. Débil, um coro de suspiros, como se a própria água suspirasse.

Ainda sorrindo, os olhos belos e brilhantes, ela apontou para baixo. E, com um girar do corpo e da cauda, desceu, dirigindo-se direto à escuridão.

Atordoado, Sawyer seguiu seus instintos e, dando um forte impulso para baixo, foi atrás dela, mas em segundos já não a via mais, nem com a luz de Bran.

Annika nadou para o fundo. Ah, como era maravilhoso voltar às profundezas! Os suspiros ecoavam ao seu redor, e agora ela entendia o que as palavras escondiam:

Nós esperamos. Nós esperamos.

E nas canções havia súplicas:

Perdoe-nos. Redima-nos. Liberte-nos. Aceite-nos.

Quanto mais fundo ela mergulhava, mais via. A escuridão das profundezas não era um obstáculo. Via rochas, estátuas feitas por homens e, mais além, as formas e sombras dos banidos, daqueles que esperavam e suplicavam.

Com suspiros e canções.

E os sentiu, sentiu o roçar de dedos ao passar por eles. Embora o infortúnio deles a afligisse, ela só podia seguir na direção a que a levavam os suspiros e a fé.

A deusa esperava. Branca no escuro, com um rosto lindo e majestoso e o vestido flutuando ao redor. Tinha uma das mãos nas saias e a outra erguida ao lado do corpo. Mas não havia nada na palma de sua mão.

Ajude-nos. Encontre-nos. Resgate-nos.

Eu estou vendo você, pensou Annika. Estou vendo. Estou ouvindo.

Ela pôs a mão na mão da deusa e olhou naqueles olhos pétreos. Uma estátua, constatou. Mas não eram pedras ou entalhes que sustentavam a estrela.

Através da água, feita de água.

Quando ela repetiu isso mentalmente, os sussurros o ecoaram por toda a sua volta.

Através da água, feita de água. Como ela.

Annika abriu os braços. Eu sou a escolhida do meu mundo. A guardiã. A redentora. Sou aquela que busca. E sou da água.

Repetiu aquilo mentalmente, várias vezes, girando cada vez mais rápido. Então sentiu movimentos acima. Era Sawyer, eram seus amigos.

Da água, para trazer luz para a escuridão. Redentora, a Estrela de Água espera. Nós esperamos.

Eu sou da água. A estrela é da água. A deusa é da água. Da mão dela para a minha.

Annika girava, cada vez mais rápido, e a água clareava e a luz começou a brilhar. Um azul suave, muito suave. Então mais brilhante, mais intenso, mais azul.

Como havia sido criada para fazer, Annika ergueu os braços e uniu os pulsos, as mãos em concha. A água acima de suas mãos girou, brilhou e se aqueceu.

Acima do pequeno turbilhão de água, a estrela brilhava.

Annika riu, pura alegria. Ao seu redor, os suspiros se encheram de lágrimas que refletiam a alegria.

Com os braços erguidos, Annika começou a subir, e as canções ecoavam em júbilo.

Sawyer a acompanhava com o olhar, seu coração batendo forte. Estava idêntica ao desenho, porém mais radiante, mais impressionante. Com a estrela aninhada nas mãos, um ardente brilho azul.

Quando Annika os alcançou, parecia voar como uma ave gloriosa, cada vez mais alto e mais alto. E depois descendo, voltando para eles.

Para ele.

Ela estendeu a estrela para ele, como uma oferenda.

Com toda a suavidade, Sawyer fechou as mãos de Annika ao redor da estrela.

Então a envolveu pela cintura e olhou para cada um de seus amigos. Juntos, guiados pelo azul, eles subiram à superfície, ainda na caverna.

Sawyer arrancou da boca o tubo de respiração.

– Anni...

E apertou os lábios nos dela.

– Você desapareceu, eu tive medo. Você é linda. Você é tudo.

– Eu tive que descer. Você não ouviu as canções?

– Tocaram no fundo do meu coração – comentou Sasha.

– Fique com ela – disse Annika, estendendo a estrela para Bran.

– Quando voltarmos. Você é feita de magia, Annika. Precisamos voltar e terminar isso.

– Não podemos esperar apenas dez minutos? Só queria nadar um pouco, ver os...

Doyle segurou o braço de Riley.

– Agora.

– Agora – concordou Sawyer. – Preparem-se.

Com um solavanco, eles foram sugados para um redemoinho que durou alguns segundos. Sentiram como se tivessem sido lançados da água direto para o pátio da casa.

– Caramba, Sawyer! – exclamou Riley.

Ele sorriu, também de olhos arregalados.

– Que velocidade! – exclamou ele. – Como se lançados por um estilingue! Deve ser por causa da estrela. Juro por Deus que não fui eu.

– Ela é tão linda! – Annika fitava a estrela em sua mão, o azul cintilante, brilhante, o azul absurdo.

Sawyer também olhou, não só para a estrela, mas também para Annika, que estava sentada no chão sobre a cauda curvada.

– Você não quer... sabe, voltar? E... – ele pegou o vestido – usar isto?

– Ah, sim. Esqueci. A estrela tem vida. Ela respira.

Annika lhe entregou a estrela.

E a estrela pulsou, sem corpo sólido, mas quente e verdadeira nas mãos dele.

– Uau. Fique com ela, Bran.

Quando Bran a pegou, Annika se pôs de pé e alisou o vestido. Como havia feito com a Estrela de Fogo, ele a pôs dentro de um globo de vidro.

– Para proteger, respeitar, defender, sustentar.

– Precisamos fazer isso rápido. Ela sabe.

Assentindo para Sasha, Bran foi até a pintura. Os outros se reuniram ao redor do globo, banhados na luz azul.

– Como da outra vez, cada um coloque uma das mãos sobre o globo e diga as palavras: para proteger esta água brilhante, esta luz pura, eu a envio em segurança para onde olho nenhum poderá vê-la, mão nenhuma poderá tocá-la, escuridão nenhuma poderá obscurecê-la.

O poder brilhou e produziu um redemoinho. A estrela no globo pulsou sua luz, que se espalhou sobre a casa nos penhascos, iluminando o céu sereno. Depois, entrou na pintura. E, com um último brilho azul, se foi.

– A estrela está quieta agora – murmurou Annika. – E em segurança.

– Acho que ela ficará ainda mais segura e mais forte. – Bran estendeu a mão, e a pintura desapareceu. – Mais forte, agora que há duas juntas.

– Nerezza está furiosa. – Ao lado de Bran, Sasha estremeceu. – Louca de raiva. Ela fará chover fogo, nos reduzirá a cinzas.

– Vamos logo para a Irlanda. – Olhando ao redor, Riley jogou os cabelos molhados para trás. – Estou sempre pronta para uma luta, mas acho melhor nos retirarmos.

– Ela vai nos seguir e fará chover fogo lá. É fogo, eu o sinto queimar. É frio.

– Aqui ou lá, quero enfrentá-la. – De fato, Sawyer ansiava por isso. – Posso ganhar tempo, despistá-la, para que ela tenha que nos procurar de novo em vez de apenas seguir nossa pista. Seja como for, precisamos nos preparar. – Ele pegou a pistola subaquática. – E combater fogo com fogo.

– Fogo com fogo – concordou Bran, mas acrescentou um sorriso. – E, dadas as circunstâncias, acho que também com água.

– Então vamos ficar quentes e molhados, o que tem uma conotação muito sensual. Por que não? Vou deixar o equipamento de mergulho na pérgula. E avisar que o busquem ali. – Riley deu de ombros. – Eles já sabem que eu sou pra lá de excêntrica.

Annika foi com Sawyer até o quarto dele, onde ele havia deixado uma muda de roupas, as botas e as armas.

– Ela é uma deusa, Sawyer. Pode não deixá-lo ir.

– Não vou lhe dar essa opção.

– Mas...

– Ouça. – Ele parou para segurar seus ombros e olhar nos olhos dela. – Você precisa confiar em mim agora, como eu confiei em você na caverna. Tudo bem que eu tive um minuto de pânico quando você desceu e a perdi de vista, mas...

Ele se recordou de que Doyle e Bran precisaram contê-lo.

– Mas depois eu me acalmei, porque sabia que você ia fazer o que era necessário. Preciso que confie em mim, que acredite em mim.

– Se eu acreditar, isso vai ajudá-lo?

– Fará toda a diferença do mundo.

– Então eu acredito. – Ela segurou o rosto de Sawyer, o beijou e lhe transmitiu tudo que tinha naquele momento. – Você tem toda a minha fé.

– Então não terei como fracassar.

Sawyer trocou de roupa rapidamente e foi ao encontro dos outros.

– Vocês ficarão no meio do fogo e do dilúvio – disse Bran. – Eu farei o que puder para protegê-los, mas será na selvageria.

– Adoro uma selvageria – comentou Doyle, sacando a espada e olhando de relance para Riley. – Duplo sentido intencional.

– Gostei.

Ela sacou a arma e pegou a faca.

– Tente manter os subordinados longe de mim. – Sawyer ergueu os olhos, e não precisou que Sasha avisasse que eles estavam vindo. O céu já começava a se agitar. – Se Nerezza está com eles, e a vidente diz que sim, preciso me aproximar para atraí-la. Acho que vou precisar de uma mãozinha – pediu ele a Bran.

– Deixe comigo.

O céu se abriu, fazendo tremer o mundo e trazendo fogo e escuridão.

Toda a minha fé, dissera-lhe Annika.

Eles atacaram. Sawyer se esquivou do fogo, que atingiu o chão e o fez chiar. Fosse qual fosse a proteção que Bran pusera ao redor da villa, fazia as chamas ricochetearem, como se atingissem um campo de força. E algumas daquelas bolas e lanças de fogo que ricocheteavam acabavam atingindo as asas afiadas dos pássaros que mergulhavam do céu.

Estão sentindo um pouco do próprio veneno, pensou Sawyer, atingindo um bando deles com alguns tiros.

Centelhas ardentes jorraram, explodiram, sinal da natureza tóxica das criaturas.

Ele atirou, atirou, trocou o pente da arma e continuou a atirar. O mundo era puro fogo e fumaça, tiros explodindo, lâminas cortando, flechas voando. E o raio.

Então veio o dilúvio.

Ele havia sido avisado, lembrou-se Sawyer, quando a força da tempestade de Bran o atingiu. Chuva torrencial e ventania, muitos raios vindo da escuridão.

Ele viu os braceletes de Annika brilhando e lançando luz acima da cabeça dela contra o que queria atingi-la.

A chuva apagou o fogo e a fresca umidade abrandou as queimaduras. Sawyer viu a mancha e pensou: *Malmon*. Rápido, mas não tanto quanto antes. Ainda se recuperando, pensou, sem parar de atirar.

O chão se ergueu e o derrubou de costas sobre uma névoa rastejante que sibilava e mordia. Ele se levantou de um pulo, pela primeira vez grato pelos treinos ao raiar do dia. Estava quase perdendo Malmon de vista na névoa, mas então a mancha se precipitou na direção de Sasha.

Ele deu um grito de alerta e se virou para atirar, mas o raio de Bran atingiu a mancha, lançando-a longe. Sawyer avistou Riley correndo para Doyle, que lhe deu apoio para o pé e a ergueu bem alto, para ela atirar nos pássaros que os cercavam.

Sawyer se perguntou quando eles haviam treinado aquilo, mas logo teve seus pensamentos interrompidos.

Nerezza surgiu da escuridão em uma descarga elétrica que abalou o ar, e Sawyer sentiu os pelos dos braços e da nuca se eriçarem com aquela energia. Mais uma vez, ela cavalgava a besta de três cabeças, mas agora usava uma espécie de armadura, preta como a noite.

Ela lançava raios, inundando a chuva com um odioso fogo líquido que ardia em chamas alaranjadas e tentava avançar pela tempestade.

Está concentrada em Bran, notou Sawyer, enquanto os outros vinham correndo para formar um círculo ao seu redor. Quer arrancar de nós nossa magia para então queimar o restante. O cérbero gritou em triunfo, suas línguas produzindo mais fogo e seus olhos tão enlouquecidos quanto os de sua amazona. O mundo estremeceu quando poder se chocou com poder. Sawyer se preparou e apontou.

Suas balas atingiram as três cabeças, que foram lançadas para trás pela força do tiro, os gritos triunfantes se transformando em gritos de dor.

– Agora! – gritou Sawyer. – Agora! Me faça subir!

Ele enfiou os revólveres nos coldres e pegou a bússola.

E voou, pensando como era bom que já tivesse feito aquilo antes com Bran, senão teria se atrapalhado todo. Aproveitando que Nerezza tentava retomar o controle da besta e concentrava sua raiva nos outros cinco, Sawyer deu tudo de si, pois aquele era o momento crucial.

Ele agarrou os cabelos esvoaçantes de Nerezza e, com o braço impelido pelo choque, se teletransportou.

Como um tornado, a escuridão se fechou ao redor dele, repleta de sons, a fúria de Nerezza a fazendo arder. O doloroso impacto de tocá-la, tamanho era seu poder, o atingia com uma forte pressão nos braços, no rosto e no corpo. Mas ele não a soltou.

Então os olhos de Nerezza encontraram os dele, e ela sorriu em sua loucura.

– Entrem! – ordenou Bran. – Entrem agora! Preparem-se. Alguém ferido?

– Queimaduras, cortes, sujeira – conseguiu dizer Riley. – O sol está se pondo!

Para contornar o problema e porque ela mancava enquanto corria, Doyle simplesmente a pegou no colo e a carregou para dentro da casa como um jogador de futebol americano levando a bola.

– Vamos tratar os ferimentos na Irlanda. Eu ajudo – disse Sasha, abaixando-se para tirar as botas de Riley.

– Olhe, eu não sou nenhuma puritana, mas que tal prevenir o seu... Droga, não dá tempo.

Deixando o pudor de lado, ela tirou a blusa.

Doyle abria o cinto dela.

– Você não consegue correr – constatou ele.

– Eu sei, eu sei. Sawyer...?

– Ele voltará para nós. Temos que acreditar nisso. – Sasha segurou a mão de Riley mesmo enquanto a transformação começava. – Todos temos que acreditar.

A única resposta de Riley foi um uivo enquanto ela se punha de quatro, submetendo-se à lua.

– Você consegue vê-lo? – Annika se ajoelhou, abraçou a loba e encostou o rosto no pelo quente. – Sasha, você pode senti-lo? Por favor. Por favor.

– Não, mas eu nunca o sinto durante o teletransporte. Ele é forte, Anni, e inteligente. Ele a levou embora.

– Ela nem o viu se aproximar – acrescentou Doyle. – Foi pega desprevenida. O cara tem nervos de aço. Ele vai conseguir. Vai voltar.

– Nós dois vamos viver na ilha. – Enquanto Annika falava como se rezando, lágrimas escorriam pelo seu rosto. – Ele vai construir uma casa, e eu vou ficar no mar. Vamos nadar juntos.

– Sim. – Sentindo que Annika lutava para não entrar em desespero, Sasha se ajoelhou ao lado dela e da loba e abraçou as duas. – Vai ser maravilhoso. Todos nós vamos visitá-los na ilha e nadar com você.

– Ele vai voltar para mim. – Annika respirou fundo e ergueu a cabeça. – Como fez antes. Ele vai voltar.

Quando ele de fato voltou, aterrissou aos pés dela.

– Sawyer, Sawyer! – Annika o cobriu de beijos. – Você está bem?

– Sim, sim. – Sawyer retribuiu os beijos e, com um gemido, tentou erguer o torso do chão. – Bem mal – admitiu. – A desconexão foi complicada. Ela tinha uma força danada. Não sei onde a larguei nem quanto tempo ela vai levar para se reorientar, mas é melhor a gente sair daqui.

– Você está fraco, irmão – disse Doyle.

– Não sou homem de frescura – retrucou ele, mas aceitou a mão que Doyle lhe estendeu para ajudá-lo a se levantar.

– Eu acreditei em você.

Annika segurou a mão ensanguentada dele e a levou ao rosto.

– Eu senti – respondeu Sawyer. – Acho bom que continue assim!

– Você tem as coordenadas, certo?

– De cor. Mas acho que vou precisar de uma energia extra, Bran.

– Pode deixar.

– Não esqueça minha moto – disse Doyle.

– Beleza. – Olhando para Riley, Sawyer comentou: – É a primeira vez que me teletransporto levando uma loba. – Sorriu ao ouvir o rosnado dela. – Muito bem, pessoal: segunda estrela à direita, depois é só seguir em frente até o amanhecer.

– Eu te amo, Sawyer King.

– Mais uma vez, acho bom que continue assim!

Ele deu um beijo em Annika e, com a força da mente, puxou para si seus amigos arrasados pela guerra.

Abraçado a sua sereia, ele os levou para onde duas estrelas brilhavam em silêncio e uma terceira esperava para voltar a brilhar.

A mãe das mentiras escorregava pelo tempo e pelo espaço, sacudida por uma tempestade de vento e sons. Mundos passavam velozes, arranhando-a ao esbarrarem nela.

Sangrando, ela sentia o poder lhe escapar. Suas mãos queimavam pelo esforço de agarrar as rédeas de sua fúria, e ela tentava manter consigo tudo que era, tudo que tinha. Fraca, e mais fraca, prestes a desmaiar.

Ela despencava como um cometa de gelo, e a terra tremeu quando ela caiu no chão da caverna, junto aos degraus prateados que havia criado.

Sentiu o gosto do próprio sangue na boca e o engoliu, mas não lhe restavam forças para se levantar. Então, ficou ali, encolhida de dor.

Então ouviu, vagamente, garras arranhando pedra.

– Minha deusa, minha rainha, meu amor.

Mãos escamosas lhe ergueram a cabeça e a acariciaram, enquanto o monstro que ela criara a partir de um homem emitia guinchos guturais.

– Eu vou matar todos – prometeu ele. – Vou cuidar de você até se fortalecer. Beba. – Ele levou uma taça aos lábios dela. – Descanse e se cure.

Ela bebeu, mas as poucas gotas do sangue da vidente mal roçaram sua dor, não desfizeram sequer uma camada da névoa que encobria sua mente.

Então ela viu, refletida nas pedras polidas da câmara, o monstro que a recobria. As roupas sujas e rasgadas. Viu uma segunda mecha branca nos cabelos. Viu as rugas profundas ao redor da boca. Dentro de seus olhos, contornados também por rugas, mais rugas, uma loucura desejosa de vingança crescia.

Ele a ergueu.

– Agora, durma. Eu vou alimentar você, cuidar de você, limpar suas feridas. Você vai se curar de novo, minha rainha, e eu a vingarei.

Algo se agitou dentro da dor, da fúria – algo que poderia ter sido gratidão. Então, enquanto ele a carregava para o quarto, ela adormeceu, mergulhando em sonhos sangrentos.

FIM